Allons voir plus loin, veux-tu?

Anny Duperey

Allons voir plus loin, veux-tu?

Roman

Pour Thierry.

CHRISTINE

Ça l'avait pris d'un coup, au beau milieu de sa pelouse : elle allait vendre sa maison.

Elle en resta plantée sur place, les deux pieds écartés dans l'herbe, sous le choc. L'idée, incongrue jusqu'à la minute précédente, l'impensable, avait fondu sur elle sans aucun raisonnement préalable, l'avait traversée comme la foudre. Elle en restait hébétée, saisie d'une sorte d'éblouissement.

Un petit coup de vent balaya la campagne, ébouriffa ses cheveux, jeta une bouffée de fraîcheur piquante à ses joues. Elle suffoqua brièvement et secoua la tête pour chasser, comme on chasse une bête importune, cette stupide fantaisie de l'esprit. Vendre sa maison ! Qu'est-ce que c'était que ça ? Pourquoi ? De quel tréfonds cette idée avait-elle surgi pour lui sauter à l'esprit aussi brusquement ?

Elle regarda vaguement autour d'elle, les mains enfoncées dans les poches de son parka bleu crotté de terre, telle qu'elle était quand la chose l'avait saisie. Elle aurait bien voulu ignorer la folle idée, se remettre à marcher, à vaquer normalement, mais une sorte de paralysie la laissait immobile, bouche ouverte et sourcils levés. L'idée était collée, engluée au milieu d'elle, sans qu'elle puisse encore rien en faire. Elle avait tout stoppé, tout bloqué. On devient idiot quand une chose pareille vous prend de plein fouet...

Christine assumait sans états d'âme ses quarante-neuf ans et en annonçait carrément trois de plus – une habitude qu'elle avait prise vers la quarantaine, histoire de s'offrir le luxe de devancer un peu les choses, de ne pas être prise au dépourvu par les chiffres, et aussi pour le plaisir d'enregistrer quelques mimiques surprises et flatteuses, savourant intérieurement sa petite supercherie, amusée qu'on la trouve si fraîche, si pleine d'allant, et d'allure si jeune pour son âge. Histoire aussi de voir ce que ça lui ferait quand elle aurait réellement le nombre d'années annoncées. Elle ne savait même pas pourquoi elle avait commencé à pratiquer cette innocente bravade, ce pied de nez aux dates, à la convention sociale qui pousse les femmes à mentir dans l'autre sens pour se rajeunir. Parfois, elle s'y perdait elle-même et se trouvait obligée de compter.

Elle tirait le meilleur parti de ce que ses parents et la chance lui avaient donné : un caractère solide, équilibré, enclin à la logique et à la mesure, et un physique accordé à ces qualités morales. Elle ne s'était jamais trouvée jolie, du moins elle n'avait pas cette joliesse qui semble enchanter les hommes en général. Il fallait la regarder avec attention, et peut-être même plusieurs fois, pour s'apercevoir que cette somme d'absences de défauts valait bien certaines beautés frappantes. On pouvait détailler Christine de la tête aux pieds, de face et de dos, sans rien trouver, ou presque, à critiquer. Elle avait elle-même une évaluation assez juste de son physique. Elle ne surestimait pas les yeux noisette assez ordinaires, la bouche moyenne, le cou ni court ni long, les seins somme toute standard, mais cotait à sa juste valeur une ossature solide du visage – dont elle sut toute jeune qu'elle serait un atout pour plus tard – une chair ferme et drue bien attachée aux os, une peau saine, un dos droit bien campé sur des hanches étroites et des jambes fuselées qui lui donnaient l'allure d'un joli petit arbre.

Dans sa jeunesse, elle avait déploré être faite « comme un garçon », sans taille marquée ou presque dans un buste tout d'une pièce des épaules aux fesses. Elle bavait d'admiration et d'envie devant ces filles qui pouvaient onduler gracieusement des hanches, chalouper en créant des courbes, des sinuosités, des obliques, des creux et des bombés voluptueusement suggestifs, alors que sa morphologie la poussait à bouger d'un bloc et à marcher comme un petit soldat. Et puis elle avait vu ce que devenaient dix ou vingt ans plus tard les tailles de guêpe et les hanches de Vénus callipyges et elle avait arrêté de se plaindre de sa silhouette androgyne.

Au vu de ce que souffraient certaines de ses amies, elle se trouvait plutôt chanceuse de ne pas avoir à rogner des bosses, colmater des creux et retendre des affaissements. Ça tenait. Et elle misait sur deux atouts majeurs : une nature de cheveux exceptionnelle qu'elle devait à sa grand-mère – des cheveux naturellement cendrés, épais, ondulés, qu'elle avait toujours taillés au carré et dont le bouffant désordonné donnait de la fantaisie à son visage – et un cul impeccable. Ce cadeau-là venait plutôt du côté de son père. Toute une lignée de femelles étroites et sèches comme des ceps de vigne avait légué à Christine un arrière-train qui ne devait pas être un avantage à leur époque, mais tout à fait à la mode de cette fin de siècle – deux fesses hautes, en pomme, avec une fossette sur le côté, des cuisses fermes et longues, sans trace de cellulite, à peine plus épaisses en haut qu'au-dessus des genoux, le tout délicatement musclé et ce sans aucun effort gymnique. Une aubaine dont elle avait tendance à profiter de plus en plus – esthétiquement s'entend – à mesure que les années passaient, abusant, dans sa vie parisienne, des pantalons collants et des jupes ultra-courtes.

Pour l'heure, elle ne se souciait d'aucune de ces futilités, hagarde au milieu de sa pelouse, plantée dans ses bottes en caoutchouc, et l'informe collant en coton molletonné qu'elle mettait pour jardiner, une chose immonde sans plus de couleur godaillant entre les jambes, pochant mou aux fesses et aux genoux, lui donnait l'air d'un épouvantail. Mais ici, à la campagne, ça n'avait aucune importance.

Le nez gelé et les pensées en bataille autour de cette idée saugrenue qui ne la quittait pas, elle attrapa machinalement la bêche qu'elle avait fichée en terre une demi-heure plus tôt. Elle était sortie de bon matin, fermement décidée à bêcher un massif qui était resté en l'état depuis la fin de l'été. Les dernières fleurs momifiées des rosiers s'enchevêtraient lamentablement aux restes séchés et brunâtres des roses d'Inde, aux tiges mortes des cosmos, grêles et cassées. Il fallait éliminer tous ces cadavres de fleurs annuelles pour dégager les vivaces qui survivraient à l'hiver. Et retourner, aérer la terre en vue du printemps.

Quand elle était sortie, un ciel bas, d'un gris fangeux, duquel semblait tomber une humidité poisseuse, lui avait fait rentrer la tête dans les épaules dès la terrasse. Après avoir juré entre ses dents, elle avait résisté à l'envie subite de revenir au chaud, comme un chat frileux fait demi-tour vers l'intérieur dès le seuil, le poil hérissé par le froid. Elle avait tellement de mal, en ce moment. Pour tout... Mais elle s'était forcée à prendre la bêche, les gants de cuir, et s'était lancée vers le fond du jardin. Bon sang, elle n'avait pas quitté son agence et pris trois jours de congé pour rien ! Et puis elle avait connu pire au début de son jardin, et même après, ce n'était pas une inoffensive grisaille qui allait l'arrêter !

Mais au lieu de reprendre ses travaux jardiniers avec l'énergie qu'elle aurait souhaité avoir, elle saisit son outil lentement, profondément pensive, fit trois tours involontairement comiques sur elle-même, au ralenti, cinq pas vers la droite, puis, se ravisant, six pas vers la gauche du massif, qui était dans un état moins catastrophique de ce côté-ci. Il y eut un curieux moment suspendu où, les bras mi-levés, elle ressembla à un chef d'orchestre en panne de tempo, puis elle replanta la bêche en terre quasiment où elle l'avait prise. Elle ne pourrait pas. Elle resta là, dos courbé, bras ballants, soufflant comme après un gros effort. L'idée, la sauvage, la stupide idée, obsédante, annihilait ses forces, stoppait toutes ses résolutions. Vendre sa maison ?! Mais pourquoi ?

Elle en avait hérité d'une tante, sœur de sa mère, qui était morte sans enfants et la lui avait léguée il y avait environ vingt ans de cela. Christine avait appris la nouvelle avec une extrême surprise. Aucun lien d'affection particulier ne la liait à cette femme qu'elle n'avait pas vue depuis des années. Puis elle s'était souvenue que celle-ci était censée être sa marraine – il en faut bien une – ce devait être la raison de cet héritage.

Elle connaissait vaguement la maison pour y avoir passé les deux pires périodes de vacances de sa vie. La première, vers cinq-six ans, pendant laquelle les adultes avaient passé leur temps à l'éloigner de la mare, seule chose attrayante de l'endroit, pour la tenir assise dans une sombre cuisine aux minuscules fenêtres. Elle avait peur. C'était sinistre. Il pleuvait tout le temps. Puis à l'adolescence, sa mère s'était mis en tête, on ne sait pourquoi, d'aller passer la moitié de l'été là-bas avec elle – un besoin de voir sa sœur devait brusquement émerger, environ tous les six ans, d'une relative indifférence.

Il faut dire qu'un séjour dans le bas Berry, dans un lieudit à « deux feux » isolé de tout, sans aucune distraction digne de ce nom à vingt kilomètres à la ronde, est une des plus désespérantes épreuves à faire subir à une fille de treize ans – sorte de situation extrême équivalant à une traversée du désert sans eau, pour une gamine qui a commencé à frétiller en milieu urbain. De plus, a contrario des souvenirs pluvieux et néanmoins cuisants qu'elle gardait de l'expérience berrichonne de ses six ans, il faisait cette année-là une canicule épouvantable. Tous les champs étaient grillés à la ronde, l'herbe séchée crissait sous les pas. Les oiseaux eux-mêmes ne chantaient plus, écrasés de chaleur. Les vaches, pour profiter de l'ombre, restaient affalées, en tas, sous les arbres qui poussaient de loin en loin dans les haies. Une sorte de mort torride s'était abattue sur tout, et le seul endroit vivable, à cause de la fraîcheur qui y régnait, était encore cette affreuse et sombre cuisine.

Quand elle n'en pouvait plus d'être enfermée, Christine, enragée d'ennui, traînait dans les sentiers alentour en faisant gicler les cailloux à grands coups d'espadrilles. Elle croisait de temps en temps les mouflets de la ferme voisine, deux garçons crasseux un peu plus jeunes qu'elle, qui se cachaient dans les fourrés quand ils l'apercevaient. Ayant repéré leur manège, elle s'amusa à les effrayer avec d'horribles grimaces et des cris rauques. Ils s'enfuyaient à toutes jambes. Parfois, le plus petit pleurait. Ça ne l'attendrissait pas du tout.

Vers la moitié du séjour, sa mère avait eu un sursaut d'invention ludique pour tenter de distraire sa fille, vautrée sur une chaise, le teint blafard et l'œil mauvais, fermée comme seules savent se fermer les adolescentes quand elles s'emplissent de la haine de tout. Elle avait appris qu'on louait des barques à vingt-cinq ou trente kilomètres de là, pour canoter sur une rivière assez large – « Les rivières sont si belles ici, bordées de grands arbres, il y fera frais, on pourra même se baigner, tu vas voir, ce sera chouette, hop, on y va ! »

Vers deux heures de l'après-midi, quand elles avaient enfin trouvé, enfermées dans une voiture surchauffée, le bistrot paumé qui louait les bateaux, on ne servait déjà plus à déjeuner. Elles durent se contenter de deux tartines de beurre avec un café au lait. Sur la rivière, en aval, on pouvait canoter pendant environ cinquante mètres avant de tomber sur une sorte de petit barrage qui interdisait d'aller plus loin. Dans l'autre sens, à contre-courant, on pouvait dépasser le bistrot de cent mètres en amont avant de buter sur d'énormes caillasses et d'aller s'échouer sur les bancs de sable qui encombraient le lit de la rivière. C'est qu'à cette saison et avec cette chaleur le niveau de l'eau était bas... Après avoir louvoyé tant bien que mal dans le courant, quand elles s'étaient vraiment enlisées, Christine avait sauté de l'embarcation et, se détournant résolument de la catastrophe, s'était affalée dans dix centimètres d'eau, refusant de bouger, détestant en bloc les arbres, la rivière, cette saloperie de cambrousse, le type du bistrot et sa mère, qui essayait de tirer toute seule l'énorme barcasse bêtement échouée. Ses épaules et ses jolies petites fesses émergeant de l'eau, le nez obstinément au ras du cresson, elle avait écouté sa mère gémir et s'échiner sans lui accorder un regard, sans faire un geste. Celle-ci réussit à extirper l'engin du banc de sable au prix d'un claquage musculaire au bras qu'elle mit tout le reste des vacances à soigner. C'était bien fait pour elle, tout était de sa faute.

Quand sa mère était morte, une dizaine d'années plus tard, Christine s'était réveillée une nuit en hurlant de chagrin. Le souvenir l'avait surprise insidieusement pendant son sommeil. Elle était là, comme à ses treize ans, allongée dans la rivière et elle entendait derrière elle sa mère peiner et souffrir. Elle aurait voulu désespérément tourner la tête vers elle, jaillir de l'eau, courir l'aider, l'embrasser et la libérer de sa charge, l'empêcher de se faire mal – « Pardon, pardon, maman, je t'aime, laisse-moi t'aider ! » Mais rien à faire, c'est comme ça qu'elle avait été, sans bouger, et c'est comme ça qu'elle était restée dans son rêve, dix ans après, impuissante. Tournant le dos à sa mère pour toujours... Voilà comment une innocente promenade ratée en barque peut devenir – et pour longtemps – une des plus grandes douleurs de la vie.

Quand l'héritage de la maison lui advint à l'improviste, Christine en était aux premières années, déjà difficiles, de son second mariage. Après une première union de jeunesse, gentille, anodine, qui s'était terminée aussi naturellement qu'elle était née, Christine essayait de vivre en harmonie et de trouver une nouvelle stabilité avec un homme, de ce type compliqué et insaisissable qu'on pourrait appeler « le sarcastique ». L'entreprise était vouée à l'échec puisque le propre du sarcastique est d'être en disharmonie et de déstabiliser. Avec lui, la dérision était constante. Toutes formes de dérisions : la légère, la drôle – il pouvait être à mourir de rire, c'est comme ça qu'il avait séduit Christine – la cynique, la noire, la philosophique, la méchante, la mondaine, la morbide, l'assassine, la désabusée, et même l'autodérision quand il avait forcé la dose et qu'il fallait être touchant pour ramener vers soi ceux qu'il avait blessés. Christine s'épuisait à sauver cette union, s'obstinant dans une erreur classique : elle espérait qu'il changerait, qu'il se lasserait de ce ton de perpétuelle moquerie, de ces piques et dérobades, qu'il baisserait les armes un beau jour et qu'ils pourraient alors tous deux avoir des rapports vrais, tendres et sincères. Or il ne se lassa jamais de se moquer de tout, et d'elle en particulier. La simplicité sans défenses est un luxe qu'il n'est pas donné à tout le monde d'atteindre.

La maison paysanne de la tante, lourde, ingrate, avec sa pauvre mare, son terrain pierreux envahi d'ajoncs et de fougères, et les quatre heures de route nécessaires pour arriver dans ce pays de bouseux, donnèrent matière à un nouveau festival de plaisanteries. Il fit tordre de rire une tablée entière en décrivant leur « somptueuse maison de campagne ». A cette époque, Christine riait encore de concert.

Certains amis suggérèrent de se débarrasser au plus vite d'une baraque aussi affreuse et déprimante. Et lui de rétorquer que personne n'en voudrait, même si on la donnait. Il n'y avait qu'à Christine qu'on pouvait fourguer une chose pareille ! Et tous de s'esclaffer à la description de leur future chambre suintante d'humidité, éclairée par un pauvre et unique vasistas de cinquante centimètres carrés, avec le beuglement des vaches de la ferme voisine en guise de réveil romantique.

Néanmoins, Christine résista et, pour d'obscures raisons qu'elle ne chercha pas trop à définir, elle ne se débarrassa pas de la maison. Peut-être tout simplement parce qu'elle n'aurait jamais fait l'effort d'en chercher une si celle-ci ne lui avait pas échu, quasi par hasard. D'années en années elle se prit au jeu, y consacra la totalité de ses économies et, peu à peu, tout son temps libre.

Quand elle s'attaqua au jardin – ou plutôt à la friche inextricable qui ne pouvait encore prétendre au nom de jardin – ce fut pour son mari un sujet neuf de sarcasmes. Comme il avait le don de mettre en valeur les situations ridicules, il décrivit abondamment « Christine campagnarde ». Le personnage de Christine à quatre pattes dans la boue, son arrière-train dépassant seul des fougères qui retombaient sur son dos, ahanant et tirant désespérément sur une racine d'ajonc pour l'extirper de terre, ainsi que la même Christine, le soir, retirant une à une de sa paume, avec des petits cris et une pince à épiler, les piquants de ces foutus ajoncs, remportèrent un grand succès. Une de leurs amies faillit s'en étouffer de rire ! Christine s'opposa timidement à la caricature en rétorquant : « Évidemment, il n'y a pas de gants assez épais pour ça… » Peine perdue, personne n'entendit un mot de ce qu'elle disait. La réalité de ce qui se passait là-bas était pour elle seule. Elle se contenta donc de sourire complaisamment. Car elle avait de plus en plus de mal à rire maintenant…

Mais elle manquait d'habileté, de sens de la repartie pour affronter ce mari qui maniait si bien l'art de l'esquive et celui de clouer le bec à tout le monde. Il était inattaquable. Elle continua donc à faire semblant, soumise au jeu dont il instaurait seul les règles. Elle entra dans cet état de semi-mensonge, de veulerie que pratiquent ceux qui ont compris que la partie est perdue, sans vouloir se l'avouer, ou sans avoir le courage de s'en aller.

C'est ainsi que, petit à petit, la maison berrichonne devint le lieu secret de sa résistance. Elle mit là-bas tout ce qu'elle aurait voulu donner à son couple. Ses enthousiasmes, sa naïveté, qu'elle préservait tout au fond de son cœur comme un bien précieux et caché, car son mari aurait happé et déchiqueté la fraîcheur d'âme qu'elle aurait eu le malheur de laisser paraître, son besoin de calme sincérité, sa gaîté à rendre les choses belles et propres. Elle fit de cette maison un lieu simple, beau, naturel, où l'on pouvait se reposer sans plus faire semblant de rien, s'abandonner en confiance sans avoir à prendre sur soi d'aucune manière. La sombre cuisine qui la terrorisait étant petite devint un lieu chaleureux, avec son énorme cheminée rustique, et les tommettes roses qui avaient recouvert le triste sol en ciment brut. Au fil des années, les fougères et les ajoncs domptés avaient laissé place à un jardin ni trop petit ni trop grand où elle avait planté des rosiers et des fleurs, qui pour être simples n'en réclamaient pas moins beaucoup de travail. Heureusement d'ailleurs. Il fait bon être occupé sans arrêt pour ne pas trop s'apercevoir qu'on n'a pas grand-chose à partager avec l'époux qui est venu là en soupirant et qui, de son côté, se jette sur son vélo pour d'interminables escapades solitaires.

Puis, le sarcastique sentant qu'il y avait là un terrain où Christine se déployait en secret sans qu'il puisse l'atteindre, il prit la maison en grippe et elle devint le prétexte d'une sourde lutte. Il voulait l'arracher de là mais elle s'accrochait – enjeu apparent, le lieu devenait le symbole de leur divorce profond. Il n'est pire jalousie, peut-être, que celle qu'éprouve un être dominateur et superficiel envers celui, ou celle, qui lui échappe sur un chemin de vérité qu'il ne peut suivre. Il devenait mauvais.

Christine, pourtant, pliait encore, arrondissait le dos et les angles, tant était grande sa répugnance aux rapports de force, aux états de crise. Pour ne pas envenimer leurs relations, la maison fut délaissée, visitée de loin en loin. Christine vit peu à peu l'herbe gagner sur les fleurs, les rosiers non taillés devenir de maigres épouvantails dégingandés, et deux ou trois touffes d'ajonc, résurgence du passé, réapparurent dans la pelouse. Pour échapper au dégoût, elle se détourna tout à fait de l'endroit.

Elle jeta toutes ses forces dans son travail, ce qui porta professionnellement ses fruits : on lui confia la direction de l'agence de voyages spécialisée dans les séjours d'entreprises, où elle travaillait depuis une dizaine d'années.

Mais voilà, elle croyait éviter des tensions entre son mari et elle en se privant de cette campagne qu'il s'était mis à détester, mais elle se priva du même coup de la joie de planter, du bonheur d'être dans ces vieux murs, de tout ce qu'elle éprouvait là-bas de simple douceur et de paix – pour peu de chose, pour une tomate mure avant l'heure, une fleur poussée par surprise dans un coin, un nuage rose qui passe le soir. Elle perdit sa compensation, tout ce qui la détournait de son malheur intime.

Elle se mit à voir les choses – qu'ils ne sortaient jamais en tête à tête, par exemple. Amis et relations étaient là, toujours, pour faire écran à l'intimité et les empêcher de se retrouver seuls. Elle s'aperçut que les horaires décalés de leur travail, de leurs rendez-vous, leur permettaient aussi, comme par hasard, de s'éviter. Même l'enfant qui était né tout au début de leur union, leur garçon, qui allait à ce moment-là sur ses douze ans, servait de prétexte à se fuir

– à défaut d'exprimer les frustrations du couple, on parlait du petit, de ses études, de ses jeux, de ses copains... Le silence enfla en elle, devint une vraie douleur. Un jour, il explosa et tout fut dit.

Elle eut l'immense surprise, quand elle annonça qu'elle voulait qu'ils se séparent, de voir son mari tomber des nues. Pour lui tout allait bien, normalement, tout pouvait continuer ainsi, le malaise dont elle parlait était une lubie maladive qui l'avait saisie elle, elle seule. Où était le problème ?

Un grand froid la prit à s'apercevoir qu'ils étaient encore plus loin l'un de l'autre qu'elle ne l'imaginait. Ainsi cette vie de couple sans tendresse ni véritable complicité, fondée sur l'apparence, lui convenait et il n'éprouvait pas le besoin d'autre chose ? Elle s'était donc obstinée à vivre presque quinze ans avec un être qui lui était resté à ce point étranger ? Intérieurement glacée, elle se dit machinalement : « C'est trop. C'était beaucoup trop... »

Puis elle le vit saisi d'un profond, d'un véritable désarroi, et sa surprise monta d'un cran. Parce qu'elle le quittait, elle avait enfin quelqu'un en face d'elle, un homme perdu mais extraordinairement présent, qui tempêta, pleura, menaça, ses yeux plantés droit dans les siens, un homme qui ne se moquait plus, un homme capable de la prendre par les épaules, de la secouer, de la poursuivre avec une conviction et une sincérité qu'elle ne lui avait jamais connues. Il en était donc capable... « Quel dommage », pensa-t-elle. Elle faillit avoir des regrets mais c'était trop tard. Le malheur était accompli, la coupe d'amertume vidée, elle n'en boirait pas une goutte de plus. Il aurait beau faire, elle ne reviendrait pas en arrière, il fallait comprendre avant. On ne se méfie jamais assez des êtres qui semblent tout accepter, tout supporter en silence et parfois même en souriant. Leur soumission paraît sans limites, leur tolérance inépuisable, puis un jour ils quittent le jeu, tournent les talons, claquent une porte, et c'est définitif. On ne peut plus rien pour les retenir. Intérieurement, ils ont fait tout le chemin, bloqué les comptes, ils ne sont presque déjà plus là quand ils annoncent qu'ils vont partir.

Enfin, tout cela était loin, maintenant… Ce matin-là, après que l'idée subite de vendre sa maison l'eut foudroyée au milieu de son jardin, l'historique de son attachement à cet endroit défila en elle comme en accéléré – des images, des petites scènes, les moments importants qui l'avaient amenée au temps de sa solitude avec cette maison, de leur véritable histoire, en somme, à elles deux.

Elle avait définitivement laissé la bêche plantée au bord du massif, abandonnant toute velléité de travaux jardiniers – comment pourrait-on mettre innocemment la main à la terre quand on pèse des choses aussi importantes ? L'éblouissement paralysant qu'avait provoqué en elle le choc de la pensée surprenante avait fait place à un état de clarté agitée. Elle était assaillie de ce flot d'images, d'impressions et de souvenirs, sans rien pouvoir diriger, rien contrôler. Une sorte de lucidité implacable et trépidante choisissait pour elle les moments forts, les raccourcis, les troubles et les joies juxtaposés les uns aux autres avec une rapidité et dans un ordre sur lesquels elle n'avait aucune maîtrise.

Quand cela l'avait saisie, elle avait divagué lentement au hasard sur l'herbe et elle avait atterri sur le banc au pied du vieux pommier. Ça valait le coup de s'asseoir. Elle subissait l'avalanche de souvenirs, les coudes appuyés sur les genoux, les mains pendantes, le dos courbé, la tête un peu rentrée dans les épaules, comme quelqu'un qui essuie une averse orageuse sans songer à s'en protéger.

Puis, soudain, elle eut un petit haut-le-corps et elle s'appuya au dossier. Sa tête s'était un peu redressée, inclinée de biais comme à l'écoute d'un écho très lointain, difficile à percevoir. Son visage avait perdu cet air d'hébétude passive, et son expression s'était brusquement tendue, mélange d'inquiétude et de vague stupéfaction : elle venait de se demander si elle n'avait pas aimé cette maison « contre » son mari... Pensée surprenante, elle aussi, et autour de laquelle elle sentit qu'il y avait à creuser.

Quand la séparation fut accomplie, après les quelques mois pendant lesquels il faut bien tout régler et digérer déception et tristesse, elle revint ici, au début du printemps, dans un état d'exaltation intense. Jamais elle n'avait ressenti une poussée de joie aussi juvénile, aussi violente, un sentiment de libération, un appétit de nature, longtemps contenu, qui lui faisait tourner la tête. Elle était saoule de bonheur. Mieux valait que personne n'ait été témoin de l'emportement avec lequel, à son arrivée, elle embrassa les jeunes feuilles du lilas de l'entrée – elle en mangea presque une. Sa griserie était telle qu'elle ne trouva pas si mal un jardin pourtant dans un état épouvantable. Elle courait de-ci de-là avec des petits cris d'émotion et finit à plat ventre par terre, les bras en croix et les mains crispées amoureusement sur son herbe. Elle étouffait d'excitation, de soulagement.

Passé cette crise de bonheur, presque douloureuse tant elle était intense, une énergie extraordinaire gonfla en elle, décupla ses forces, aussi bien à Paris, où elle redoubla d'ardeur dans son travail, qu'ici, où elle se précipitait tous les week-ends pour bêcher, nettoyer, élaguer jusqu'à ce que la nuit la force à rentrer.

Elle acheta une vieille 4L et loua un parking à l'année dans la ville la plus proche, près de la gare, d'où elle pouvait rejoindre Paris en train pour que les parcours soient moins fatigants, car elle n'avait jamais été une conductrice très résistante. Dès qu'elle avait une journée ou deux de libres, elle était là. C'était extraordinaire, elle pouvait aimer cette maison quand elle le voulait, comme elle le voulait, autant qu'elle le voulait !

Si sa vie professionnelle ne pâtissait pas, mais au contraire bénéficiait, de cette énergie décuplée, il n'en était pas de même pour ses relations amicales. D'abord, la plupart de ceux qu'elle considérait comme des amis avaient rallié immédiatement la cause de son mari – comment peut-on quitter un homme aussi brillant, aussi drôle ? Ceux qui s'étaient attardés à conserver des rapports avec elle découvrirent vite qu'ils n'avaient plus aucun rôle à jouer en sa seule compagnie, plus à meubler le vide du couple. Leur raison d'être là ayant disparu, ils disparurent donc, naturellement, petit à petit, de la vie de Christine.

Il lui restait son travail, de bons collègues avec lesquels elle s'entendait bien, quelque famille – dont son père, qu'elle aimait bien mais voyait peu, car il avait déménagé dans le Midi dès son remariage, un mariage si proche de la mort de sa mère qu'elle n'était pas certaine de le lui avoir pardonné… – son fils et sa maison de campagne. Pendant au moins quatre années, elle vécut dans un équilibre qu'elle considérait comme presque parfait.

Pour ce qui est de l'amour, elle n'en parlait pas et n'y songeait guère. Il était inenvisageable en tout cas qu'elle prenne le risque d'une nouvelle vie commune. Et avec qui ? Les trois ou quatre aventures qu'elle eut pendant cette année-là ne furent guère enthousiasmantes, sur aucun plan, et si espacées dans le temps qu'elles ne pouvaient faire office de vie sexuelle.

Elle n'aurait pas osé comptabiliser dans les « aventures » son épouvantable cinquième tentative amoureuse : elle s'endormit carrément, au milieu de l'acte, dans les bras de son nouvel amant. Celui-ci se retira, si j'ose dire, avec délicatesse, sans la réveiller, et ne donna plus jamais de ses nouvelles. On le comprend – quoi de plus vexant que de voir son ardeur assimilée à un somnifère et d'en avoir la preuve ronflotante entre ses bras ? Christine vécut ce matin-là un réveil cocasse. Elle avait magnifiquement bien dormi, quand soudain, au beau milieu d'un bâillement d'aise, un doute la saisit. Elle regarda la place vide à côté d'elle dans le lit – « Mais... il y avait un homme, là ! Qu'est-ce que j'ai bien pu en faire ? » – et elle se remémora vaguement sa lassitude, son manque d'enthousiasme... La honte et un fou rire nerveux la saisirent ensemble.

Tout de même frappée par l'incident, elle se dit, sans émotion, qu'il marquait peut-être la fin de sa vie amoureuse. Son corps et ses désirs s'endormaient. Et alors ? Était-ce si grave ? Une ménopause précoce lui confirma le naturel de la chose. Si elle en fut physiquement troublée, cela n'altéra guère son moral. Elle accueillit ce changement avec un fatalisme détaché et s'en fut voir sa gynécologue – une femme de son âge qui semblait mener, elle, une sorte de combat contre l'inéluctable, avec une conviction rageuse qui étonna Christine. Elle la vit rédiger une ordonnance copieuse qui la nantirait de pilules, gels, crèmes diverses... Christine hésita un peu, puis se hasarda à lui confier l'état désertique de sa vie amoureuse. Dans ces circonstances, était-ce bien utile de s'encombrer de tout ça ? Un regard de la praticienne, qui n'avait laissé paraître aucune surprise, jaugea un instant les jambes fuselées de Christine, ses hanches de jeune fille, et aussi la jupe courte, la mise soignée, les cheveux bouclés coupés au carré dont un pan mangeait coquettement la joue, et ne jugea pas nécessaire de dire quoi que ce soit à propos des « hasards » qui peuvent amener à peupler un désert... Elle se contenta de préciser : « Quoi qu'il en soit, sachez qu'avec ce traitement tout sera comme avant, exactement comme avant. » Elle lui énuméra aussi toutes les autres bonnes raisons qu'elle avait de suivre ses conseils sans faillir. Christine écouta attentivement, fut convaincue, prit sagement tous les matins ce qui lui avait été prescrit et n'y pensa plus. Ma foi, oui, elle était « comme avant ». Pas de quoi faire un plat de l'événement.

Puis son fils, après son bac, décida, en accord avec son père, d'aller faire une université américaine. Donc, plus d'enfant à la maison, il avait pris son essor, ailleurs. Et voilà, la vie continuait, sans histoire, mois après mois. Christine ne se laissait physiquement pas aller le moins du monde. Elle faisait une extrême attention à ne pas prendre de poids. A Paris, elle soignait son maquillage chaque matin, elle s'achetait des vêtements d'allure très jeune, profitant de ses jambes et de ses hanches immuablement impeccables – « Pour qui ? Pour quoi ? » comme disait la chanson... Elle ne savait pas trop. Pour se tenir. Parce que c'est mieux pour tout le monde, pour les clients de l'agence, par exemple. A la campagne, en revanche, elle se laissait aller avec un soulagement indicible. Elle ne savait pas pourquoi non plus...

Elle se leva brusquement du banc où elle était restée prostrée à repenser à tout ça, ou plutôt à subir ce passage en revue de sa vie qui, en raccourci et sous ce ciel gris, était absolument déprimant. De plus, il faisait un froid de canard, elle était gelée.

Elle se mit à marcher à grands pas pour faire le tour de la maison. Il était vite fait, elle n'était pas très grande. Pas très belle non plus, il fallait bien l'avouer... Elle regarda autour d'elle et pour la première fois tout lui parut infiniment ordinaire, étriqué.

Elle se sentit oppressée, envahie d'un découragement, d'un vague écœurement – elle y venait, à ce qu'elle ressentait maintenant... C'en était fini de la rétrospective, de cet assaut imprévisible de souvenirs qui l'avaient presque distraite de ce malaise flou, cotonneux, qui l'avait envahie petit à petit depuis... Depuis quand ? Deux ans, peut-être. Oui.

Elle ne saurait pas dire vraiment quand ça avait commencé, ni comment. Aucun événement en tout cas ne marquait un « avant » et un « après ». Pourtant il avait bien dû y avoir un déclenchement, un passage ? Elle ne savait même pas ce que c'était, ça n'avait ni forme, ni nom, ni objet puisque tout allait bien. Une fatigue... Oui, une fatigue, pas d'autre mot, diffuse, insistante, qu'elle avait essayé de chasser de bien des manières sans y parvenir.

Au début, ce furent simplement des réveils vaseux, cette lourdeur des membres, cet effort pour sortir du lit. Elle pallia la chose en mettant une cafetière-réveil sur sa table de nuit, et ce petit déjeuner succinct avant de se lever lui sembla très efficace. Elle agrémenta le café d'un petit gâteau – de régime – roulé dans un Sopalin près de la cafetière. Pas de doute, avec quelque chose dans l'estomac elle passait plus facilement à la station debout. Elle avait entendu parler de ces chutes de tension que subissaient certaines personnes quand elles se levaient trop vite à jeun. Ce devait être son cas.

Quelque temps après, ayant résolu le problème des réveils difficiles, cela la prit au bureau. Après des débuts de journée en fanfare, où elle fatiguait ses collègues par une hyperactivité envahissante, le coup de pompe la saisissait vers onze heures. Elle crut résoudre celui de l'après-déjeuner en mangeant peu, ou pas du tout – ainsi elle perdrait peut-être ce poids qui, depuis quelque temps, grimpait obstinément, régulièrement, cent grammes par cent grammes.

Elle entama la ronde des complexes vitaminés et remontants divers, pour s'apercevoir après quelques semaines que les effets bénéfiques qu'elle avait cru ressentir étaient illusoires. Ça aidait un peu, oui... Mais si cela avait suffi, pourquoi aurait-elle regardé sa montre dès cinq heures de l'après-midi au bureau, avec cette hâte de rentrer chez elle, au calme. Sa porte refermée, elle se débarrassait de ses chaussures et se jetait sur le canapé, où l'attendait une petite couette en coton indien, pour s'offrir le luxe d'un moment allongée en paix, sans bouger, dans le silence. Elle ne s'endormait pas, elle avait juste besoin d'être immobile, sans parler, presque sans penser. Là, elle était bien, juste bien. Son inquiétude s'apaisait un moment, puis renaissait quand elle s'apercevait qu'elle avait bien du mal à se relever.

Dîner dehors ou aller au cinéma lui réclamait un terrible effort. Il fallait qu'elle se botte moralement les fesses si elle devait absolument ressortir. Mais parfois une excitation surprenante la saisissait une fois remaquillée, changée. Elle s'animait soudain, le chaud aux joues, discutait des heures avec des amis, se sentait curieusement légère, au point de ne plus voir l'heure passer et de se coucher au milieu de la nuit. Elle le payait par une nouvelle baisse d'énergie pendant plusieurs jours. Et toujours ce flou, ce malaise informe, ce poids vague dans la tête et le corps, qu'elle n'arrivait pas à cerner. Le souci de ne pouvoir en définir la cause la taraudait en permanence.

Elle s'examina sous toutes les coutures : morales, physiques. Pour le physique, elle se mit à craindre de couver une de ces maladies qui minent le tonus d'un être, sournoises et invisibles, avant de se déclarer. Elle eut peur d'avoir un cancer. Elle en fut même tout à fait persuadée un jour où un surcroît de fatigue inexplicable l'écrasa au point qu'elle ne put aller travailler. C'était ça. Ça ne pouvait être que ça... Elle entreprit alors, avec un courage mêlé d'appréhension, la série des examens classiques : radiographies, coloscopie, mammographie, toute la panoplie des examens sanguins, sans oublier l'échographie des artères et même le fond de l'œil. Tout cela mobilisa son attention pendant au moins trois mois, pendant lesquels le malaise s'estompa un peu car elle s'en occupait activement au lieu de le subir.

Tous les spécialistes consultés la rassurèrent : elle n'avait rien, rien du tout, nulle part. Elle était en pleine forme.

L'un d'eux lui dit : « C'est bien de faire la grande révision des cinquante, tout le monde devrait faire comme vous... »

On ne peut pas dire qu'elle fut déçue, non, mais elle aurait été un peu soulagée d'avoir – oh ! pas grand-chose ! – un ennui de rien du tout qui aurait pu expliquer son état. Au moins il y aurait eu une raison à cet épuisement... Au terme de ce bilan rassurant, elle s'en ouvrit à son généraliste et se trouva au bord des larmes en lui décrivant cet état vaseux dans lequel sa vie s'embourbait. Il l'interrogea, puisqu'il n'y avait aucun problème du côté physique, sur son état moral. Avait-elle des idées noires, des troubles du sommeil, pleurait-elle pour un rien ? Non. Était-elle au contraire très énervée, manquait-elle d'appétit ? Oh ! Non. Non, tout allait bien, elle ne comprenait pas. Lui non plus. Il le lui dit franchement et la raccompagna en écartant les bras en signe d'impuissance.

Quelque temps après, elle se demanda si elle ne s'était pas mise à s'ennuyer dans son métier. Organiser des voyages pour des groupes de gens pas toujours agréables la lassait peut-être à la longue ? Jusque-là elle avait trouvé son travail varié, riche de contacts divers, mais il l'obligeait à un ton, un style, une présentation physique qui la mettaient en perpétuel état de « représentation ». Elle y était habituée, elle y avait même pris beaucoup de plaisir pendant des années, et avoir du chic, du charme et un abattage de femme d'affaires était devenu un exercice qu'elle pratiquait sans effort, presque une seconde nature. Une femme de la famille de son ex-mari, qui avait tenu un bistrot pendant vingt ans et voulait absolument faire le parallèle entre leurs deux métiers, lui disait toujours : « C'est comme ça quand on est dans le commerce, faut se mettre en valeur, faire du charme aux clients, mais pas perdre la caisse de l'œil et pas se laisser marcher sur les pieds, hein ? » Elle y avait eu droit, chaque fois qu'elle l'avait vue, pendant quatorze ans

– le divorce a parfois du bon quand il éloigne du même coup des emmerdeurs pareils…

Seulement voilà, le ton, l'abattage, la présentation surtout lui demandaient de plus en plus d'efforts. Les bras lui en tombaient à l'avance avant de se maquiller le matin. Un jour, au terme d'une longue réunion suivie d'un déjeuner pendant lesquels il avait fallu déployer tout son charme et son expérience pour embarquer une grosse affaire, elle s'était réfugiée aux toilettes rien que pour arrêter de sourire un instant. Elle en avait des crampes dans les joues. La fatigue la tint effondrée sur le couvercle des WC pendant cinq bonnes minutes. Elle en avait marre, vraiment marre. Puis elle avait réapparu, le jarret alerte sous la jupe courte, brillante, l'œil vif, sa secrète lassitude rengainée derrière le sourire. « Heureusement que j'ai du métier… », pensait-elle.

Toutefois, ce double jeu, cette fracture entre le paraître et ce qu'elle ressentait l'accablait. Elle questionnait parfois son assistante – qui était une fille formidable, franche et nette – avec une angoisse qu'elle masquait sous une apparente légèreté : « J'ai une gueule épouvantable en ce moment, les traits tirés, les yeux surtout. Les yeux… Ça se voit, non ? » Non, ça ne se voyait pas. Elle était tout à fait comme d'habitude. On lui assurait qu'elle avait plutôt bonne mine. On ne voyait donc rien… Bon. C'était déjà ça. A elle de se débrouiller.

Elle continuait à fonctionner en se persuadant qu'elle n'avait pas perdu tout intérêt pour son métier, en songeant tous les jours, puis toutes les heures, et bientôt tout le temps, au moment où elle irait prendre le train qui l'emmènerait vers sa maison – sa maison chérie, son refuge, sa tanière, le cocon où elle pouvait tout, absolument tout laisser tomber physiquement et moralement. Ouf !

Petit à petit, elle trouva le moyen de s'aménager un temps de travail qui lui permettait d'engranger des jours de congé et d'aller là-bas pour de plus longues périodes qu'un court et frustrant week-end qui ne suffisait pas à réparer ses forces. Et puis elle avait tant à faire au jardin... C'était une vraie joie, un pur délice de se préparer tous les ans un petit paradis pour l'été. Son fils viendrait passer un moment avec elle – Dieu merci, il aimait la nature ! Il n'était plus question de fatigue alors. Il fallait voir si elle était apathique avec un plantoir ou un râteau à la main, quand elle repiquait ses plantes !

Et puis son havre de paix, ce lieu de joies simples fut touché lui aussi. Cela arriva par petites touches, signes légers qu'elle hésita tout d'abord à interpréter, incrédule. D'imperceptibles changements dans sa manière de percevoir les choses, le sentiment d'un subtil décalage...

Un jour qu'elle arrivait dans sa 4L, elle se mit à regarder un moment sa maison au lieu de se précipiter pour entrer au plus vite, comme elle le faisait toujours. Tout à coup, la barrière, le chemin qui menait au jardin lui semblèrent beaucoup plus petits qu'à l'ordinaire, étroits. Elle eut un instant de stupeur puis se secoua – c'était idiot, son entrée n'avait pas rétréci en son absence !

Un soir, ce fut la maison elle-même qui la surprit, ou plutôt le silence qui y régnait. Elle eut le même temps d'arrêt, troublée. Ce pouvait-il que la qualité d'un silence s'altère, qu'il devienne plus lourd, plus mat, plus... vide ? Vide, oui. Un silence creux, plat. Là encore elle rit d'elle-même en se disant : « Tu chapeautes, ma vieille, il n'y a pas des silences pleins et des silences vides, c'est exactement le même silence que d'habitude, point ! » Elle comptait sans l'affaiblissement de cette pure joie d'être, petite musique intérieure qui meuble et enchante tous les silences, si profonds soient-ils...

Une autre fois, elle voulut mettre le nez dans ses catalogues de plantes, une flopée de catalogues qu'elle collectait partout et qu'elle emportait parfois à Paris pour se délecter, en pensée et à l'avance, de ce qu'elle planterait le moment venu. En cherchant quelles nouvelles fleurs elle pourrait tenter cet été, elle se surprit à penser : « Il y en a bien assez comme ça... » Elle chassa la petite idée importune, venue stupidement s'interposer entre elle et le plaisir qu'elle se promettait. Mais elle ne toucha pas à la pile de catalogues ce soir-là et s'endormit devant la télé. Le lendemain, en repartant, elle les oublia sur la table alors qu'elle voulait les emporter à Paris.

Les week-ends suivants, elle fit un effort pour secouer cette mollesse, cette torpeur qui menaçait de la laisser prostrée, assise au bout de la table de la cuisine. Il valait mieux bouger, de toute manière, car elle n'avait pas le courage de faire un feu pour réchauffer cette pièce toujours un peu fraîche. Elle attaqua le nettoyage du jardin et se sentit un peu mieux. Mais tout de même, elle s'arrêtait de bêcher souvent, les bras douloureux, pesants. De profonds soupirs lui échappaient, et elle sentait bien que ce n'était pas les braves soupirs de satisfaction, ces souffles toniques et joyeux qui ponctuent la besogne. Non, ceux qui lui venaient ces temps-ci étaient des soupirs de peine, non pas nés du travail physique mais de l'effort qu'elle faisait sur elle-même pour l'accomplir.

De temps en temps, elle s'arrêtait et regardait autour d'elle, désemparée. Tout ce qu'elle avait semé, construit, tout ce qu'elle aimait tant et qui faisait de cet endroit son paradis sur terre semblait avoir subi une sorte de décoloration. Ce printemps-ci lui paraissait moins brillant, l'herbe d'un vert plus terne, terriblement normal. Son jardin et toute la campagne environnante, son pays élu, son chez-elle, perdait ce merveilleux qui le faisait unique entre tous. Elle repensait à l'exaltation qui l'avait saisie quand elle était revenue, après son divorce, aux heures de profonde griserie qu'elle avait vécues ici, et comme toute chose alors lui semblait autour d'elle belle et bonne, et magique. Son cœur se serrait à constater ce désenchantement diffus qui tendait à rendre ce qu'elle aimait ordinaire et morne.

Elle se battit, bravement, se lança même dans la création d'un nouveau massif. La terre était compacte et argileuse dans le coin du jardin qu'elle avait choisi. C'était dur à travailler mais ce serait parfait pour de nouveaux rosiers, ils aimaient ce substrat. Elle en attrapa des ampoules aux mains et soignait ses courbatures avec de longs bains chauds le soir. Mais ça lui faisait du bien. Elle dormait profondément, ensuite. La fatigue – enfin une « vraie » fatigue – et l'activité ininterrompue endormaient son angoisse. Par prudence, elle ne se donnait pas trop le temps de regarder en elle et autour d'elle ce qu'il advenait de la joie et de l'enchantement…

Elle concocta un savant fouillis de fleurs, planta par taches de couleur. Quand tout fut fait, elle voulut croire que viendrait l'excitation habituelle à imaginer ce que cela donnerait quelques mois plus tard. Ne lui passa par la tête qu'un morose : « Bon. Et voilà. »

Quinze jours après, elle avait du mal à se souvenir exactement de ce qu'elle avait planté et où. Ça, c'était incroyable ! D'ordinaire elle connaissait son jardin par cœur, centimètre carré par centimètre carré, et pouvait se remémorer la place de chaque plante, sans jamais oublier quand elle l'avait mise là. Cette fois, elle dut faire un effort de mémoire, une liste. Les touffes, en l'espace de deux week-ends, avaient pris un bon centimètre, certaines deux ou trois. Au lieu de se réjouir innocemment du fait que tout ait bien poussé, elle se sentit un peu déçue – c'était long. Et lui passa encore par la tête une petite ponctuation affligeante : « Bon. Et alors ? »

L'été arriva, avec ses promesses de bien-être. Quinze jours délicieux passèrent avec son fils, qui avait amené une petite jeune fille charmante. Il prenait vraiment son essor dans la vie et elle s'en réjouissait. Elle n'était pas une mère jalouse.

Elle se démena pour leur rendre le séjour le plus agréable possible, fit trop de cuisine, proposa trop de promenades, comme si elle avait peur que la morosité et le désenchantement qu'elle avait ressentis ne les gagnent aussi. Peur qu'ils ne s'aperçoivent de quelque chose, et fuient... Mais, apparemment, rien ne changeait pour les autres. Les fleurs et le soleil avaient terni pour elle seule.

Elle reçut un couple d'amis, puis une collègue. Elle s'appliquait à paraître enjouée, simulait le tonus et la vitalité que tous lui connaissaient. Elle s'arrangeait même un peu physiquement alors que, seule, elle ne se regardait jamais dans une glace et oubliait parfois de se peigner pendant trois jours entiers.

Cet été-là, elle fit moins de bouquets, elle qui adorait en mettre partout dans la maison. A propos d'une chose ou d'une autre à faire, elle avait une petite phrase qui lui venait machinalement à l'esprit : « Ça ira bien comme ça... » Elle se serait battue à chaque fois. Elle n'arrivait pas à lire. Les livres lui tombaient des mains. Ou elle était obligée de revenir trois fois sur le même chapitre, car elle n'avait rien retenu. Tout lui échappait.

Chaque soir, comme depuis des années, elle faisait le tour du jardin et inspectait toutes ses fleurs, les unes après les autres. Au soleil couchant, c'était un plaisir extraordinaire de contempler cette beauté qu'elle avait agencée, soignée, arrosée pour qu'elle s'épanouisse au mieux. Elle ôtait une corolle fanée, redressait une tige, humait les parfums. Cette année, elle en attendit le bonheur habituel, surtout avec ce nouveau massif à observer avec attention – la juxtaposition des couleurs, des feuillages était-elle bonne ? Les floraisons synchrones ou subtilement échelonnées ? Telle touffe vigoureuse ne menacerait-elle pas d'étouffer la plante voisine ? Mais, après deux ou trois jours, quand elle eut fait l'inventaire des observations utiles, sa promenade s'écourta. Une paresse, un vague manque d'intérêt lui faisaient les jambes lourdes. Elle s'arrêtait un peu avant la fin du jardin et lui venait en tête la petite ponctuation morose, qu'elle connaissait bien maintenant : « Bon. Et après ? »

Elle la retrouvait tout le temps, dans chaque creux de son activité, au milieu de ses contemplations, goutte froide, note sinistre qui sonnait comme le glas du plaisir absent – « Bon. Et après ? »

Chaque fois qu'elle ressentait cela, cet arrêt à vide, ce petit constat mortel d'une insatisfaction, d'une attente sans objet, le souffle lui manquait une seconde. Elle allait s'asseoir quelque part car tout son être fléchissait, découragé. Contre quoi se battre, qui n'avait pas de nom, pas de forme, pas de mouvement ? Juste une absence de joie, un manque, rien... Comment fait-on pour lutter contre rien ?

Ce n'était même pas de la tristesse – elle connaissait la tristesse, elle avait vécu des années avec la tristesse, quand elle était avec ce compagnon qui ne lui allait pas ! Ça ne ressemblait à rien de ce qu'elle avait connu, à rien de ce que les autres lui présentaient comme panoplie de signes dépressifs. Le monde avait simplement perdu sa couleur, sa résonance vivante. Tout était pareil, mais assourdi, lointain, terne, trois tons au-dessous. Cette pesanteur, cette absence d'émotion, cette impression de glisser doucement dans un vide atone était indéfinissable, impartageable. Ce malaise inexplicable l'isolait de tous. Elle était seule avec ça. Avec « rien ».

Quand elle ne résistait pas, qu'elle ne se défendait plus, qu'elle se laissait aller à être juste comme elle se sentait, elle avait de grands moments d'immobilité contemplative où elle éprouvait un calme profond et véritable. Elle aurait pu rester immobile deux heures, trois heures, elle qui n'avait jamais pu rester assise cinq minutes. Et curieusement, dans ces moments d'abandon, elle ne se sentait ni vide ni perdue. Au contraire, son être était plein et dense dans le silence, comme rassemblé, profondément et sourdement existant... Puis elle s'effrayait de nouveau, s'éparpillait, mentalement affairée autour de son malaise. Elle tentait de se ressaisir, s'agitait avec peine, et curieusement le silence vivant redevenait vide et mat – « Bon. Et après ? »

Un jour de grand découragement, où elle tournait et retournait désespérément autour de cette perte d'allant, elle se retrouva assise au bout de sa table, sans envie de rien faire, et elle se dit tout à coup : « Mais... Mais je m'ennuie ! »

Elle en resta ébahie. Ça alors !

« Mais oui, c'est ça... je M'ENNUIE ! »

Depuis qu'elle était toute petite, elle avait bien entendu parler de cette chose étrange et inconnue. Elle avait vu des enfants s'ennuyer – des martiens avec lesquels toute amitié était impossible – des adultes s'ennuyer aussi – avec ceux-là TOUT était impossible – et elle n'avait jamais réussi à comprendre ce qu'ils ressentaient. Le concept de l'ennui lui était totalement étranger. Comment pouvait-on s'ennuyer quand on était vivant ? Que c'était bizarre ! Elle, elle était toujours naturellement occupée. Si ce n'était pas par une activité physique – elle était douée manuellement, ce qui est une chance, sans doute, pour ignorer l'ennui – elle s'intéressait à ceci, à cela. Une envie chassait l'autre ou venait à point prendre le relais, que ce soit au travail ou dans ses loisirs. Elle n'avait jamais assez de temps pour tout. Quand ce n'était pas une envie joyeuse ou sérieuse de faire, rien que le fait d'éprouver des joies ou des soucis meublait son temps et maintenait son intérêt en éveil. Son malheur conjugal, par exemple, avec les questionnements, les doutes, les espoirs, les découragements, les colères, les besoins de compensation qu'il avait générés, l'avait constamment, totalement occupée pendant des années. Il n'y avait pas eu un temps mort dans la vie de Christine.

Elle ne comprenait donc pas. L'ennui était pour elle impossible à imaginer. Quand elle entendait quelqu'un s'en plaindre, d'abord elle ne le croyait pas. Ça n'existait pas. Ça ne pouvait pas exister. Si la personne insistait et si elle voyait sur elle des signes évidents de cette curieuse prostration, elle la classait dans une catégorie de gens un tantinet débiles – se perdre dans un néant aussi plat ne pouvait qu'être le fait d'une certaine bêtise.

Et voilà que, ce jour-là, la stupéfaction la sortait de sa personnelle prostration et qu'elle se disait : « C'est ça... C'est donc ça, l'ennui. » Elle avait approché le mystère – révélation tardive dont elle se serait bien passée...

Elle venait de rencontrer ce spectre informe, engluant, qui semblait prendre possession de sa vie. Il n'y avait plus de projet heureux, plus de perspective puisque tout menaçait d'être dissous, anéanti par l'ennui. Quel était son avenir ? Un tête-à-tête avec ce monstre morne et silencieux qui annihilait sa joie d'être, et le voir grossir, enfler jusqu'à engloutir tout le reste de son existence ? Sentir tout événement, toute émotion réduits à son inutilité ? Le temps, le précieux temps devenir une perpétuelle attente stérile – de quoi ? De RIEN. D'un autre vide. De la tombe...

Cependant elle continuait de fonctionner. Personne ne voyait rien. Elle seule savait qu'elle portait ce mal secret en elle. Elle essayait de s'habituer vaille que vaille.

« Bon. Et après... ? »

Jusqu'à ce jour. Ce jour où l'idée foudroyante de se débarrasser de cette maison l'avait saisie...

L'heure du déjeuner la trouva encore secouée, la tête chavirée de toutes ces réminiscences qui s'étaient violemment enchaînées les unes aux autres, de ce point impitoyable sur l'état dans lequel elle se trouvait. Ce n'était pas seulement cette idée surprenante, folle, qui l'avait si fort désarçonnée, mais tout ce qu'elle avait entraîné de pensées tournoyantes, de remuement intérieur.

C'était la première fois depuis des mois et des mois qu'elle était en proie à une agitation, à un état d'émotion qui la tirait de sa torpeur mentale. Elle en avait la tête qui tournait. Cela l'avait saisie, emportée malgré elle, balayant du même coup le vide, le spectre de l'ennui, son malaise. C'était troublant, perturbant mais... si vivifiant !

Elle entra dans la maison, le nez gelé par le froid mais les joues brûlantes de cette ébullition intérieure. Elle poussa si fort la porte que celle-ci rebondit sur le mur et faillit lui revenir dans la figure. Elle ôta son parka avec un grand geste, bousculant une chaise qu'elle rattrapa de justesse. Ses mouvements avaient une force inattendue, une brusquerie qu'elle contrôlait mal. Ça faisait si longtemps, bon sang, que rien ne bougeait, qu'elle étouffait dans cet immobilisme paralysant ! Que ça faisait du bien d'en sortir ! Comme si, après une longue période de sobriété, elle avait bu d'un coup un verre d'alcool.

La griserie enfla, s'empara d'elle tout entière. Elle tourna et retourna dans la pièce, ne sachant quel sens et quel emploi donner à cette exaltation soudaine. Il faisait froid puisqu'elle n'avait pas allumé le feu ce matin mais ça n'avait aucune importance, elle crevait de chaud, tout à coup. Elle avait oublié d'aller faire les courses et il n'y avait rien à manger. Aucune importance, elle n'avait pas faim.

Elle erra encore un moment autour de la table et s'immobilisa. Ses pommettes étaient toujours rouges d'excitation mais son visage fut empreint tout à coup d'un grand calme. L'idée, l'idée initiale qui l'avait si fort saisie ce matin était revenue, non plus comme une idée saugrenue qui saute à l'esprit, mais une pensée raisonnable, élargie, nourrie de toutes les réflexions qu'elle avait entraînées, et qui se pose avec force. L'éblouissement de surprise, le choc qui l'avait fait chavirer plus tôt, se muait en une clarté qui rassemblait toutes les questions, les doutes, les errements, une évidence qui donnait réponse à tout : elle allait vendre sa maison.

Mais oui, bien sûr ! Ce n'était une idée ni incongrue ni folle. Elle était arrivée à point pour frapper au plus juste le cœur de son malaise. C'était presque un ordre, une injonction salutaire ! Elle ne savait quel génie avait déclenché une chose pareille, qui lui était tombée comme du ciel, mais c'était extraordinaire... Elle se répéta encore une fois, martelant mentalement les mots dans sa tête : JE VAIS VENDRE CETTE MAISON.

Et la clarté grandit, éclaira d'un jour péremptoire les dernières ombres du doute, l'évidence dénoua les derniers nœuds de vague résistance, et la détermination la prit tout entière, l'emporta comme une vague, soutenue par un fond de colère contre elle-même – quelle idiote elle avait été ! Quelle dupe !

Pour affermir sa résolution, elle s'en prit d'abord à l'esthétique de la maison, détailla tout ce qui l'entourait avec un regard farouche et impitoyable. Comment avait-elle pu s'attacher à ce point, se cramponner à un lieu aussi ordinaire ? Tout ce marron et ce blanc, ce contraste entre les sombres poutres et la chaux qui recouvrait uniformément les murs était d'un triste, d'une austérité ! Jamais elle n'avait pu l'égayer par des touches de couleur ou une décoration gaie, comme on en voyait dans les résidences campagnardes présentées dans les magazines. La maison, communément rustique, refusait toute originalité.

A l'extérieur, c'était pire. Elle n'avait jamais eu le courage de s'attaquer à l'affreux crépi gris-beige qui recouvrait les murs – lesquels étaient probablement en pierre du pays, mais comme le lui avait honnêtement dit le maçon qu'elle avait consulté un jour : « Vous savez, c'est pas du beau granit, il est un peu friable, foncé. Les anciens, ils faisaient les maisons d'ici avec les pierres qu'ils ramassaient dans les champs et ils ne se donnaient pas le mal de les tailler pour avoir une face propre au risque qu'elles leur pètent dans les mains. On peut tout mettre par terre, pour voir, mais franchement je me demande si c'est bien la peine de jointer tout ça... » Il avait terminé son estimation des travaux avec un froncement de nez qui en disait long sur l'ampleur du chantier, ce que ça allait coûter et le peu de résultat positif qu'il fallait en espérer. Ils n'avaient même pas été jusqu'au devis, et l'affaire avait été close.

Quelques treillis posés pour faire grimper des rosiers arrangeaient un peu les choses l'été, mais elle ne pouvait pas en couvrir toute la maison. La solution de la vigne vierge avait été rejetée d'emblée à cause des fourmis et des guêpes qu'elle était censée attirer. La seule phobie de Christine à la campagne était les insectes, qu'elle détestait.

Le jardin, en bord de route, était bêtement rectangulaire. Il n'y avait même pas un grand, un bel arbre pour donner quelque majesté à l'endroit. Seulement un vieux pommier tordu et moussu, des noisetiers dans la haie, du bois de taillis derrière la maison, maigre et plafonnant à six mètres. La mare n'avait pas grandi. Elle aurait tout de même bien contenu un nénuphar, mais les belles saisons étaient devenues inexplicablement plus sèches, ces dernières années, et elle était quasiment vide en été. Pas un poisson rouge n'avait survécu à l'aridité du mois d'août.

Comble du comble, la toiture, moribonde, devrait être refaite d'ici deux ou trois ans. Et pas question de remplacer l'affreuse tuile mécanique par de la petite tuile plate, qui aurait donné plus de cachet à l'endroit – celle-ci étant trois fois plus lourde, il aurait fallu refaire toute la charpente pour qu'elle supporte ce poids supplémentaire, et c'était financièrement impossible. Elle n'osait imaginer ce que donnerait un toit flambant neuf, en tuiles grossières, sans trace de patine... L'horreur !

Bref, c'était une maison comme il y en avait des dizaines de milliers, partout. Pas de quoi s'arrêter, ni même tourner la tête en passant devant. Et c'était pour ça qu'elle quittait son travail et Paris au plus vite tous les vendredis ? Pour ça qu'elle refusait toute visite, toute sortie le week-end ? Qu'elle ne faisait jamais un voyage, elle qui passait son temps à envoyer les autres dans tous les coins du globe ? C'était à ça qu'elle consacrait toutes ses économies, tous ses loisirs, son énergie ? Son univers, ses centres d'intérêt, ses rêves même, étaient réduits à cette baraque et ce lopin de terre ? ! Elle pouvait englober dans le tableau sa vie affective, elle qui n'avait pas d'amour, pas d'amant et quasiment plus d'amis... Elle avait tout rétréci à son attachement maniaque à cet endroit – mon Dieu, quel piège, quel affreux piège !

Elle parcourait maintenant les quelques pièces de la maison, la chambre d'amis étriquée, coincée en haut de l'escalier, la sienne, un peu plus spacieuse mais dont l'unique fenêtre en chien-assis, qui avait remplacé la vieille lucarne, donnait sur la route. Le souffle court, elle considéra les trois meubles sombres, l'unique tapis, la solitude du lit dans un coin... Elle étouffait de rage contre elle-même, contre cet auto-enfermement qu'elle avait obstinément organisé pendant si longtemps. Soudain, elle cria, toute seule, et sa voix résonna affreusement dans la pièce : « Mais qu'est-ce que je fous ici ? ! » Puis un sanglot sec lui échappa. Le silence et le vide l'environnèrent de nouveau et semblaient, par contraste, plus profonds et plus désespérants après avoir été déchirés par le son de sa voix.

Elle n'avait rien voulu, rien choisi, elle avait glissé dans cette chausse-trappe malgré elle – on lui avait donné cette maison qu'elle détestait quand elle était petite, sans lui demander son avis, elle l'avait arrangée par bravade quand son mari parlait de s'en débarrasser, elle en avait fait son refuge quand elle avait été tout à fait malheureuse avec lui, et elle s'était terrée ici après son divorce par peur de vivre, de sortir, d'être seule face aux autres, par peur de prendre le risque d'aimer de nouveau peut-être... Et voilà que les murs s'étaient refermés sur elle, les limites du jardin avaient borné son horizon, étouffants, sclérosants. Et elle s'étonnait de découvrir l'ennui, de se sentir lourde et sans plus d'envies ? Et comment pouvait-il en être autrement, elle était en train de crever ici ! Elle mourait à petit feu dans ce tombeau où elle s'était volontairement enfermée. Elle avait même planté les fleurs pour l'enterrement !

Pourquoi était-elle là en plein milieu de semaine, s'octroyant trois jours de liberté avant le week-end ? Cinq jours de congé, en pleine saison forte, alors que la crise de l'emploi sévissait partout et qu'elle était dans la tranche d'âge la plus menacée de se voir remerciée du jour au lendemain ! Tout ça pour mourir d'ennui dans son trou perdu. Était-elle folle ? ! Elle allait rentrer à Paris sans tarder. De toute manière elle ne tiendrait pas une journée de plus dans cette maison...

Elle descendit l'escalier et se précipita sur le téléphone pour appeler son bureau. Ce n'est qu'à la sixième sonnerie dans le vide qu'elle s'aperçut que c'était l'heure du déjeuner. Les filles devaient manger une salade au bistrot d'à côté. Elle avait pourtant donné la consigne, claire et insistante, que l'une d'elles assume la permanence téléphonique. Si tout le monde n'était pas à son poste à treize heures quarante-cinq pétantes, quand elle allait rappeler, ça allait barder ! Presque tout de suite elle eut honte de sa mauvaise foi. Ce n'était pas une femme injuste. Ses collègues n'étaient aucunement responsables de son humeur rageuse et elle n'avait qu'à donner l'exemple d'une assiduité qu'elle réclamait. Si on veut être exigeant avec les autres, il faut l'être d'abord envers soi-même. Elle rappellerait à quatorze heures, pas avant, et sans réflexions mesquines.

Pour meubler l'attente, elle fit à nouveau le tour des pièces de sa maison et tenta une estimation de ce qu'elles contenaient. Pas grand-chose à vrai dire, et de peu de valeur. Elle l'avait voulu ainsi, claironnant chez tous les commerçants qu'elle ne possédait que des meubles à trois francs six sous qui ne valaient pas l'effort et le risque d'un cambriolage. Pas le moindre objet de valeur, ni argenterie, ni pendule, pas même un joli vase au milieu des pots en terre. Des tapis de coton indiens et des planches sous les matelas. Point. Elle avait sans doute bien fait de le faire savoir car nul n'avait jamais tenté de forcer sa porte.

Elle compta trois armoires, quatre bahuts campagnards sans style, une commode, deux tables et quelques chaises paillées qu'elle avait récupérées à la paroisse du village – le nombre décroissant de fidèles ayant généré en contrepartie un excédent de chaises. Elle considéra leur manque de charme d'un œil froid, comme si déjà ils ne lui appartenaient plus. Le brocanteur du coin lui reprendrait sans doute le tout pour quelques milliers de francs, si toutefois il voulait bien sortir son camion et se donner le mal de charger une marchandise si ordinaire. C'était une pitié, vraiment ! Une pitié, surtout, d'avoir rétréci son univers à... à ça. Le dégoût l'assombrit un instant et la révolte la sortit de la tentation de repartir dans ses pensées, à peser le pourquoi et le comment de cet auto-enfermement. L'important était qu'elle réagisse, là, tout de suite, avant d'être définitivement devenue un légume !

Le sang battait à ses oreilles. Décidément, elle avait chaud, preuve qu'un élan de vie remontait en elle... Ah, quel miraculeux sursaut elle avait eu ce matin ! On possédait vraiment au fond de soi des ressources insoupçonnées, géniales, qui vous tiraient à temps des marasmes les plus mortels !

A quatorze heures pile, elle sauta sur le téléphone pour appeler son bureau. Elle annonça à son assistante qu'elle rentrait le soir même. Elle ne savait pas à quelle heure exactement mais elle sauterait dans le premier train pour Paris. Il était peu probable qu'elle ait le temps de passer au bureau ce soir mais elle serait à l'agence à la première heure demain.

Martine, une jeune femme franche et d'une grande santé morale et physique – il le fallait pour mener de front un métier, l'intendance de son ménage et le dressage de trois mouflets en bas âge – lui assura qu'elle avait dispatché entre elle et ses deux collègues les affaires à régler d'ici la fin de la semaine et que Christine pouvait tranquillement rester là-bas comme prévu. Sachant sa « chef » si accro à la campagne, elle ne cachait pas sa surprise de ce retour précipité.

Christine coupa court, elle ne tenait pas à s'étendre sur ses états d'âme, bien que Martine puisse être, à certaines heures, une véritable amie. Même s'il n'y avait rien d'urgent à régler elle rentrait ce soir. Martine dit tout à coup :

« Rien d'urgent... Ah ! Si, tout de même ! Justement, ça tombe bien que vous m'ayez appelée tout de suite. »

L'important groupe financier qui comptait envoyer une trentaine d'hommes d'affaires en Hongrie pour prospecter les marchés possibles, et qui tenait dur comme fer à ce que ce soit Christine elle-même qui accompagne le groupe, voulait une réponse de sa part cet après-midi. Christine leur avait déjà dit non à quatre reprises et comptait précisément envoyer Martine, son bras droit, à sa place. Elle, elle connaissait le topo, et trop bien : personne n'était jamais satisfait de sa chambre, ni des repas, il fallait dégoter des interprètes potables qui faisaient faux bond ou réclamaient double salaire au dernier moment, trouver le dimanche un car qui ne tomberait pas en panne pour emmener tout le monde en excursion. Bref, l'enfer ! Au point où elle en était de sa carrière, elle pouvait s'épargner ces corvées. Martine s'en tirerait très bien avec sa vitalité et son côté frondeur. Elle s'affermirait dans l'expérience, c'est comme ça qu'on acquiert du métier. Mais Martine faisait grise mine et le client insistait lourdement pour qu'elle-même soit l'accompagnatrice.

Et voilà qu'en ce jour, à cette heure précise et sous l'éclairage de son état d'esprit présent, cette perspective de voyage lui sembla tomber à pic. Le fait que Martine lui en parle précisément maintenant et que ces gens exigent une réponse immédiate ne pouvait être qu'un signe du destin, dans la logique de la petite révolution qu'elle se préparait à accomplir. On lui montrait du doigt, péremptoirement, ce qu'elle devait faire. Cette journée était vraiment extraordinaire...

Elle chargea Martine de dire qu'après tout, oui, elle était d'accord. Une pointe d'enthousiasme et d'espièglerie perça dans sa voix quand elle déclara à Martine, plus que stupéfaite : « Eh bien, quoi ? Quinze jours à Budapest ne pourront pas me faire de mal ! Tant pis pour vous, je vous laisse torcher votre petit dernier tranquille. Mais n'en profitez pas pour en faire un autre, hein ? Sinon je me fâche ! » Elles avaient des rapports assez libres, et Martine assez d'humour pour que Christine se soit permis un jour de lui dire ce qu'elle pensait des pondeuses hystériques... La conversation se termina par un grand rire de Christine en écho à la profonde perplexité qu'elle perçut à l'autre bout du fil.

Pas de temps à perdre maintenant que tout était décidé. Elle se changea en vitesse, remit les habits parisiens qu'elle avait pour venir et, considérant avec dégoût l'informe collant en coton qu'elle n'avait pas sali ce matin, elle le mit carrément à la poubelle. Au point où elle en était, elle se dit qu'elle pourrait prendre un sac et débarrasser déjà quelques vêtements qu'elle ramènerait à Paris, ce serait ça de clarifié. Puis, ayant ouvert son armoire, elle reluqua avec une involontaire petite moue les vieux tee-shirts, les pulls hors d'âge, les deux ou trois vestes élimées qu'elle « achevait » ici. Elle referma les portes. C'était tout juste bon à donner – et encore ne serait-ce pas un reluisant cadeau à son prochain... Elle se houspilla elle-même moralement avec une pointe de vulgarité : « Allez, tire-toi ! Tu n'as plus rien à faire ici, rien à récupérer. Fous le camp ! »

Elle descendit l'escalier sans s'attarder davantage, mit son manteau, attrapa son sac, ses clés de voiture, et ferma la porte. Elle traversa le jardin sans l'ombre d'un attendrissement, sans hésitation, sans même jeter un regard sur cette maison – sa maison chérie – qu'elle s'était mise à haïr depuis les fondations jusqu'au faîte.

En montant dans la 4L, elle se dit : « Tiens, il va falloir que je me débarrasse de ça aussi. » Elle passa en trombe devant la ferme un peu plus loin, sans un regard non plus. Aucun adieu à faire à des voisins aussi sauvages et obtus. Des gueules de paysans comme on n'en fait plus, jamais un bonjour, à peine un sec signe de tête quand ils ne pouvaient pas faire autrement. Une horreur. Elle avait été leur acheter des œufs un temps, puis elle y avait renoncé, rebutée. Décidément, il n'y avait vraiment rien à regretter, sur aucun plan !

Elle avait un si profond sentiment de libération, un tel élan vers ailleurs, qu'elle avait l'impression que sa voiture poussive volait littéralement sur la route. Elle s'en allait d'ici, bon sang, elle s'en allait ! La petite route, jamais refaite depuis vingt ans, était mauvaise, pleine d'ornières et de nids-de-poule, et les amortisseurs trop souples la faisaient sauter sur son siège au point que sa tête touchait parfois le plafond. Prise d'un accès de gaminerie, elle se mit à rire toute seule, et dans un cahot plus violent que les autres un « youpi ! » intrépide lui échappa. Elle allait !

Avec le plat de la départementale, son excitation tomba et elle redevint pragmatique. Dès demain elle irait voir les deux ou trois agences immobilières qu'elle connaissait, près de son bureau, et tenterait de leur proposer la vente. Sa seule chance de tirer une somme convenable de cette maison était de dénicher à Paris un acheteur étranger, Anglais ou Hollandais amoureux de la campagne française. Si elle manquait trop de charme pour cette clientèle, tant pis, elle la fourguerait à bas prix chez le notaire du coin. Pourvu qu'elle s'en débarrasse, c'était le principal.

Elle passa le reste du trajet, en tablant sur un prix de vente moyen, à calculer le nombre de voyages qu'elle pourrait faire chaque année, jusqu'à la fin probable de ses jours, avec cet argent, auquel s'ajoutait l'économie considérable des frais qu'elle devait assumer en permanence. Deux voyages au moins par an, et somptueux. D'autant qu'elle avait par son métier des facilités dont elle ne profitait jamais. Et si les destinations lointaines et exotiques venaient à la lasser, elle pourrait consacrer ce budget annuel à la location de maisons magnifiques, à la mer, à la montagne, pour profiter de séjours variés, confortables, sans avoir l'inconvénient d'une maison à entretenir. Dire qu'elle avait mis dans cette baraque absolument toutes ses économies et ce, complètement à perte puisque la valeur de la maison n'augmentait pas d'autant ! Tout ça pour s'escrimer comme une bête et avoir un teint d'endive. Elle se serait battue rétrospectivement ! Dieu merci, elle avait réagi avant d'avoir à refaire cette toiture qui l'aurait endettée pendant des années. Ouf ! Il était temps.

Pour enrayer la colère contre elle-même qui remontait, elle se concentra sur ce qu'elle pourrait projeter pour l'été à venir. Le printemps, avec ce qu'elle avait accepté tout à l'heure, c'était réglé. Mais l'été ? Quelques idées de voyages lui vinrent en vrac, tous plus tentants les uns que les autres.

Elle était comme devant la vitrine surchargée d'une pâtisserie, après s'être privée de gâteaux pendant des années. C'était trop riche, trop varié, et un soupir lui échappa – un soupir d'affamée.

Sur le point d'arriver à la petite ville où elle prenait son train pour Paris, elle avait fixé son choix : ce serait l'Italie. Un rêve de toujours, transformé en fiasco par un voyage de noces organisé à la va-comme-je-te-pousse, sans un sou, lors de son premier mariage. D'hôtels minables en gargotes où ils se bourraient exclusivement de pâtes, par économie, ils n'avaient connu que le côté approximatif, bruyamment bordélique des Italiens. Les villages où ils passaient étaient presque tous moches, rafistolés tant bien que mal, avec des parpaings cassés qui traînaient au pied de chaque mur, des tas de gravats qui ne seraient jamais ramassés au vu des mauvaises herbes qui les avaient déjà envahis. Elle avait pensé : « Quand ils font quelque chose, ils ne peuvent donc pas le finir proprement, ces gens-là ? Sont-ils obligés de laisser tout ça en plan pour nous gâcher le paysage ? » Ils avaient rebroussé chemin avant d'atteindre Pompéi – quelle honte ! Comment avait-elle pu être si bête ?

Quand, en ville, elle se gara dans son parking, qu'elle tira violemment son frein à main avec un grincement définitif, elle avait pris sa décision : elle irait à Pompéi, d'abord. Après, on verrait. Cette impardonnable lacune touristique, cette bévue ignare de sa jeunesse serait réparée en premier, d'urgence. Elle claqua la portière et se précipita vers la gare comme si l'Italie était au bout du quai. Elle avait perdu tellement de temps, elle avait tant de choses à rattraper…

Curieusement, en ce milieu de journée et milieu de semaine, il y avait une petite file d'attente de huit à dix personnes à l'unique guichet ouvert. Elle se mit tout de suite à la queue, pour prendre son billet sans tarder. Pendant qu'elle attendait son tour, elle essayait de déchiffrer les heures de départ affichées sur les murs de la salle. A cette distance elle voyait mal mais elle crut discerner un quinze heures – auquel cas elle aurait de la chance, c'était dans vingt minutes – à moins que ce ne soit dix-sept heures, ce qui serait moins bien. Enfin, l'important était d'avoir son billet dans la poche. Sa hâte de partir était si grande qu'elle décida que ce devait être quinze heures. Elle pourrait sauter dans ce train si les ploucs qui étaient devant elle et la blondasse derrière son guichet voulaient bien se presser un peu au lieu de discuter un quart d'heure à chaque billet. « Dieu ! Que tout est lent ici, que tout est lent et lourd... », pensa, agacée, celle qui savourait encore il y a peu de temps le charme apaisant du rythme provincial.

Un couple de petits vieux, devant elle, sauvegardait tant bien que mal un équilibre pyramidal, les épaules appuyées l'une contre l'autre, les têtes presque jointes, deux cannes les soutenant de part et d'autre, comme des étais auraient maintenu un édifice branlant. Quand la file avançait de cinquante centimètres, on déplaçait dans l'ordre les cannes, l'une après l'autre, les pieds, deux puis quatre, péniblement, puis les épaules s'appuyaient de nouveau. Le tout vacillait, instable, souffreteux, et l'ensemble s'immobilisait dans son équilibre précaire jusqu'à la prochaine avancée.

Christine les observait. A quelques centimètres de leurs dos, rien ne lui échappait de leurs efforts, de leur douleur, du petit gémissement que la vieille laissait échapper dans un souffle chaque fois qu'elle avait à déplacer son corps, et leurs soupirs conjoints quand ils s'épaulaient de nouveau. Et leur patience, et leur silence, et leur humilité. Ils attendaient, comme tout le monde, comme s'ils avaient été encore comme tout le monde... Christine avait mal pour eux. Les vieux lui avaient toujours fait mal. Ils la gênaient. Elle était comme terrorisée par tant de faiblesse, tant d'impuissance, tant de résignation parfois – comme celle qu'elle voyait devant elle.

Elle détourna les yeux, prit son mal en patience en détaillant la vieille gare qui, n'ayant pas encore été rénovée, gardait un charme désuet, avec sa double porte à petits carreaux qui donnaient sur les voies et que le chef de gare coinçait encore avec une cale-sifflet pour la maintenir ouverte à l'arrivée et au départ des trains. La salle des pas perdus était assez grande mais une série de petites fenêtres, de part et d'autre de la porte, de vraies fenêtres munies de volets, ouvraient sur les quais, donnant à la gare une allure de petite maison. Sous chaque fenêtre, à l'extérieur, il y avait un banc comme on en voit dans les squares, de vieux bancs à lattes peints en vert, infiniment plus sympathiques et confortables que les froides banquettes en métal qui fleurissaient à présent sur les quais de la SNCF.

Christine avait toujours craint qu'on ne bouleverse un jour ce décor, transformant « sa » gare charmante en boîte de verre et d'aluminium avec baies coulissantes, comme partout. Elle la regardait aujourd'hui en se disant : « Toi, ma vieille, je ne te reverrai pas de sitôt… »

Enfin, devant elle, le couple de petits vieux, nantis de leurs billets, se décrochèrent du comptoir où ils s'étaient agrippés et dérivèrent, toujours arrimés l'un à l'autre, vers la porte ouverte sur les quais. Son tour étant venu, Christine demanda un aller simple pour Paris. L'employée, sans lever la tête vers elle, derrière sa paroi de verre, dit :

– Mettez-vous sur le côté, s'il vous plaît.

– Pardon ?

– Mettez-vous sur le côté.

Cette fois, elle avait eu droit à un regard peu amène sous la tignasse blonde et elle vit, stupéfaite, l'employée s'adresser directement au type qui la suivait dans la file, sans plus s'occuper d'elle qui s'était écartée, obéissant machinalement à ce que la fille lui avait demandé. Elle n'en croyait pas ses yeux et se rebiffa, d'abord calmement :

– Je vous ai demandé un billet, vous pourriez me le donner, s'il vous plaît ?

Pas de réponse. La fille s'occupait du type, pianotait sur son ordinateur, le visage fermé.

– Vous m'avez entendue ? C'est un peu fort, tout de même, ça fait un quart d'heure que j'attends et...

Avec la rapidité d'un serpent à sonnette qui attaque, la fille lâcha son ordinateur et vint coller son nez à la vitre, juste en face du visage de Christine.

– Vous allez à Limoges ?

– Comment ?

– VOUS ALLEZ À LIMOGES ? ?

– Non, à Paris. Je viens de vous demander un aller simple pour...

– Parce qu'il y a des gens derrière vous qui vont à Limoges et le train arrive dans une minute. Celui de Paris, c'est dans une heure et demie, alors si ça ne vous fait pas trop chier d'attendre un peu ça arrangera tout le monde !

Christine ne prit pas en compte les traits tirés de la fille, les cernes, le fait évident que celle-ci était à bout de nerfs pour une raison quelconque. Elle le prit mal, tout simplement. Elle l'accusa d'être grossière, l'autre lui rétorqua que les emmerdeuses et les égoïstes dans son genre n'arrangeaient pas la vie. Bref, en quelques phrases cinglantes, s'ensuivit une véritable altercation. La fille lui jeta si violemment son billet par l'ouverture du guichet que celui-ci voleta jusqu'à terre, ce qui mit Christine au comble de la fureur. Elle menaça d'aller trouver le chef de service pour se plaindre, et l'autre de repartir sans se démonter :

– C'est ça ! Ça vous passera le temps pendant votre heure et demie d'attente !

N'était la vitre qui l'en empêchait, Christine aurait volontiers giflé la donzelle. C'est dans ces circonstances qu'on mesure la sagesse du cloisonnement entre usagers et guichetiers. Le tout se termina par un échange d'insultes assez classiques, et Christine mit le point d'orgue final par un « connasse ! » retentissant, avant de tourner les talons avec son billet enfin en poche.

Quelques personnes, qui ne s'étaient pas précipitées vers le train qui arrivait en gare dans un grand fracas, la regardaient avec insistance – des regards franchement réprobateurs car ils n'avaient pas saisi le point de départ de l'algarade et avaient mal entendu, ou pas du tout, ce que disait la greluche blonde lâchement planquée derrière sa vitre. Seules les grossièretés de Christine avaient résonné dans tout le hall.

En récupérant un air aussi digne que possible elle se réfugia au buffet. Heureusement, ce n'était pas un de ces endroits ouverts à tous les courants d'air, comme dans les gares modernes. Ce buffet-là était un lieu intime et clos, jouxtant le hall, un vrai café à l'écart du bruit et de l'agitation. Christine y entra rapidement, soulagée d'échapper à cette atmosphère d'opprobre qu'elle croyait sentir peser sur elle. Inconsciemment, elle courbait la nuque comme une coupable en passant la porte d'entrée, et elle vint s'appuyer des deux mains au comptoir.

Elle avait les jambes qui tremblaient et elle tentait de reprendre le contrôle de sa respiration saccadée. Son cœur battait, aussi, d'une manière désordonnée. Ce n'était pas tant la colère contre la désagréable guichetière qui la troublait encore, mais le choc de s'être laissée aller à se mettre dans cet état – jamais, jamais de sa vie elle ne s'était engueulée ainsi avec quelqu'un ! Sa modération, sa tolérance naturelle l'en empêchaient et elle avait toujours su tempérer ses humeurs, sans s'abaisser à insulter qui que ce soit. L'affreux

« connasse ! » qu'elle avait lancé à cette fille résonnait encore dans sa tête comme une incongruité dégoûtante. Et tous ces mots, ces répliques hargneuses qui étaient sortis d'elle spontanément, aisément, sans retenue, comme si elle avait l'habitude d'invectiver le monde à tous les coins de rues. Et c'était parti tout seul, malgré elle – qu'est-ce qui lui avait pris ? ! Elle ne se reconnaissait pas…

Elle ressentait une grande faiblesse dans les jambes, maintenant qu'elle avait arrêté de trembler. Elle épongea la sueur qui avait perlé à son front et qu'elle sentait comme une brume froide sous ses cheveux. Elle faillit commander un café et se ravisa pour un thé qui l'énerverait moins. « Après ça, c'est une camomille qu'il me faudrait… », pensa-t-elle. Ce léger humour vis-à-vis de sa méchante humeur la revigora un peu.

Mais la tête lui tournait, elle se sentait hâve et les traits tirés. Elle pensa qu'elle était vraiment traumatisée par la scène avec cette fille. Elle en avait un creux d'angoisse à l'estomac. Puis elle se rappela qu'elle n'avait absolument rien mangé depuis le matin. Elle avait faim, voilà, bêtement faim.

Elle était restée au comptoir en attendant son thé et, sur sa droite, juste à hauteur de ses yeux, trônait dans une sorte de présentoir en plastique muni de couvercle un unique, un énorme sandwich aux rillettes, épais, abondamment garni. On devinait le pain – à peu près une demi-baguette – croustillant, cuit à point, avec une mie moelleuse. Des cornichons coupés en lamelles dépassaient sur les côtés, posés sur le pâté qui débordait. De quoi rassasier quelqu'un pour une journée entière. Un magnifique et tentant péché posé là sur trois feuilles de salade qui lui étaient comme un écrin, et qui semblait la narguer.

Elle en eut une telle envie qu'elle ressentit une petite crampe douloureuse au niveau des glandes salivaires. Elle mit machinalement la main sur sa bouche et reluqua du coin de l'œil l'affreuse tentation. Non. Non, pas ça, il n'en était pas question ! Surtout aujourd'hui qui était un jour de décisions importantes, de mise au point bénéfique pour repartir sur une nouvelle voie. Elle allait commencer, pour inaugurer ce qu'elle considérait déjà comme une nouvelle phase de sa vie, par perdre ces six ou sept kilos qu'elle avait attrapés irrésistiblement ces dernières années. Aucune tentative de régime n'avait réussi à en décrocher un seul, et cela montait, montait, obstinément.

Il faut dire que s'encroûter à ce point et passer tous ses loisirs dans un pays qui avait pour seule spécialité culinaire – absolument la seule – le « pâté aux pommes de terre » n'aidait pas à garder la ligne. Cette tourte composée d'une épaisse pâte au beurre bourrée de patates noyées dans la crème fraîche était un véritable attentat. Comment résister quand il n'y avait que ça, partout, chez tous les boulangers ?

Mais elle allait prendre le taureau par les cornes, récupérer son poids de jeune fille, il le fallait. Le temps du laisser-aller maladif était fini, et ça commençait maintenant, en détournant courageusement les yeux du présentoir et en refusant la tentation de cet énorme morceau de pain bourré de graisse.

– Vous avez un œuf dur, s'il vous plaît ?

Non, il n'y en avait plus. Mais si elle voulait bien s'asseoir à une table un moment, on pourrait lui en cuire un ou deux.

– Je veux bien, oui. Deux.

Elle transbahuta elle-même son thé du comptoir à une table recouverte d'une nappe en fausse dentelle de plastique et s'assit en faisant horriblement crisser les pieds en fer de la chaise sur le carrelage. Autant rester assise un moment puisqu'elle avait tant de temps à attendre...

Pour se distraire et effacer aussi l'impression désagréable que lui laissait l'altercation avec la guichetière, elle s'amusa à détailler le décor autour d'elle. Elle passait toujours en coup de vent dans cette gare et s'attardait rarement à prendre un café, dans sa hâte de se précipiter vers sa maison. Aujourd'hui, elle le contemplait avec une froide attention, se disant qu'elle avait peu de chance de revoir cet endroit.

La fausse fleur était omniprésente, multicolore bien sûr, pendouillant en guirlande au-dessus du bar, collée en gerbes aux murs sous les appliques, en mini-bouquets sur les tables et, comble de l'invention dans le raffinement, quelques violettes décolorées par le soleil agrémentaient l'embrasse des rideaux retenus sur le côté, façon « bonne femme ». Christine se demandait, approfondissant son observation, qui avait bien pu avoir l'idée géniale de recouvrir les murs de trois papiers peints différents... Du côté de la porte et des fenêtres, on avait droit à une harmonie de beige et de marron avec des petites fleurs vertes ; à l'opposé, du côté de la porte des toilettes, c'était un fond mauve à vagues ramages moutarde ; et du côté du bar, sans doute pour faire « moderne » dans ce coin, on avait carrément opté pour l'abstrait, avec de grands motifs vermillon criard tirant sur le géométrique – une horreur qui vous sautait à la figure, brutale, extraordinairement laide, comme on en voyait dans la période kitch des années cinquante. Il fallait être atteint d'une sorte d'infirmité du sens esthétique pour organiser un ensemble pareil !

Cette juxtaposition meurtrière de tons et de styles pourrait-elle être due à une récupération de stocks, d'invendus ? Avait-on ramassé tout ce qui restait de bric et de broc dans le fond d'une boutique en faillite pour le coller sur les murs ? Mais non, non ! Christine, en connaisseuse, balaya l'hypothèse en considérant le soin avec lequel tout cela était agencé, bien collé, agrémenté de détails savoureux, de couleurs de peinture accordées, ou subtilement désaccordées, aux fleurettes et aux ramages. Non, ce n'était pas le fruit du hasard ou du je-m'en-foutisme. Tout cela était voulu, choisi. Aimé.

Certains amis parisiens, de passage pour lui rendre visite, se récriaient parfois à propos du manque de goût qui régnait dans ces provinces reculées. Christine, qui s'était familiarisée avec cette esthétique particulière depuis quelque vingt ans, répliquait qu'il ne s'agissait nullement d'un « manque de goût » mais d'un goût – un vrai, solide, authentique goût. Les gens d'ici n'auraient pas aimé un papier discret et des rideaux d'un chic tout parisien.

Et voilà qu'au bout d'un certain nombre d'années... on s'habituait. Si l'on voulait bien ne pas accorder trop d'importance à la laideur de chaque élément, l'ensemble était souvent chaleureux, bon enfant, et cette ambiance désuète attendrissait comme une maison de grand-mère, rassurante parce qu'elle ne changeait pas, qu'elle ne changerait jamais, à l'abri des modes, des élégances passagères.

Un été, elle avait failli craquer, au marché du village où elle allait faire ses courses, pour une de ces blouses de ménagère qu'on ne voit que dans les campagnes, taillées comme des sacs, à boutons, et dont les motifs sont à peu près similaires à ceux des toiles cirées, affreuses, qu'on met ici sur les tables de cuisine. Tout à coup, elle avait trouvé ça charmant. Et puis finalement, c'est vrai que c'était pratique... C'est son fils qui l'avait retenue de l'acheter, presque scandalisé – « Mais enfin, maman, qu'est-ce qui te prend ? Tu ne vas pas mettre... ÇA ? ! » Elle avait vu alors la hideur du tissu, le croquet vert pomme qui bordait les emmanchures et le bord des poches... Elle avait reconnu avoir subi une sorte d'accès d'intégration au goût du pays, une crise d'adéquation à l'harmonie ambiante. Comme quoi il fallait être vigilant. Quelques mois d'immersion totale en France profonde et elle se retrouverait, tout à fait consentante, affublée comme pour un sketch des « Vamps » !

Christine avait terminé son thé, ses œufs durs qu'elle avait savourés à petites bouchées pour les faire durer le plus longtemps possible. Que c'était agaçant, cette attente forcée ! Au moment où elle avait un impérieux besoin d'aller de l'avant, de mettre immédiatement en pratique sa résolution, elle était freinée, tenue là, à tourner dans sa tête des considérations futiles. Elle piaffait intérieurement, et c'était presque une souffrance. Un tel malaise en tout cas qu'elle pensa un instant rentrer à Paris en 4L. Elle y renonça prudemment en se souvenant que ce pauvre véhicule poussif n'avait pas été révisé depuis au moins deux ans.

Un énorme et bruyant soupir lui échappa, qui fit lever la tête de la gérante du buffet somnolant derrière sa caisse. Christine fit un sourire de vague excuse à cet être parfaitement assorti au décor – peut-être en était-elle l'auteur ? – avec sa permanente frisottée, sa petite médaille sur le col du chemisier rose en tissu synthétique, et sa blouse, la fameuse blouse sac sans manches. Et l'air morose, les mains croisées sur le ventre, cette résignation comme une cendre grise sur le teint : l'image même de l'ennui.

Christine en eut un brusque accès de nerfs en pensant que, ouf, c'était fini, elle avait échappé au danger, elle ne viendrait pas grossir la cohorte des mémères qui moisissaient ici en attendant que mort s'ensuive... Et si elle achetait quelques périodiques d'annonces immobilières ? Au moins elle pourrait avoir une idée des prix pratiqués actuellement pour une maison du genre de la sienne.

Elle se leva brusquement, et la gérante sursauta de nouveau. Elle paya, évita de regarder le sandwich toujours posé dans son présentoir et sortit du buffet. Il n'y avait pas grand-chose au kiosque de la gare. Elle prit un magazine proposant des ventes de résidences de luxe – ce qui ne lui donnerait aucune information utile, mais ça passerait le temps – et aussi le périodique des notaires, plus intéressant pour elle.

Quand elle eut réglé ses journaux, elle se retourna et, tout de suite, son œil fut attiré par la petite silhouette d'une jeune fille qui semblait attendre, toute seule au milieu du hall à présent presque désert.

Christine, la voyant de trois quarts dos, distinguait à peine son visage, mais quelque chose d'émouvant dans son maintien, dans l'immobilité tendue de la jeune fille, arrêta son attention. Elle la contempla un instant, ses journaux dans les bras. La petite, les pieds joints, les deux mains enfoncées dans un imperméable un peu étriqué, trop court pour elle et pas du tout à la mode dans son classicisme mastic, les cheveux ramassés à la diable en une intemporelle queue de cheval, ne bougeait pas du tout, le regard rivé sur la porte qui donnait sur les quais.

A la recherche d'un siège où elle pourrait s'asseoir pour compulser ses journaux, mais aussi pour voir à quoi ressemblait la jeune fille de face, Christine la contourna en passant derrière elle, fit le tour du hall, repassa devant la porte du buffet, nota qu'il n'y avait aucun siège, aucun banc nulle part dans cette salle des pas perdus – décidément bien nommée – et, arrivée près des petites fenêtres situées de part et d'autre de la porte, elle se retourna pour la regarder.

Elle en resta bouche bée, frappée par tant de luminosité dans le regard, de naïve exaltation. C'était un visage pétri d'amour, d'espoir, qui semblait éclairé de l'intérieur, illuminé par sa foi

Christine, fascinée, se demanda un moment si ce n'était pas par hasard la lumière de quelque spot disposé au plafond, ou le reflet d'une vitre, qui faisait ressortir ses traits d'une manière un peu magique dans la grisaille du décor de la gare. Mais non. C'était elle. Juste elle avec son attente, sa fraîcheur, son amour – il était évident que cette jeune fille brûlait d'amour – qui la tenaient là, ardente, droite comme une petite flamme. « Comme elle est jolie... Comme elle est attendrissante », pensa Christine, émue, qui ne se lassait pas de la regarder. Elle avait seize ou dix-sept ans peut-être, pas plus. Le visage d'un pur ovale encadré de quelques mèches folles échappées de la sage barrette et qui semblaient aériennes, légères, comme si l'espoir soulevait tout l'être jusqu'à la pointe des cheveux, les yeux grands ouverts, clairs, brillant d'une joie pure et confiante, les lèvres entrouvertes pour un sourire à peine esquissé, rappelèrent à Christine certaines images de la Vierge Marie que l'on glissait dans son missel quand elle était petite – visage reflétant une telle pureté idéale, une telle aspiration à la clarté qu'il la portait vers l'amour divin bien mieux que tous les évangiles réunis. Jusqu'à ce que l'amour tout court, plus tangible, ne remplace vers quatorze ans l'attirance vers le divin...

Christine, abîmée dans la contemplation du visage merveilleux de la jeune fille, gardait elle aussi, par un mimétisme inconscient, les lèvres entrouvertes dans un demi-sourire. Au sens propre du terme, ravie par cette vision, elle s'oubliait.

Un gosse s'échappa du buffet avec un grand fracas de porte claquée et se précipita en courant vers le kiosque à journaux sans doute pour y acheter quelque *Mickey*. Dans sa hâte, il trébucha à trois pas de la jeune fille et laissa échapper la monnaie qu'il tenait serrée dans sa main. A genoux devant elle, il récupéra les pièces qui avaient roulé par terre jusqu'à ses pieds. La jeune fille n'eut pas un regard pour lui, sans doute ne s'aperçut-elle même pas de la présence du gamin. Rien ne semblait pouvoir la distraire de son attente, de son rêve, elle était tout entière dans son désir.

Un léger rire d'attendrissement échappa à Christine et elle regarda encore autour d'elle si quelque siège n'avait pas échappé à sa recherche. Rien. Vraiment aucun endroit où elle puisse se poser. Elle aurait bien aimé rester non loin de la jeune fille, la voir s'animer, découvrir qui elle attendait, et quel surcroît de beauté et de lumière le bonheur pouvait bien apporter à ce visage... Tant pis, elle irait sur un des bancs qui étaient dehors, en fermant bien son manteau. Elle passa la porte qui donnait sur les quais et alla pour s'asseoir sur le premier, tout à côté, puis se ravisant elle s'installa sur le banc suivant, sous la petite fenêtre la plus éloignée de l'entrée. De cet endroit, en se retournant à peine, elle pouvait voir à travers les carreaux la jeune fille au milieu du hall.

Elle nota avec soulagement que l'air était plus doux que ce matin et qu'il n'y avait pas de vent. Être là, dehors, était donc tout à fait supportable. On aurait dit que le printemps s'annonçait par cette soudaine clémence de la température. Christine se sentit tout à coup extrêmement calme, paisible. La beauté de la jeune fille la laissait attendrie, ses humeurs violentes d'aujourd'hui en étaient amollies, pacifiées. Elle vérifia d'un coup d'œil si elle était toujours là et sourit doucement – la petite était exactement à la même place, juchée sur ses épaisses semelles, à la mode de ces années-ci, qui contrastaient d'une manière presque comique avec sa mise plutôt démodée. « Un ange. Un ange avec des enclumes aux pieds... Peut-être s'envolerait-elle sans ce lest ? » pensa Christine. Son humeur adoucie lui fit choisir d'ouvrir d'abord le magazine aux résidences de luxe, histoire de folâtrer un moment dans des décors et un monde qui ne seraient jamais les siens.

Elle commença un voyage exotique et imaginaire dans ces lieux où des promenades bordées de statues, de vasques regorgeantes de fleurs sous des arbres centenaires, menaient à des terrasses ornées de topiaires de buis et de milliers de plantes poussées et entretenues comme par enchantement, terrasses qui donnaient elles-mêmes sur des entrées grandioses, des colonnades, des piscines irréelles. Dans les maisons pleines de meubles précieux, avec triple épaisseur de rideaux, il y avait des lits moelleux à baldaquin, des tables cirées où se reflétaient de délicats services en porcelaine, des bouquets frais, tout cela sans âme qui vive – des maisons fantômes qui n'attendaient que vous, lecteur, comme propriétaire en rêve, comme invité à la sauvette, comme voleur…

Elle était en train d'imaginer l'odeur de miel, de cire et de lavande qu'évoquaient les photos d'une propriété dans le Midi, quand elle s'aperçut qu'un train s'était arrêté sur une voie éloignée. Les gens, qui avaient emprunté le passage souterrain, passaient en la frôlant, assise sur son banc. Elle rangea ses pieds sous elle pour éviter le choc de quelque sac et, se souvenant tout à coup de la jolie jeune fille, elle se retourna prestement pour ne pas manquer sa rencontre avec celui qu'elle attendait. Ne la voyant pas au milieu des gens qui sortaient, elle crut qu'elle était partie. Mais tout à coup elle l'aperçut. Elle n'avait pas bougé. Et quand tout le monde fut sorti, et le hall de nouveau désert, la jeune fille resta là, immobile, scrutant toujours le vide de la porte sur les quais – l'élu, l'heureux attendu n'était pas dans ce train-là…

Christine regarda sa montre. Encore une demi-heure à patienter. C'était vraiment interminable. Elle changea de magazine avec un bref soupir, se plongea dans les annonces notariales qui pourraient lui donner une idée précise de ce qu'elle pouvait espérer de la vente de la maison. Entre deux pages, elle se demanda si elle aurait le courage de reprendre la gymnastique. Il y avait un club pas très loin de son agence… Elle était entrée se renseigner un jour mais n'était pas restée plus de deux minutes, rebutée par la musique techno qui lui courait sur les nerfs, le look des filles en justaucorps échancrés jusqu'à la taille et collants fluo ou panthère, l'air de plagiste séducteur bronzé aux UV du mec à l'entrée, et cette discrète mais tenace odeur de transpiration, omniprésente sous le parfum citronné du désinfectant impuissant à la masquer... A l'époque, elle n'avait aucun courage, elle avait fui, c'était normal. Mais en ignorant le décor, l'ambiance, en s'habituant à l'odeur et en se concentrant sur ses muscles, elle pourrait se refaire une silhouette pour l'été avant de partir pour l'Italie.

Elle soupira de nouveau, croisa les jambes dans l'autre sens. Avec cette manie qu'elle avait de mettre des jupes si courtes, elle avait froid aux cuisses. Elle mobilisa son attention sur les pages réservées aux annonces qui concernaient la région « Centre ». Elle verrait tout de suite à quelle bonne ou mauvaise surprise elle devait s'attendre – mauvaise, à coup sûr, au vu des deux mochetés de maisons, à peu près équivalentes à la sienne, proposées dans la première page à des prix plus que modiques. Elle s'attacha pourtant à détailler toutes les annonces, les unes après les autres, et, en filigrane, resurgissait dans son esprit, alternativement, une bouffée de colère, le souvenir d'une réflexion de son ex-mari, la vision de quelques-unes de ses fleurs préférées, son fils endormi dans l'herbe, sa lassitude, le craquement du feu dans la cheminée, le sentiment de son enfermement, le dégoût d'elle-même...

Elle ne prêta pas attention à l'arrivée d'un nouveau train, absorbée par ce constat tristement lucide : elle ne tirerait pas grand-chose de sa maison. Et encore, si elle avait de la chance ! Il faudrait... Elle sursauta, brutalement sortie de ses pensées par la bousculade et les rires de trois gars qui étaient venus s'affaler sur le banc voisin, avec d'énormes sacs qu'ils traînaient derrière eux n'importe comment. L'un d'eux avait violemment heurté les jambes de Christine, et le type, occupé à hurler de rire avec ses copains, s'était à peine excusé en récupérant son barda. Ils continuaient à s'esclaffer bruyamment, à moitié couchés sur le banc le plus proche de la porte. L'un d'eux voulut se lever et fut retenu si brusquement par les deux autres qu'il retomba presque par terre. Personne ne put ignorer que sa ceinture avait craqué – « Merde, vous êtes cons, les gars, ma ceinture a pété, merde ! Qu'est-ce que je fais sans ceinture, moi, mon pantalon tient pas, merde, vous êtes trop cons, espèce de cons… »

Christine, agacée, tenta de se replonger dans son journal et de se persuader qu'elle pourrait vendre sa maison un peu mieux. Elle n'était tout de même pas si laide que celles présentées en première page. Voyons plus loin… Les trois gars étaient carrément amalgamés en tas sur le banc, et Christine essayait de les ignorer. Elle nota qu'énormément de monde sortait de ce nouveau train, et elle s'étonna encore qu'il y ait tant d'affluence un jour de semaine. Mais il est vrai que c'était la fin de l'après-midi et nombre de gens pouvaient travailler dans une ville voisine. Elle avait bien du mal, décidément, à se concentrer sur sa lecture avec tout ce remue-ménage qui ne cessait pas à côté d'elle.

Elle enregistra du coin de l'œil que le gars dont la ceinture avait craqué essayait encore une fois de se lever pour suivre le flot des voyageurs vers la sortie, mais que ses acolytes l'avaient plaqué à nouveau sur le banc et qu'il protestait faiblement, étranglé de rire :

– Les gars, non, faut que j'y aille, vous êtes cons…

Un petit râblé qui le ceinturait insista, d'une voix excitée qui partait dans les aigus :

– Non, attends ! Reste là ! On va voir la gueule qu'ê va faire, c'est marrant. Attends, j'te dis !

L'autre, affalé et gloussant, tenta encore une protestation plus que vague et le copain insista encore :

– Fais pas chier, attend que tout le monde sorte, qu'on se marre, ê va tirer une de ces tronches !!... R'garde, r'garde, elle est là !

Cette fois, l'attention de Christine était en éveil. Aux derniers mots, après une seconde d'incrédulité, elle comprit. Entre-temps, concentrée sur ses problèmes personnels, elle avait oublié la jeune fille, mais quand elle regarda les trois gars qui reluquaient l'intérieur de la gare, tassés sur leur banc, le nez au ras du dossier pour ne pas être vus du hall, elle sut, avant même de suivre la direction de leurs regards, qu'il s'agissait d'elle, qui était toujours là, qui attendait.

Elle s'était légèrement avancée vers la porte. Elle se haussait le plus possible sur ses grosses semelles pour tenter de voir au-dessus des gens qui la bousculaient parfois en sortant. Son visage s'était animé, sa bouche entrouverte semblait prête au rire de joie, au baiser. Elle avait sorti ses mains de ses poches et les gardait soulevées, ouvertes dans l'air, dans leur impatience à saisir, à embrasser.

Sur le banc, les trois gars ricanants et toujours recroquevillés pour ne pas être vus de l'intérieur allumaient des cigarettes pour passer le temps en attendant que tous les voyageurs aient quitté la gare – avant, il y avait un temps mort, c'était pas encore marrant, autant en profiter pour fumer une clope... Au milieu du banc, celui que ses deux copains avaient empêché de sortir et qui avait sa ceinture craquée – apparemment donc l'élu, l'espéré, l'adoré – était assez joli garçon. Du moins on devinait qu'il pouvait l'être, blond et bien bâti. Mais tassé sur lui-même, tirant sur sa cigarette avec un mauvais rictus, le cou enfoncé dans les épaules, il prenait un air torve et vulgaire, cette laideur qui entache les êtres, si beaux soient-ils, mâles ou femelles, quand ils se laissent aller en groupe aux plaisirs les plus bas pratiqués par leur sexe.

Dans le hall, la petite, voyant les voyageurs qui venaient

du quai se clairsemer, commençait à s'inquiéter. Elle fit trois pas en avant, le cou tendu. Sa bouche n'était plus entrouverte pour un sourire prêt à éclater mais reflétait une incrédulité, une stupéfaction naissantes. L'une de ses mains vint se crisper légèrement sur le bord de son imperméable, au niveau de la poitrine. Puis elle revint quelques pas en arrière, regardant cette fois à gauche et à droite, puis vers les gens amassés au fond, à la sortie de la gare, du côté de la rue. On voyait son petit profil désemparé, son expression troublée entre les mèches de ses cheveux qui retombaient sur ses joues. Avec sa queue de cheval qui virevoltait quand elle tournait sèchement la tête de droite, de gauche – aurait-elle pu le louper ? – ces moments d'arrêt entre chaque mouvement, elle ressemblait à un petit animal sur le qui-vive, angoissé et vigilant. Presque plus personne ne sortait maintenant...

Sur le banc, au-dehors, du côté de l'affût, on était morts de rire en la voyant commencer à s'inquiéter vraiment. On avait, pour ne pas perdre une miette du spectacle, écrasé du talon les clopes à demi fumées, et les mains agrippées au dossier, le nez au ras de la fenêtre, on trépignait. L'un des garçons, le plus petit, qui devait être très jeune, le crâne presque rasé, semblait le plus excité et gloussait avec une voix de fausset qui contrastait avec une morphologie de bouledogue aux pattes noueuses. Pour se maintenir tassé de biais sur le banc, il raclait le sol avec ses gros brodequins, écrasant le sac à terre. Sa position recroquevillée faisait ressortir trois plis de graisse dans la nuque entre les oreilles et le col. Son blouson était remonté, son tee-shirt sorti du pantalon à force de s'agripper, bras en l'air, au dossier, et on voyait un ventre mou prêt à bedonner malgré la jeunesse, des hanches épaisses inaptes à retenir une ceinture et, immonde décolleté agrémenté de quelques poils, l'amorce d'une raie des fesses bridées par le jeans trop serré. Il s'agita, survolté, en faisant trembler le banc sur son assise.

– La tête qu'ê fait, hé, r'garde la tête qu'ê fait ! Putain !

Le spectacle pourrait durer un bon moment, c'était impayable, car l'espoir est tenace quand on est amoureuse...

Plus personne ne sortait, le quai était tout à fait désert maintenant.

La jeune fille obstinée, obtuse, restait debout au centre du hall. Elle scrutait encore bêtement le vide de la porte, pâle, défaite, les bras tombés le long du corps. Avec son imperméable trop petit dont les manches laissaient dépasser de longs et frêles poignets, ses mèches qui dégoulinaient sur la figure, sa bouche stupidement ouverte dans la déception, ses pieds, avec leurs chaussures à grosses semelles, écartés comme sous l'effet d'un choc, tout son être, cette silhouette tout à l'heure si charmante et attendrissante, semblait s'être éteint, rapetissé, appauvri. L'ange lumineux était devenu une pauvre nana un peu ridicule, abandonnée les mains vides et le cœur en déroute au milieu de la gare.

Au-dehors, l'excitation démonstrative avait fait place à une attention avide, une concentration de traque silencieuse, à peine troublée par un chuchotis rapide, un rire vite étouffé. Les regards, fixés sur la petite silhouette, avaient cette tension précise et froide, cette lueur de plaisir trouble propre à ceux qui jouissent de voir réduit à merci un être innocent et impuissant à se défendre, qu'il soit femme ou animal – celui des mauvais chasseurs, des tortionnaires, des violeurs ordinaires...

Le chef de gare qui allait fermer la porte, peut-être pour sauvegarder la chaleur du hall le soir tombant, passa devant elle. Elle fit très vite quelques pas pour le retenir par la manche avant qu'il n'ôte les cales qui maintenaient les battants ouverts. Elle posa une question, tendant vers lui sa petite mine déconfite, et l'on vit très bien qu'il répondait par la négative, en secouant la tête. Elle allait insister, mais il la planta là pour faire sa besogne.

La gamine alors, tout près de la porte qui allait se fermer, tout près des fenêtres d'où elle était épiée, regarda une dernière fois le vide des quais, lèvres serrées, joues creusées. Elle remit lentement les mains dans ses poches et, baissant la tête, resta un long moment à gratter un endroit sur le sol du bout de son épaisse semelle, comme si elle voulait y effacer une trace, comme les enfants se donnent une contenance avant d'éclater en sanglots. Sa bouche serrée se tordit un peu, son menton, écrasé sur le col de son imper, se mit à trembler. Mais elle releva tout à coup bravement la tête, les yeux noyés de larmes prêtes à jaillir, et serra les dents pour se reprendre.

Christine, qui avait assisté à toute cette scène, pétrifiée de révolte sur le banc voisin, vit soudain le jeune homme blond se lever avec détermination et ramasser son sac.

– J'y vais, les gars, ça suffit, elle va se tirer...

– Non, attends ! R'garde-la !

Le nain rasé aux trois plis dans le cou, l'œil épiant toujours l'intérieur de la gare, au ras du rebord de la fenêtre, protestait, manifestement frustré de n'avoir pas vu pleurer la gamine.

– Non, vous êtes trop cons, j'vous dis. C'est le dernier train, elle va se tirer, j'y vais.

Quand la jeune fille avait baissé la tête le menton tremblant, Christine avait vu l'élu, l'attendu, l'aimé, quitter le spectacle des yeux, baisser la tête aussi et poser son front sur le dossier du banc en fermant les yeux, un pli au coin des lèvres. Deux secondes seulement, mais elle l'avait vu – sauve-t-on un être pour deux secondes de lassitude au milieu de la cruauté ? Car il avait ri, lui aussi, auparavant, attendu la tristesse de son amie, épié ses émotions avec la même acuité de prédateur que les deux autres...

Mais il se déployait maintenant, droit et clair, rajustait sa chemise dans son pantalon sans ceinture. Ses traits redevenaient lisses, sa bouche, sans rictus de joie mauvaise, était charnue et saine. Un beau garçon au visage pur. Il lissa ses cheveux en arrière, en prenant soin de se mettre dans l'angle du mur, contre la porte, pour que la jeune fille ne puisse pas le voir. Mais elle ne regardait plus par là de toute manière, son espoir était mort, elle tournait déjà les talons, elle allait quitter la gare... Un bruit de porte ouverte à toute volée la fit se retourner et voilà que le prince charmant entrait, suivi à quelque distance de ses deux fous ricaneurs qui traînaient leurs sacs derrière eux, ballottant dans leurs jambes torses.

La jeune fille s'illumina d'un seul coup, rosit, s'épanouit comme une fleur et fondit dans les bras tendus de l'aimé. Ses yeux confiants et brillant de larmes – cette fois de joie – le regardaient, le regardaient, le regardaient... Elle écouta à peine les excuses et les explications de cette arrivée tardive. Ça n'avait aucune importance, il était là, il était beau, elle l'avait avec elle, pour elle, c'était tout ce qu'elle voulait.

Les deux acolytes voyeurs, témoins d'un tendre baiser, eurent un regain de fou rire, et Christine les vit, les épaules secouées, pouffer de concert en échangeant quelque commentaire, la bouche tordue de biais. Un revers de bras de l'amoureux, du prince, du beau tricheur qui avait alors un autre rôle à jouer, sincère et romantique, les envoya valdinguer plus loin. Il prit la jeune fille par la taille, protecteur, tout à l'écoute de son amour, et ils sortirent de la gare, l'un contre l'autre, suivis à bonne distance par les deux comparses rejetés dans l'ombre, dans leur laideur clopinante.

Christine était toujours sur son banc, choquée par cette petite scène au point d'en avoir un tressautement nerveux au niveau du plexus, une sourde rage au cœur. L'un des magazines, qu'elle était en train de feuilleter quand les trois gars avaient fait irruption, avait glissé à terre sans qu'elle s'en rende compte. Elle respirait à petits coups, emplie d'une étrange colère. Pour un peu elle aurait pleuré sur cette jeune fille qu'elle ne connaissait pas, sur sa déchirante simplicité, sa confiance, son aveuglement de petite amoureuse. A voir les visages empreints de perverse jubilation en regardant cette innocente souffrir, elle avait éprouvé une brusque envie de se jeter dans le hall, d'attraper par le bras cette pure flamme, cette victime, cette jeune imbécile et de lui crier : « Mais regarde ! Regarde donc QUI tu aimes ! Arrête d'être stupidement emplie de tes propres sentiments, de tes envies, aveugle et sourde. Tu veux juste donner. Ouvre les yeux ! Écoute ! Sinon tu seras trompée, moquée, des années, des années... Peut-être tout le temps d'un premier mariage, puis d'un second, à t'obstiner à ne rien voir, rien connaître de la réalité de l'autre, rendue bornée par tes propres sentiments. Grandis vite, petite fille ! Tu vas souffrir, perdre tant de temps, t'épuiser à courir de faux amour en faux amour jusqu'à... jusqu'à te retrouver seule, sèche et sans plus de force, sans plus d'espoir, à... à... »

Un brusque débordement de larmes lui monta aux yeux, qu'elle cacha comme elle put derrière sa main, tant ce fut soudain. Un flot irrépressible, inattendu, avec des pertes de souffle, des hoquets enfantins. Et toute cette eau qui jaillissait d'elle et coulait entre ses doigts, le long de ses poignets...

Entre deux spasmes, elle regarda à droite et à gauche si personne n'était le témoin de cette indécente bouffée d'émotion. Le quai étant absolument désert et le chef de gare ayant refermé les portes du hall jusqu'au passage du prochain train – sans doute le sien, pour Paris – elle se laissa aller à sangloter un moment sans retenue, et la force de ce chagrin impromptu, irrésistible, lui tira des soupirs et des gémissements de petite bête. Elle ne pouvait penser à rien.

Puis cela se calma un peu. Les larmes étaient moins abondantes, elle pouvait reprendre son souffle. Elle chercha un Kleenex dans son sac et, par chance, en trouva deux ou trois dans un sachet. Elle fit un petit ménage sur elle, pour réparer les effets de cet épanchement violent, se moucha, essuya ses mains, ses doigts et jusqu'à ses avant-bras, à l'intérieur des manches. Puis elle s'aperçut que le devant de son manteau était mouillé, imbibé des larmes abondantes qui étaient tombées sur sa poitrine. Elle tamponna le tissu avec les mouchoirs roulés en boule en se disant : « Ça alors, ça alors... »

Tout en continuant à pleurer doucement, en decrescendo, elle récupérait ses esprits et cherchait le pourquoi d'un bouleversement si brutal et surprenant. La scène avec la jeune fille l'avait émue, c'est sûr. Mais quoi ? Elle ne la connaissait pas et elle n'avait jamais sangloté sur les naïves qu'elle avait croisées dans sa vie. Celle-ci était d'ailleurs peut-être tout à fait idiote... Alors, pleurait-elle sur elle-même ? Sur ses deux mariages ratés, sur cet aveuglement qui l'avait amenée à être seule, vraiment toute seule, à cinquante ans ? Souhaiterait-elle tout refaire, revenir en arrière ? Regrettait-elle sa jeunesse ?

Un sursaut la prit en imaginant qu'elle pourrait avoir à buter de nouveau sur les mêmes difficultés, revivre les mêmes erreurs, refaire le chemin – « Ah ! Non ! Pas ça ! Pas repasser par là, non ! » Une prise de position intérieure, un vrai refus, péremptoire et véhément, qui la requinqua.

Elle se dit pour la première fois, elle n'y avait jamais pensé ainsi, qu'elle avait dépassé la moitié probable de sa vie. Elle était sur l'autre versant... Ainsi donc elle n'aurait pas voulu revenir en arrière, elle était d'accord pour en être là où elle en était ? D'accord... pour vieillir ?

Un frisson de légère douleur courut sur son corps, remonta jusqu'à son visage, qui se crispa. Elle ferma ses yeux où perlaient deux ultimes larmes qui roulèrent sur ses joues. Elle pensait tout à coup à sa mère, à cette mère morte bien avant d'avoir atteint l'âge qu'elle avait à présent. Cette mère qui n'était plus là, devant elle, pour lui montrer la route et dont elle n'avait jamais pensé, jusqu'à cette seconde, qu'elle lui manquait à ce point. Elle l'implora en pensée : « Maman ! Maman, j'aurais besoin de toi. Aide-moi. Je ne sais pas ! Je ne sais pas vieillir... BIEN. » Et elle eut la vision soudaine de cette barque qu'elles avaient louée pour une promenade sur la rivière, l'été de ses treize ans. Cette promenade ratée où sa mère s'était obstinée à mener son embarcation à contre-courant jusqu'à s'enliser irrémédiablement dans les bancs de sable, et ses efforts vains et sa fatigue, et le mal qu'elle s'était fait. Elle s'imagina que cette mère, si elle était là, lui dirait sagement : « Arrête de te débattre, ma fille. Tiens-toi bien, soigne-toi, mais ne résiste pas trop à l'inéluctable, n'ignore pas la force du courant qui t'entraîne. Tu vas t'échiner pour rien, tu vas te faire mal. Sois douce envers toi-même... »

Elle soupira dans le soir qui tombait. Son émotion se calmait. Avoir pleuré ainsi la laissait coite et comme anesthésiée. Elle n'avait plus la force de penser. Elle entrevit simplement, légèrement, qu'il faudrait arrêter quelques tricheries, même apparemment innocentes – arrêter de mentir sur son âge, même dans un sens inhabituel, de croire que son corps pouvait ne pas changer, ni son esprit, et même, détail, arrêter de porter des minijupes de gamine, en somme cesser de se débattre, mine de rien, à tort et à travers... Ce n'étaient pas de vraies résolutions, il n'était pas temps, juste de vagues idées qui l'effleuraient au milieu de la lassitude, presque paisible, qui l'envahissait.

Ses larmes étaient tout à fait taries, maintenant. Le chef de gare ouvrait de nouveau les portes qui donnaient sur le quai. Quelques voyageurs sortirent et stationnèrent non loin d'elle en attendant l'arrivée du train. Elle entendit le bruit, lointain encore, de la locomotive, et juste avant qu'elle n'apparaisse sur la voie elle eut le temps de se demander si une peur qu'on veut ignorer ne peut pas prendre la forme d'une grande fatigue...

Le train s'arrêta devant elle, sur cette voie numéro 1. Elle écouta le haut-parleur préciser qu'il n'y aurait que deux minutes d'arrêt. Les gens montaient dans les wagons. Une femme, cherchant le numéro de la voiture où elle avait retenu une place, passa en courant, affolée par le peu de temps qu'elle avait pour l'atteindre. Christine rangea sagement ses pieds sous le banc pour ne pas gêner son passage. Elle vit son journal d'annonces notariales qui était tombé à terre. Elle le ramassa et le posa avec l'autre magazine à côté d'elle.

Elle regarda les gens, à l'intérieur du train, dans les wagons éclairés, hisser des sacs, retirer des manteaux, s'installer. Puis il y eut des sifflets, des claquements de portières. Le chef de gare inspecta la fermeture des portes, puis le train s'ébranla doucement. Elle regarda défiler devant elle toutes ces petites fenêtres derrière lesquelles les gens partaient vaquer à leurs affaires, et le dernier wagon disparut au bout du quai, dans la nuit qui était tout à fait tombée.

Elle respira profondément. Elle était calme maintenant. Elle s'offrit quelques minutes encore sur ce banc, comme un luxe. Elle vit que le ciel était d'un bleu sombre et profond, avec une frange plus claire, presque verte, vers l'horizon, là où le train avait disparu. Un beau ciel de fin d'hiver.

Elle allongea ses jambes devant elle, étira son dos et, glissant légèrement son assise, elle put appuyer sa tête sur le haut du dossier. Elle sentait qu'il lui fallait prendre le temps d'éprouver ce moment, surtout ne pas bousculer cette paix fragile, ce tiède soulagement qui l'envahissait à se sentir tout à coup en accord avec ce qu'elle avait vécu, ce qu'elle avait acquis au fil des ans – un sentiment qui ressemblait à de l'indulgence envers elle-même.

Elle respirait doucement en regardant le ciel pur et sans étoiles. Ne rien brusquer surtout, ces impressions bienfaisantes sont éphémères, un rien les trouble et les fait s'évanouir. La paix s'efface vite devant les humeurs, les tracas, les aléas ordinaires de la vie. D'ailleurs ça y était, c'était fini, elle avait froid... Elle frissonna et fut reprise par la réalité de la minute présente, de l'insolite de sa présence sur ce quai désert, par celle, précisément et désagréablement tangible, de la dureté du banc sur lequel elle était assise depuis trop longtemps.

Elle pensa qu'un feu de bois serait délicieux.

Elle se redressa, poussa un humble soupir et se leva en laissant les journaux posés là. En entrant dans la salle des pas perdus où il n'y avait personne à cette heure, elle vit une silhouette bouger derrière le guichet. Elle repensa à l'affreuse dispute avec l'employée et résolut d'aller s'excuser pour s'être emportée ainsi. Mais lorsqu'elle arriva au milieu du hall, la personne qui était derrière la vitre se retourna et elle vit que c'était un homme qui avait remplacé la guichetière blonde. Elle avait sans doute fini sa journée et elle était partie. Tant pis, ce n'était pas si grave, peut-être aurait-elle l'occasion de la revoir un jour.

Il devait sans doute y avoir quelque train du soir car le buffet était encore ouvert. On voyait la lumière à travers la porte, la gérante devait encore somnoler derrière sa caisse. De fait, elle sursauta quand Christine entra et se dirigea tout droit vers elle pour lui demander, sans hésiter, le gros sandwich aux rillettes toujours posé sur ses trois feuilles de salade, dans le présentoir. Elle pensa en le payant : « C'est mieux. S'il reste là, il ne sera plus bon demain. »

Puis elle sortit de la gare, reprit sa voiture et rentra dans sa maison.

PAUL

Paul n'avait pas eu de chance, il n'aurait pas dû venir au monde chez ces gens-là...

Des gens âpres, durs, que la pauvreté, subie de génération en génération, avait rendus bornés d'esprit et de sensibilité, comme rabougris et séchés dans leur condition. Des gens, comme on disait par ici, qui n'avaient même pas un châtaignier à eux, qui louaient une pauvre ferme et des bâtiments avec quelques hectares, tout juste de quoi se nourrir. Des gens si repliés sur leur misère qu'ils en tiraient une sorte d'orgueil qui les isolait du reste du monde. Trimer du matin au soir était la règle de vie, la seule qu'ils connaissaient, qu'ils respectaient. Les choses étaient classées « utiles » ou « non utiles », c'est tout, et pour les bêtes et les humains c'était pareil, sans autre nuance.

La joie était une trivialité interdite, suspecte, et le plaisir incompatible avec le devoir de labeur. On n'était pas sur terre pour ça. Pas eux. Jamais. Il en avait toujours été ainsi pour les parents, les grands-parents, aussi loin qu'on pouvait remonter dans le temps, et il n'y avait pas de raison que ça change, sauf, si on se relâchait, à risquer de devenir des moins-que-rien, eux qui n'étaient déjà pas grand-chose.

Des gens qui mettaient leur point d'honneur à ne pas rêver, chez qui la méfiance était devenue un trait de caractère dominant, presque unique, qui annihilait, pour ainsi dire mangeait les autres sentiments. On se méfiait de tout, des proches, de soi-même, du sort, du temps, et surtout des autres dont il n'y avait rien à attendre, que du mal. Donc ne se lier avec personne et garder la fierté de ne rien devoir, même pas un sourire, l'instinct, si par hasard quelqu'un tendait la main, de reculer, sur ses gardes.

Ils ne parlaient donc à personne et personne ne leur parlait. On les prenait pour des sauvages, des arriérés. Et d'ailleurs ils n'étaient pas d'ici, on ne sait ni pourquoi ni comment ils avaient atterri dans le pays, juste après la guerre. Ils avaient loué pour trois fois rien cette ferme abandonnée depuis des années – personne, même dans les années cinquante, ne voulait plus d'une maison pareille, ciment et terre battue au sol, avec juste l'eau froide et un trou dans le mur en guise de tout-à-l'égout – et ils s'y étaient installés, dans un lieu-dit qui ne comptait que deux feux, très à l'écart du village.

Au début, il y avait juste les anciens et un homme assez jeune qui devait être leur fils. On les voyait rarement, ils restaient chez eux. On les apercevait aux abords de la maison quand on passait par là. Le vieux sec comme une trique, le béret toujours vissé sur la tête, et elle tassée, lourde, sans âge comme lui, presque aussi large que haute, et qui n'allait jamais bien loin car elle avait du mal à marcher. Le vieux, on le voyait parfois dans les chemins et les bois pour les champignons, les baies et les châtaignes quand c'était la saison. Levé dès l'aube, il ramassait tout ce qui pouvait se manger avant ceux du pays, avec un air si farouche qu'on n'aurait pas osé l'approcher de peur de recevoir un coup de bâton. Les yeux de ces gens-là, surtout, avec cette fixité froide et violente qu'ont ceux de certains oiseaux, faisaient peur.

Quand ils avaient pris la maison, le fils avait trimé du lever au coucher du soleil pour remettre les bâtiments, les champs et les clôtures en état, comme on n'avait jamais vu trimer personne. Et on s'y connaissait en dur travail, par ici ! Mais tout ça avec un air buté et vaguement furieux, le cou large tiré en avant, fixé sur sa tâche, et jamais un bonjour à personne.

Et puis, après quelques années dans le pays, un soir de 14 Juillet, le gars était venu rôder au village, on ne sait pourquoi car on ne l'avait jamais vu à aucune fête. Il avait mis une veste propre et une casquette plate et grise au lieu du béret qu'il portait habituellement, comme son père. Il était entré au café du village, sur la place, et il s'était payé une bière qu'il avait bue lentement, debout devant le comptoir.

Les conversations s'étaient arrêtées un temps à son entrée. Il avait fait un signe de tête, sans regarder personne en particulier, puis il s'était planté là avec sa bière, fixant un point sur le mur, entre chaque gorgée. Personne n'essaya de lui parler et on ne sait même pas s'il écoutait ce qui se disait à côté de lui. On parlait fort pourtant, exprès, mais il n'y avait aucune réaction à tirer de ce gars-là.

Il était sorti alors que le bal commençait sur la place. Il n'y avait pas grand monde encore, l'accordéon sonnait d'une manière agressive et incongrue dans le vide entre les maisons et la mairie. Il s'était posté dans un coin, puis dans un autre. Debout devant un mur, les bras ballants et sa casquette plate sur le crâne, il avait l'air d'attendre dieu sait quoi. Avait-il une idée derrière la tête, déjà, en descendant au village ? Possible. Allez savoir. On ne sait pas ce qu'ils ont dans le ventre, ces gens. Toujours est-il que c'est là qu'il avait rencontré la femme...

Elle, on la connaissait, on savait qu'elle était de Clermont-Ferrand – enfin, du moins, c'est dans cette ville qu'on l'avait trouvée, bébé de quelques mois abandonné dans les rues. Après, on ne savait pas trop. Il y avait eu le foyer de la DDASS et puis les placements ici et là. Le dernier, on en avait entendu parler, et pour cause, bien que ce soit assez loin d'ici. Elle y était utilisée comme fille de ferme, ou plutôt bête de somme, et aussi comme femelle pour tous les mâles de la famille. Les bonnes sœurs de la paroisse, qui étaient très actives dans le pays, avaient eu vent de la chose. En compagnie d'une assistante sociale elles avaient débarqué là-bas et tiré cette pauvre fille d'une cave où on l'enfermait toutes les nuits, si épuisée et mal nourrie qu'elle tenait à peine sur ses jambes. On croit que ça n'existe que dans les journaux des histoires comme ça...

Les sœurs l'avaient requinquée tant bien que mal. Au début, on l'avait crue muette, et même un tantinet débile. Puis on s'était aperçu qu'elle n'était ni l'un ni l'autre, simplement elle ne parlait pas. On l'avait envoyée quelques séances chez un psychiatre et, pour le coup, elle avait l'air de ne pas comprendre un mot de ce qu'on lui disait. Pire, la présence de cet homme qui semblait attendre quelque chose d'elle la terrorisait. Quand on venait la rechercher, elle était pâle comme un linge et bientôt elle s'était cachée pour ne plus y aller.

On arrêta de la tourmenter et on lui adjugea un lit dans une petite soupente, dont on lui dit que c'était sa chambre. Les sœurs s'étonnèrent qu'elle n'eût aucune velléité de l'arranger à son goût. En cinq ou six ans elle n'y amena ni un bibelot ni un napperon. Elle se contentait de ce qu'on lui avait donné. Mais à présent elle disait quelques mots, elle semblait tout à fait normale, elle rendait des services, faisait le ménage, et sa présence n'était pas désagréable. Elle avait l'air, curieusement, de se satisfaire de son sort.

Ce soir de 14 Juillet, elle avait servi le dîner aux sœurs comme d'habitude, avalé son assiette à la cuisine, puis elle était allée flâner sur la place, attirée par le son de l'accordéon qu'on entendait de loin. Elle avait bien le droit. Elle n'avait fait aucun effort de toilette, gardé son tablier qu'elle quittait rarement, les vieilles savates avec lesquelles elle faisait le ménage. Elle voulait juste voir, de loin, ceux qui s'amusaient.

Elle s'était assise sur un banc, loin des lumières. Dos courbé, bouche ouverte, elle regardait les couples tournoyer sous les lampions. Personne n'aurait pu dire ce qu'elle ressentait tant son visage était inexpressif. Mais à part cette sorte d'hébétude sur ses traits et les cheveux gras plaqués de part et d'autre de sa figure à l'aide de pinces plates, elle n'était pas vraiment vilaine. Difficile de lui donner un âge. Trente ans, peut-être ?

Elle sursauta un peu quand elle aperçut un type, tout à côté d'elle, qui la regardait fixement. Elle ne l'avait pas entendu venir. Comme il avait retiré sa casquette et qu'il la tournait entre ses doigts devant lui, elle eut peur qu'il ne l'invite à danser et elle bredouilla quelque chose d'incompréhensible qui se terminait par « ... pas ».

Il continua à la regarder un long moment. Ses yeux revinrent aux danseurs sur la place. Puis à elle. Et il lâcha cette phrase décisive, admirable en ce sens que, d'une certaine manière, elle résumait tout ce qui allait être leur futur : « Chez nous aussi on danse pas. »

En entendant cela, elle frémit et se mit à le regarder attentivement. Une émotion avait effacé l'hébétude de son visage. Il ne pouvait pas comprendre qu'il venait de prononcer un mot clé, un mot qui l'atteignait, elle, au plus profond : « chez nous ». Pour elle, c'était magique et douloureux à la fois. Par rapport à ce qu'elle avait vécu, un gars qui pouvait prononcer tranquillement « chez nous » était immensément riche, même s'il était le plus pauvre d'entre les pauvres.

Il perçut quelque chose de son trouble et s'assit à côté d'elle, sans rien dire. En une heure de temps il ne fut pas dit trois phrases et en cela ils se reconnurent de la même race. Ils étaient dans le silence, pareillement, sans en être gênés. Rien de plus, ce soir-là. Mais il savait qu'elle habitait chez les sœurs.

Quelques jours après, il alla la voir là-bas. Puis une autre fois. En quinze jours l'affaire était réglée et les sœurs se demandèrent vaguement si, en la laissant se marier avec ce gars-là, elles faisaient une bonne ou une mauvaise action...

Jusque-là, il ne l'avait pas touchée. Le mariage décidé, ce fut rapidement fait. Il n'avait pas approché une femme depuis le régiment. Il se contentait des filles des magazines qu'il achetait parfois en cachette des vieux et qu'il mangeait avidement des yeux en se soulageant dans la solitude de sa chambre.

De la noce, il n'y a rien à dire. Peut-on appeler « noce » une cérémonie accomplie sans émotion, comme une formalité ? L'installation à la ferme fut vite faite, elle possédait un sac avec quelques effets, c'est tout, et un coffre en vieux bois que les sœurs lui donnèrent pour la circonstance, en guise de dot.

Les vieux ne s'étaient pas fendus d'une amabilité, et quand elle était arrivée avec son baluchon, le père l'avait regardée fixement avec son œil d'oiseau de proie – son fils avait pris une femme, bon, mais fallait voir à l'usage – et la mère avait continué à fourrager dans son fourneau à bois, le dos obstinément tourné, voulant bien signifier son désintérêt. Le premier dîner fut d'une tristesse épouvantable : une soupe et c'est tout. On l'observait dans un silence à couper au couteau. Elle ne montra aucune surprise d'un repas aussi maigre. Elle marquait un point. Les autres auraient sauté sur la moindre manifestation de déplaisir. Or ni ce soir-là ni les jours suivants elle ne fournit l'accroche au moindre reproche. Pourtant la méfiance était à son comble et les vieux à l'affût, prêts à la dénigrer, à commencer à la déchiqueter moralement. C'était l'horrible maladie de cette famille, maléfique tare héréditaire : changer toute chance de joie et de bonheur en plomb. Pas de remède, pas de consolation, et le pire est toujours certain.

Elle, ça lui convenait. Elle était dans son élément. C'est dur à dire, mais elle serait tombée dans une famille douce, chaleureuse, gaie, elle aurait été perdue. Là, elle pouvait employer tout ce que sa pauvre vie lui avait appris, et au premier chef le jeu de l'esquive, de ne prêter le flanc à rien. Le vieux pouvait bien la fixer de son œil perçant et faire planer des silences comme des pierres, on ne pouvait rien lui apprendre sur ce terrain de la survie dans l'hostilité. Elle pouvait passer des semaines sans ouvrir la bouche, et soutenir un regard sans ciller avec cet air amorphe qui la dissimulait mieux qu'un masque.

Damer le pion à la mère fut encore plus facile. C'était une simple question d'âge, de force. Elle avait pour elle des bras puissants, aguerris aux gros travaux, des jambes qui marchaient, de l'énergie à revendre, surtout maintenant qu'elle avait un « chez-elle ». L'autre eut beau batailler pour garder les tâches qui assuraient son pouvoir, elle la relégua en quelques mois à sa place de vieille, coincée dans la cuisine. Elle faisait tout avant elle, dix fois plus vite qu'elle, de fait elle lui vidait les mains, lui prouvait jour après jour qu'elle était devenue inutile, la poussait vers le néant. Un plaisir intense lui vint à regarder la vieille s'emplir de haine impuissante. Elle aimait cela. Ça lui faisait du bien, comme une revanche. Jamais elle n'avait pu sortir ce paquet de haine tout au fond d'elle-même. Elle s'en servait enfin. Il ne l'étouffait plus. Au contraire, elle respirait avec. Elle n'était plus obligée de faire semblant d'être gentille, comme pendant tout ce temps passé chez les sœurs.

Au bout d'un an, elle avait pris le contrôle absolu des tâches ménagères et de la basse-cour et elle aidait aussi son mari pour les vaches et les travaux des champs. Elle était la maîtresse de maison, la patronne. Le vieux se desséchait sur pied, et elle accorda à la vieille, comme une charité, le ramassage des œufs, que celle-ci gardait dans des paniers cachés sous son lit – elle s'offrait le luxe, parfois, de lui reprocher de les avoir oubliés.

Le mari ne s'attendait pas à ça. En fait, il ne s'était attendu à rien de précis en prenant une femme, il avait juste eu des craintes. La méfiance, toujours... Il fut d'abord rassuré en voyant qu'elle n'était pas paresseuse, puis surpris en la voyant se déployer dans le travail, prendre toute la maison en charge. Elle était aussi dure que lui à la peine, aussi opiniâtre, aussi avare – qu'il s'agisse de sous, de mots ou de sentiments. Elle assumait avec lui des travaux d'homme, débiter du bois, labourer, et il oubliait parfois que cet alter ego, ce compagnon qui œuvrait à ses côtés était une femme – sa femme. Ils allaient de concert, rudement, sans presque se regarder, farouchement fixés sur leur devoir de labeur comme deux bœufs tirant le même attelage.

Ils s'endormaient tous deux comme des brutes le soir, vêtus le plus souvent des pieds à la tête car il n'y avait pas de chauffage dans la maison et il fallait parfois en hiver casser la glace dans la cuvette le matin. Allez donc faire une toilette dans ces conditions – et l'amour donc ! Lui, ça le prenait quelquefois au milieu de la nuit. Il l'attirait au milieu du lit, trouvait le chemin de son sexe dans le fatras d'édredons et de chemise de nuit en molleton et faisait son affaire, à moitié endormi. Ni l'un ni l'autre, dans la ligne des anciens, ne voyaient mieux à attendre de la vie. Ils s'étaient bien trouvés.

Quatre, cinq ans passèrent ainsi, sans que rien ne vienne adoucir leur existence et leur caractère. Au contraire, on aurait dit qu'une sorte de colère âpre et sous-jacente, une colère sans objet précis, une colère pour la colère, gonflait en eux. Les vieux, qui n'avaient baissé aucune arme, commencèrent à insinuer que « encore heureux qu'elle fasse des travaux d'homme puisque ce n'était pas une femme... », et le mot précis, « stérile », fut lâché un jour à mi-voix au milieu d'un silence.

Cela décupla la colère qui emplissait la femme, mais – la colère a-t-elle de ces pouvoirs inattendus ? – elle fut enceinte peu de mois après.

Ce n'était pas Paul. Non, pas encore. Ce n'était pas celui dont nous voulons raconter l'histoire. Son heure n'était pas venue. Un autre bébé naquit avant lui...

La femme accoucha d'un gros garçon. Tant mieux pour elle. La naissance d'une fille aurait provoqué mille remarques acerbes, mais un garçon, c'était ce qu'il fallait : des bras pour plus tard. Car il était impensable pour ces gens-là qu'un garçon puisse partir. Ils vivaient encore sous des lois paysannes du siècle dernier, et des plus dures et obtuses, même en cet après-guerre qui changeait bien des mentalités, sauf la leur. Si c'était une fille elle partirait, si c'était un garçon il resterait, remplacerait son père dans les mêmes tâches, les mêmes devoirs. Son destin était scellé avant même d'être né.

Cette naissance n'emplit la mère d'aucun élan d'amour. Elle s'occupa du bébé avec autant de tendresse qu'une bûche – peut-être lui avait-il manqué la tendresse d'une mère pour en donner à son propre enfant ? Mais elle le nourrissait, le lavait quand elle y pensait et s'épargnait le travail des couches à changer et à laver en le laissant aller cul nu. Les bêtes faisaient partout autour de la maison, et même dans la cuisine où les poules entraient, pourquoi pas un bébé ? Les pipis étaient vite absorbés – avantage de la terre battue – et pour le reste, la vieille pouvait bien ramasser, au moins elle serait utile à quelque chose.

Quand l'enfant se mit à crapahuter, comme les vieux ne pouvaient plus courir après lui pour l'empêcher d'aller à la mare ou de se vautrer dans le tas de fumier qui semblait l'attirer irrésistiblement, on l'attachait au pied de la grosse table de la cuisine lorsqu'on voulait être tranquilles. Une sorte de harnais, avec deux mètres de corde, c'était pas plus compliqué que ça. Il attendait que ça passe, assis par terre.

Pour le reste il n'était pas compliqué non plus. Il avalait sans rechigner sa bouillie de châtaignes ou ses patates, se calmait facilement d'une torgnole s'il pleurait, et supportait sans broncher les hurlements de ses parents – car, dans cette maison, ou on se taisait ou on gueulait. Si on ouvrait la bouche, c'est que quelque chose n'allait pas. Normal.

Puis le gros bébé était devenu un garçon à grosses joues, qui commençait à mentir, à chiper les œufs des poules pour les gober en douce, chez qui on devinait des aptitudes à la sournoiserie et à la roublardise. Vers trois ans, il tua un jour tous les poussins pour s'amuser. A part cette grosse bêtise – mais il faut bien que les gosses jouent – il ne posait pas de problème. C'était un enfant qui leur allait bien.

A l'âge où il allait falloir l'envoyer à l'école – au moins ça l'occuperait dans la journée avant qu'il ne soit utile à la ferme – voilà que la mère tomba enceinte une seconde fois.

Paul allait arriver au monde...

Il est peu de dire qu'un deuxième enfant n'était pas souhaité. Deux bras pour aider le père, plus tard, ça suffisait bien. Et si c'était une fille, ce serait juste une bouche à nourrir et des ennuis jusqu'à ce qu'elle se marie. De plus, en comptant les mois, le bébé allait débarquer en plein milieu des foins. Au moment où il y aurait le plus de travail, la mère serait incapable d'assumer la besogne avec le marmot. Et elle de piailler que c'était de sa faute, à lui, le père, avec cette manie qu'il avait de faire ça au milieu de la nuit, à moitié endormi, sans se retirer à temps !

C'est ainsi que, attendu comme une catastrophe, naquit Paul, un jour radieux de début juin…

Que sait-on des caprices de l'hérédité ? Pourquoi tout à coup un artiste, dans une famille qui n'en a jamais compté ? Un musicien chez qui n'écoute pas de musique ? Une personnalité, héritée d'on ne sait quel ancêtre – d'on ne sait quelle réincarnation, allez donc savoir – qui détonne dans une famille, qui ne ressemble à personne ? Ces gens-là ne mirent pas au monde un génie, non, ni un artiste. Il leur vint seulement un enfant doux, sensible, un enfant porté vers la tendresse, la beauté et la poésie. Malheur à lui. Il n'aurait pas dû naître dans cette maison. Il n'aurait pas dû avoir ce père et cette mère. Mais on ne choisit pas…

A son arrivée au monde, les émotions de Paul furent celles de presque tout le monde – d'abord le choc brutal de la lumière, puis les hurlements de sa mère suivis des siens propres. Et ce déchirement, cette terrible brûlure dans la poitrine – sa première bouffée d'air. Après il y a le rythme des besoins fondamentaux, boire, dormir. On ne voit pas grand-chose, on subit. On ne peut pas savoir où on est tombé. Et d'ailleurs on n'a aucun point de comparaison avec la vie d'autres bébés, le comportement d'autres mères. Donc pour de longs mois, voire quelques années, la vie c'est ça, uniquement ça : ce qu'on reçoit.

Parmi ses premières impressions fortes, il y eut une terrible souffrance, un jour. Chaleur, brûlure, tout le corps qui hurle et une grande lumière douloureuse, comme lorsqu'il était né. D'ailleurs il faillit repartir dans le néant d'où il était venu car sa mère l'avait oublié au soleil dans son panier – elle voulait à tout prix aider pour les foins, trois semaines après la naissance. On eut quelques peines à réhydrater le bébé et toute la peau de son ventre s'en alla par plaques rouges.

Et puis il avait faim, souvent. Elle oubliait l'heure de la tétée, ou elle avait autre chose à faire. Il hurlait, son ventre se contractait de douleur, de manque. Il prenait d'abord une tape sur les cuisses ou les fesses, et il pouvait manger quand il avait compris qu'il fallait qu'il se taise. Sinon il n'aurait rien et prendrait une autre tape. S'il était trop goulu, on lui retirait le sein, et on le tapait encore s'il pleurait de nouveau. Ou ça criait au-dessus de lui et il avait horriblement peur. Même s'il ne pleurait pas, la mère lui retirait systématiquement le sein pendant qu'il tétait, pour qu'il attende, qu'il subisse sa volonté à elle, sans rien dire. Technique de dressage précoce extrêmement brutale, mais efficace : à quelques mois à peine, Paul avait parfaitement compris, profondément intégré qu'il avait tout intérêt à se taire, sinon les tout-puissants, sa mère, son père, le faisaient souffrir. Et aussi que ses besoins à lui, ce qu'il ressentait, n'avaient aucune importance. Se taire et subir était la règle d'or, la loi, dans cet univers qui était le sien, dans sa famille. C'était la vérité qui lui était imposée, la seule qui existait. Il s'habitua donc à souffrir et à avoir peur, tout le temps.

Il eut droit aussi, un peu plus tard, au harnais qui l'attachait au pied de la table. Mais au lieu de rester placidement assis comme l'avait fait son frère, il se tortillait, s'arrachait la peau sur la corde, car le froid du sol lui faisait mal aux fesses, et un jour, pris d'une panique animale d'être entravé là, il faillit s'étrangler avec et renverser la table. Des claques et des cris incessants après : cet enfant était infernal, non seulement il pleurait tout le temps pour un rien mais il ne faisait que des bêtises, on avait intérêt à le mater, celui-là...

Le gros frère avait rapidement compris, avec cette intelligence très spéciale héritée de ses parents, que ce petit être était indésirable, qu'il agaçait les grands, et donc qu'on pouvait lui taper dessus aussi à l'occasion. Mais il était encore plus drôle de le faire enrager jusqu'à ce qu'il pleure et, conséquence inévitable, qu'il prenne une rouste pour cela. Paul avait quelques heures de répit dans la journée quand cette crème de frère allait à l'école.

Il suivait parfois son grand-père aux champignons ou pour ramasser des mûres. Le vieux ne parlait pas beaucoup, mais au moins il ne criait pas contre lui. Et puis, quand il ne pouvait pas le suivre dans les sous-bois envahis de ronces, il restait en lisière de la forêt à contempler les fleurs, les herbes, les petites bêtes, il caressait les plantes, dans un innocent et bienheureux état d'émerveillement. Un jour, allongé sur le bord d'un talus, le nez dans l'herbe, il s'absorba dans la contemplation d'un escargot, et pris d'un élan d'affection pour la jolie bête il la saisit délicatement et lui fit une petite bise. Il ne s'était pas aperçu que son grand-père était revenu et le regardait en silence, le panier au bout du bras, son regard d'oiseau curieusement adouci.

Le soir même, alors que la mère le houspillait, le vieux lâcha à mi-voix, entre deux cuillerées de soupe : « Il est pas mauvais, ce gamin... » On fit comme si on n'avait pas entendu.

Quand il dut aller à l'école à son tour, il vécut un des grands chocs de sa vie – il découvrit qu'il existait d'autres familles, des tas d'autres enfants. Ça peut paraître incroyable, mais il ne le savait pas, il n'était jamais sorti de chez lui au cours des premières années de sa vie. Il avait bien vu quelques autres personnes, le facteur, une voisine, quelques voitures qui passaient sur la route avec des gens dedans, un groupe de promeneurs, un jour, qui l'avaient fort étonné, et le médecin qui était venu parfois à la maison soigner les rhumatismes de la vieille. Mais quand sa mère sortait faire quelque course au village, elle n'allait pas s'encombrer du gamin. Si son frère parlait parfois de l'école, des camarades de classe, du maître, c'était pour lui tout à fait abstrait. Il n'avait jamais compris qu'il s'agissait de vrais enfants, comme lui, et surtout qu'il y en avait tant.

Sa mère l'avait amené dans la cour de l'école, un matin, et il était resté bouche bée, sous le gros marronnier, les yeux écarquillés. Autour de lui, ça pleurait pour les plus petits, ça courait et se roulait par terre pour les plus grands, il n'en revenait pas. Il n'entendit pas sa mère partir et on dut le prendre pour l'amener dans une classe et l'asseoir à une petite table, sinon il serait resté planté là.

Il ne comprenait rien à ce qui se disait. Peut-être même n'entendait-il pas, car toute son attention était absorbée par l'observation des autres enfants – comment ils se comportaient, comment ils étaient vêtus. Il y avait devant lui un garçon qui portait une petite veste, une vraie veste comme celle du facteur, ou de son père parfois quand il allait à une foire, une veste avec des dessins rouges et bleus qui le fascinaient. Un peu plus loin, un autre garçon n'arrêtait pas de bouger, de parler à ses voisins, et il se demandait ce qu'il pouvait bien leur dire – les connaissait-il déjà ? Tout le monde, tout à coup, sortit un cahier de son cartable et le posa sur la table. Il ne comprit pas pourquoi.

A midi, on lui donna à manger dans une autre grande salle. Le bruit était assourdissant et tout ce qu'il mangea lui sembla très étrange, pas du tout comme à la maison. On les laissa un long moment dans la cour, après, et tout au fond, derrière des grilles qui les séparaient, il découvrit une autre cour, pleine de filles. Des enfants, comme lui, mais avec des cheveux longs, des rubans, des petites robes, et on apercevait leur culotte quand elles sautaient. Jamais vu une chose pareille. Des filles ! Il resta là, accroché aux barreaux de la grille, fasciné, jusqu'à ce qu'on revienne le prendre pour le conduire dans sa classe.

Le soir, sa mère était en retard pour venir le chercher et cela lui donna l'occasion d'un autre sujet d'observation surprenant : d'autres mères se parlaient, et même quelques-unes s'embrassaient. Certaines avaient de jolies robes, des cheveux frisés, et l'une d'elles portait un chapeau. Il était très étonné. Mais certainement il se trompait, ça ne pouvait pas être des mères, des femmes aussi jolies et aussi gaies. Une mère, c'était pas comme ça...

Non loin de lui, une brune bouclée, qui portait un corsage rouge très collant, éclata de rire tout à coup. Un rire claironnant, irrépressible, qui n'en finissait pas. Il la regarda, stupéfait. Voyant l'air ahuri du gamin, le rire de la femme redoubla et elle dit à son amie : « Hé ! Regarde la tête du gosse ! » Et de rire encore de concert devant son air idiot et ses yeux écarquillés. « Bah quoi ? T'as jamais vu quelqu'un rire, mon p'tit ? » Elle venait, sans le savoir, d'énoncer cette stricte vérité : il n'avait jamais vu quelqu'un rire. En tout cas pas comme ça, librement, sans que ça tourne court, s'étouffe et se transforme en ricanement.

Le lendemain, ce fut pareil. Mille nouvelles choses à observer, des détails qui l'ahurissaient. A midi, il retourna voir les filles et elles se moquèrent de ce garçon planté derrière la grille. Elles le terrorisèrent en l'insultant et en lui lançant des petits cailloux ramassés dans la cour. Elles étaient très jolies mais très méchantes.

Quand sa mère vint le chercher le soir, la maîtresse d'école traversa la cour au pas de charge et l'attaqua brutalement : « Dites donc, madame, il ne serait pas débile, votre gamin ? Parce que s'il n'est pas normal, ce n'est pas sa place, ici. Il y a des endroits spécialisés pour ça. Moi, je ne veux pas d'idiot dans ma classe ! »

La mère cria plus fort que l'autre, comme elle savait si bien le faire. Ça dura longtemps, de plus en plus violent. Il essayait de ne pas entendre, mais il ne pouvait pas ne pas voir toutes les autres mères qui écoutaient, qui les regardaient avec pitié et dégoût.

A la maison, elle raconta l'algarade au père, et Paul prit une belle volée de claques. « Déjà qu'on est mal vus dans le pays, voilà que ce gosse va nous faire honte. Débile ! Tu te rends compte ? » Il prit une autre tournée de gifles pour bien comprendre qu'il n'y avait jamais eu de débile dans la famille et qu'il n'avait pas intérêt à commencer.

Le lendemain, on l'installa tout au fond de la classe et il y fut bien tranquille. On ne le dérangeait plus, même si la maîtresse le regardait d'un air peu amène quand il ne sortait pas son cahier ou son livre d'alphabet en même temps que les autres. Puis quand il eut bien observé tout ce qui l'étonnait dans cet univers si nouveau, il commença à écouter un peu.

La cour de récréation, où se mêlaient grands et petits, amena un genre de complicité entre les deux frères. Le grand défendit le petit, un jour, et Paul en fut surpris et touché. En fait, ce qui les rapprochait, c'était le rejet des autres. Car on ne les aimait pas – le grand parce qu'il était brutal et sournois, le petit parce que c'était une poule mouillée toujours à rêvasser dans son coin. Les enfants sont incroyablement conventionnels et respectueux du qu'en-dira-t-on – dans le pays on n'aimait pas cette famille, on se méfiait de ces gens-là et donc de leurs enfants. Logique. Il ne se trouva pas un gamin du village pour braver l'opinion publique et se faire la sienne propre. Les esprits libres sont rares.

On le laissa toute l'année au fond de sa classe, et à la rentrée suivante on l'y remit, comme si cette place était devenue pour lui traditionnelle. La maîtresse s'était adoucie à son égard car elle voyait bien qu'il était attentif. A part ça, rien à en tirer – devoirs pas faits et cahiers pleins de taches. Pourtant, un jour, il provoqua une grosse, une monumentale surprise...

Un des élèves n'arrivait pas à déchiffrer une phrase que la maîtresse avait écrite au tableau. Le gosse oubliait obstinément une négation, sautait des syllabes, trois fois, quatre fois... Elle allait se résoudre à passer à un autre élève quand une voix jaillit soudain du fond de la classe : « Mais non ! C'est pas ça ! » et s'ensuivit l'énoncé de la phrase, fluide, aisé, absolument correct. Toutes les têtes s'étaient tournées vers celui qui avait parlé, la maîtresse était restée pantoise, la règle en l'air, et, effrayé par le silence et ce terrible poids d'attention soudain, Paul se demandait lui-même ce qui lui avait pris – un énervement, une révolte spontanée devant tant de lenteur et de maladresse.

La maîtresse le pria de répéter, ce qu'il fit, après avoir beaucoup hésité et la gorge nouée, gêné par les regards de ses camarades fixés sur lui. Puis elle écrivit une autre phrase, plus longue, et il la déchiffra couramment, avec une voix de plus en plus étranglée car les yeux des élèves, de réprobateurs étaient devenus franchement hostiles. « Mais... tu sais lire ! ! » s'exclama la maîtresse, plus que stupéfaite.

On pourrait croire que cet événement, véritable coup de théâtre dans la vie d'un enfant comme Paul, aurait amené un mieux, une ouverture dans l'enfermement de sa petite vie. Ce fut tout le contraire. Il y a de ces destins affreux où tout espoir se trouve barré – par l'étroitesse d'esprit de la famille, le manque d'attention des autres, l'époque aussi, qui comptait nombre d'adultes dont le moins qu'on puisse dire est qu'ils n'étaient pas fins psychologues, même dans l'Éducation nationale – toute possibilité de libération tournée en impasse...

Les garçons de la classe se coalisèrent contre lui et ne lui parlèrent plus. Quarantaine déclarée contre celui qui « faisait ses coups en dessous » pour les faire prendre tous pour des imbéciles. Impardonnable. Quant à la maîtresse, dont l'intérêt était éveillé – un écolier en avance, un surdoué, peut-être un génie dans sa classe, quelle gloire pour elle ! –

elle le bichonna en lui administrant une flopée de devoirs supplémentaires, attendant la suite logique de cet événement : un déploiement d'effort scolaire de la part de Paul.

Elle fut bien déçue. Après quelques mois d'observation patiente, d'attente de résultats, de sondage de sa bonne volonté, elle se rendit à cette évidence que les devoirs étaient toujours oubliés ou bâclés, les cahiers toujours pleins de taches – pas seulement d'encre mais aussi de graisse et de terre ! – et que cet enfant, à part le fait indéniable qu'il avait su lire plus tôt que les autres, n'était pas plus intéressant qu'avant. Cette clé de la précocité en lecture, qu'il avait trouvée apparemment d'instinct, n'ouvrait la porte à aucun trésor caché. Tant pis.

Ce que ne pouvait pas savoir cette pauvre femme, qui venait de la ville et qui, ayant demandé sa mutation après un gros chagrin d'amour, avait atterri ici ne connaissant rien de rien à la vie rurale et aux mœurs de certaines familles, c'est que Paul était assailli dès sa rentrée de l'école par mille tâches à accomplir pour aider à la ferme. Lui et son frère avaient maintenant l'âge de se rendre utiles, de faire l'apprentissage, à la dure, de leur vie future, celle que leur destinaient les parents comme une fatalité évidente.

Elle ne pouvait pas savoir non plus, cette citadine issue d'une lignée de notaires et d'employés de bureau en costumes noirs penchés sur leurs paperasses, que pour certaines familles il n'est de travail valable que celui que l'on fait avec ses bras, sa force, et qui donne un résultat concret. Qu'on se méfie grandement, chez ces gens-là, de qui a étudié, de qui voudrait pour ça « vous en remontrer », du haut de sa culture mystérieuse, de qui vous embrouille avec des choses qu'on ne comprend pas, des trucs pour vous détourner du travail, de la vraie vie. Les livres, les écritures, ça porte à rêvasser et à « péter plus haut que son cul en oubliant d'où on vient ».

Elle n'aurait jamais pensé, cette institutrice qui mettait encore des talons hauts pour se promener à la campagne et faisait de grands écarts sur la pointe des pieds pour éviter les bouses, que les livres que Paul essayait d'étudier consciencieusement en rentrant de la classe avaient souvent valdingué jusque sur le fumier, les cahiers pareil, qu'il y avait toujours mieux à faire que se « farcir la tête avec tout ça comme si la journée entière à l'école avait pas suffi ». Il essayait bien de porter les seaux d'eau, de nettoyer le poulailler, de ramasser les légumes, de ranger les outils le plus vite possible pour trouver le temps de faire ses devoirs, mais on le dénichait toujours dans le coin où il tentait de se cacher. Et c'était des cris à n'en plus finir, une rage de ses parents, une haine contre ces foutus livres et tout ce qu'il y avait dedans, qu'ils sentaient, avec un sûr instinct, être « contre » eux et tous les principes bornés qu'ils respectaient.

Le peu de temps qu'il avait de reste, il le passait dans les chemins et les bois alentour avec son frère, comme il l'avait fait avec son grand-père. Le vieux ne sortait plus guère, il y voyait de moins en moins. Perdre la vue n'est bien pour rien, et surtout pas pour chercher les champignons. Paul ne s'entendait pas trop mal avec son aîné, pourvu qu'il lui cède sur tout, ce qui ne le gênait pas. Ce qui amusait son frère, généralement, il ne le trouvait pas drôle, mais il le suivait pour ne pas faire d'histoires, et aussi parce que c'était la seule personne jeune, le seul alter ego dans cette espèce de désert où il vivait. Fallait faire avec.

Quand le grand était occupé à construire une cabane, ou à pêcher des gardons avec une ficelle et une épingle nourrice au bout – c'est dire si la pêche était bonne ! – Paul s'absorbait dans la contemplation de la nature. Parfois, dans la lumière dorée, la chaude senteur de l'herbe, les reflets du soleil dans les feuilles et le bruissement de la vie animale, il vivait de purs moments de bonheur, il baignait dans un état d'adoration, rare à son âge. Il goûtait, il aimait tout ce qui l'entourait. Sans doute fallait-il que cet enfant sensible et tendre trouvât où épancher le besoin d'amour qu'il ne pouvait employer avec ses proches, ses congénères. Il n'avait pas tant besoin d'être aimé que d'aimer lui-même, de se sentir gonflé d'émotion, de cette joie qui le faisait frémir, lui tournait parfois la tête, lui faisait oublier le temps. Aimer occupe, emplit l'être, sans forcément avoir besoin de retour. D'ailleurs il sentait confusément que la nature lui rendait bien l'amour qu'il lui portait, par le seul fait d'être là, d'exister. Les arbres, la lumière, les odeurs étaient des cadeaux. Le sentiment de communion, l'état de grâce qu'il atteignait parfois – en de courts moments car les autres l'en sortaient vite – étaient proches, sans doute, de ce qu'on appelle la foi. Paul avait de grandes dispositions pour être un homme de foi. Mais nul ne parla jamais de Dieu à la maison, et il n'est pas sûr que le Dieu des églises l'aurait ému autant que la bonne, la magnifique déesse Nature qui l'enveloppait, l'émerveillait, le consolait. Et les jours où il était si fort empli d'amour, il aimait aussi, dans la foulée, sa maison, les vieux, son frère, son père, et même sa mère qui était – ce n'était peut-être pas sa faute, c'est la vie qui l'avait rendue comme ça – une vraie mauvaiseté.

D'instinct, il sentait qu'il ne pourrait confier ce qu'il éprouvait à personne – d'ailleurs il n'aurait pas su l'exprimer, il n'y a pas de mots pour ça. Et puis on ne parlait de rien, dans cette maison, et surtout pas de sentiments. Et quand bien même eût-il trouvé les mots, osé s'épancher, personne ne l'aurait compris. Il était trop sensible. Ou du moins sa sensibilité, qui eût été prise ailleurs pour une qualité, était inadaptée au milieu qui était le sien. La mort, la souffrance des bêtes, par exemple, lui étaient insupportables, ce qui est anormal chez un fils de paysan. On ne savait d'où ni de qui il tenait cette faiblesse. Il hurla de terreur la première fois qu'il vit sa mère tuer une poule, horrifié par le sang qui giclait, le pauvre « couac » qui avait accompagné l'égorgement. On voulut l'habituer, l'aguerrir, lui faire honte, et une année que son père s'était mis en tête de « faire un cochon » on l'obligea à maintenir les pattes de la bête pendant le sacrifice. Il en vomit deux jours, si pâle que l'on crut qu'il allait tomber malade. L'impuissance des bêtes et leur souffrance lui faisaient mal, lui tordaient le ventre, l'acte de tuer blessait son amour. Il mettait longtemps à oublier, jusqu'à ce que son besoin de tendresse, de beauté l'emplisse à nouveau, efface la mort.

Pourtant, on ne peut toujours tout garder sur le cœur, pour soi tout seul, éprouver tant d'émotions en solitaire, surtout à son âge. Un jour, l'envie de partager fut la plus forte...

Il avait découvert un nid, au printemps, dans une haie voisine. Bien caché, immobile, il avait réussi à se faire oublier, au point que la mère, faisant abstraction de cette présence humaine à quelques mètres, était venue nourrir sa nichée d'oisillons qui piaillaient, le bec grand ouvert. C'était magique, joli à vous arracher des larmes. Pour le coup, le père pouvait bien crier après lui au loin, l'appeler – « Où qu'il est encore fourré, ce drôle ? » – rien ne l'aurait fait bouger de sa cachette.

Le lendemain, alors qu'il ramenait avec son frère une charretée de paille pour la litière des vaches, sur le soir, il passa à proximité du nid. Il n'y résista pas, il emmena son frère vers la haie avec une joyeuse mine de conspirateur, comme s'il allait lui montrer un trésor. L'autre, ayant fourré sa trogne entre les branches, dit sobrement : « Bé, c'est rien, c'est des mésanges. » Paul ravalait son exaltation et revenait vers la charrette quand le visage de son aîné s'illumina – de cette joie jubilatoire très spéciale qui ne ressemblait aucunement à ses joies à lui. Il le vit retourner à la haie et fourrager sans ménagement entre les branches pour prendre le nid. Il comprit trop tard. Et puis il était plus petit et plus faible, il n'avait que sa colère pour lutter. Il tenta, étouffé de révolte, de retirer le nid des mains du grand, mais celui-ci le leva brusquement au-dessus de sa tête pour le lui soustraire et deux des oisillons tombèrent à terre. Le troisième était encore dans le nid, à moitié écrasé. Sanglotant de colère et de regret d'avoir confié son secret pour le voir saccager ainsi, le petit s'acharnait sur le grand, mais celui-ci lui décocha un coup de pied en criant : « J'voulais juste déplacer le nid ! On dit que les mères le trouvent plus si on le met ailleurs, c'était marrant ! On peut rien faire avec toi ! » Il balança ce qui restait du nid par terre et s'en fut charrier tout seul la paille, abandonnant l'imbécile à sa rage impuissante.

Paul, submergé de chagrin, le menton tremblant, rassembla tant bien que mal les oisillons qui vivaient encore, reforma le nid comme il put et tenta de le replacer dans la haie, de guingois, à la fourche d'une branche. Puis il s'éloigna très vite, le plus vite possible, en se disant que la mésange n'avait peut-être rien vu, qu'elle ne remarquerait rien, plein de douleur et d'espérance conjuguées.

Impossible de retourner voir le soir, ni le lendemain matin. Il ne put s'échapper à aucun moment avant d'aller à l'école. Les larmes lui montèrent aux yeux plusieurs fois dans la journée et il n'écoutait rien, ne voyait rien, entièrement pris par l'attente, l'espoir de retrouver les petits intacts, nourris, comme s'il ne s'était rien passé.

Le soir, quand il put enfin revenir à la haie, le cœur battant et la bouche sèche d'émotion, il découvrit le nid à l'envers, tombé plus bas, et aucune trace des oisillons. Une fouine, quelque animal sans doute attiré par leurs piaillements de détresse, était passée par là.

Il resta immobile un long moment devant la haie, devant l'irréparable. Il était empli d'une douleur compacte, qui faisait mal, là, au milieu de la poitrine, comme quelque chose de très lourd et très dense qui lui ôtait toute force, l'empêchait de déglutir. Une douleur étrangement calme, sans larmes. Il venait de comprendre qu'il était seul, vraiment tout seul avec ce qu'il aimait, avec ce qu'il était. Il n'y avait pas de partage possible.

A l'intérieur de sa famille, il se mit à vivre avec ce secret : il était différent. Il ne pouvait dire ce qu'il ressentait à aucun de ses proches. Il vivait ses émotions en silence, son petit silence à lui au milieu de ce grand silence qui semblait être la loi du monde dans lequel il était né. Vers l'extérieur non plus pas d'échappée, leur réputation suffisait à barrer toute relation libératrice. A l'école, il avait un jour commencé à sympathiser avec un garçon, et il avait tenté – comme on tente un va-tout, comme on se jette à l'eau – de l'inviter à venir chez lui le jeudi. Le gosse n'était jamais venu et, dès le lendemain, il avait marqué quelque distance envers lui. Leur début d'amitié avait tourné court. L'échange s'avérait impossible, il ne comprenait pas pourquoi. Il se demandait souvent, avec une curiosité mêlée d'anxiété, comment était la vie chez les autres. Mais impossible de le savoir, car le silence était aussi autour d'eux, comme un mur. Son silence intime, dans le silence des siens, entouré de la barrière de silence du monde – enfermement concentrique, poupées gigognes de secrets, et lui au centre, tout petit. Vers dix ans, un incident acheva de le clore, d'une manière subtile et violente, dans la solitude du cercle familial...

Son frère allait sur ses quatorze ans, c'était sa dernière année d'école, il avait du retard. Les parents, agacés, espéraient bien qu'il décrocherait son certificat pour enfin l'employer à plein temps à la ferme.

Un dimanche, le père les avait envoyés chercher du bois qu'il avait coupé dans un taillis et qu'il voulait rentrer avant les grands froids. Paul vit son frère ce jour-là d'humeur frondeuse et rebelle, il n'avait pas envie d'aller chercher ces bûches. Lui qui habituellement filait doux et n'osait jamais répliquer se mit à tenir tête au père. Celui-ci, à sa troisième intervention pour les presser d'aller faire ce travail, fut pris d'une rage incoercible et assena un coup sur les mains du gamin avec le manche de sa pioche. Un coup d'une telle violence que Paul vit son frère pâlir et tomber à genoux par terre, prêt à s'évanouir.

Le soir, sa main avait tant enflé que Paul dut aider son frère à ôter ses vêtements. Le lendemain, à l'école, c'était pire, et l'institutrice prit sur elle de l'emmener voir l'infirmière du village pendant la récréation de dix heures. Il hurla dès qu'on lui toucha la main, et comme on ne pouvait joindre les parents – aucune ferme isolée n'avait encore le téléphone, à cette époque – c'est le directeur de l'école lui-même qui emmena le gamin faire une radio à l'hôpital de la ville voisine, à vingt-cinq kilomètres de là. Fractures – trois métacarpes brisés net au milieu de la main. « Sans doute un coup... », avait dit le radiologue. On ne put rien tirer du gamin.

Le directeur le ramena au village, à peu près à l'heure de la sortie des classes, la main et le poignet immobilisés par des attelles et bandages, comme un gros paquet suspendu à son cou par une bande Velpeau.

Paul, dès qu'il sortit dans la cour, se précipita vers son frère qui regardait le sol, muet et buté, tandis que le directeur essayait encore de l'interroger sur ce qui s'était passé.

– Voyons, on ne se casse pas la main comme ça... Qu'est-ce qui s'est passé ? C'est chez toi ?

Paul les regardait, l'un et l'autre. Son frère se taisait obstinément. Il était ému de le voir blessé – le gros bandage était plus impressionnant que la blessure elle-même – et un peu affolé qu'il tienne ainsi tête au directeur, comme il l'avait fait avec le père la veille.

– Qu'est-ce qui s'est passé ? Tu le sais, toi ? dit l'homme en se tournant soudain vers le petit, qui semblait troublé et plus disposé à parler.

Paul, qui ouvrait la bouche pour répondre, n'eut pas le loisir de dire un mot car son frère, sortant brusquement de son mutisme, affirma avec force :

– Je suis tombé !

Paul, stupéfait de l'entendre mentir ainsi, tenta de répliquer, de dire la vérité.

– Mais non, voyons, t'es pas tombé ! C'est le...

– Je suis tombé, j'te dis ! ! Je l'sais bien, tout de même ! J'suis tombé dans la grange !

Et disant cela, il regardait Paul avec un œil à la fois furieux et suppliant, un œil qui lui enjoignait de se taire.

Le directeur insista encore :

– Tu t'es fait ça tout seul ? Tu es sûr ?

Et voyant le gamin enferré dans sa résistance – « J'étais tout seul, j'vous dis... J'suis tombé sur le soc de la charrue et j'avais la main sous moi » – il le laissa sortir de l'école avec son frère, sans plus chercher à obtenir des explications qu'il n'aurait jamais. Il avait bien son idée, mais ce n'était pas la peine de se mêler de ce qui se passait chez ces gens-là, il n'y avait rien à en tirer.

Paul trottinait derrière son frère qui avait attaqué d'un bon pas les trois kilomètres qui les séparaient du lieu-dit où ils habitaient. Son cartable ballottant au bout de son bras, il avait du mal à trouver son souffle, la poitrine serrée, la gorge nouée par ce qui venait de se passer. Il était dans un grand trouble. A la moitié du chemin, qui s'était fait en silence, le grand avec les lèvres serrées et le petit haletant à trois pas derrière, Paul s'arrêta, plié en deux par un point de côté.

Son frère alors se retourna vers lui, vit son malaise, son regard éperdu, ses lèvres tremblantes. Au moment où le petit allait se mettre à pleurer, incapable de s'exprimer autrement, il coupa court à son émotion en criant soudain :

– Qu'est-ce que t'allais dire, toi, imbécile ? Tu te rends compte ? Déjà que les autres nous aiment pas, que tout le monde est contre nous, qu'est-ce qu'ils auraient inventé encore ? Pour quoi qu'on aurait passé ? Ce qui se passe chez nous, ça r'garde personne, y peuvent pas comprendre, y nous détestent ! Ça r'garde que nous ! T'imagines que les gendarmes y s'raient venus trouver le père ? Et qu'est-ce qu'on aurait pris après ? Et comment tous les autres, là, les salauds, ils auraient été contents ? !

Paul le regardait, bouche bée, buvant ses paroles. Jamais il n'avait entendu son frère dire tant de mots d'un coup. Il en était tout ému, plus que par les mots eux-mêmes. Mais tout de suite il s'apaisa, tout de suite il comprit que son frère avait raison, il était d'accord dès la deuxième phrase, pleinement, il adhérait à sa conviction. L'évocation des gendarmes venant à la maison, surtout, le remplit d'effroi – à quelle catastrophe avaient-ils échappé grâce à la présence d'esprit de son frère !

Ils reprirent leur chemin, et de temps en temps le grand relâchait d'une voix forte un petit bout de sermon, de credo familial contre « les autres », tous les autres, qui ne leur voulaient que du mal. Et Paul marchait plus bravement, requinqué, il se sentait en sécurité avec ce grand garçon si sûr de lui, d'eux, de leur famille, hors de laquelle ils étaient perdus. Il n'y avait pas à douter de ce qu'il disait, c'était vrai, c'était comme ça. Et, allant à l'unisson avec son frère, il revint chez lui avec le sentiment d'avoir échappé à un grand danger...

On pourrait croire qu'une enfance passée ainsi dans l'enfermement moral, sans découverte du monde environnant et dans la monotonie des jours, des saisons et des travaux qui reviennent, immuables, paraîtrait interminable. Il n'en est rien. Le temps, dans la répétition et l'affirmation quotidiennes des mêmes repères, des mêmes valeurs, file à toute vitesse. Les années comptent comme un mois et les mois comme des jours... On croirait aussi une telle enfance mortellement ennuyeuse, mais ce serait compter sans la terreur, distillée jour après jour par les parents, et ce perpétuel sentiment de faute, de dette, qui occupe si fort un être et l'assujettit bien plus sûrement que des chaînes.

Paul ne savait pas qu'il était malheureux. Pour cela, il lui eût fallu une quelconque idée du bonheur.

Après son certificat, il quitta l'école avec quelque regret, une certaine angoisse qu'il ne sut s'expliquer – il sentait confusément qu'il perdait son seul lien avec le monde extérieur, disons le seul échange officiel qu'il avait avec les autres. Dans l'autarcie des rapports familiaux, il n'y aurait plus que les rarissimes sorties pour obligation de réparation, achat de matériel ou petit commerce, avec, en guise de relations humaines, le souci de « ne pas se faire avoir ».

Il s'installa dans son silence, et sa sensibilité particulière trouva une sorte de statu quo vis-à-vis des siens grâce à quelques prises de position franches. Par exemple, un jour qu'on lui demandait d'aller prendre un lapin et de le ramener bon pour la casserole, il refusa tout net et affirma : « Moi, je ne tue pas. » On toléra cette bizarrerie – une de plus...

De l'école, il avait gardé le goût de la lecture. Il s'absorbait volontiers dans celle du journal – qui ne relatait le plus souvent que des catastrophes, lui laissant accroire ainsi que la vie des autres était pire que la sienne, et le monde, dont il vivait exclu, un repère de bandits et d'escrocs – dans les quelques livres qui lui tombaient parfois sous la main et les sélections du *Reader's Digest* qu'il achetait quand par hasard il avait à aller au village. Il rêvait, alors... Les bribes d'aventures, d'histoires d'amour, d'existences si différentes de la sienne, le plongeaient dans un état étrangement atone, au bord de l'hébétude. Il se disait que ce n'était pas possible, des choses pareilles, tout ça c'était des menteries, des trucs pour vous tourner la tête. Et si ça existait, ces voyages, ces amours fous, ces vies exceptionnelles et libres, ce n'était pas son lot à lui.

Au sortir de ces plongées dans un ailleurs inaccessible il n'avait plus de force pour son travail, tout lui semblait peser du plomb. C'était mauvais. Il préférait écouter son grand-père – ça le faisait rêver aussi, mais c'était des rêves qui s'ancraient dans la vraie vie, sa vie à lui, ses ancêtres...

Car le vieux s'était mis à radoter depuis qu'il avait presque totalement perdu la vue. Cet être aussi sec et cassant qu'un insecte, qui s'était tu toute sa vie, n'en finissait plus de se raconter, de ressasser, assis en permanence dans un fauteuil près de la cuisinière à bois, une vieille couverture sur les jambes car il avait les pieds glacés en toutes saisons. Il dormait même là le plus souvent, on l'y laissait, car ses interminables monologues gênaient moins le sommeil du reste de la famille quand ça le prenait au milieu de la nuit, il était plus loin d'eux. Au début, on ne l'écoutait pas. D'ailleurs on ne comprenait rien à ce qu'il racontait, il parlait de gens et d'événements que personne n'avait connus. La mère, exaspérée, criait sur lui pour qu'il se taise – en vain.

Puis Paul tendit l'oreille, repéra que quelques noms revenaient souvent dans cette litanie, et à certains moments calmes, quand les parents étaient ailleurs ou quand tout le monde dormait, la nuit, il se mit à l'écouter. Puis il s'aperçut qu'en insistant doucement, posant plusieurs fois la même question, il arrivait parfois à ouvrir une brèche dans le repli du vieux sur lui-même. Au bout d'un moment, il répondait, il ordonnait ses pensées. Fallait être patient.

C'est ainsi que Paul découvrit l'existence d'une « figure » parmi ses ancêtres, une personnalité qui avait si fort marqué le grand-père que son nom revenait sans arrêt : l'oncle Eugène. Le visage émacié du vieux s'illuminait quand il l'évoquait. Petit à petit, Paul reconstitua l'histoire de cet Eugène. C'était effectivement l'oncle du vieux, le frère de son père – donc de son arrière-grand-père à lui, Paul – maçon creusois qui avait fini tailleur de pierre, un vrai, magnifique bâtisseur, qui partait à la fin de chaque hiver à Paris, comme ils le faisaient presque tous, pour construire les bâtiments somptueux qui seraient plus tard l'orgueil de la capitale. Un homme d'envergure, beau et fort comme un Turc – il était réputé pour grimper sur des échafaudages de six étages avec un seau de vingt kilos de ciment sur la tête, comme les nègres, et un autre au bout du bras. Un oncle qui avait failli emmener le grand-père avec lui à Paris pour travailler aux chantiers et qui, finalement, avait choisi de prendre son frère au moment du départ. Le vieux ne se rappelait plus pourquoi... Il avait treize ans, alors. Paul percevait encore sa blessure, si longtemps après, sa déception de rester au pays alors que son frère partait sur les routes avec l'oncle Eugène, montait à pied à la grande ville, en découvrant du pays, des auberges, des compagnons, un métier dur mais estimé de tous.

Le vieux racontait à son tour tout ce que lui avait raconté ce frère comme s'il l'avait vécu lui-même. Le long voyage, les pieds en sang dans les galoches, le foyer où ils étaient logés en chambre commune, le premier tabac à quatorze ans, et, quand le froid revenait, le ciment qui gelait avant d'arriver en haut des échafaudages et qu'il fallait gâcher de nouveau malgré les engelures, l'apprentissage de la pierre, l'entraide entre compagnons et la fierté d'être enfin des leurs, les chutes de plusieurs étages, parfois – et parfois aussi la mort, en bas... La dure vie des maçons creusois, avant la première guerre avec les Prussiens. Et le grand-père agrippait la manche de Paul avec sa main sèche et crispée comme une serre de rapace – « … Parce que, rappelle-toi bien, mon gars, nous, on n'est pas d'ici, de ce pays de sorcières et de marécages, on est d'en bas, de la Creuse, un vrai pays d'hommes ! C'est d'là qu'on vient, nous autres ! »

Allongé sur son lit, avant de s'endormir, Paul songeait à son ancêtre Eugène, qui était non seulement beau et fort mais aussi bon vivant, sage d'esprit et meneur d'hommes avisé. A force d'imaginer ce grand-oncle, il lui avait donné un visage, des traits si précis qu'il croyait parfois l'avoir connu. Il était certain qu'il avait été comme il l'imaginait, avec un beau faciès buriné, une épaisse moustache et ces rides en faisceau au coin des yeux, creusées par le rire et le grand air – le visage du grand-père et du père qu'il aurait aimé avoir…

Il s'endormait en rêvassant interminablement à ce qu'il aurait pu vivre, lui, à cette époque – car c'est lui qu'Eugène venait chercher, par un matin brumeux, avant l'aube. Il avait fait son baluchon, avec du pain et du fromage pour la route, préparé ses godillots, un manteau, et ils partaient ensemble dans le froid du matin, un froid vif et gai. Ils marchaient dans la campagne qui s'éveillait, et le soleil, au-dessus des champs qu'on allait laisser derrière soi, se levait avec toutes les promesses d'une vie nouvelle. Parfois, des larmes d'émotion coulaient sur ses joues sans qu'il s'en aperçût tant il était bien avec l'oncle Eugène qui l'emmenait, qui l'emmenait, loin, si loin…

Longtemps il vécut ainsi en rêve avec l'oncle Eugène sans s'apercevoir, pauvre Paul, que tous ses songes le portaient en arrière, vers un passé révolu – le Louvre, tous les beaux immeubles de monsieur Haussmann étaient terminés depuis longtemps, et depuis longtemps les Creusois étaient revenus trimer au cul des vaches, comme lui.

Quand son frère partit au service militaire, quelque chose changea pour Paul dans l'humeur de la maison, et son existence au sein de sa famille devint plus confortable. Il restait le seul à pouvoir aider son père. Tout fut plus calme alors. On ne lui reprochait quasiment plus rien, on ne lui criait plus dessus et le père le considérait, dans le travail, comme un compagnon, presque un égal. Il naquit même entre eux une manière de complicité à faire la besogne au même rythme, de la même façon, et Paul sentait parfois sur lui son regard surpris – ça lui faisait plaisir.

Il se révéla extrêmement doué en mécanique et un jour qu'il répara le tracteur obstinément en panne, le père l'appela pompeusement « le technicien » – summum de l'humour dont cet homme était capable. Il fut bientôt chargé du soin des moteurs et de toutes les réparations des divers outils. Il n'avait pas son pareil, aussi, pour régler le soc de la charrue et obtenir un beau sillon, ce qui n'est pas facile. Il avait, enfin, un véritable rôle dans cette maison.

Pour ce qui est de ses premiers émois sexuels, il fit comme son grand frère l'avait fait et son père avant lui quand il était jeune : il régla ça tout seul dans son lit le soir. Il n'avait pas besoin de photos ou de magazines sexy. Il les avait bien reluqués en douce chez le marchand de tabac et de journaux, mais il n'aurait jamais osé en demander un et le payer sous le regard de la buraliste. De plus, il sentait que tout ce qu'il y avait là-dedans, quoique excitant, le dégoûterait un peu – ce n'est pas ça qu'il aurait aimé, ce ne sont pas ces filles-là qu'il aurait voulues...

Parfois, en touchant son sexe, il évoquait l'image d'une femme qu'il avait aperçue quelquefois près de chez eux, une femme de Paris qui venait de temps en temps dans une maison qu'elle avait là, et qu'il trouvait la plus belle du monde – mais il connaissait si peu de femmes qu'il était difficile de se faire un critère de beauté. Celle-ci était peut-être très ordinaire. Il ne savait pas.

Non, ce qu'il aurait voulu, c'était les émotions qui étaient décrites dans les nouvelles ou les romans qu'il avait lus. A partager les exaltations des personnages, leurs espoirs, leurs larmes, leurs tendresses, quelque chose enflait en lui à l'étouffer, qui n'avait pas seulement à voir avec le sexe, une sorte de désir qui faisait mal, qui brûlait. Il comprenait tout à fait qu'on pût avoir envie de mourir par amour, ça ne lui semblait pas ridicule du tout. Et de tous les secrets qu'il gardait dans son silence, celui-ci était le plus secret, le plus profond, tout au fond de lui, le plus impossible à partager. L'idée de le dire était même impensable. Parfois il se moquait lui-même de ses rêves, il les tournait en dérision à ses propres yeux – quel ridicule imbécile il faisait !

C'est ainsi qu'on arrive tout doucement, un jour grignoté après l'autre, un rêve étouffé après l'autre, jusqu'à ses vingt ans.

Lorsqu'il dut partir à son tour au service militaire, il s'y prépara sans trop de crainte car il avait vu son frère en revenir plutôt gai, avec une sorte de chaloupé de la démarche qu'il ne lui avait jamais connu, une manière de rouler sa cigarette d'un coin à l'autre de ses lèvres à l'aide d'un mouvement de langue tout à fait bizarre, et aussi des plaisanteries, des allusions égrillardes que Paul ne comprenait pas toujours.

Au moment du départ il eut brusquement le cœur serré en voyant au coin de la cuisinière le grand-père, dont le corps était maintenant agité d'un tremblement incessant. Ce matin-là, ses yeux perpétuellement noyés de larmes le fixaient, alors qu'il s'apprêtait à franchir la porte, son sac à la main. C'était peut-être un hasard car le vieux ne voyait presque plus rien, mais Paul eut soudain peur de ne plus le revoir et se précipita vers lui pour le serrer dans ses bras, l'embrasser. Le grand-père eut une sorte de hoquet, un spasme, raidi vers l'arrière, l'œil soudain voilé – Paul crut un instant l'avoir tué avec cet élan d'affection. C'était un choc, on ne s'embrassait jamais dans cette famille.

Arrivé à la caserne, à trois cents kilomètres de chez lui, tout lui sembla étrange, incompréhensible. Il retrouva cette stupéfaction, cet état d'hébétude qui l'avait cloué au milieu de la cour, des années auparavant, à sa première arrivée à l'école. Ainsi est le monde hors de chez lui ? Ainsi sont les hommes qui ne sont pas son frère ou son père ? Sa plus grande surprise venait du fait que les autres se comportaient comme si tout était normal, familier pour eux. A voir l'aisance avec laquelle ils s'interpellaient, s'esclaffaient, s'installaient comme en lieu connu, acceptaient sans rechigner de faire des choses aussi incongrues et bêtes que de marcher au pas en balançant les bras tous ensemble dans le même sens, il mesurait la distance qui le séparait de ses semblables. Il ne comprenait rien, ni à ce qui les faisait rire ni à ce qui rassemblait certains en groupe, liés par une affinité qu'il ne saisissait pas. Et là aussi, comme à l'école, il faillit être considéré comme débile.

Puis le temps passa, il s'accoutuma. Il courut, il rampa, il démonta et remonta des fusils, éplucha des pommes de terre, nettoya des latrines immondes, et souvent lui venaient à l'esprit ces mots curieusement solennels que son père avait employés à propos de son départ à l'armée : « Après ça, tu seras entré dans ton âge d'homme... » Il se demandait bien ce que ça voulait dire, quelle mystérieuse frontière toutes ces tâches imposées lui feraient franchir, comment cette longue et ennuyeuse épreuve ferait de lui un homme – qu'est-ce que c'était donc « un homme » ? Il ne se sentait grandi par rien, libéré de rien, et sa solitude était plus profonde d'être entouré de tant de gens étrangers.

Après quelques mois, il connut sa première femme – comme son père, son frère, dépucelés à l'armée. Un groupe de gars s'était enfin décidé à emmener le cul-terreux aux putes. Car c'est ainsi qu'on l'appelait. Il découvrait, aussi, l'énorme, tenace racisme envers les paysans.

Non loin de la caserne, il y avait des baraquements avec des femmes, des types qui attendaient devant. Certains avaient organisé une file devant une porte. « C'est pour Michette, c'est la meilleure ! » dit un des gars qui l'avaient amené là. Il voulut pousser Paul à faire la queue, mais celui-ci résista, plein de gêne et de honte, bien que son sexe soit raide dans son pantalon à l'idée d'enfin faire l'amour pour de bon, avec une vraie femme, de la vraie chair, chaude, des bras autour de son cou. Et découvrir l'odeur d'une femme, la douceur inconnue de sa peau... La tête lui tournait, il se sentait pâle, une porte s'ouvrit, on le poussa – tant pis, il n'aurait pas Michette.

Il lui échut une brune un peu courtaude aux gestes brusques. Elle avait l'air fatigué, il était tard dans l'après-midi. Malgré son excitation et son désir, il fut saisi d'un soudain dégoût à l'idée que plusieurs hommes avaient déjà vidé leur sperme dans cette femme juste avant lui. Puis ça passa quand elle le toucha. A sa question « est-ce que tu veux venir dessus ou dessous ? », il répondit incongrûment « non merci ». Elle pouffa en le regardant et pendant une seconde elle fut jolie. Puis elle s'allongea sur le dos, ouvrit les bras, et une terrible odeur de sueur écœura Paul tout le temps qu'il fut sur elle. Il s'arrêtait de temps en temps, pour reprendre souffle, et elle lui tapotait la fesse : « Allez, allez, mon gars ! Y'a du monde. » Elle ne sut pas que c'était pour lui la première fois.

Le soir, couché tout droit dans son lit de soldat, le sexe au repos, avec tous ces ronflements mâles autour de lui, il sentait encore l'odeur de la femme. Il avait trahi ses rêves d'amour pur, de tendresse, il « y était passé » comme les autres, de la même manière – comment trouvaient-ils la force de ricaner après ça ? Lui, il se sentait vide et amer. Calme aussi. Il songea que c'était peut-être ça, devenir un homme : trahir ses rêves d'enfant et l'accepter. Et il sombra dans une tristesse qui le maria insensiblement au sommeil.

Il ne voulait pas retourner aux baraquements. Pourtant il y retourna, sept ou huit fois. Et finalement, il eut Michette et se demanda ce que les autres pouvaient bien lui trouver de spécial... Mais c'était toujours pareil, il ne ressentait jamais rien comme les autres. C'était sans doute sa faute. Il ne lui restait qu'à se taire pour ne pas avoir l'air trop différent, ne pas avoir d'histoires.

Puis, vers la fin de son service, la nature se mit à lui manquer. Les bêtes, surtout. Une faim d'herbe, d'arbres, de caresses sur le mufle si doux des vaches. Une envie torturante, lorsqu'on le réveillait à l'aube, avec tous ces sales relents autour de lui, d'aller librement dans la petite forêt au-dessus de chez eux. Le terrible besoin de savourer l'odeur des feuilles, le silence plein de la campagne, avec le bruissement du vent et tout le petit fatras sonore des bêtes sauvages. Il souffrait. Le manque le pliait en deux sur l'affreux café, parfois. Les quelques jours de permission qu'il avait de temps en temps ne suffisaient pas à calmer ce manque. Il savait qu'il allait repartir, cela lui gâtait tout. Les choses allaient sans lui, il ne savait que faire et ne profitait de rien.

Et puis ça se termina et il rentra chez lui pour de bon. Dans le train qui le ramenait là-bas, à la ferme, il comprit enfin ce que voulait dire son père – il n'y aurait plus de rendez-vous obligé avec le monde du dehors. Plus d'école, plus d'armée. Il y avait maintenant le long ruban de la vie à entamer. Oui, en ce sens, il entrait dans son âge d'homme.

Mais il ne sentit pas la différence, rien de changé, car la vie reprit comme avant. Les travaux, les saisons, le père aussi bourru, la tête dans les épaules sous son béret, et la mère de plus en plus criarde, qui devenait une sorte de monstre haineux.

Les hivers, c'était le plus dur. Il attendait comme une promesse, un délice fidèle, l'arrivée du printemps. Là, il était vraiment heureux. L'éveil de la nature le traversait, l'emplissait littéralement, et parfois, couché un instant dans l'herbage plein de fleurs nouvelles, les jeunes feuilles transparentes d'un arbre dans la lumière au-dessus de lui, la tête lui tournait de volupté et il n'aurait échangé sa vie avec celle de personne. Il était riche.

Dans les années marquantes du long ruban de son âge d'homme, il y eut celle de la mort du grand-père. Il en fut à peine triste, c'était déjà un mort-vivant, et personne n'avait plus de contact avec lui. Ça faisait longtemps qu'il avait arrêté ses litanies solitaires, qu'il ne parlait plus à qui que ce soit, même dans le vide, de l'oncle Eugène et de la Creuse. Il mourut dans son fauteuil, et comme d'habitude il ne faisait pas plus de bruit, on mit un moment à s'en rendre compte.

Quand on le déshabilla, on s'aperçut qu'il n'avait quasiment plus de fesses, elles avaient littéralement pourri sous lui à force d'être toujours assis et de faire le plus souvent dans son pantalon, tout collé aux lambeaux de chair qui restaient.

Deux ans plus tard vint le tour de la vieille, mais pour elle, ce fut plus dur. Un sale truc qui la rongeait. Elle gueulait parfois à vous retourner les boyaux, et la mère gueulait encore plus fort qu'elle. On a fini par la mettre à l'hospice et elle est morte là, toute seule. On l'a foutue en terre comme on se débarrasse d'une formalité. C'était pas une personne qu'on pouvait regretter.

On nettoya leur chambre, un réduit près de la cuisine où tenaient juste un lit et une vieille armoire collée contre. C'était une infection. On a fait brûler tous les vêtements sales, ceux du vieux mangés aux mites et jamais lavés. On délogea de dessous le lit les paniers et les cartons pleins d'œufs que la vieille thésaurisait – comme ils étaient le seul avoir qu'on lui reconnaissait, elle ne les cédait qu'à regret. Paul fit tomber un carton par mégarde et une dizaine d'œufs pourris empuantirent la maison pendant une bonne semaine.

Les vieux partis, l'atmosphère fut plus calme, sinon plus heureuse. On ne savait pas être heureux chez ces gens-là, mais un poids de souffrance et de sourde haine avait quitté la ferme. On respirait un peu. Le caractère du père s'en trouva sensiblement amélioré. Il n'eut presque plus de ces colères ivres, proches de la démence, qui glaçaient encore Paul de terreur, même à l'approche de ses trente ans. Sans la lourde présence des anciens, il devint – quoique toujours aussi taciturne – plus accommodant, ouvert à une certaine évolution de leurs conditions de vie archaïques.

Un an après la mort des vieux, il décida de transformer leur chambre en « salle de bains ». Le mot est bien pompeux pour qualifier un réduit où l'on allait installer une cabine de douche préfabriquée, un simple lavabo sur une dalle de ciment, le tout alimenté par un ballon d'eau chaude au plafond. Mais pour des gens qui n'avaient jamais connu que l'eau froide sur l'évier, les cuvettes individuelles et un baquet posé au milieu de la cuisine, qu'on remplissait d'eau chauffée sur le poêle de temps en temps pour un grand bain, c'était un progrès considérable, un saut dans le modernisme !

Avant de se lancer dans les travaux, il fallut trouver les accessoires les moins chers, le chauffe-eau le plus économique – et la griserie du changement s'étant emparée du père, il décréta qu'on allait cimenter dans la foulée tout le sol de la cuisine, resté jusque-là en terre battue.

Le chantier occupa cinq bons mois, parallèlement aux travaux de la ferme, et suscita bien des cris, car le père se décréta maître d'œuvre absolu, bien qu'il n'y entende rien. Tout devait se faire à son idée, et c'était des hurlements quand l'un de ses fils – Paul surtout, à l'esprit logique et techniquement doué – émettait une objection.

L'œuvre de modernisation de la maison s'acheva par un soir mémorable où, ayant coulé la chape qui recouvrait à présent le sol de la cuisine, on s'aperçut qu'on ne pouvait plus entrer dans la maison sans laisser de profondes traces de pas dans le ciment tout frais. A moins d'escalader par le mur extérieur, il n'y avait aucun moyen d'atteindre les chambres. Au lieu d'entreprendre la périlleuse ascension du pignon de la maison, ils dormirent sur le foin dans un coin de la grange, près des bêtes. La mère n'arrêtait pas de râler, et une vache mugissait régulièrement comme en réponse à ses invectives – les deux frères connurent là, le nez dans le foin, le seul fou rire commun de leur vie.

Le ballon d'eau chaude, matériel de récupération, s'avéra trop petit à l'usage. A peine suffisant pour une douche, on terminait le shampooing à l'eau froide et il fallait une demi-journée pour qu'il soit à nouveau opérationnel. Qu'importe, il y aurait une douche par jour, chacun son tour, c'était tout de même mieux que le baquet trimestriel.

C'est quelques mois plus tard, la même année – sans que l'événement ait un quelconque rapport avec les améliorations domestiques – que Paul tomba amoureux d'une jeune fille du village.

Il n'avait pas approché une femme depuis son service. Il avait repris ses habitudes solitaires, alors qu'il savait que son frère allait de temps en temps « voir les filles » à la ville voisine. Celui-ci inventait une course à faire, un besoin de se renseigner sur une foire qui allait avoir lieu… Et un jour que Paul le regardait avec insistance se peigner avant de partir, sa veste du dimanche sur la chemise raide fraîchement repassée, les effluves d'eau de Cologne flottant dans la cuisine, son frère, se sentant observé, croisa son regard et lui proposa soudain de l'accompagner – juste quelques mots, à mi-voix, pour que la mère qui s'affairait dans un coin n'entende pas...

Instinctivement, sans hésiter une seconde, Paul refusa. Il savait depuis longtemps, à entendre la manière dont son frère plaisantait en parlant des femmes, qu'il ne pourrait jamais exister entre eux la moindre complicité sur ce sujet. On ne parlait pas de la même chose. Paul en savait assez sur ce genre d'amours pour préférer ne vivre rien plutôt que cela. Ce jour-là tout fut dit en trois mots et jamais plus son frère ne lui proposa de venir à la ville avec lui.

La première fois que Paul avait vu la jeune fille, il s'était arrêté pour l'observer, longtemps, sans qu'elle s'en aperçoive. Elle s'ennuyait à faire la vendeuse au « dépôt de pain » du village. Quasiment personne ne venait acheter les baguettes ordinaires qu'un boulanger d'une autre commune venait déposer là tous les matins avec quelques affreux gâteaux. On préférait les tourtes au feu de bois du boulanger local, même si la fournée était irrégulière et tardive car l'homme n'aimait pas faire son pain à l'aube. Tant pis, on allait chercher les miches brûlantes en milieu de matinée – ça valait le coup d'attendre, elles étaient bonnes.

Elle était là, derrière la vitrine, assise dans un coin, désœuvrée, la tête appuyée sur le mur et l'œil dans le vague. Sa tristesse, son ennui touchèrent Paul et il trouva son profil ravissant, avec ces boucles en désordre sur son front. Elle ne sentait pas qu'on la regardait, elle était dans ses pensées. Puis elle baissa la tête, regardant ses mains, grattant un coin de ses ongles, et elle eut soudain une petite crispation du menton, comme si elle allait pleurer. La désolation de cette silhouette dans la boutique vide, ce pli triste au coin des lèvres émurent Paul au plus profond. Lui vint un brusque désir d'embrasser ce visage, de la voir sourire, de découvrir ses yeux qu'il distinguait mal, détournée de lui comme elle l'était.

Mais il n'entra pas, ce jour-là. Il avait trop peur, il était trop surpris par cette soudaine et violente émotion. Il fallut quinze jours pour qu'il se décide à passer la porte, avec le cœur en déroute. Entre-temps, il l'avait vue de face, debout, souriant, parlant à un des rares clients, s'ennuyant encore, et deux ou trois fois il avait fugitivement croisé son regard à travers la vitrine. Il croyait même l'avoir vu sourire un peu – à la longue elle avait dû repérer son manège, elle n'avait que ça à faire.

Elle s'appelait Mireille. Elle avait les yeux noisette. Elle était très petite et levait son regard surpris vers lui quand il laissait de grands silences entre les mots qu'il parvenait avec peine à articuler. Elle regardait, éberluée, ce grand gars éperdu, le souffle court et la mine chavirée, qui se taisait les trois quarts du temps qu'il passait dans la boutique avec elle. La première fois, il était si pâle, déglutissant avec peine et titubant comme un homme en proie à un malaise qu'elle crut qu'il allait tomber d'un coup, là, sur le carrelage du dépôt de pain.

Au fil des visites, elle comprit qu'il était mort d'amour pour elle. Elle en fut stupéfaite et touchée, ne songeant pas à en rire. Ce n'était pas une méchante fille. Elle allait sur ses vingt-six ans, elle avait raté ses études, elle vivait toujours chez ses parents et s'ennuyait ferme – il était grand temps qu'il se passe quelque chose dans sa vie. Il tombait à pic.

Avant de lui proposer de la voir en dehors de la boutique, pour une promenade ou un chocolat au bistrot de la place, Paul avait dû s'accoutumer à la violence de ce qu'il éprouvait. L'amour l'avait saisi et chamboulé tout entier. Il avait failli plusieurs fois s'évanouir d'exaltation. Son corps avait subi le séisme d'une manière inattendue, irrépressible. Il avait l'estomac noué et ne pouvait plus rien avaler, puis une colique de deux jours l'avait vidé de ses forces. Il ne dormait plus, il y rêvait sans arrêt. L'évocation du regard de Mireille sur lui faisait trembler ses mains en plein travail, et avant de passer la porte de la boutique il se mettait à transpirer de manière telle qu'il était obligé de se cacher un moment derrière l'église pour s'éponger, calmer son cœur qui battait la chamade. Tout son être s'affolait, enflammé, le corps et les pensées en déroute. La découverte de l'amour était pour lui de l'ordre du traumatisme – cet homme affamé de tendresse, qui vivait depuis son enfance, sans le savoir, dans un désert, une vraie misère affective, se trouvait tout à coup submergé, ivre d'un trop-plein de sentiments. Cela grondait, enflait, bouillonnait en lui, le secouait, le transportait et l'abattait à la fois. Il faisait face comme il pouvait et ne paraissait dans un état normal qu'au prix d'un terrible effort.

Puis, peu à peu ses émotions s'ordonnèrent, ses pensées, les réactions de son corps devinrent contrôlables, les sentiments qu'il éprouvait se déployèrent, l'emplirent chaudement, voluptueusement. Il touchait enfin à ce pourquoi il était fait. Il l'avait su depuis toujours, il en avait la preuve. Et bientôt il se sentit léger et invincible. Rien ne pourrait l'arrêter à l'aube de cette ère nouvelle – il avait enfin trouvé le plein emploi de ce qu'il était, la justification de sa sensibilité particulière, de tout ce qu'il avait espéré, même confusément, de la vie. D'ores et déjà, il était payé de tout avec ce qu'il éprouvait envers Mireille.

Une nuit, il assuma le vêlage difficile d'une de leurs vaches. De son lit il l'avait entendue mugir au fond de l'étable. Personne ne s'était réveillé et il s'était battu seul avec la vie, la mort. Après, dans le moment de paix indicible qui suit les belles luttes, le petit veau dans les bras, la mère apaisée et confiante couchée sur le flanc devant lui, épuisée, il sentit son visage inondé de larmes. Cela coulait tout seul, doux et tiède. Il éclatait de joie, de fière tendresse.

Dans le temps qui restait de cette nuit-là, il rêva qu'il faisait au moins cinq enfants à Mireille, et au réveil il sut qu'il était temps de sortir des chimères pour entrer dans la réalité de son amour.

Ils prenaient des chocolats au bistrot, traînaient dans tous les chemins alentour. Le village entier était au courant de l'idylle. Mireille rougit quand il lui annonça qu'il allait l'emmener chez lui et la présenter à sa famille. « Tout de même… ! » dit-elle – il avait beaucoup tardé, il se le reprocha. On irait voir ses parents à elle après, elle préférait.

Est-il bien nécessaire de décrire la suite ? On la devine… Paul avait annoncé qu'une jeune fille viendrait déjeuner chez eux dimanche, et personne n'avait marqué de surprise. Il avait quitté une famille qui vaquait normalement à ses occupations, plutôt détendue, il ne s'attendait donc pas, à son arrivée avec Mireille, à se heurter à un tel mur d'hostilité. Le pire de l'esprit de certaines familles, c'est de faire corps, de se durcir pour refouler ce qui risquerait de menacer une cohésion maladive. Pour la sauvegarder, l'instinct d'exclusion prévaut face à l'inconnu – fût-ce une jeune donzelle plutôt innocente, à qui l'on va démontrer, avec un génie assassin, qu'elle n'a pas sa place ici. Silences mortels, regards mauvais, sous-entendus, franches grossièretés, tout est bon. Les coups s'enchaînent, se superposent, impitoyables.

Pendant une heure, Mireille avait rougi, pâli, balbutié, pris des inspirations saccadées comme si elle étouffait, et elle était restée finalement livide, les mains accrochées au bord de la table pour ne pas montrer qu'elles tremblaient. Paul avait tenté de détourner les coups, de la protéger, puis il s'était tu, pétrifié, impuissant, bouillonnant de révolte, et en même temps glacé d'une sorte de terreur.

La mère porta l'estocade en commandant à la petite, d'un ton peu amène, de remplir le pot à eau. Paul s'interposa, tenta de s'insurger une dernière fois : « Ça suffit ! Ce n'est pas à elle de... » Mais la mère le coupa sèchement : « Quoi ? C'est-y donc une princesse que tu nous as amenée, qu'ê doit rester le cul collé à sa chaise ? ! »

Mireille courait déjà sur la route quand il sortit pour la rejoindre. Il la rattrapa et elle eut un geste de brutale rebuffade lorsqu'il tenta de la prendre dans ses bras. Elle hoquetait de rage. Il la reconduisit au village, et ce fut, dans la vieille guimbarde familiale, un malaise épais, compact, à étouffer. Dès qu'elle le put, elle se jeta hors de la voiture et s'enfuit.

Jamais plus elle ne lui parla, sauf pour lui ordonner de quitter le dépôt de pain parce qu'il s'obstinait à y venir encore tous les jours. Au-dehors aussi il fut impossible de la voir – elle avait organisé une protection de copines autour d'elle, un service de chaperonnage qui interdisait de l'approcher.

La dernière fois qu'il la vit, elle était assise sur le côté de l'église, ses protectrices bourdonnantes autour d'elle. Planté à quelques pas, souffrant le martyre, il la regardait fixement. Pour une fois elle l'avait longuement regardé aussi et il avait cru déceler du regret dans son regard, dernière flammèche d'espoir, tandis qu'une copine lui chuchotait des choses à l'oreille : « Regarde-le, tu te rends compte, épouser ce type et aller vivre chez ces gens-là ? Et vous n'auriez pas pu faire autrement, il n'a rien ! Tandis que t'as une chance de faire vendeuse à la ville, d'avoir de belles fringues, de dégotter un gars qu'a du fric... » Mireille détourna son regard, éclata soudain de rire, un rire qui claqua comme une gifle, et s'en alla.

Il resta là un temps, son cœur explosait. Il y avait un affreux vacarme dans sa tête. Son espoir d'amour était mort – c'était là, maintenant, fini, par terre. La douleur partout, dedans, sur la peau et jusqu'au bout de ses doigts. Une douleur à se fracasser contre un mur pour que ça s'arrête. Mais on ne le fait pas, ça ne s'arrête pas. On rentre chez soi. On va vivre avec.

Paul se mit à maigrir. Il se rongeait. La douleur, une vraie douleur morale et physique, le réveillait plusieurs fois dans la nuit par surprise, comme un spasme, une terrible crampe de l'âme. Un gémissement lui échappait, un début de sanglot, puis il mordait l'oreiller pour ne pas crier sa détresse, se roulait en boule dans le lit. Seuls la marche dans la forêt et les travaux des champs le calmaient un peu.

Enfin, au bout de deux mois à peu près, les manifestations de la souffrance s'ordonnèrent – comme s'étaient ordonnées celles de l'amour quelque temps plus tôt – ne le secouèrent plus à tort et à travers. Il sentait venir les remontées de chagrin, les crises de regret. Il pouvait contrôler ses réactions, et la douleur, peu à peu, devint plus compacte, intégrée au milieu de son être, comme un poids dans le ventre, dur et lourd, à porter toujours quoi qu'on fasse. Et ça coupe l'appétit et ça ôte le plaisir de tout, ça rend les bras douloureux et on a les jambes coupées pour un rien. Mais on dort de nouveau. On y pense de moins en moins. On oublie le visage de son amour mort. Reste, quand on sort du trou noir du sommeil, cette amertume dans la bouche, ce poids au creux du ventre – le fardeau de son bonheur amputé, de sa souffrance asséchée.

Les siens, après le déjeuner meurtrier, s'étaient comportés comme si de rien n'était. Ce dimanche fatidique, après la fuite de la jeune fille, quand il était revenu à la ferme, prêt à cracher sa colère, tout le monde était parti de-ci de-là. Le soir, c'était fini, il n'avait déjà plus la force. Il était au bout de la table, écrasé, portant sa rage muette au cœur. Et les autres qui parlaient, parlaient, de tout et de rien.

Jamais il ne les avait tant entendus remplir le silence, tricher, mentir et disparaître pour se coucher très vite ensuite. Après cette soirée-là, il ne dirait plus rien – ils savaient bien comme il était, facile à mâter...

Et puis, à ce moment-là, son espoir de reconquérir Mireille n'était pas éteint – espoir et rancœur ne font pas bon ménage, difficile d'éprouver les deux avec autant de force. Ensuite, la souffrance de la rupture, énorme, omniprésente, avait balayé la rancune, tourment dérisoire au milieu de son grand malheur.

Après, quand tout s'était calmé en lui, il avait bien tenté de rallumer sa colère contre les siens en ressassant leur forfait. Peine perdue. Il n'arrivait pas à les haïr. Au bout de quelques mois, il parvenait à peine à leur en vouloir encore. Il oubliait. Il n'y avait rien à faire, le ressentiment n'était pas dans sa nature. Quand la mère tomba malade, l'hiver suivant, c'est lui qui la soigna, porta les bouillons, épongea son front et resta assis au pied du lit toute une nuit au plus fort de la fièvre. Seul dans le silence, il regardait ce pauvre corps, cette affreuse femme – c'était terrible, il l'aimait presque... Quand on est fait pour ça, on ne peut pas se changer.

Mais il étouffait encore, il traînait ce boulet, le regret stérile de ce qui aurait pu être et n'avait pas été – poison quotidien, entrave de tous les possibles. Puis un jour, subitement, lui vint une idée, une manière de voir les choses sous un autre angle, qui le libéra : si cette fille s'était si vite effarouchée, avait fui et refusé toute explication aussi obstinément, c'est tout simplement parce qu'elle ne l'aimait pas. Elle avait cherché à se caser, c'est tout, sans conviction, sans amour, et elle s'était dérobée au premier prétexte. Il sut clairement, au plus intime, aussi rapidement que cette pensée avait jailli en lui, qu'il tenait là une vérité qu'il n'avait pas pu, ou pas voulu voir jusqu'à présent. Il n'avait pensé qu'à lui, obnubilé par son propre désir, ses rêves, puis sa douleur. Cette pauvre fille n'y était pour rien. Il avait construit, vécu tout cela seul – tout seul, comme toujours...

Il en fut à la fois soulagé et abattu. Le poids du regret laissait place à un morne désenchantement. Mais il respirait mieux. Les choses, les jours, et jusqu'à la nature, reprirent leurs couleurs normales. Sorti de l'illusion, il réintégrait son monde, et la vague rancune qu'il éprouvait parfois encore envers sa famille s'évanouit du même coup. Il n'en voulait plus à personne, qu'à lui-même – quel incorrigible imbécile il était, décidément !

Il résolut d'accomplir sa tâche quotidienne au mieux, de ne pas penser et de ne plus rien éprouver, si c'était possible. Il se mit à abattre le double de son travail habituel, et comme cela ne suffisait pas à le clouer au lit le soir, perclus de fatigue et sans rêves, il entreprit de longues marches à travers la campagne. Il se réconciliait avec la nature, qu'il avait en quelque sorte délaissée avec ces chimères.

Au cours d'une de ces interminables balades, pendant lesquelles il marchait d'un bon pas, sans précisément savoir où il allait et parfois très loin de la ferme, il découvrit un jour, au flanc d'une colline, un vieux chemin envahi de ronces. Celui-ci grimpait plus haut et il eut la curiosité de voir où il menait. Il se tailla un bâton pour dégager les ronces qui bouchaient le passage et s'accrochaient à ses vêtements. Il découvrit le plus merveilleux, le plus antique des chemins creux qu'il ait jamais vus, bordé de grosses pierres de granit toutes moussues et érodées par le temps, posées « debout », en ligne sur les côtés, sans doute depuis des temps immémoriaux. D'énormes châtaigniers ridés et tordus, silhouettes fantasmagoriques, des chênes plusieurs fois centenaires et une épaisse végétation se rejoignaient en une voûte épaisse. On ne voyait pas le ciel, l'ombre était profonde et lumineuse à la fois, fraîche comme dans une église, et il régnait un étrange silence qui accompagna Paul tout le temps qu'il avançait. Pas un souffle de vent, dans ce chemin sanctuaire, même les oiseaux se taisaient et il entendait sa propre respiration. Un émerveillement, un respect l'avait saisi et il ne sut pas combien de temps il alla ainsi ni vers où, marchant avec précaution comme en un lieu sacré. Il s'oubliait. Et soudain une trouée de lumière, là-bas, comme à l'issue d'un tunnel. Malgré lui il pressa le pas vers la clarté, bien qu'il eût aimé s'attarder dans le mystère, l'enchantement qui l'enveloppait dans l'ombre du chemin.

Il déboucha dans un grand champ au sommet de la colline. Au centre du champ, gigantesque, un rocher lisse comme un sein de femme émergeait de la terre. Il l'escalada, et arrivé en haut il fut saisi d'admiration. Devant lui s'étendait à perte de vue un paysage d'une beauté à couper le souffle – et de fait il s'arrêta un temps de respirer et suffoqua d'émotion avec un « ha... » qui lui échappa. Sous le soleil rosé de cette fin d'après-midi il voyait tout un puzzle de champs et de bois, de petits lacs, un joyeux désordre de haies mêlées de grands arbres, qui s'étendaient jusqu'à une vallée. Au plus profond une rivière brillait dans la lumière à certains endroits dégagés, disparaissait et reparaissait, serpentine. Puis des collines plus loin, un curieux champ triangulaire posé au milieu de l'une d'elles, sur lequel de minuscules points blancs se détachaient nettement – sans doute un troupeau qui paissait tranquillement au milieu de toute cette splendeur. Et encore des vallons, des forêts bleues dans le lointain, d'autres collines qui se perdaient dans l'horizon.

Il s'assit au sommet de la pierre, les jambes pendantes sur la courbe douce, caressant machinalement des paumes le granit lissé par des siècles de pluies. Il venait de penser qu'il avait marché droit vers le sud et que le pays qui s'étendait devant lui et l'avait si fort ému était sans doute la Creuse. Lui revint alors en mémoire les histoires que le grand-père racontait, l'oncle Eugène – le magnifique oncle Eugène, maçon et bâtisseur creusois qui l'avait tant fait rêver, qu'il aurait tant aimé avoir connu. Il était face au pays de ses ancêtres, il habitait à quinze kilomètres de là et il avait mis tout ce temps pour le découvrir...

Il eut beau presser le pas pour rentrer, il était déjà tard et la route était longue. Il faisait nuit lorsqu'il termina le chemin qui le ramenait à la ferme. Le vent s'était levé, les ombres noires des branches s'agitaient au-dessus de sa tête, et c'était un contraste vivifiant après le calme irréel et la paix du lieu qu'il avait découvert. Il respirait large, profond, marchant vite au milieu de la route, heureux d'il ne savait quoi, porté par la force et la beauté de cet endroit magique – il y reviendrait ! C'était à lui. Son coin de terre idéal. Sûr qu'il y retournerait, le plus tôt possible ! Et une joie singulière le fit rire tout seul dans la nuit.

Les années passèrent. Trois, puis quatre. Et il ne retourna que quatre fois là-bas – une fois par an, comme un pèlerinage, mais à des saisons différentes. C'était toujours aussi beau, le lieu empreint de cette paix surnaturelle qui emplissait le cœur enchantait tout l'être d'un sentiment profond et tranquille, l'impression d'être en accord avec toute chose – pour un temps bien sûr, car cette apaisante impression s'évanouissait vite. Mais ce qu'il ressentait là-bas était si puissant et précieux qu'il se retenait d'y aller trop souvent pour ne pas le galvauder, s'habituer. Il n'aurait pas supporté que cet endroit sacré devienne pour lui ordinaire.

Un matin qu'il se coiffait rapidement, comme d'habitude, devant la petite glace de la cuisine, il regarda son propre visage, surpris. Il ne prêtait aucune attention à son apparence, jamais, mais ce matin-là il scruta ses traits. Il vit soudain qu'il avait les yeux fortement enfoncés dans une figure amaigrie, le cou osseux, une physionomie sévère, et sa ressemblance avec le grand-père le frappa. Ainsi donc il se mettait à ressembler au vieux... Cela ne lui déplut pas. Il en fut même plutôt content, sans savoir pourquoi.

Deux autres années passèrent encore. L'une d'elles fut entièrement consacrée au sauvetage des bêtes, qui avaient une maladie. Il fallut y passer bien des nuits et désinfecter plusieurs fois l'étable. Il travaillait dur, s'endormait tôt, et les saisons se succédaient, immuables. Il ne se posait plus de questions. Il ne ressentait rien de violent. Il réussissait à n'être ni triste ni gai. Parvenu à une sorte d'équilibre atone, il considérait que c'était ça sa vie. Il n'aimait plus personne, et c'était mieux ainsi.

Mais il y eut un grand événement, une véritable bombe au sein de la famille qui pulvérisa d'un coup l'équilibre et la routine : son frère acheta une femme et l'installa dans la ferme. Le mot « acheter » peut surprendre, voire choquer, mais c'est pourtant le mot juste pour qualifier ce qui fut un marché plutôt qu'un mariage, du moins au début.

Un soir, un soir jusque-là comme les autres, ils étaient assis tous les quatre à la fin du dîner, sauçant leur assiette avec un reste de pain, quand le frère posa soudain sa main large sur la table et dit d'une voix forte : « J'ai quelque chose à vous dire... » Puis il se leva et, dans la stupéfaction ambiante, il déclara ceci : « Voilà. Demain au matin j'm'en vais dans la capitale pour chercher une femme. C'est une femme des îles qui veut se marier ici. J'ai répondu à une annonce et tout est arrangé. J'ai payé le voyage, j'ai payé aussi quelque chose pour sa famille, elle arrive demain et elle s'installe ici. Et puis elle va rester parce que j'ai payé. »

Trois bouches ouvertes en face de lui, et trois regards fixes presque imbéciles à force de stupeur : la commotion était forte.

Il fit deux pas, comme s'il avait tout dit, puis, se ravisant, il revint s'appuyer sur le dossier de sa chaise et il les regarda intensément. « On revient tous les deux demain soir. Je veux qu'on soit gentil avec elle. Je veux qu'on la reçoive bien. Qu'on la reçoive BIEN, vous m'avez entendu ? Et le premier qui dit un mot mauvais ou n'importe quoi qui fait qu'elle se sente pas bien, j'lui casse la tête... C'est compris ? J'lui casse la tête ! » Et ce disant il fixa longuement la mère qui était devenue toute verte et comme rétrécie sur place. Il laissa son regard sur elle un bon moment, puis sur le père, comme un dompteur qui veut s'assurer d'avoir annihilé un temps la sauvagerie de ses fauves. Puis, rassuré, il tourna le dos et s'en fut vers l'escalier pour se coucher. Avant de monter, par-dessus son épaule, il jeta à la mère qui n'avait pas bougé : « Tu feras quelque chose de bon. Un ragoût. » Et il disparut.

Un silence. Un silence interminable. Nul ne bougeait, écrasé par la nouvelle. Paul sentait battre son cœur à coups sourds, son sang se presser dans sa tête, lui qui se croyait maintenant à l'abri de toute émotion. Tout resurgissait d'un coup, Mireille, l'horrible accueil des vieux, la grossièreté de son frère pour la faire fuir... Ce discours, l'annonce de l'arrivée de cette femme étaient un choc, certes, mais aussi un camouflet pour lui – quelle meilleure manière de lui démontrer qu'il n'avait pas su y faire, qu'il ne savait y faire pour rien. Voilà comment il fallait s'y prendre avec ces gens-là. Il était un imbécile.

La mère, toujours pâle et comme éteinte, laissa échapper « Bah, ça... ! » et s'en fut à son tour, le père à sa suite. Ils feraient comme le frère avait commandé, pour la gentillesse, le ragoût, tout – il avait pris le pouvoir. Dans un an, deux ans tout au plus, il serait le chef de famille, le maître à la ferme, c'était clair.

Paul ne dormit pas cette nuit-là. Et la journée suivante se

passa à vaquer, la tête ailleurs et les pensées tourneboulées. On attendait.

La mère mit la table tôt avec les plus belles assiettes, et à l'heure que le frère avait dite en partant le matin le ragoût bouillant était sur la table. Il sentait bon. Paul se crispa, le regard noir sur sa mère, une bouffée de rancune ravivée au cœur. Mais elle ne le vit pas, elle était concentrée sur ce qui allait arriver – lui, il ne comptait pour rien. Se rappelait-on seulement qu'il avait un jour aimé une femme et l'avait amenée ici ?

Ils arrivèrent enfin. Il portait sa valise. Elle se présenta tout simplement. Elle s'appelait Thérèse. Elle parlait français avec un accent chantant. Elle n'était pas tout à fait noire mais « café au lait », avec le visage épais et plat des Maoris, les joues grêlées, les cheveux défrisés. Elle devait ressentir de la crainte car on la devinait pâle, malgré la couleur de sa peau, avec deux traînées grisâtres de chaque côté de la bouche, qu'elle avait peinte en rouge vif. Elle avait trente ans, ou un peu plus. Le frère, la valise toujours à la main, était déjà dans l'escalier et la femme monta à sa suite.

Après un temps, la mère dit : « Bah, ça… » Il semblait que ce soit le seul vocabulaire à sa disposition depuis deux jours, et l'œil écarquillé et fixe qu'elle avait attrapé en même temps qu'elle perdait les mots la faisait ressembler à une poule.

Le couple redescendit tout de suite et l'on fit un sort au ragoût. « C'est bon », dit le frère, satisfait, le torse bombé comme un coq. Thérèse acquiesça timidement et ils remontèrent à l'étage aussi sec.

Les chambres des deux frères étaient côte à côte, séparées par une mince cloison montée par le père à leur adolescence pour qu'ils aient chacun leur coin. Celui de Paul était plus petit et sans fenêtres. D'une pièce à l'autre on pouvait se parler sans élever la voix et par un curieux phénomène de résonance on s'entendait presque mieux. Paul se coucha avec la crainte d'avoir à subir les ébats amoureux de son frère, cela l'empêcha longtemps de dormir. Il ne voulait pas écouter mais son ouïe, malgré lui, était à l'affût du moindre mouvement. Rien. Pas un froissement. Pas un murmure. Rassuré, il s'endormit enfin.

C'est au milieu de la nuit que le ramdam commença – des cris et des grincements de sommier et des soupirs, des coups sur le mur, des exclamations, un raffut d'enfer jusqu'à l'aube. Et l'ambiance au petit déjeuner, les regards des uns et des autres, les cernes sous tous les yeux – quoique pour des raisons différentes… La nuit suivante et la suivante encore, ce fut pareil. Le tintouin ne se calma un peu qu'au bout de quinze jours, mais il fallait le subir tout de même quand ça les prenait.

Paul, naturellement pudique, n'en pouvait plus, révulsé de gêne. Il décida d'emporter son lit au grenier et de s'installer là, en nettoyant un coin. La vieille armoire des vieux, entreposée là-haut, trouvait un nouvel emploi – il y mettrait ses affaires. Il dégota un vieux tapis qu'il posa sur le plancher brut et poussiéreux, une petite table avec un tabouret, une lampe à pétrole, et se déclara ravi de son installation. De fait, il était vraiment mieux là-haut. Dans la pénombre autour de lui, il devinait les vieux outils, barriques, reliques diverses et oubliées. Elles lui tiendraient compagnie, avec les araignées. Quand il dormit là pour la première fois, il s'aperçut qu'il avait, sans le faire exprès, mis son lit juste sous une lucarne, et la lune, cette nuit-là, était au-dessus de sa tête, avec de petits nuages clairs qui couraient devant et se détachaient joliment sur le ciel noir. Il la regarda longtemps, jusqu'à ce qu'elle disparaisse, poursuivant sa course, et il s'endormit en souriant.

Quand il avait décidé de déménager au grenier, il avait proposé de céder sa chambre au couple « pour qu'ils soient plus à l'aise »... Il n'avait pas fini de sortir ses vêtements du placard que la femme avait déjà étalé ses affaires partout dans la pièce, sans attendre. Il en fut profondément choqué. Il se dit que ce n'était pas la peine de faire de grands efforts pour lui offrir une place dans cette maison, elle la prendrait bien toute seule !

Cet été-là, elle resta vautrée la plupart du temps dans la cuisine. Elle avait toujours l'air accablée de chaleur alors qu'il faisait juste bon. C'était une manie de chez elle, sans doute, de s'affaler sur les chaises avec un pied sur la table, molle et geignante... Elle portait tout le temps un minishort rouge qui lui rentrait dans le zizi et qu'elle rajustait sur ses fesses qui dépassaient du tissu, quand par hasard elle se levait – des fesses curieusement plus claires que le reste de son corps, à la peau grenue.

Un jour, la mère fut intriguée par une cicatrice, longue estafilade mal refermée que la femme avait sur le bras, et elle dit : « C'est-y donc un coup de couteau que t'as pris là ? » L'autre se redressa d'un coup, l'œil noir et rétréci. Elle ne répondit pas. Un autre jour, l'observant encore, la mère murmura, sans que la femme l'entende : « Elle en a vécu, des choses, celle-là... » Mais Paul remarqua que, curieusement, la mère ne s'énervait pas contre elle, la critiquait peu, ne cherchait pas à l'attaquer, même en douce. Au fil des mois, il constata même une sorte de connivence muette entre elles. Paul ne connaissait pas le passé de sa mère, sa terrible jeunesse – elle et cette femme avaient « vécu des choses », avaient en commun d'avoir été traitées comme des moins-que-rien et se reconnaissaient en cela, s'épargnaient instinctivement, sans doute moins par considération mutuelle que par prudence, car elles se sentaient aussi dures et armées l'une que l'autre par ce qu'elles avaient subi au début de leur vie.

Vers la fin de l'été, alors que Paul réparait une stalle dans la grange, il vit la femme entrer, rôder, s'asseoir un peu plus loin en le regardant fixement. Il continuait à clouer la planche de la mangeoire, sans vouloir prêter attention à sa présence, mais il sentait son regard pesant. Puis elle vint derrière lui et posa une main sur son dos. Il se retourna et murmura « non ». Elle se colla alors contre son torse, l'œil trouble, et il fut obligé de la repousser en prononçant encore une fois fermement « non ! ». Ça faisait plusieurs fois déjà qu'il la voyait lui tourner autour quand il était seul, qu'il avait remarqué ses regards lourds. Bien qu'il ne connaisse pas grand-chose à ces manèges amoureux, il avait fort bien compris qu'avoir deux hommes dans la même maison l'amuserait, mettrait du piment dans l'ennui de la vie champêtre qu'elle découvrait, et même s'il venait des petits ils seraient de lui ou du frère – et alors ? Qui le saurait ?

De ce jour, il ne put la regarder en face et ne posa pratiquement plus à la maison, sauf pour manger et dormir. Et encore, souvent attendait-il dehors que tout le monde soit couché pour monter à son grenier et s'étendre sous son carré de ciel, qu'il regardait longuement tous les soirs, tous les matins, comme un prisonnier fixe l'espace de liberté qu'il aperçoit derrière les barreaux de son univers rétréci.

Un an encore. Et un autre été. Il avait réussi à retrouver cet état intérieur neutre, qu'il considérait comme un équilibre. Il n'éprouvait plus rien d'agréable ni de désagréable et tout était plus vivable ainsi. Il était à côté des autres, vaquant à son rythme, dehors le plus souvent. Une fois sur deux, on mangeait sans lui, il se débrouillait avec ce qui restait, comme il voulait. On ne le consultait plus sur rien.

Le père et le frère, poussés par la femme, avaient décidé de louer du terrain en plus aux alentours. Elle ne valait rien pour les travaux de la ferme mais elle s'avéra bonne économe. Elle avait dit : « Même chez moi, où on est plus pauvre qu'ici, les paysans ils empruntent, ils investissent, sinon on peut rien faire... » Elle les avait convaincus. On commencerait doucement à s'agrandir – pas d'achat de matériel, mais quelques vaches de plus, du terrain... Dans les terres nouvelles il y avait un grand champ, sur la colline, trop loin pour y emmener les bêtes. On pourrait le cultiver pour faire du maïs et éviter d'avoir à l'acheter, mais il était envahi de ronciers et de genêts – qu'on appelait « balais » par ici, car on s'en servait pour les fabriquer. Deux hectares à défricher – loués pour presque rien, heureusement – c'était un boulot énorme.

Paul proposa aussitôt d'assumer ce travail. Être tout seul là-haut, tranquille, à réhabiliter une terre, c'était son affaire. Il se faisait fort, en un hiver, de rendre ce champ cultivable et de labourer au printemps, en y épandant de la chaux pour que la terre soit meilleure – car s'il y avait tant de « balais », c'est que le sol était pauvre et acide, mais pour du maïs ça irait bien.

Le frère fut grandement soulagé que Paul se propose d'accomplir seul ce travail de titan. Lui, il s'occuperait des clôtures et des bêtes nouvelles. Si chacun était content comme ça, il préférait.

Au cours de cet hiver-là, après la Noël, ils se retrouvèrent un soir tous les deux dans la cuisine. Le frère avait payé le billet d'avion pour que la femme aille visiter sa famille qu'elle n'avait pas vue depuis presque deux ans qu'elle était ici, et les vieux étaient couchés. Il regarda Paul un moment et dit tout à coup : « C'est-y que tu vas rester tout seul jusqu'à la fin de ta vie ? »

Paul reçut la question, brutalement directe, comme un coup qu'on n'a pas vu venir. Il resta bouche ouverte, sans répondre – et quoi donc ? – avec le cœur qui tapait, comme chaque fois qu'une émotion le surprenait. Le frère poursuivait, sans attendre qu'il dise un mot : « Parce que ça fait pitié d'te voir traîner comme ça... » Il s'en fut prendre un journal, *Le Chasseur français*, dans un tiroir de la commode qui servait à mettre tous leurs papiers, et le jeta sur la table devant Paul. « Tiens. C'est dans les dernières pages. Y'a de tout. Tout ce que tu veux. Se renseigner, ça engage à rien. Y'a qu'à pas être trop fier, et puis quand y faut, y faut... »

Il laissa Paul là, au bout de la table, avec le journal devant lui, et ce cœur, cet imbécile de cœur qui battait la chamade, le sang qui frappait aux tempes, l'estomac soudain noué à avoir envie de vomir. Et la brusque envie de frapper celui qui réveillait tout ce qui dormait en lui, tout ce qu'il avait mis des mois, des années à éteindre, à dominer... Tout ça pour un stupide journal qu'il lui foutrait bien à la gueule, à ce crétin, s'il n'était déjà parti se coucher !

Pourtant il prit la revue et la monta au grenier. Elle resta sur sa table au moins un mois sans qu'il l'ouvre. Il la regardait tous les matins, tous les soirs, avec chaque fois un petit pincement dans la poitrine, une rapide bouffée de malaise.

Chaque jour il montait au grand champ, avec ses outils et le vieux tracteur qui ne servait plus aux travaux quotidiens. Il lui fallut tout un mois pour arracher les genêts, énormes, presque des arbres, les ronciers de deux mètres de haut au moins qui lui égratignaient les bras au-dessus des gants. Il avait même la peau du visage et du cou hachurée par les épines. Il fit de grands feux pour brûler tout ça, et l'humidité de la saison permettait de faire des flambées immenses sans risque pour la végétation alentour. Il léchait son sang qui perlait des griffures de ronces sur ses avant-bras, et regardait le feu en se reposant un peu. Les flammes montaient haut dans le ciel, ça ronflait en dessous. Il s'asseyait tout près, le visage brûlant, et quelque chose en lui était à l'unisson du rugissement de ce brasier. Il aimait cela.

Le mois suivant, il fallut dessoucher tout le champ à la pioche car genêts et ronces étaient si énormes qu'il restait dans le sol, après arrachage, des troncs, des nœuds de racines compacts sur lesquels la charrue n'aurait jamais pu passer. Une vague de pluie le gêna pendant une semaine et il dut attendre que la terre se ressuie pour qu'elle ne colle pas trop à la houe, mais au moins l'eau avait ameubli le terrain et c'était moins dur d'extirper les souches.

Il rentrait dans un état indescriptible, couvert de boue, trempé et hagard de fatigue. Les parents, en le voyant revenir, le regardaient avec de l'effroi dans les yeux – tant d'acharnement au labeur, tant de sauvagerie dans l'effort confinaient à une forme de folie. Et pourtant ils s'y connaissaient en tâches exténuantes.

Souvent, il n'avait pas la force de manger et montait se coucher directement après la douche. Un soir, agacé par la présence de ce journal bêtement posé sur la table à côté de la lampe à pétrole, il ouvrit *Le Chasseur français*. Il tourna rapidement les pages, vit passer un article qui disait « tout sur la chasse à la sarcelle », celui sur « les pommes de terre et carottes, meilleures variétés », et arriva à la fin du journal, aux pages des annonces – où, comme avait dit son frère, « il y avait tout, tout ce qu'il voulait », et dans son for intérieur il corrigea : « tout ce qu'il ne voulait pas... ».

Il parcourut négligemment du regard les premiers encarts, puis se concentra sur sa lecture, peu à peu captivé, fasciné par la somme de propositions, de hasards et de possibles, d'escroqueries probables autant que de véritables espoirs, de détresse aussi, contenus dans les quatre ou cinq feuillets remplis d'offres et de demandes amoureuses. « Unions exotiques », « Femmes d'ailleurs cherchent foyer, tendresse et sécurité », « Mariages avec Africaines, Malgaches, Polonaises – papiers en règle par ambassade de France. Sérieux garanti »... Pas d'émotion, pas la moindre morsure au cœur à la vue de ce fatras de propositions de rencontres, abstraites sur le papier, d'aventures, de changements de vie réduits à des mots, de secs caractères imprimés, avec çà et là un cœur, une silhouette de femme grossièrement dessinés. Ébahi et tout à fait indifférent, il laissa le journal ouvert sur la table, souffla la lampe et s'endormit comme une masse.

Le champ était prêt à être retourné, mais l'hiver était encore là et le sol trop froid et détrempé. Mais en piochant les souches, il avait remarqué que la terre était plus profonde et douce qu'il n'aurait pensé. En attendant que vienne un temps assez clément pour labourer, il s'attaqua aux haies qui bordaient le champ sur trois côtés et qui, avec le temps, avaient empiété de deux bons mètres sur la partie cultivable. En les défrichant on gagnerait au moins trois rangs de maïs. Il tailla les touffes de noisetiers à hauteur de poitrine et fit encore de belles flambées qui lui dilataient le cœur quand il les regardait, longtemps, au plus près des flammes qu'il le pouvait.

Il avait souvent très froid ces temps-ci. Une glace lui paralysait les membres, et il avait ajouté une couverture sur son lit – c'était ce sale hiver humide, sans doute, qui n'en finissait pas...

Presque tous les soirs il relisait les annonces du *Chasseur français*, une vieille veste sur les épaules à cause de ce satané frisson dans les os. Malgré lui, il se laissait aller à imaginer des visages, d'où venaient ces femmes et ce qui les poussait à tout quitter pour se jeter ainsi à l'étranger, loin de tout ce qu'elles connaissaient, pour un mariage hasardeux. La « femme exotique qui enchantera votre vie » ne le faisait pas rêver. Peut-être parce qu'il y en avait une à la maison. Peut-être aussi parce que, sans en avoir l'expérience et sans racisme, il sentait qu'une peau noire, ou jaune, ne lui plairait pas. Il lui aurait fallu une peau comme la sienne, une peau de chez lui, une peau sœur...

Mais tout ça ne lui procurait aucune émotion. Il pensait qu'il se distrayait, c'est tout. Il se sentait très bien en ce moment, particulièrement calme, et s'en félicitait. Il était heureux de son travail dans le grand champ, et une hâte d'y retourner le poussait tous les matins dès l'aube. Quand il était à l'œuvre, il ne pensait plus à rien. A part ces crises de froid qui le saisissaient souvent, tout allait pour le mieux – il ne toussait pas, il n'avait pas de fièvre, donc il n'était pas malade. Pourtant une nuit, en plein sommeil, un accès de tremblement le secoua d'une manière irrépressible. C'était absolument indolore, sauf que ses bras et ses jambes tressautaient sur le lit, que ses dents claquaient – c'était presque comique. Cela dura un bon moment, puis s'arrêta, aussi soudainement que ça l'avait pris. Après, il se sentit plutôt détendu. Il n'avait mal nulle part. Il se dit « Tiens ? Bizarre... » et se rendormit.

Il ne lui restait plus qu'une centaine de mètres de haie à nettoyer. Le redoux s'annonçait et déjà les bourgeons des noisetiers étaient gonflés. Il était content de lui, il avait bien mené son affaire. Aux premiers beaux jours, il serait prêt à labourer.

Un soir, après le dîner, il s'attarda en bas alors que les autres étaient montés se coucher, ouvrit le tiroir de la commode, prit une enveloppe, tout ce qu'il faut pour écrire et le monta au grenier. Depuis plusieurs jours il s'était arrêté sur une annonce, il y revenait sans arrêt, il ne savait pas pourquoi : « Femme des pays de l'Est, douce, grand besoin de tendresse, cherche homme aimant, rassurant, pour totale sécurité. Âge, physique, région indifférents. » Et si la femme de sa vie se cachait là ? Que savait-il des hasards qui pouvaient mener vers elle ? Si *Le Chasseur français* était un de ces hasards qui conduisent à qui vous est destiné ? Une simple lettre, une demande de photo n'engageaient sans doute à rien. Que risquait-il ?

Il n'eut pas le loisir d'empoigner le stylo car le sommeil le terrassa sur la table, le front sur le papier. Il se réveilla là au milieu de la nuit, la lampe éteinte, toute sa réserve de pétrole consumée, hagard et frigorifié, et rejoignit son lit à tâtons. Puis le lendemain, en plein travail, alors qu'il achevait de nettoyer les derniers mètres de haie, une fatigue soudaine et foudroyante l'abattit sur un tas de branchages. Il y resta assommé jusqu'au soir car le soleil était déjà bas sur l'horizon quand il émergea de cet abandon, profond comme une perte de connaissance. Il avait un petit bout d'écorce incrusté dans la joue et il tituba jusqu'au tracteur pour rentrer. Qu'est-ce qui se passait ? Il avait trop forcé, sans doute...

Il ne savait pas comment s'y prendre pour écrire sa lettre. Le temps de l'école était loin et les notions d'orthographe aussi. Il n'y avait jamais eu de dictionnaire dans cette maison. Et devait-il écrire au directeur du journal ou à la femme de l'annonce ? Il opta pour « Cher Monsieur ou Madame », et n'alla pas plus avant, par incertitude des mots à employer et aussi parce que le coup de pompe l'avait saisi – ces coups de pompe qu'il commençait à connaître et qui ressemblaient à un trou dans lequel il tombait à l'improviste, un gouffre d'oubli d'où il sortait sans savoir combien de temps cette absence avait duré. Une ou deux fois, aussi, il avait vomi son déjeuner ou son dîner, sans qu'il ait eu l'impression d'avoir mal digéré. Ça partait comme ça, sans douleur, sans malaise précurseur. Pourtant, il se sentait bien en ce moment, vraiment bien, à part ces manifestations étranges de son corps. Peut-être devrait-il voir le médecin ? Oui, il serait raisonnable, il ferait ça dès que le champ serait labouré et ensemencé.

Un matin, il s'éveilla plus tard qu'à l'ordinaire et s'attarda un peu à la ferme avant de prendre le tracteur pour partir là-haut, comme d'habitude. Une de ces crises de froid, douloureuse glace dans les os, l'avait empêché de dormir une partie de la nuit et la tête lui tournait un peu au réveil. Mais, en ouvrant les yeux, il avait tout de suite vu le ciel bleu dans la lucarne, et il était vite descendu pour prendre son café dehors, assis sur un rondin à côté de la porte. C'était la première journée de soleil, la vraie annonce du printemps. Il entendait les oiseaux qui chantaient, s'affairaient à leurs nids. La belle saison arrivait. La vie éclatait partout.

Il se secoua de cette torpeur qu'il gardait de la nuit et qui, avec ce soleil qui le réchauffait, devenait un alanguissement presque voluptueux. Allez ! Aujourd'hui il attellerait la carriole pour ramasser toutes ces pierres qu'il avait sorties en piochant les racines. Il y en aurait d'autres, quand le soc ouvrirait la terre, et il ramasserait encore de quoi monter un beau muret en pierre sèche tout le long du chemin qui longeait le champ, sur le côté où il n'y avait pas de haie. Oui, ça lui plairait à faire. Il pourrait bien s'offrir ce plaisir, un beau mur à la manière des anciens...

Il menait son tracteur à petite allure sur la route et tout à coup, passant non loin de la maison de la Parisienne qui demeurait à côté – mais elle était rarement là, les volets étaient presque toujours fermés, il ne l'apercevait que de loin en loin, enfermée dans son jardin – il la vit sur le bord du talus, perchée en équilibre instable sur une borne où elle pouvait à peine poser les deux pointes de ses chaussures, un appareil photo à la main. Son tracteur s'arrêta à sa hauteur, pour ainsi dire de lui-même.

Poussé par cette humeur folâtre qu'il avait ce matin-là, il dit : « Vous allez vous casser la binette, là-dessus ! » et un rire lui échappa, dont le naturel le surprit. Elle rit en retour en faisant « Hou ! » car elle avait failli tomber, effectivement, en se retournant vers lui d'un mouvement vif. Ses cheveux clairs et bouclés flamboyaient dans le soleil neuf.

Elle voulait faire des photos du paysage, afin de pouvoir le contempler en images lorsqu'elle devait partir, et, à l'occasion, montrer à des amis comme l'endroit était beau – Ha ? Elle trouvait donc ça si beau, ici ? – Elle aimait ce pays, oui, si son métier ne la retenait pas à Paris, elle y vivrait tout le temps... Il buvait ses paroles et ne songeait pas à couper le moteur du tracteur qui faisait un bruit d'enfer et l'obligeait à crier. Elle avait le regard franc et net et lui parlait bien en face, le visage levé vers lui. Quand elle ne savait plus que dire, elle souriait, puis regardait ailleurs. Il lançait quelques mots au hasard, quelque chose pour que ça ne s'arrête pas, qu'elle ne s'en aille pas. Mais elle n'avait pas l'air pressée, ni gênée, ni ennuyée, elle parlait de la nature, du printemps qui l'enchantait, puis de voyages qu'elle serait obligée de faire alors qu'elle aurait envie d'en profiter ici...

Alors, devant cette belle personne simple et confiante, quelque chose se dénoua en lui et, tout à trac, il lui confia ce qu'il avait de plus précieux. Il lui dit le chemin antique aux pierres debout, le champ au sommet de la colline, et comme c'était extraordinaire. Puisqu'elle aimait la nature et la beauté, il lui livra son lieu secret, la route pour y aller, précisément, et ce qu'on ressentait dans cet endroit magique, le sentiment d'éternité qui vous baignait là-haut. Dans la foulée, il livra l'oncle Eugène, la Creuse de ses ancêtres, qu'on voyait du haut de la grande pierre – sa pierre sacrée à lui...

Puis il s'arrêta, se reprit car il la voyait stupéfaite, le sourire effacé, le visage tendu dans l'attention. Vite, il se renferma en lui-même pour ne pas lui faire peur. Mais elle ne partait pas, elle le regardait en silence. Puis elle dit que c'était peut-être loin pour une promenade ? – Oui, certes, ce n'était pas tout près... Et le silence encore, qui n'en finissait pas. Un silence qui, au lieu d'être meublé par le vacarme régulier du tracteur, était comme mis en valeur par lui, comme les silences profonds de certaines maisons semblent décuplés par le tic-tac obsédant d'une horloge.

Elle restait là à le regarder, grave et désarçonnée. Et lui n'osait plus la dévisager et ne se décidait pas non plus à partir. Il eut la tête qui tournait de nouveau, comme au réveil, et il sentit quelques gouttes de sueur perler à son front. Il les essuya vite d'un revers de manche.

Elle rompit enfin le silence pour lui demander s'il ne connaissait pas quelqu'un qui pourrait s'occuper un peu de son jardin, couper l'herbe, pendant ses absences – Non, il ne voyait personne dans le coin qui faisait ça... – Elle savait, c'était dur à trouver par ici, mais si à l'occasion il avait une idée ? Comme elle tripotait son appareil en regardant le paysage, sans oser lui tourner le dos pour se remettre à faire des photos, il se décida à partir et elle agita la main en disant « A bientôt ! », avec son beau sourire.

Toute la journée, œuvrant dans le champ à ramasser les pierres, il se disait : « J'ai eu une conversation... » Ce n'était pas que cette femme lui plaisait comme femme, non, ça n'avait rien à voir. Il la trouvait belle et charmante, mais ce n'était pas une femme pour lui. Il ne l'aurait même pas vraiment désirée. Mais cette petite phrase revenait, « nous avons eu une conversation... » – avec une personne comme elle, c'était mieux que tout. Il aurait ardemment souhaité que ça se reproduise. Il rêva vaguement d'une sœur qu'il aurait aimé avoir et qui lui manquait. Aucun homme, du moins parmi ceux qu'il avait croisés, ne pouvait comprendre comment il sentait les choses, ce qu'il avait au fond du cœur. Et il eut un pincement soudain dans la poitrine, un pincement aigu, en songeant que non seulement il n'avait pas de femme, mais pas d'ami non plus, et pas de sœur. Il était si désespérément seul qu'une simple conversation, chose ordinaire que tout le monde pratiquait couramment, devenait un trésor... Il se remit à travailler pour chasser ces pensées mauvaises, desserrer cette méchante tenaille en lui.

Le soir, dans son grenier, il ne se déshabilla pas tout de suite. Assis sur le bord de son lit, les mains jointes entre les genoux, il attendit patiemment qu'il n'y ait plus aucun bruit dans la maison, preuve que tout le monde était couché. Il prit alors *Le Chasseur français* sur la table, le papier où il avait écrit « Cher Monsieur ou Madame » et qui était resté tel quel, et descendit à la cuisine. Il alla droit à la cuisinière à bois qui était encore chaude, ouvrit les ronds en fonte sur le dessus et jeta le journal et le début de lettre sur les braises. Il les regarda s'enflammer, se consumer. C'était bien. Il se sentait mieux. En fait, son geste n'avait pas vraiment de rapport avec sa rencontre avec la Parisienne – ou peut-être si, mais d'une manière subtile et mystérieuse pour lui – mais c'était clair maintenant. Il avait décidé. Ce n'était pas ainsi que les choses devaient arriver si elles arrivaient un jour. C'était à l'encontre de ses aspirations de toujours, de son désir de pureté, de naturel et de sincérité, de tout ce qu'il croyait possible dans la vie, malgré tout. On ne s'arrangeait pas aussi bassement pour se procurer une femelle. Lui, il n'était pas un homme comme ça. Il ne le voulait pas. Et si rien ne se passait, si rien ne changeait dans son existence, tant pis, il garderait au moins l'intégrité de son rêve, de ce qu'il était au plus profond. Il avait choisi.

Il y avait ces temps-ci un bon vent de sud-ouest qui amenait la chaleur, les cumulus passaient haut dans le ciel bleu, et le clair soleil de printemps chauffait la terre, réveillait les arbres. Il tombait la veste pour finir de nettoyer le champ, et les rayons commençaient à lui brûler la nuque. C'était bon. Ça chantait partout alentour. Tout était prêt pour l'été, pour la grande fête des éclosions et des récoltes.

Par deux fois au cours de cette semaine, il passa devant la maison de la Parisienne. Il stoppait le tracteur, regardait dans le jardin. La première fois, il y avait une fenêtre ouverte au premier étage. Il appela, à plusieurs reprises, en vain. Il n'y avait personne. Cela ne lui était pas venu à l'esprit l'autre jour, mais couper son herbe de temps en temps ne serait pas un si gros travail en plus pour lui… Elle n'était pas là, il repasserait une autre fois. Mais deux jours après, les volets étaient tous fermés, la barrière bien close. Tant pis, elle était partie. Il n'aurait jamais osé sauter la clôture et entrer sans sa permission, même pour lui faire la surprise d'une pelouse tondue à son retour de voyage – non, ça ne se faisait pas de s'introduire chez les gens comme ça…

Puis vint enfin le jour pour lequel il avait si durement travaillé. Il attela la charrue et partit tôt dans un matin rayonnant pour labourer son champ. Depuis des jours maintenant il faisait un temps magnifique, et il ne fallait pas attendre que la sécheresse, si elle venait après toutes ces pluies, rende le sol trop dur. Il régla le soc de manière à faire un sillon bien profond, pour que la terre, en se retournant, enterre les mottes d'herbes d'un seul coup, sans avoir à y revenir. Il y aurait juste à passer la herse avant de semer.

Prêt à attaquer la dernière phase de son œuvre, il embrassa le champ du regard un moment. Il commencerait par la gauche, là où le terrain n'était presque pas envahi et où il y avait une grande plage d'herbe au fond. Cela testerait le réglage de sa charrue et il verrait comment était la terre, en profondeur, avant d'attaquer la partie la plus difficile, où il avait défriché. Tout de suite il vit que la terre était belle, d'une riche couleur de caramel, ni trop collante ni maigre. Il descendit un moment du tracteur pour l'émietter entre ses doigts. Sûr qu'on pourrait faire du seigle, et peut-être même du blé avec une terre pareille.

Il avait fait une dizaine d'allers et retours quand il dut s'arrêter parce que la sueur lui coulait dans les yeux. Il s'essuya, car il n'y voyait plus rien – faisait-il si chaud, déjà ? Il essuya aussi ses mains moites qui glissaient sur le volant. C'est qu'il fallait être précis dans sa trajectoire pour faire de beaux sillons, bien réguliers. Il reprit son travail et entama la partie herbeuse et propre du fond. Par deux fois il crut voir un éclair gris traverser les herbes devant lui et il s'essuya encore le visage – cette satanée sueur lui piquait les yeux... A la haie il fit demi-tour, revint dans l'autre sens. C'était merveille de retourner ce champ et, regardant derrière lui, il vit qu'il n'y avait pas tant de pierres remontées à la surface du sol.

C'est dans les derniers mètres de la plage herbeuse qu'il vit l'oiseau partir comme un éclair de sous ses roues. Il stoppa net et descendit du tracteur, le cœur battant, il ne savait pourquoi. Il y avait un nid d'alouettes juste devant sa roue. Un mètre de plus et il l'aurait écrasé, avec les trois oisillons dedans. C'était donc elle qu'il avait cru voir sans distinguer vraiment que c'était une alouette affolée qui volait de-ci de-là pour attirer son attention, faire diversion, et qui était revenue sur le nid pour protéger ses petits jusqu'au dernier moment.

Vite, il remonta dans sa machine et la recula jusqu'à la haie, stoppa le moteur pour ne pas effrayer davantage l'oiseau. Ce faisant, il pestait tout bas, tendrement, contre ces bestioles qui font leurs nids par terre, à la merci de n'importe quel prédateur, y compris les hommes ! Celle-là avait fait tôt sa première couvée, les oisillons avaient déjà leurs plumes, dans quelques jours ils s'envoleraient. Et il avait failli les écraser... Il s'éloigna pour ne pas troubler la mère, si elle revenait. Ses mains tremblaient et il ressentait une curieuse faiblesse dans les jambes – quel émotif il était !

Il s'assit à même la terre dans un sillon, à un endroit d'où il pouvait voir le nid entre les herbes. Il distinguait très bien les têtes des petits qui dépassaient. Il se tassa au plus près du sol, pour faire sa présence humaine discrète, et ne bougea plus, attendant que l'alouette revienne.

Machinalement, doucement, ses doigts s'enfoncèrent, fouaillèrent la terre, la terre moelleuse et tiède qu'il venait d'ouvrir, et dont la bonne odeur le pénétrait, tapi comme il était contre elle. Peu à peu, sans s'en rendre compte, il y enfonça ses mains entières, jusqu'aux avant-bras, tout en regardant fixement le nid, tendu vers le sort des petits qu'il avait failli tuer par mégarde. Son cœur battait encore très fort, il avait la bouche sèche. Il craignait que l'oiseau n'ait eu trop peur et ne revienne pas. A rester longtemps ainsi immobile, plié en deux, il avait du mal à respirer, une crampe lui coupait le souffle. Tout doucement, sans mouvement brusque, il réussit à se coucher sur le sol, le regard toujours rivé sur les petits, becs ouverts vers le ciel. Il attendait. Il espérait. Couché là, le temps ne comptait plus, concentré sur son désir de les voir sauvés. Il s'engourdissait dans la chaleur, il sentait la tiédeur de la terre fraîchement retournée sous son corps. Et tout à coup, il aperçut l'alouette au-dessus des herbes, rapide, qui voletait par à-coups. Elle se posa, disparaissant un moment, puis revint un peu plus près, disparut de nouveau, et d'un seul coup elle fut sur le nid. Elle en fit le tour, les ailes frémissantes, et ça piaillait, les petits tendus vers elle, vers la vie, qui se grimpaient les uns sur les autres pour enfouir plus vite leur petit bec dans sa gorge…

C'est à ce moment-là que ça l'a saisi. D'abord une émotion subite qui lui brouilla les yeux de larmes, un court sanglot, puis un autre qui le tordit sur le sol avec un gémissement. Et cela s'empara de tout son être, violemment. Une vague de douleur à hurler, tout son désespoir qui prenait possession de lui, sa souffrance jugulée depuis des années, qui le foudroyait. Il n'eut plus de garde-fou, plus de résistance possible. Il était là, roulé à terre comme un homme qui aurait pris des coups de couteau dans le ventre. Et ces râles déchirants en plein soleil, en plein cœur du printemps. Tout autour de lui chantait, naissait, et il étouffait de détresse, abattu au milieu du champ qu'il était en train de labourer.

Tout à coup, du cœur de la douleur, avec une clarté terrible et impitoyable, il vit toute son existence, tous les âges qu'il avait passés, combien il avait été malheureux depuis toujours, et comme c'était irrémédiable. Il n'aurait pas dû venir au monde pour vivre chez ces gens-là. Toute sa vie était une erreur. Il avait lutté tant qu'il avait pu mais il était resté étranger, différent, solitaire et stérile, inadaptable à tout ce qui l'entourait. Il n'y eut plus pour lui de père ni de mère, ni frère, rien d'autre que l'inutilité de sa présence ici-bas. Rien n'était fait pour lui. Personne ne l'aimait et il n'avait rendu heureux personne. Il s'était trompé d'époque, ou de famille, ou c'est lui qui n'avait pas su... Seule la nature lui avait rendu l'amour auquel il aspirait, pour lequel il était fait, cette terre sur laquelle il était couché de tout son long, misérable, et qui lui semblait si douce et accueillante.

Il arrêta soudainement de gémir et releva la tête. Il avait trouvé son havre, son seul chez-lui possible, la résolution de tous ses élans inassouvis. L'évidence de repartir vers le néant d'où il était sorti quarante ans plus tôt s'empara de lui. Oh ! Oui ! Se fondre dans la terre mère, rejoindre le grand tout, les ancêtres, redevenir une part invisible de l'univers, de la nature. Il en eut un désir puissant, d'une douloureuse urgence, une faim qui effaçait la souffrance.

Il se leva d'un bond et se mit à courir dans les sillons, à courir comme un fou dans le chemin, puis sur la route. Ses pas qui martelaient le sol résonnaient dans sa tête, il ne voyait rien autour de lui. Il fallait faire vite, le plus vite possible, ne plus penser, laisser tout derrière soi sans hésiter, sans attendre. Il courut ainsi sans ralentir jusqu'à la ferme. Personne ne le vit, ni sur la route ni dans la cour. Quand il entra dans la maison, ses jambes le portaient à peine et son sang martelait ses tempes, sa poitrine brûlait, il haletait. Personne là non plus, tout le monde était ailleurs. Alors, vite, il grimpa l'escalier, ouvrit la porte de la chambre des parents et s'en fut prendre le fusil que le père gardait en haut de l'armoire. Il savait qu'il était toujours chargé, car on ne sait jamais ce qui peut arriver et la ferme était isolée... Il ressortit de la chambre avec l'arme et, maintenant qu'il était sûr d'être seul, il monta au grenier sans courir, pesant de tout son poids sur chaque marche.

Il n'avait plus mal. Il n'avait pas peur. Il avait juste hâte que ça finisse. Il s'assit, le fusil entre les jambes, et approcha le canon de sa bouche. Mais il avait tant couru, il tremblait tellement, que le métal choqua contre ses dents et lui blessa la lèvre. Il était foutu de se rater, agité comme il l'était dans tous les sens comme un pantin.

Il prit la chaise, la colla contre l'armoire, et s'assit en appuyant sa tête contre la porte. Ainsi bloqué il contrôlait mieux ses mouvements. Alors il remit le canon du fusil dans sa bouche, ferma les yeux. Une seconde il eut peur encore, peur que cette chienne d'envie de vivre le reprenne, qu'il n'ait pas le courage et que tout continue ainsi... Vite, son doigt se crispa sur la détente.

Les dernières choses que Paul perçut de ce monde, les mêmes qu'à sa naissance, furent un grand bruit en même temps qu'une grande lumière.

SOLANGE

La brandade de morue était presque verte sous les néons de la brasserie. Solange avait arrêté sa fourchette à mi-chemin de son assiette et de sa bouche et contemplait d'un air dégoûté le petit amas de purée hérissé de miettes de poisson.

Derrière la fourchette, lui faisant vis-à-vis et aussi tout autour d'elle, il y avait des collègues de la SNCF et, comme toile de fond, grandioses, les arènes de Nîmes dans la lumière du couchant.

Elle ne décolérait pas. Elle détestait la brandade de morue. Elle détestait les voyages organisés, tous ces attrape-nigauds des comités d'entreprise – que ce soit un spectacle de Walt Disney sur glace, une expédition à une foire aux jambons quelconque, les châteaux de la Loire au pas de course ou, comme dans le cas présent, une excursion de cinq jours vers la fête des Gitans aux Saintes-Maries-de-la-Mer, clou du voyage. Nulle. Elle était nulle. Comment, à trente ans, avait-elle pu être assez sotte pour se fourrer dans ce guet-apens ?

Elle laissa tomber sa fourchette dans l'assiette à peine entamée et prit son front dans ses mains. Au moins, ainsi cachée, ne voyait-elle plus en face d'elle l'énorme collègue boudinée dans un corsage rouge qui masquait la moitié des arènes, ni son voisin de droite, un balourd rigolard aux dents jaunes. Pourquoi fallait-il toujours un « joyeux drille » dans ce genre d'expédition ? Celui-là avait attaqué les histoires drôles dès l'apéro. Et ça gueulait, ça s'esclaffait alentour, ça allait maintenant jusqu'à se lancer des boulettes de mie de pain à table. L'horreur. La honte. La promiscuité réveillait vraiment ce qu'il y a de plus bête chez les gens ! De rage, elle les aurait tous bouffés à la place de la brandade dégueulasse. Quelle pitié... Et pour atterrir là, dans cette brasserie minable avec tous ces cons autour d'elle, partie à huit heures du matin, elle s'était tapé dix heures de car pendant lesquelles ça n'avait pas arrêté de s'interpeller, de se passer des paquets de biscuits par-dessus sa tête, de demander à s'arrêter à tout bout de champ pour faire pipi... Quand on y pense : dix heures de car – royalement affrété par la SNCF pour la joie de ses employés – à l'époque du TGV ! Et enfin arrivés, même pas le temps de voir sa chambre à l'hôtel, de se rafraîchir un peu, allez, hop ! on jette les bagages dans le hall, tout le groupe hurlant qu'il avait faim et se précipitant en rangs serrés vers le restaurant où l'on avait retenu une salle pour eux à vingt heures précises – SNCF oblige, fallait pas être en retard.

Solange sortit son front de ses mains avec un soupir excédé et rejeta en arrière, d'un coup de tête machinal, les cheveux blonds et mous qui dégoulinaient toujours sur sa figure quoi qu'elle fasse. Ils coulaient sous les barrettes, s'échappaient des élastiques et elle avait fini par les laisser tels quels, ça faisait un sujet d'énervement en moins.

Une brunette à côté d'elle, vingt ans à peine, qui riait à toutes les blagues du joyeux drille, les pommettes enflammées par deux verres de trop, lui dit :

– Tu fais la gueule ?

– Ouais.

– T'as qu'à boire un coup.

– J'bois pas.

La donzelle replongea le nez dans son verre sans insister. Solange ne la connaissait pas, celle-là. Elle travaillait dans une autre gare. Mais, de toute façon, elle pouvait bien penser ce qu'elle voulait. Solange s'en foutait, sa réputation n'était plus à faire. Elle savait pertinemment que ses collègues lui avaient donné depuis longtemps un surnom sans équivoque : l'emmerdeuse.

Elle était pourtant jolie comme un cœur, assez petite, menue, avec un fin visage triangulaire et des yeux bruns et vifs qui contrastaient avec le blond pâle de ses cheveux plats, de fins cheveux d'elfe, presque immatériaux, en mèches effilochées et mouvantes sur ses épaules étroites. Cette joliesse compensait l'air boudeur, la mine vaguement furieuse qu'elle arborait en toutes circonstances. Elle était, de plus, travailleuse, ponctuelle, irréprochable, prête à rendre service, intelligente. En somme, on l'eût trouvée une collègue de bonne compagnie et une jeune femme agréable si elle n'était avant tout cette insupportable redresseuse de torts, mécontente de tout et de tous, cette râleuse invétérée qui enquiquinait tout le monde. On se demandait qu'elle mouche l'avait piquée, quelle fureur elle avait attrapée, comme une maladie qui la rendait enragée.

Il y avait des accalmies, bien sûr, dans cette mauvaise humeur. Elle faisait des efforts pour être plus sociable car elle aimait bien les gens – du moins aurait-elle aimé ses semblables s'ils n'avaient été en général si lâches, si peu fiables, si faibles, si flous... Ce n'était pourtant pas compliqué, bon sang, d'être net, sincère, franc, ponctuel, de faire ce qu'on dit et de dire ce qu'on pense, zut alors ! Si en plus il fallait se taire et tout avaler comme si de rien n'était, zut, zut et re-zut ! Car Solange avait été bien élevée et son vocabulaire s'en ressentait – un vocabulaire impeccable, avec un emploi très parcimonieux des gros mots, qui donnait à ses colères et revendications un côté raide et policé de donneuse de leçons très énervant pour qui les subissait.

Pour l'heure, elle essayait de juguler son irritation, effrayée par la perspective des quatre jours à venir... On avait posé devant elle, sans lui demander son avis, l'île flottante qui arrivait immédiatement après la brandade dans le menu imposé de la brasserie – menu à deux balles qui justifiait sans doute qu'on les traite, en voyage dit « d'agrément », comme dans la plus vulgaire des cantines.

Elle héla, en levant haut le bras, le garçon qui continuait à distribuer les îles flottantes au reste du troupeau et demanda un autre dessert. Ce n'était pas prévu. Elle insista. Si elle prenait autre chose, ce serait en supplément. Le responsable de l'excursion, un grand maigre un peu dégarni à l'air très fatigué, assis deux tables plus loin, s'enquit du problème. Puis il interrogea autour de lui – tout le monde était très content du dessert. D'un ton las, il dit alors au garçon : « Donnez donc autre chose à la dame. » Solange insista pour payer sa glace au chocolat, puisqu'elle était la seule à ne pas aimer l'île flottante – « A ne pas aimer, surtout, qu'on M'IMPOSE une île flottante ! » ajouta-t-elle très fort en direction dudit responsable, qui s'était déjà rassis avec un vague geste de la main signifiant que pour lui le problème était réglé.

Elle attaqua sa glace sous le faisceau des regards réprobateurs de ses voisins de table, toute conversation gelée depuis son intervention. Des regards si insistants qu'à la troisième bouchée elle fit front.

– Qu'est-ce qu'il y a ? Est-ce qu'on a le droit, sur terre, de ne pas aimer l'île flottante ? Je suis un monstre parce que je n'aime pas l'île flottante ?

Les arènes de Nîmes étaient à présent illuminées. Le soir était tombé et les néons de la brasserie en paraissaient plus sinistres. La grosse dame qui faisait face à Solange avait attrapé sous cette lumière, par la loi des couleurs complémentaires, un teint verdâtre au-dessus de son corsage rouge.

En terminant sa glace, Solange avait enfin trouvé le responsable du fait qu'elle soit tombée dans ce traquenard : son mari. C'était lui, son doux, son adorable mari qui l'avait poussée à partir, elle s'en souvenait maintenant parfaitement.

Elle avait rapporté chez eux un soir la liste des joyeuses propositions du comité d'entreprise et par jeu, en plaisantant, il l'avait incitée à s'inscrire pour ce voyage aux Saintes-Maries-de-la-Mer – lui, il ne pouvait pas y aller, coincé dans son cabinet d'assurances, et ce n'était pas là, tiens, qu'on lui proposerait des excursions pareilles, c'était tellement beau la Camargue, elle ne connaissait pas, elle serait bien bête de rater ça... Non, voyons, elle n'allait pas le laisser seul ! Mais le lendemain il était revenu doucement sur le sujet – à sa place il aurait été tellement heureux de partir, il serait si content qu'elle en profite pour lui... – et l'idée commença à sourire à Solange. Finalement, changer d'air lui ferait peut-être du bien.

Elle était nerveuse, en ce moment, à cran pour un rien. Elle savait qu'elle n'était pas toujours à prendre avec des pincettes, mais un tel bouillonnement de rage intérieure la mettait elle-même en malaise. Son mari, le premier, subissait sa mauvaise humeur et elle se le reprochait ensuite. Elle ne savait pas pourquoi, à chaque printemps ça la prenait... L'arrivée de la belle saison rendait en général les gens joyeux ; elle, c'était le contraire, le printemps la rendait agressive. Un petit voyage la calmerait, peut-être ? Et son pauvre mari bénéficierait ainsi de cinq jours de paix ! Ils en plaisantèrent ensemble et, tiens, chiche, elle s'était inscrite...

Aucun doute, c'était bien à cause de lui qu'elle était là. Elle allait l'appeler au téléphone dès qu'elle aurait pris possession de sa chambre à l'hôtel des Arènes – qu'elle avait deviné, dès la pose des bagages dans le hall, aussi somptueux que le dîner – et il allait l'entendre, même de loin !

Un ramdam sur sa gauche tira Solange de ses pensées. Une fille avait grimpé sur une table et improvisait un flamenco grotesque au milieu des assiettes – puisqu'on allait voir les Gitans, fallait s'y mettre – tandis que ses voisins éméchés frappaient dans leurs mains avec cette totale absence du sens de la mesure qui caractérise les Français, surtout en groupe. Non, c'était trop ! C'était insupportable ! Quel sommet de vulgarité ses collègues allaient-ils atteindre à la cérémonie des Saintes-Maries, en regardant ce peuple fier comme on regarde des singes au zoo ? Tel que c'était parti, ils seraient capables de leur jeter des bananes ! Ha, non, non...

Elle se leva brusquement. Il fallait qu'elle sorte d'ici sinon elle allait exploser. Elle allait trouver tout de suite une cabine sur la place et téléphoner à son mari pour cracher ce qu'elle avait sur le cœur à ce lâche vautré dans sa tranquillité, ce vil responsable du guêpier – ça lui ferait du bien.

On l'apostropha – où allait-elle ? – Elle sortait, n'avait-elle pas le droit ? Elle les rejoindrait à l'hôtel. – Se rappelait-elle du nom ? – Oui, merci, « l'hôtel des Arènes », ce n'était pas si compliqué à retenir.

Elle attrapa sa veste, son sac, et se fraya un chemin entre les chaises. En s'éloignant, elle entendit parfaitement la brunette qui était à table à côté d'elle s'exclamer : « On va se la taper quatre jours, celle-là ! ? »

Solange en ricanait en passant la porte. Ça, c'était la meilleure ! Les autres montaient sur les tables, hurlaient, se conduisaient comme des sagouins, débitaient des chapelets de conneries et c'était elle – qui ne disait rien, dans son coin – qu'on allait « se taper » ! Les gens étaient vraiment insensés...

La cabine voisine était à carte et elle n'en possédait pas. Bon. Le tabac était fermé. Formidable. Elle téléphonerait plus tard, tant pis. Elle allait se promener dans les rues des alentours, en attendant que les imbéciles avec lesquels elle était coincée prennent leur digestif et se décident à rentrer à l'hôtel.

Il faisait doux. Marcher dans le soir tiède lui faisait du bien. De temps en temps, elle apercevait les arènes. Elle en déduisit qu'elle devait faire le tour de la place par les rues adjacentes, elle n'était pas perdue. Puis elle emprunta une rue bordée de vieilles maisons, puis une ruelle qui lui parut pleine de charme. Elle respirait mieux, elle oubliait les imbéciles, elle se sentait ailleurs. Peut-être, après tout, ce voyage serait-il une bonne chose... Elle était fatiguée d'être énervée comme ça, vraiment dégoûtée.

Elle observait les façades, différentes de chez elle, les balcons en fer forgé. Le ciel était plein d'étoiles en ce début de nuit. Elle s'assit un moment sur une borne, au coin d'une vieille porte cochère, pour les contempler et elle perdit un peu la notion du temps. Elle ne pensait à rien de précis, elle s'apaisait. Elle s'apaisa si bien qu'elle fut obligée de se secouer pour ne pas s'endormir là. Mais peut-être s'était-elle tout de même assoupie un moment, appuyée contre le mur, car elle se releva en se demandant où elle était. Pour le coup, elle s'était égarée et hésita sur la direction à prendre. Il y avait, plus loin, une rue un peu plus large et on devinait au bout un grand espace vide avec des réverbères qui semblait être une place. A tout hasard elle se dirigea par là...

Tout était désert, on n'apercevait aucune lumière aux fenêtres et les volets étaient pour la plupart fermés. Elle se dit qu'il y avait là une similitude avec la petite ville où elle habitait – passé dix heures du soir on ne voyait plus personne dans les quartiers et le peu d'animation était concentré dans les grandes artères. Dieu que les gens se couchaient tôt en province ! Elle avait l'impression de se promener dans une ville fantôme.

Juste avant de déboucher sur la place qu'elle avait aperçue de loin, elle entendit une sorte de mélopée, un chant très doux. Elle ralentit le pas, tendit l'oreille... Oui, une femme chantait, puis parlait, dans le silence de la nuit. Elle s'avança jusqu'au coin de la rue, en direction de la voix, et s'arrêta net à la vue du spectacle étrange qui s'offrait à elle.

Au milieu de la place, il y avait une statue sur un socle, le tout juché sur une sorte d'esplanade carrée à laquelle on accédait par quelques marches. Des réverbères anciens, aux quatre coins, éclairaient l'endroit d'une manière théâtrale, de telle sorte que les vieilles maisons qui entouraient la place semblaient reléguées dans l'ombre, comme un fond de décor. Et au centre, juste sous le monument, en pleine lumière, se dressait un personnage tout de noir vêtu – une femme, sans doute, d'après le son de sa voix – avec un grand manteau et un châle sur la tête, qui retombait sur ses épaules, à l'antique, et donnait à sa silhouette une similitude extraordinaire avec la statue aux draperies de pierre sculptée qui la dominait et dont les bras tendus semblaient la protéger. Aux pieds de la femme en noir, sur les marches, sortant de l'ombre de tous côtés, des chats, des dizaines de chats qu'elle appelait avec cette mélopée chantante que Solange avait entendue. Elle crut discerner « Hou, les loulous », puis « Hé, les loulous », et ces mots en discontinu formait un hululement mélodieux – « Ouléloulouléloulouméloulou... » – qui semblait attirer irrésistiblement les félins. Il en sortait des rues avoisinantes, de sous les porches, de toutes les couleurs, l'esplanade en était pleine, mer de fourrure mouvante et miaulante au milieu de laquelle se tenait, hiératique, l'étrange personnage. Puis la femme sortit des choses à manger d'un sac posé à ses pieds et se mit à distribuer cette nourriture aux bêtes. Elle leur parlait, les caressait, écartait certains, trop voraces, quand elle estimait qu'ils avaient eu leur part, jetait plus loin quelques morceaux aux moins téméraires qui n'osaient s'approcher.

Solange s'était instinctivement plaquée au mur, dans l'ombre de la maison qui faisait l'angle de la rue et de la place, pour ne pas troubler ce spectacle extraordinaire. Bouche ouverte, elle regardait, fascinée. Des chats retardataires arrivaient encore, elle n'avait jamais assisté à une chose pareille. Elle aurait voulu voir le visage de la femme mais celle-ci gardait la tête baissée vers les animaux, et le châle qu'elle portait très en avant sur son front empêchait la lumière qui tombait des réverbères d'éclairer ses traits.

Quand la femme eut terminé de distribuer ce qu'elle avait apporté, elle s'accroupit, masse noire au milieu des chats qui terminaient leur repas, et elle étendit les bras sur eux, exactement comme la statue qui était au-dessus d'elle, pour favoriser l'un, écarter l'autre, caresser une petite tête. Puis elle s'assit par terre et s'adossa au socle.

Solange, qui ne voyait à présent que son buste émergeant de la nappe ondulante des fourrures, pensa que la femme prenait comme un bain de chats – c'était tout à fait ça, un « bain de chats »... Quelques-uns grimpaient sur elle, un tout petit vint se percher sur son épaule et resta là, blotti dans un pli du châle, contre le cou de la femme. Beaucoup s'en allaient puisqu'il n'y avait plus rien à manger. D'autres restaient sur les marches ou à ses pieds et entreprenaient une toilette, d'autres encore se frottaient à elle voluptueusement et l'un d'eux vint se coucher sur ses jambes étendues par terre, fourrure claire sur manteau noir. La femme resta ainsi longtemps, levant de temps à autre une main pour caresser une échine. Elle profitait d'eux, après qu'ils eurent profité d'elle puisqu'elle les avait nourris. C'était le moment de la trêve, de l'entente, de la tendresse après les besoins satisfaits.

Solange, qui avait tout à fait oublié l'heure, l'hôtel, le voyage et le groupe qu'elle devait retrouver, ne pouvait détacher ses yeux de la scène. Elle avait toujours eu peur des chats, elle ne savait trop pourquoi. Elle assimilait leur manière de se mouvoir à celle des reptiles. Cette immobilité, cette fixité mystérieuse qu'ils avaient parfois l'inquiétaient. Qu'est-ce que ça pensait, qu'est-ce que ça voulait, un chat ? Pour elle, c'était l'inconnu, l'indécryptable, et elle s'en était toujours instinctivement écartée. Ce soir-là, même de loin, elle ressentit la volupté, la tranquillité de cet échange entre la femme et les animaux. Elle vit sa main paisiblement abandonnée sur une échine, un menton de chat venir s'appuyer sur son pied, et elle en fut touchée. Il y avait soudain devant elle une bulle de paix, un petit moment de paradis sur terre, sans plus de lutte, sans peur, sans plus même de demande, où le vivant s'accordait, animaux et humain ensemble sous les étoiles, et elle se sentit tout à coup indéfinissablement rassurée, consolée.

Elle ne voyait toujours pas le visage du personnage en noir, un peu détourné d'elle, dans l'ombre sous le châle, et elle projeta de faire doucement le tour de la place pour s'approcher plus près sans être vue. Mais au moment précis où elle allait bouger, la femme tourna la tête de son côté et l'appuya en arrière sur le socle de la statue, le visage tout à fait offert à la lumière.

Solange fut très surprise de découvrir des traits plus jeunes qu'elle ne l'aurait imaginé. Il est vrai que la manière dont la femme était affublée rendait sa silhouette épaisse, sans formes marquées, et on pouvait la supposer plus âgée qu'elle ne l'était. A vrai dire, il était à peu près impossible de lui donner un âge, mais les joues fermes, la bouche assez épaisse, la structure forte du visage aux pommettes hautes, indiquaient un être au milieu de sa vie, mûr sans avoir encore versé dans la vieillesse. Solange la voyait très bien, postée à une dizaine de mètres. Elle était surtout frappée par la sérénité de son expression – ou plutôt de sa non-expression. Il n'y avait que dans la solitude, l'extrême fatigue ou la grande sagesse que l'on pouvait avoir des traits aussi détendus en même temps que si vivants, pleins.

Sa peau était burinée, cuite par le soleil, et évoquait les visages tannés des Tziganes, ou certaines photos d'Indiens d'Amérique du Nord que Solange avait vues. Toujours sans bouger de son coin de rue sombre, elle contemplait ce visage, bouche ouverte, sourcils froncés par l'attention. Tout cela était pour elle étrange, étranger, et pourtant ce visage lui semblait curieusement familier...

Puis la femme, d'un coup, se laissa tomber sur le côté, attira son sac pour s'en faire un oreiller et se blottit aux pieds de la statue pour dormir. Elle couchait dehors ? C'était donc une personne sans abri, sans maison, une clocharde en somme...

Solange fut brusquement rappelée à la réalité par cette considération. Elle en eut un petit choc, comme lorsqu'on se réveille en sursaut. Tout lui revint : le restaurant, ses collègues, l'hôtel à retrouver, le départ à neuf heures le lendemain matin pour les Saintes-Maries. Bon Dieu, quelle heure pouvait-il être ?

Elle eut un dernier regard pour le personnage recroquevillé à terre et se lança au hasard dans les rues. Elle ne s'était pas promenée très longtemps, les arènes ne pouvaient être loin. Pourtant elle erra un bon moment, ses pieds lui faisaient mal, elle avait sommeil. Le découragement allait la gagner quand tout à coup le monument fut devant elle, énorme, illuminé, salvateur, comme un phare dans la nuit.

La brasserie où avait eu lieu l'affreux dîner était fermée, la place tout à fait déserte, et ce fut le veilleur de nuit, à demi endormi, qui l'accueillit à l'hôtel des Arènes. Elle apprit alors qu'il était presque deux heures du matin. Elle en fut éberluée, avec l'impression bizarre de sortir d'une absence, d'un moment hors du temps.

L'homme, cherchant son nom sur une liste derrière le comptoir de la réception, l'air abruti et les cheveux en bataille, lui apprit que sa clé n'était pas là car la personne qui partageait sa chambre était déjà montée.

La stupéfaction la fit s'accrocher au comptoir et elle articula péniblement :

– Comment ? ! Il y a… une personne… dans MA chambre !

Il confirma. Pour le groupe arrivé ce soir, les personnes qui n'étaient pas en couple étaient logées à deux par chambre. Il y avait une dame avec elle – il lui dit un nom – mais qu'elle se rassure, les lits étaient individuels.

La bouffée de révolte qui la saisit lui fit faire un tour sur elle-même, puis elle s'appuya de nouveau au comptoir de la réception pour crier au gardien qu'elle exigeait une chambre où elle serait seule, que c'était ahurissant, qu'elle allait immédiatement appeler le responsable de cette équipée minable, on ne traitait pas les gens comme ça !

Lui, il n'en avait rien à faire, elle pouvait bien réveiller ce type ou n'importe qui, de toute manière l'hôtel était plein, il n'y avait pas d'autre chambre, mais elle pouvait monter prendre ses bagages là-haut et chercher un autre hôtel si ça lui chantait.

– Parce que mes bagages sont déjà… là-haut ?

– Ils y sont, madame. La 23. Au premier.

– Et le chef du groupe, le responsable, il dort tout seul, je suppose. Je vais aller lui dire deux mots. Quelle chambre ?

– La 47, au quatrième. Mais il y a un monsieur avec lui. L'ascenseur est là-bas. Bonsoir, madame.

Il se rassit, calé dans l'encoignure de la réception, les pieds sur un tabouret, ostensiblement décidé à se rendormir.

Solange fit trois pas décidés vers l'ascenseur, s'arrêta, repartit vers la porte comme pour ressortir, se retourna et resta sur place, le visage chaviré, saisie par l'accablement. Elle en aurait presque pleuré. Tout ça l'écœurait mais c'était trop, on ne pouvait pas se battre pour tout, tout le temps, elle en avait marre. Elle était fatiguée, fatiguée... Elle lâchait prise. Elle était trop lasse, elle avait trop marché. Tant pis, elle dormirait ici ce soir et mettrait les choses au point demain. Elle aurait dû être là pour l'attribution des chambres, c'est tout.

Elle marcha vers l'ascenseur en traînant ses pieds douloureux, et une bouffée de colère la reprit en pensant qu'elle ne pourrait ni prendre une douche ni allumer la lumière pour ne pas réveiller l'inconnue, l'intruse qu'on avait collée avec elle dans SA chambre.

Sa compagne obligée de la nuit avait laissé la clé sur la porte et elle entra sans faire de bruit. Elle devina un lit occupé, entendit un ronflottement léger. Elle buta sur des chaussures qui traînaient au milieu de la pièce. Il flottait dans l'air lourd une odeur étrangère, un parfum qu'elle n'aimait pas. Elle trouva les toilettes à tâtons, n'osa pas tirer la chasse, se déshabilla rapidement dans le noir, toutes ses affaires groupées au pied de son lit – son petit paquet à elle – et sombra dès qu'elle posa la tête sur l'oreiller, épuisée.

Un rêve lui vint...

Elle était à vélo sur une petite route de campagne très verdoyante. Il faisait beau. C'était le printemps, ou l'été. Devant elle, la devançant de quelques dizaines de mètres, une femme pédalait aussi. Elle ne voyait que son dos, ses hanches larges, ses cheveux bruns et bouclés dans le vent. Elle cherchait à la rattraper, à remonter à sa hauteur, mais elle n'arrivait pas à avancer, pédalant en moulinets furieux alors que la femme allait aisément, avec des mouvements de jambes lents et puissants. Solange criait « Attends-moi ! » mais la femme, sans doute toute à son plaisir de rouler dans le soleil, ne l'entendait pas. Ou le vent emportait sa voix.

Elle essayait alors de pédaler encore plus vite, arc-boutée sur son guidon, et tout à coup elle était dans une forêt sombre et profonde. Elle sentait la sueur couler sur son front en même temps que la fraîcheur qui régnait sous les arbres, et c'était une curieuse impression d'avoir, en même temps, si chaud et si froid. Elle faisait un terrible effort, pliée en deux sur son vélo, et la route filait à toute vitesse sous ses roues.

Certaine d'avoir enfin rattrapé sa compagne, elle relevait la tête et s'apercevait avec stupeur que celle-ci était encore plus loin devant elle. Tout là-bas, elle pédalait toujours aussi calmement sur la petite route serpentant à présent à travers des champs de blé qui s'étendaient à perte de vue, car le paysage avait encore soudainement changé.

Un terrible découragement l'avait saisie. Elle cria, mais la femme, avec toute cette avance qu'elle avait prise, ne l'entendait toujours pas. Comment faisait-elle ? On devinait, de loin, qu'elle allait son chemin sans effort, sans se soucier du tout de sa compagne qui peinait derrière elle et s'époumonait en vain.

Solange repartit de plus belle pour réduire la distance entre elles. Il le fallait bien. Elle ne savait pas où elle était, ni où elle allait. C'était cette femme qui l'avait entraînée dans cette promenade et, sans elle, elle serait perdue. Et puis elle voulait la rattraper, être avec elle, à ses côtés. A quoi bon faire route ensemble si on n'avait aucun contact, chacun roulant pour soi ?

Ses jambes, à la longue, lui faisaient terriblement mal, elle haletait, la bouche sèche, et en même temps qu'elle souffrait ainsi elle voyait que le paysage autour d'elles était très beau. Les blés dorés ondoyaient sous le ciel bleu, où moutonnaient de petits nuages comme dans les dessins d'enfants, ronds et charmants.

Et soudain la femme était plus près. Solange, douloureuse et épuisée, en ressentit un soulagement tel qu'elle se mit à pleurer.

Le corsage clair de la femme flottait dans le vent. Ses hanches se balançaient lentement de droite et de gauche tandis qu'elle pédalait. On devinait, à son port de tête droit et haut, qu'elle regardait l'horizon. Sans doute souriait-elle. Toute sa silhouette, son tranquille allant n'étaient que puissance et volupté.

Les larmes coulaient sur les joues de Solange, mais elle se rapprochait, elle se rapprochait... Et tout à coup, au loin, derrière les blés, il y avait la mer. La mer immense, d'un joli vert d'huître derrière l'or des champs. Et voilà que la femme qu'elle poursuivait, quittant la route, semblait se diriger tout droit vers l'étendue d'eau.

Solange voulut crier, l'avertir de ne pas aller par là. Elle avait reconnu la Normandie et ses falaises, elles roulaient sur le plateau qui les dominait. Il ne fallait pas s'approcher du bord, c'était dangereux, c'était interdit ! Mais, exténuée par ses efforts pour ne pas se laisser distancer, elle n'avait plus de souffle, sa poitrine brûlait. Elle ouvrait désespérément la bouche mais aucun son n'en sortait.

Et, tout à coup, la femme disparut. Littéralement engloutie par les blés ou le vide. Solange mit pied à terre, incrédule. Le vent, puisqu'elle ne roulait plus, avait arrêté de siffler à ses oreilles et un silence terrifiant le remplaçait. Elle n'entendait même pas le bruit de la mer, trop lointain, aucun ressac en contrebas. Aucun chant d'oiseau pour meubler ce néant, il n'y avait pas d'arbres. Rien. Le vide. L'absence.

Le cœur de Solange se déchirait, ses jambes tremblaient. Elle sanglotait, et il ne sortait d'elle que des gémissements enfantins, déchirés. Elle fixait entre ses larmes les blés mouvants, la mer immuable. Le monde, la nature même étaient indifférents et elle hurlait dans sa tête.

Puis, au prix d'un terrible sursaut, elle réussit à se remettre en selle et pédala péniblement, douloureusement, vers l'endroit où la femme avait disparu. Elle avait une peur terrible de se précipiter elle aussi dans le vide, peur de ce qu'elle allait découvrir, mais elle devait y aller… Or tout à coup la route bifurquait à droite, à angle droit, longeant tranquillement la falaise à bonne distance du bord, et elle eut un coup au cœur en voyant sa compagne, qui lui échappait depuis si longtemps, là, tout près, à deux mètres devant elle. Pour un peu elle aurait heurté sa roue après le virage. Son cœur battait. Elle n'en croyait pas ses yeux en la voyant pédaler toujours au même rythme, lentement, avec son corsage frémissant, ses hanches larges et ses cheveux au vent.

Et tout à coup, elle entendit la voix de la femme, sonore, qui parlait sans se retourner :

– Tu ne peux pas aller plus vite ? Tu stagnes.

– Comment ? parvint à articuler Solange, tellement surprise d'entendre cette voix qu'elle ne comprenait pas les mots.

Alors la femme répéta très fort : « TU STAGNES ! », et d'un seul coup elle fut face à elle, la regardant – visage fier et plein aux pommettes hautes, peau brûlée par le soleil, regard net et profond, cheveux noirs et bouclés auréolant ce visage qui lui était soudain offert comme un choc. Et la femme, après son mordant « tu stagnes ! », éclata d'un rire sonore, la regardant d'un air moqueur.

Ce rire claqua si fort, si présent dans sa tête qu'il réveilla Solange en sursaut et qu'elle se dressa sur son petit lit d'hôtel en criant un prénom : « ÉLIANE ! »

Commotionnée par son rêve, ses cheveux blonds en bataille, les yeux écarquillés, Solange regardait fixement une inconnue plantée au milieu de la chambre, proprette dans un jeans tout neuf, son sac de toilette à la main. Celle-ci lui fit un grand sourire et dit en riant :

– Un peu plus j'allais vous réveiller. Nous partons dans une demi-heure, savez-vous ?

Voyant Solange hagarde, assise sans bouger au milieu du lit, elle précisa :

– Nous allons aux Saintes-Maries-de-la-Mer, vous vous souvenez ? Vous sortez d'un cauchemar on dirait...

– Non, non... Ça va.

Solange se leva, tituba, rassembla son petit paquet de vêtements et l'emporta dans la salle de bains pour faire une rapide toilette et s'habiller. Elle n'arrivait pas à reprendre pied dans la réalité. Elle s'assit un moment au bord de la baignoire, les pensées chamboulées et en proie à une faiblesse soudaine qui la mettait près du malaise.

Le visage qu'elle avait vu en rêve était celui d'une femme qu'elle avait connue quand elle avait treize ans, lors de vacances chez une amie de lycée. Une femme, elle s'en souvenait parfaitement, qui la fascinait par sa force, sa liberté, son extravagance aussi, et qui l'avait prise en amitié durant son séjour. Les parents de cette amie de classe l'avaient reçue quinze jours dans leur propriété près d'Étretat – voilà donc pourquoi elle avait rêvé de la Normandie ! Elle avait fait de longues promenades avec cette femme sur la falaise. Pendant des heures elle l'avait écoutée raconter sa vie. Éliane était riche, elle faisait « des affaires », brassant des millions, elle avait des amants et ne voulait pas se marier, elle possédait plusieurs maisons, une voiture décapotable qu'elle conduisait très vite. Et cette gueule de fauve, ce regard pénétrant, hardi. Elle était, elle faisait ce dont une adolescente rêvait : être capable d'à peu près tout et n'avoir peur de rien. Solange ne se rappelait plus qui elle était par rapport à cette famille qui l'avait invitée. Mais il y avait un monde fou dans cette maison, cet été-là...

Quand Solange sortit de la salle de bains pour prendre son sac, sa compagne de chambre était déjà descendue. Elle regarda autour d'elle avec l'impression d'un décalage désagréable, la sensation d'être dans un endroit incongru, de vivre une situation irréelle. Qu'est-ce qu'elle faisait là ? Elle allait voir des Gitans, en car, avec des collègues de la SNCF, bouffant les mêmes choses qu'eux aux mêmes heures, allant jusqu'à dormir avec des inconnues dans une promiscuité ridicule... Elle n'arrivait pas à croire qu'elle était en train de faire une chose pareille !

Elle se dirigea vers l'escalier, elle n'allait pas prendre l'ascenseur pour un seul étage. Ses pieds étaient encore douloureux de sa longue marche de la nuit dans les rues, et elle était obsédée par son rêve, la fatigue de cette poursuite épuisante à vélo comme une continuité de sa fatigue réelle du soir. Et quelle étrange chose que cette femme qu'elle avait connue il y a si longtemps, Éliane – ce nom avait jailli spontanément à sa mémoire – lui apparaisse ainsi en songe sans l'avoir jamais revue...

C'est au milieu de l'escalier qu'elle eut la vision, fulgurance et certitude ensemble : le visage de la clocharde superposé à celui d'Éliane. La même femme, exactement la même, avec dix-sept ans de plus et des loques sur elle... La stupeur, l'évidence la clouèrent sur place. Voilà donc pourquoi ce visage lui avait semblé curieusement familier hier soir. Et pourquoi elle avait rêvé de cette femme ensuite – c'était elle ! Était-ce possible ?

Elle débarqua dans le hall comme une somnambule. La plupart de ses camarades d'excursion étaient prêts à partir, frais, dispos et déjà très bruyants. D'autres s'attardaient devant leur petit déjeuner. Le responsable du groupe la cueillit au milieu du hall, son sac à la main, et voulut l'expédier vite fait avaler une tasse de café et une tartine, il ne manquerait plus qu'elle les mette en retard.

Cette arrogance, ce ton insupportable de moniteur de colonie de vacances la réveillèrent tout à fait, déclenchant en elle l'habituel réflexe de rébellion. Elle prit trois minutes sur son temps de petit déjeuner pour remettre ce type à sa place – il était inadmissible qu'on les trimbale ainsi sans qu'ils soient prévenus de rien, ni de l'inamovibilité des menus ni du partage des chambres et puis quoi encore ? Contrairement aux apparences, elle avait TRÈS bon caractère si on l'avertissait des choses. Elle voulait SAVOIR, était-ce si compliqué ?

Le type maîtrisa ses nerfs, que cette emmerdeuse trouvait le moyen de lui mettre en vrille dès le matin, et lui assura qu'il ferait un topo très détaillé, dans le car, de tout ce qui l'attendait. Solange se laissa pousser vers la salle du petit déjeuner sans trop de résistance. Elle manquait de conviction, ce matin...

Touillant son café, elle replongea dans ses pensées, le souvenir de ce rêve étrange. La conviction que la clocharde et cette femme ne faisaient qu'une s'ancrait en elle. C'était la seule raison plausible de son apparition soudaine en rêve. Et un rêve si poignant, un visage si présent et réel, qu'elle l'avait encore devant les yeux, qu'elle en ressentait l'impact, même éveillée. Ce n'était pas un rêve « normal », qui s'évanouit au matin. Et pourquoi ce nom, Éliane, lui était-il venu avec évidence à l'esprit alors qu'elle ne parvenait pas à se souvenir de celui de cette amie de classe qui l'avait invitée ? Il y avait dans tout cela quelque chose de très fort, d'irrationnel. C'était comme un signe. Un appel, peut-être ?

Elle était en train de s'aventurer dans des réflexions sur le hasard, le destin et la signification des rêves, quand une voix la tira brutalement de ses pensées. On lui rappelait qu'il était neuf heures dix, que tout le monde était dans le car et que...

– Je m'en fous, je ne pars pas.

– Comment ?

– JE NE PARS PAS.

On la regardait avec des yeux comme des soucoupes, et Solange, surprise de sa propre réponse, n'avait pas l'air moins stupéfaite. C'était sorti comme ça, presque malgré elle. Et cette étonnante décision fut étayée par un soulagement immédiat à l'idée de ne pas suivre le groupe, d'échapper à la brandade obligée, aux chambres communes, au flamenco sous les cornes de taureau accrochées aux murs de crépi grossier...

En deux temps trois mouvements, tout fut arrangé. Puisqu'ils passeraient au retour dormir dans ce même hôtel, c'était très simple, elle les y retrouverait dans quatre jours. Non, il n'y avait aucun problème, elle paierait sa chambre entre-temps et ne réclamerait rien. Bien sûr, elle comprenait qu'il n'y avait pas de remboursement possible... Et c'est elle qui semblait pousser le chef du groupe vers la porte, vers le car, vers ailleurs. Plantée sur le trottoir, elle les regarda partir, visages ahuris derrière les vitres du car, et elle se retrouva seule, à Nîmes, les bras ballants, sans vraiment savoir pourquoi.

Pour laisser passer ce petit état de choc dans lequel elle se trouvait, elle retourna prendre un café dans l'hôtel. Lui passaient par la tête, pêle-mêle, des bribes de souvenirs concernant Éliane, son mari, ses inquiétudes sur leur couple, sa propre lassitude d'être énervée ainsi en permanence, le tout parfois stoppé par une bulle d'ahurissement pur : pourquoi était-elle là ?

Elle se leva pour appeler son mari, le prévenir, mais elle se ravisa. Le prévenir de quoi ? Qu'elle avait renoncé à cette magnifique excursion parce qu'elle avait vu une clocharde avec des chats qui lui rappelait vaguement quelqu'un qu'elle avait connu ? Elle ne put s'y résoudre. Il faut dire que, parmi toutes les pensées qui lui étaient passées en désordre par la tête, celle que son mari l'avait poussée à partir pour avoir quelques jours de liberté sans elle l'avait traversée... C'est le genre de pensée désagréable qui laisse des traces. On ne met pas si facilement la main sur le téléphone après qu'elle eut semé son poison de doute et de méfiance. Elle tentait de se rassurer, de se raisonner – jamais, elle en était certaine, il ne l'avait trompée, ce n'était pas son genre. Ni son genre à elle non plus, d'ailleurs. Puis son esprit revenait à Éliane, au passé, aux suppositions. Qu'est-ce qui avait bien pu lui arriver ?

Cette femme-là, elle s'en souvenait, était capable de tout, donc aussi de tout perdre et de se retrouver sur le trottoir, pourquoi pas ? Elle se souvenait aussi que certaines personnes – dont la mère de cette amie de classe qui l'avait invitée en vacances – affichaient de la réserve à son égard. Un jour, par exemple, que l'on évoquait sa fortune – on parlait énormément d'Éliane quand elle n'était pas là – quelqu'un avait dit : « Ho ! Elle ne la gardera pas longtemps, elle va lui fondre entre les doigts ! » Solange se rappelait avoir été choquée par ces propos et, devant sa mine étonnée, la personne avait ajouté : « Elle joue ! Elle a perdu une maison le mois dernier. » Cela avait stupéfié Solange.

Elle était, à treize ans, encore trop proche de l'enfance pour que « jouer » signifie autre chose que s'amuser, passer le temps à des riens. Comment perdre une maison en jouant ?! Elle ne connaissait rien au monde des casinos, à l'ivresse dangereuse de ces jeux-là, qui n'étaient pas jeux d'enfants. Personne n'avait jamais joué quoi que ce soit dans son entourage, on avait eu trop de mal à obtenir le peu qu'on avait, on ignorait même la Loterie nationale !

Cet été-là, on lui avait expliqué que le jeu pouvait être une véritable drogue, que c'était terrible, qu'on ne pouvait pas s'arrêter quand on avait commencé, et le tableau terrifiant qu'on lui avait brossé de ce vice avait renforcé encore sa fascination pour Éliane – Comment ? Une femme, qui avait une licence d'économie et d'autres diplômes prestigieux, une vie libre et extraordinaire, pouvait donc gagner des millions un soir et risquer d'en perdre le double le lendemain, comme ça, pour rien ? Solange était très troublée. Voyant Éliane rire aux éclats un peu plus tard, elle l'avait regardée, stupéfaite. Avoir perdu une maison quelques jours auparavant ne l'empêchait donc pas de rire ? Elle en était béate d'admiration.

Et puis il y avait ces promenades, ces discussions pendant lesquelles elle se sentait plus grande que son âge, haussée par Éliane à son niveau, brusquement plus intelligente, plus intéressante. C'était un saut dans son futur, quelques années d'avance prises grâce au regard d'Éliane, à ses clins d'œil complices quand les autres la traitaient comme une gamine – la gamine qu'elle était encore...

Solange avait fini son café depuis longtemps. Les pensées et réminiscences lui venaient dans le désordre : brusques images, souvenir de quelques mots, sentiment de décalage, d'incongruité de sa présence ici, puis encore un méchant doute à propos de ce mari qui avait si finement manœuvré pour qu'elle parte. Elle se leva brusquement – ça suffisait comme ça, elle n'allait pas jouer avec lui le sale jeu des soupçons, elle allait l'appeler immédiatement. Elle attrapa son sac, posé à ses pieds, marcha d'un pas ferme vers la réception pour demander à téléphoner – elle était sur le point de regretter d'avoir résisté à la mode des portables – mais elle se ravisa une fois arrivée devant le comptoir. Elle ne l'appellerait pas. Elle n'avait aucune envie de l'appeler. Et ce n'était pas parce qu'elle le croyait infidèle, ou parce qu'elle répugnait à lui expliquer quoi que ce soit. Non. Ça avait affaire à elle, uniquement à elle, à ce qu'elle vivait d'étrange ici et qui lui appartenait – qui devait, elle ne savait pourquoi mais elle en avait une claire conviction, lui appartenir entièrement. « Ça... Ça ne le regarde pas », pensa-t-elle nettement.

Il n'y avait plus de chambre à l'hôtel, hormis celle qui était réservée pour le retour du groupe, dans quatre jours. De toute manière, il était trop cher pour une escapade qui s'ajoutait financièrement à l'excursion qu'elle ratait mais qu'elle avait déjà payée. On lui indiqua quelques adresses à petits prix et elle se lança dans les rues.

Il lui fallut trois bonnes heures pour dénicher une chambrette en soupente avec cabinet de toilette et WC sur le palier, sans charme mais propre. Elle était en train de se dire que les gens étaient insensés de passer leur vie en voyage, à remplir les hôtels, quand on lui apprit qu'il existait ici une fête qui s'appelait « la féria » et qui attirait beaucoup de monde en ce mois de mai – Non, elle n'était pas au courant, elle était désolée, on ne l'avait pas prévenue de cela, non plus...

Entre-temps, arpentant les trottoirs, les pieds toujours douloureux et son sac pesant au bout de son bras, elle cherchait à se remémorer le nom de cette famille qui l'avait invitée et chez qui elle avait rencontré Éliane. Elle aurait pu les appeler et leur demander s'ils savaient ce qu'elle était devenue. Mais malgré tous ses efforts, sa mémoire resta obstinément muette. Pas un nom, pas un prénom, pas même celui de cette camarade de classe, qui, il est vrai, n'était pas restée une amie – l'année suivante elle avait changé d'école et elles s'étaient perdues de vue. Tant pis, elle ferait sans ça. D'ailleurs, ces gens qui ne semblaient guère apprécier la formidable personnalité d'Éliane n'avaient sans doute conservé aucun lien avec elle...

Une fois installée, libérée du poids de son sac, elle ressortit pour acheter des espadrilles afin d'épargner ses pauvres pieds, car elle allait encore beaucoup marcher, c'était sûr. Elle voulait aussi faire quelques provisions de bouche car il était hors de question qu'elle s'offre le restaurant. Elle devrait se débrouiller avec ce qu'elle avait emporté pour acheter des souvenirs. Elle ne voulait en aucun cas dépenser plus. Déjà, ces trois jours d'hôtel, même modeste, étaient pour elle une folie – mais il est vrai qu'avec son pauvre salaire TOUT était une folie... Comment faisaient les gens pour trouver le moyen de s'offrir tant de choses ?

Cette pensée la ramena tout naturellement à Éliane, cette folle, cette royale Éliane, capable de claquer des fortunes pour rien, juste pour le plaisir de jouer. Oui, c'est sûr, une femme comme ça pouvait fort bien atterrir sur le trottoir, c'était logique. Une vie passée à risquer sans arrêt de tout perdre ne pouvait que finir mal.

Elle s'arrêta soudain, un petit pincement désagréable au cœur. Elle venait de se souvenir du départ d'Éliane – ou plutôt de sa disparition soudaine, sans un mot, sans un signe, même à elle, sa jeune amie, sa complice de l'été. Au petit déjeuner, comme Solange s'étonnait de l'absence d'Éliane, on lui avait appris que celle-ci était partie en pleine nuit, sans prévenir personne. Quelqu'un avait entendu le moteur de sa voiture démarrer vers trois heures du matin et sa chambre était vide. La maîtresse de maison, affichant un soulagement évident, avait lâché un sec commentaire sur les manières des « aventurières » de ce type.

Solange se souvenait de son immense déception, du mal qu'elle avait eu à se retenir de fondre en larmes au-dessus de son café au lait. Son menton tremblait et elle se cachait derrière son bol en faisant semblant de boire alors que sa gorge nouée l'empêchait de rien avaler. Elle avait l'impression douloureuse d'être flouée, trahie, ravalée au rang de n'importe qui, de rien. A quoi bon ces longues promenades, ce regard intense sur elle, cette complicité, pour aboutir à une telle indifférence brutale ? On tourne le dos et on se tire, sans un mot. Un départ comme une gifle. Et la gamine qui s'était crue intéressante, qui s'était crue choisie, considérée pour la première fois, retombait dans sa petite vie, dans son âge, dans sa nullité... Solange avait pris un rude coup. Et elle avait fort mal supporté qu'on lui dise à l'occasion que « ça lui ferait du bien d'apprendre à ne pas faire confiance à n'importe qui ». De quel droit cette famille étrangère lui assenait-elle que ce serait « une bonne leçon » pour elle ? Elle était partie, elle aussi, dès qu'elle l'avait pu. D'ailleurs, cette maison, ces vacances sans Éliane étaient nulles. Tout était nul.

Enfin, c'était loin, tout ça. Mais cela avait marqué une étape dans son adolescence. Longtemps elle s'était sentie blessée en y repensant et rien n'avait plus été tout à fait pareil qu'avant cet été-là, qu'avant Éliane. La fin d'une innocence, sans doute. En ce sens, oui, elle avait pris une leçon. Puis elle avait grandi, eu d'autres problèmes et oublié cette histoire...

Elle avait son plan pour retrouver la clocharde. Il était simple : elle retournerait ce soir à la place où la femme donnait à manger aux chats. Elle était absolument certaine qu'elle serait là, dévouée aux bêtes qu'elle aimait. Jusque-là, elle pouvait flâner.

Elle s'acheta une paire d'espadrilles rouge vif. Elle aurait préféré une autre couleur mais il n'y avait que celle-là à sa taille. Elle avait l'impression qu'on ne voyait que ses pieds et ça la gênait. Elle n'aimait pas porter des choses voyantes. Sur les indications d'un autochtone elle s'était dirigée vers un quartier commerçant aux rues piétonnières et elle commençait à prendre quelque plaisir à son escapade. Elle acheta des pêches, du jambon, et pensa qu'un peu de fromage serait agréable pour terminer ce repas de vacances.

Elle traversait la rue pour se rendre à une crémerie quand elle eut un coup au cœur : sur la chaussée, il y avait une masse noire, une femme assise à même le sol, un châle sur la tête, en train de faire la manche... Elle n'en crut pas ses yeux. Elle la voyait de profil, là, devant elle. Après être restée un instant éberluée, son petit sac en plastique pendant au bout de son bras, elle eut le réflexe idiot de se dissimuler derrière l'étal extérieur d'un marchand de légumes. Puis elle réalisa que la clocharde aux chats ne l'avait pas vue et qu'Éliane – si elles ne faisaient qu'une seule et même personne – ne reconnaîtrait sans doute pas, dix-sept ans après, une adolescente dont elle avait fait si peu de cas et qui était devenue une femme de trente ans.

Prudemment, néanmoins, elle se mêla aux passants pour venir devant elle et la regarder sans trop d'insistance. Quand elle vit son visage de plus près, bien en face, elle eut un nouveau choc : c'était Éliane, indubitablement, mais abîmée, flétrie, avec de grands cernes gonflés sous les yeux, des cheveux grisonnants s'échappant du châle – les mêmes cheveux bouclés que Solange lui avait connus, mais couverts de cendre. Elle pouvait l'observer à loisir car la femme regardait fixement la boîte de conserve posée à terre qui lui servait de sébile, et ne s'occupait aucunement de ce qui se passait autour d'elle. Quelqu'un jeta une pièce dans la boîte. Elle n'eut pas de réaction, plongée dans on ne sait quelles pensées, écrasée par son malheur peut-être. Solange, bouleversée, pensa : « La pauvre femme... »

Puis le doute la saisit. Peut-être se faisait-elle des idées ? Ce n'était pas possible qu'un être aussi superbe et hardi devienne cette espèce de crapaud-buffle traînant sur le bitume – une épave, il faut bien le dire... Il fallait qu'elle en ait le cœur net. Elle retourna se dissimuler à demi derrière l'étal du marchand de légumes. De là elle voyait la clocharde de trois quarts dos. Elle hésita un instant, puis d'une voix mal assurée, mais assez forte pour être entendue de la femme, elle cria : « Éliane ! »

Immédiatement, la clocharde se redressa, alertée, comme si on l'avait frappée dans le dos, et tourna la tête vers la voix qui avait crié ce nom. Elle la tourna lentement, comme dans certains ralentis de cinéma, et resta longtemps à chercher des yeux qui avait bien pu appeler, comme une bête sur le qui-vive, attentive, flairant quelque chose d'anormal autour d'elle, une odeur étrangère dans le vent.

Le cœur de Solange battait à tout rompre. Elle lui jetait des regards furtifs tout en faisant semblant de s'intéresser au tas de tomates devant elle. Elle voyait l'œil de fauve aux aguets avec lequel la femme scrutait les passants.

Ainsi redressée, sur ses gardes, elle paraissait plus jeune tout à coup. Puis la clocharde retourna à sa sébile, à son abattement, les épaules affaissées, l'œil éteint.

Solange tentait de se remettre de son émotion – c'était elle ! Mon Dieu, c'était Elle ! C'était extraordinaire d'avoir retrouvé cette femme ainsi ! Ce n'était pas un hasard si elle avait ressenti qu'il fallait impérativement qu'elle reste à Nîmes – la preuve, le destin avait remis Éliane sur son chemin le jour même, dans cette rue. Il y avait dans cette rencontre un signe, quelque chose auquel elle ne pouvait pas échapper, elle le sentait.

Elle avala sa salive, prit son courage à deux mains et s'avança vers la femme d'un pas presque ferme, son petit sac de courses toujours pendu au bout de son bras. Elle se planta devant elle, qui regardait de nouveau sa boîte de conserve, et dit :

– Bonjour, Éliane.

Pas de réaction. Pendant au moins trois secondes. Puis sans qu'elle bouge, sans presque lever la tête, les yeux de la femme montèrent des espadrilles rouges au visage de Solange – des yeux d'un marron étrangement clair, exactement les yeux d'Éliane, à l'expression absolument indéchiffrable.

Solange, courageusement, faisait front, claire et nette comme un petit soldat dans la lumière, ses pieds aux espadrilles rouges plantés de part et d'autre de la sébile.

Rien. L'autre la regardait sans rien dire, visage impénétrable. Sans se décontenancer, Solange répéta plus fort :

– Bonjour... Éliane !

Alors il sortit du crapaud-buffle un son rauque, rocailleux, une voix qui n'était ni d'homme ni de femme, un écho d'outre-tombe qui articula, lentement :

– On se connaît ?

– Oui, je crois. On s'est connues il y a longtemps. Vous vous appelez bien Éliane, n'est-ce pas ?

Pas de réponse. L'autre la regardait toujours fixement sans réagir, visage d'Indien regardant les bisons passer...

Alors Solange s'emberlificota dans des explications sans fin, des rappels de falaises, de maison, de dates, de vacances, puis, enfin, elle se présenta – elle avait oublié de dire son nom, c'était idiot, elle aurait dû commencer par là.

L'ennui commençait à se peindre sur le masque impassible de la femme en noir. Elle laissa Solange patauger dans ses explications jusqu'au bout et attendit qu'elle se taise tout à fait pour lâcher :

– Qu'est-ce que tu me veux ?

– Je veux... Je voudrais savoir ce qui vous est arrivé, pourquoi vous êtes... heu... là.

L'autre, soudain, eut une sorte d'éructation, son dos secoué sous le châle, un son caverneux et saccadé de moteur en bout de course – un rire, sans doute...

– Parce que tu trouves que je ne suis pas bien... « là » ?

– Bah... Non, Éliane. Quand on a eu la vie que vous avez

eue, vécu ce que vous avez vécu, pardonnez-moi mais je crois que vous ne pouvez pas être bien « là » !

– Ha… Tu crois, toi ?

– Bah… Oui. Oui.

Le regard de fauve tout à coup durci sous le châle noir, le marron clair des prunelles qui vire à un jaune menaçant, un silence de plomb entre elles deux, au milieu de l'insouciance des passants, de la gaieté du marché.

Solange tenait bon. Elle n'était pas bien certaine de reconnaître la voix d'Éliane, celle de la clocharde était si cassée, si éraillée. Mais depuis combien de temps vivait-elle dehors ? Combien d'hivers avait-elle passés dans le froid, sans doute malade, à subir le gel, la pluie ? Elle buvait aussi, certainement, au vu de son visage boursouflé, de cette couperose sous le hâle de la peau. Elle se souvenait qu'Éliane n'était pas la dernière à boire un coup, et la sage adolescente qu'elle était à l'époque – elle était restée sage – se disait qu'Éliane exagérait parfois, qu'elle ne savait pas s'arrêter. Comme pour le jeu…

– C'est terrible de jouer, n'est-ce pas ? C'est ça qui vous a menée là ?

– Quoi ?

Solange se reprit, elle allait trop vite. Mais l'autre, là, écrabouillée à ses pieds, qui la fixait avec ce regard à la fois veule et perçant au milieu de son visage flétri, ne l'aidait pas, c'était le moins qu'on pouvait dire.

– Enfin, voilà, je vous ai reconnue. Je devais partir mais je suis restée parce que… je me suis dit que je ne pouvais.. que je me devais…

Solange s'arrêta pour reprendre souffle. C'était angoissant, à la fin, ce mur devant elle, ce regard fermé, ce silence, cette absence de réaction.

– Alors, voilà, Éliane… Parce que vous êtes bien Éliane, n'est-ce pas ?

Le silence. Les prunelles d'or incandescent qui la fixaient. Le visage impassible d'Indien hors d'âge...

Solange ne se sentait pas bien tout à coup. La tête commençait à lui tourner.

– ... Voilà : qu'est-ce que je peux faire pour vous ?

Cette fois, une réponse jaillit, nette, précise, sans hésitation :

– Que tu te tires. Tu gênes.

– Co... comment ?

– Fous le camp. Tu m'emmerdes. Je ne suis pas là pour bavarder, je travaille.

Solange, décontenancée, s'aperçut qu'effectivement personne n'était venu mettre d'argent dans la boîte de conserve, à ses pieds. Il s'était même fait comme un périmètre vide autour d'elles.

– Excusez-moi, je suis désolée, je vous gêne, oui... Je vais un peu plus loin mais je reviendrai tout à l'heure, si vous voulez bien, parce que j'aimerais tout de même...

– TIRE-TOI ! !

Solange fit un bond en arrière et fut à dix mètres en quelques secondes, son petit sac ballotté au bout de son bras. Son cœur battait la chamade, des gens se retournaient sur elle – la clocharde avait carrément hurlé – et, s'enfuyant à petits pas pressés, elle se répétait tout bas : « Ça alors, ça alors... »

Elle s'arrêta un peu plus loin pour se calmer. Elle était choquée. Non ! Ça ne pouvait pas être Éliane, si bas qu'elle soit tombée. Éliane était une reine, une conquérante superbe, une personne de goût, alors que cette sale bonne femme...

Elle revint vers elle, pourtant. Elle ne pouvait pas s'en aller comme ça. Quelque chose de puissant et d'irraisonné la poussait vers cette clocharde qui l'avait grossièrement rembarrée alors qu'elle voulait l'aider. Prudemment, elle longea les maisons, se rapprocha de boutique en boutique, masquée par la foule devenue assez dense l'après-midi avançant.

La femme, toujours assise dans le passage, s'était un peu redressée. Assise en tailleur, les mains sur les genoux, son châle tombant sur ses épaules presque jusqu'à terre, elle ressemblait à une sorte de bouddha féminin, à une déesse hiératique et intemporelle posée au milieu de la rue.

Solange la regardait de loin. L'image était magnifique et la clocharde presque belle. « Elle est superbe », pensa-t-elle. C'était Éliane qu'elle avait devant elle, c'était sûr... D'ailleurs, se remémorant leur conversation, il lui apparut avec évidence qu'à aucun moment la femme n'avait dit « Ce n'est pas moi » ou « Je ne m'appelle pas Éliane » – depuis quand quelqu'un se laisserait-il appeler par un nom, sans démentir, si ce n'est pas SON nom ? Elle repassa dans sa tête sa réaction quand elle l'avait appelée, tous les mots que la femme lui avait répondus. Pas de doute, à aucun moment elle n'avait affirmé qu'elle n'était pas Éliane. Mais Solange en aurait le cœur net, elle ne pouvait pas supporter qu'on joue ainsi avec ses nerfs ! D'autant qu'elle n'avait que de bonnes, de très bonnes intentions à son égard. Alors ?

Elle repéra un café avec une terrasse. En se mettant à l'angle elle pourrait surveiller la clocharde sans être vue elle-même, elle n'avait aucune envie d'un nouvel esclandre.

Une fois assise, elle se rendit compte qu'elle était très fatiguée. Ses pieds étaient si gonflés que sa peau faisait un petit bourrelet au-dessus de l'espadrille et que le bord du tissu menaçait de lui entailler le cou-de-pied – il ne manquerait plus que ça ! Elle avait l'estomac crispé, la bouche sèche, et réalisa qu'elle n'avait rien mangé et rien bu depuis son café et sa tartine au petit déjeuner de l'hôtel.

Elle vit à la pendule du café qu'il était quatre heures de l'après-midi – mon Dieu, qu'est-ce qui lui arrivait ? Elle était troublée, voilà, extrêmement troublée par la rencontre avec cette femme surgie du passé. Elle en perdait la notion du temps.

Elle s'offrit un chocolat avec un croissant, croqua une des pêches qu'elle avait achetées et trouva qu'elle n'avait aucun goût. Puis elle reprit un chocolat car, une bonne heure après, la clocharde était toujours assise au milieu de la rue, sans bouger. « Quelle affreuse vie, passée à mendier ainsi, à dépendre de la charité publique ! » pensa Solange tout en échafaudant de multiples scénarios, causes de la déchéance d'Éliane. Fort peu de gens déposaient une pièce dans la sébile, et elle en fut triste pour elle.

Et tout à coup, la femme en noir fut debout. Elle s'en allait. Solange se leva d'un bond, cherchant en catastrophe quelque monnaie pour régler ses boissons. Elle ne voulait à aucun prix perdre sa trace. Mais elle la vit disparaître dans un magasin voisin et s'aperçut que son sac, ce même sac duquel elle avait sorti la nourriture des chats, était resté à terre ainsi que la boîte de conserve. Elle allait donc revenir – ouf !

Elle héla tout de même le garçon pour payer son addition, au cas où la clocharde déciderait brusquement de s'en aller pour de bon. Solange était partie en voyage avec quatre billets dans son porte-monnaie. Elle en avait largement entamé un pour ses courses, les espadrilles et les consommations, il lui en restait trois... Elle hésita à peine. Elle en sacrifierait un pour Éliane et se débrouillerait avec le reste. Au moins ferait-elle ça pour son ancienne amie. Peut-être Éliane serait-elle heureuse de s'offrir un bon repas ? Ou peut-être, devenue plus raisonnable avec l'âge et ses revers de fortune, économiserait-elle de quoi vivre plusieurs jours sans avoir à mendier, assise par terre pendant des heures ?

Vite, vite, elle sortit du café, bouscula deux chaises dans sa précipitation et dit « Je reviens tout de suite ! » au garçon qui ne lui demandait rien. Elle s'assura que la clocharde n'apparaissait pas à l'improviste et en quatre enjambées elle s'en fut déposer furtivement son gros billet, en l'enfonçant bien dans la boîte pour qu'il ne s'envole pas – ou qu'un passant indélicat ne le ramasse s'il était trop visible – et rentra précipitamment dans le café.

S'enhardissant, elle décida de se mettre à une table d'où elle verrait la femme de plus près et dit au garçon, qui ne lui demandait toujours rien : « Voilà, je vais me mettre là, maintenant ! » Il la regarda s'installer, perplexe, et haussa les épaules comme quelqu'un qui a vu passer nombre de fous et de folles dans ce café...

Solange était terriblement excitée. Elle avait hâte que la clocharde revienne pour voir sa réaction, assister à sa joie. Dans l'expectative, elle ne sentait plus son mal aux pieds, sa fatigue, et rongeait nerveusement un bord de l'ongle de son pouce – comme lorsqu'elle était gamine et déjà nerveuse – l'œil rivé sur la rue. Qu'est-ce qu'elle pouvait bien faire dans cette boutique ?

Enfin, la femme en noir ressortit, une sorte de pizza ou de sandwich à la main. Elle eut l'air de dire au revoir à quelqu'un à l'intérieur. Sans doute s'était-elle fait des amis parmi les commerçants et se nourrissait-elle grâce à eux, ce serait bien dans le caractère d'Éliane. Elle se réinstalla sur les pavés de la rue piétonne et commença à manger, sans jeter un regard à sa sébile. Elle mangeait lentement savourant chaque bouchée, regardant en l'air, regardant les passants, tout sauf sa boîte de conserve à terre devant elle. Solange trépignait d'impatience. Elle en avait une jambe agitée d'un tressautement nerveux.

Quand elle eut fini son sandwich, la femme s'essuya tranquillement les doigts à son châle et, enfin, baissa les yeux. Elle resta un moment figée, sans réagir, puis redressa vivement la tête. Lentement, elle regarda en panoramique autour d'elle, l'air méfiant – cette même réaction vive suivie d'une étonnante lenteur que lorsque Solange l'avait appelée par son nom. Solange se coucha sur la chaise voisine, derrière la petite table qu'elle occupait à la terrasse du café, pour échapper à son regard perçant. Puis de nouveau la femme fixa des yeux la boîte et d'un seul coup s'empara du billet, le fourra dans sa poche, prit son sac et s'en fut avec une hâte extraordinaire.

Solange se précipita hors du café, se félicitant de n'avoir rien commandé de nouveau, et s'élança dans la rue pour suivre la silhouette noire qui disparaissait déjà dans la foule de cette fin de journée. Que la femme marchait vite ! Vers qui, vers quoi se précipitait-elle ainsi ? Elle avait peine à ne pas la perdre de vue, mais, Dieu merci, son châle noir était reconnaissable de loin – personne, à cette saison, ne portait de châle noir sur la tête. Elle se mit à courir pour ne pas se laisser distancer. Tout en la poursuivant, essoufflée, Solange songeait à son rêve, à son épuisante course à vélo derrière Éliane, à ses efforts vains pour la rejoindre... Mais dans la réalité présente, elle réussit à la suivre d'assez près pour la voir disparaître dans un petit supermarché de quartier.

Le magasin n'était pas grand, il n'avait qu'une seule porte, et Solange, la surveillant attentivement, s'appuya contre le mur un peu plus loin en attendant que la femme ressorte. Elle était contente. C'était bien, elle allait faire des provisions, s'acheter des choses plus nourrissantes qu'un malheureux sandwich. Solange sourit en songeant que la femme partagerait certainement sa bonne fortune avec ses amis les chats et leur offrirait quelques boîtes...

Ce fut extrêmement rapide, et Solange fut éberluée de voir la femme ressortir si vite du magasin. Elle avait trois ou quatre pochons en plastique au bout des bras, en plus de son sac de clocharde, tous remplis de bouteilles, dont les goulots dépassaient – pas des bouteilles de vin ordinaire à décapsuler, du vrai avec des bouchons, du bon. Et la femme poursuivit sa route avec diligence, son chargement tintinnabulant, suivie sans le savoir par une Solange atterrée.

Elles traversèrent ainsi, l'une derrière l'autre, un quartier aux immeubles neufs, puis parcoururent des rues aux maisons plus anciennes, mais Solange, les pieds endoloris, attentive à ne pas se faire repérer, était insensible à leur charme. Finalement, la clocharde posa ses sacs à une sorte de large rond-point, qui n'était ni un square, ni une place, ni un simple carrefour, mais un espace dégagé agrémenté de quelques bancs et de trois grands massifs d'arbustes.

La femme en noir se dirigea sans hésiter vers l'un d'eux et, méthodiquement, comme une ménagère rangerait ses courses dans le réfrigérateur, stocka les bouteilles une à une sous un conifère épais dont les branches retombaient jusqu'à terre. Puis elle s'assit sur le banc qui jouxtait le massif, souveraine, son châle étalé autour d'elle, l'air profondément satisfait.

Solange n'en pouvait plus. Ses pieds allaient exploser. Après cette marche, piétiner au coin de la rue lui devint insupportable. Elle aurait eu une paire de ciseaux à sa disposition, elle aurait immédiatement entaillé le tissu de ses espadrilles pour soulager son cou-de-pied. A défaut, elle en déchaussa les talons et, les repliant, s'en fit une paire de savates plus confortables. Il y avait bien un banc, plus loin, derrière le troisième massif d'arbustes, d'où elle aurait pu observer la femme entre les branches, masquée par les plantes, mais comment l'atteindre sans être vue ?

Solange allait tenter un furtif déplacement quand deux personnages, deux hommes, à l'opposé de l'esplanade, arrivèrent et poussèrent de grands cris de joie en découvrant la clocharde. Celle-ci, de son côté, eut une joyeuse exclamation en les voyant et se leva pour les accueillir.

L'un d'eux, petit et barbu, portait un sac de chiffonnier sur l'épaule, un large béret d'une saleté repoussante posé comme une méduse sur la tête, et une veste trop large et trop longue qui lui couvrait presque les genoux et le rendait encore plus trapu. L'autre, grand et dégingandé, avec des jambes qui n'en finissaient pas, était affublé, contrairement à son camarade, d'une veste rougeâtre ridiculement trop petite qui lui arrivait au-dessus des fesses et laissait dépasser, au bout des manches, de longs poignets maigres. Pour parachever le grotesque de la silhouette, un petit chapeau rond aux bords ondulés, tout à fait comme en portent les clowns, était posé sur le sommet de son crâne, et de longues mèches filocheuses en dépassaient et traînaient sur son col. Le petit marchait à pas serrés, le grand pliait les genoux à chacune de ses longues enjambées, et tous deux, bras tendus, se précipitaient vers la femme.

Solange, regardant la dégaine des deux lascars, pensa : « Ce n'est pas possible, ils le font exprès... » Elle assista à toute une série de congratulations, d'embrassades, ponctuées de grands rires et de cris. N'en croyant pas ses yeux, elle vit le grand type mettre un genou en terre et faire un baisemain à la clocharde. Elle crut entendre, de loin, qu'il l'appelait « Princesse »... Fascinée, elle en oubliait ses pieds douloureux. Mais, avant que ne se terminent ces effusions, elle eut la présence d'esprit de gagner le plus vite possible le banc isolé qu'elle guignait depuis un moment, derrière le troisième massif. Elle s'y assit avec un soulagement incommensurable, bien cachée derrière les plantes. Vite, elle retira les espadrilles, allongea ses jambes, s'étira. Elle avait mal partout. Elle songea un moment à son mari, à ses collègues ; et tout ce qui faisait sa vie, sa vie ordinaire, sa vie à elle, lui sembla lointain et irréel. Elle resta un long moment plongée dans un état de sidération, déconnectée de tous ses repères sans, étrangement, s'en sentir inquiète.

Des cris fusèrent, de l'autre côté de la place et la tirèrent de cette bulle d'ahurissement intime. Les lascars venaient de découvrir la planque à bouteilles. Et ce furent des exclamations enthousiastes, de nouvelles embrassades, des danses de Sioux, bientôt ponctuées par le « ploc » des deux premiers bouchons tirés. Puis il y eut une accalmie, un chant de satisfaction sur un mode plus grave : on savourait, on appréciait.

Solange repartit dans ses pensées, troublées peu de temps après par deux autres « ploc ». Ils avaient déjà sifflé deux bouteilles et attaquaient les suivantes ! La joie montait d'un cran. Peu après, le type barbu, avec sa veste trop longue et sa méduse sur la tête, partit en courant dans une rue adjacente. Il en revint très vite avec un plein sac de victuailles et trois baguettes de pain. Il avait claqué ses économies, on allait faire bombance !

A la vue des pains, Solange eut soudain une crampe à l'estomac, et c'est seulement alors qu'elle s'aperçut que dans sa précipitation à suivre la clocharde elle avait oublié son pochon avec ses provisions au café. Zut ! Elle qui avait si peu d'argent et donné, de surcroît, un de ses gros billets, gagnés laborieusement, pour le résultat navrant qu'elle avait en face d'elle, de l'autre côté de la place.

Elle avait faim. Le bruit du pain craquant, qu'elle entendit de loin quand la clocharde rompit une des baguettes, la fit saliver avec une douloureuse crispation des mâchoires. Pourtant elle n'osa pas bouger de son banc. Elle ne voyait aucun magasin alentour et, si elle prenait le risque d'aller vers la rue d'où le type était revenu avec ses courses, elle serait immanquablement repérée. De plus, ce devait être l'heure de la fermeture de toutes les boutiques, le soir tombait déjà...

Puis elle oublia sa faim, l'attention happée par le spectacle. Jamais elle n'avait vu une bamboula pareille. Le grand dégingandé tenta obstinément, pendant un bon moment, de marcher sur l'arête du dossier du banc comme un équilibriste de cirque – performance de plus en plus improbable au fur et à mesure de l'accumulation des bouteilles vides. La clocharde dansa avec le petit une sorte de gigue-polka piquée frénétique. Bien entendu, s'agiter ainsi leur donna très soif... Et la nuit tomba sur des histoires, des danses, des hurlements de rire, tout un répertoire de chansons gueulées en cœur, jusqu'à ce que la sirène d'un car de police ne gèle brusquement l'ambiance.

Solange sauta de son banc et, instinctivement, s'accroupit derrière le massif. Elle gardait de son enfance la crainte du gendarme. Elle avait été élevée comme ça : ne se faire remarquer en rien, et surtout pas des autorités. Le cœur battant, elle vit sortir trois policiers du car. Ils se dirigèrent vers les trois larrons éméchés, qui ne s'arrêtaient pas de gueuler pour autant. « Ils sont fous, ils vont se faire embarquer ! » pensa-t-elle, et elle eut une brutale crise de culpabilité. C'était sa faute, tout ça. C'était à cause de ce billet qu'elle avait bêtement déposé dans cette boîte, sans penser aux conséquences. Comment une personne privée de tout ne serait-elle pas grisée par trop d'argent d'un seul coup ? Elle ne se mettait pas assez à la place des autres. Et elle se cacha presque sous une plante, la tête dans les mains, pour ne pas voir les effets de son inconséquence.

Quand elle sortit de cet accès d'autocritique, relevant la tête, toujours prudemment planquée entre deux arbustes, elle assista, incrédule, à un curieux retournement de situation...

C'est la clocharde qui, tempérant les uns, rassurant les autres, raccompagnait les policiers à leur car, tapotant familièrement une épaule galonnée. L'un d'eux lui donna une amicale poignée de main avant de monter à la place du chauffeur. Pendant que le véhicule s'éloignait, la femme en noir faisait « au revoir » de la main, espiègle. Le car disparu, trois sonores soupirs de soulagement parvinrent aux oreilles de Solange éberluée.

Et la soirée se poursuivit, sur un mode plus tranquille il est vrai. Trois bouchons sautèrent encore et Solange qui ne buvait pas en avait la tête qui tournait, ivre de fatigue, de faim et de stupéfaction. Mais celle-ci monta d'un cran quand elle nota que les rires se faisaient égrillards, de l'autre côté de la place, le ton plus complice, les attouchements un peu grivois... Soudain, Solange vit disparaître la femme en noir dans un des massifs, le plus petit des hommes titubant à ses trousses.

« Ce n'est pas vrai ! Ce n'est pas possible ! » pensa-t-elle, révulsée. Mais bientôt un grognement, des soupirs sans équivoque, accompagnés d'un tremblement saccadé du grand arbuste central, ne lui laissèrent plus aucun doute sur ce qui se passait là-dessous.

Le grand maigre, couché sur le banc, agitait ses longues jambes et ses bras en l'air, comme une araignée sur le dos, fredonnant une petite chanson aux étoiles. Mais, relevant la tête, il prit conscience de la situation et, s'arrachant avec peine de la position allongée, il tituba à son tour vers le massif. Solange l'entendit distinctement s'écrier : « Ha ! Non, hé, attendez-moi ! » Il avait déjà ôté la ceinture de son pantalon quand il disparut dans les plantes, qui, bientôt, semblèrent toutes prises de convulsions, tandis qu'il en sortait des « ho ! » des « ha ! » et des « han ! ».

Après être restée un moment figée sur place, glacée de dégoût, Solange se mit à courir, courir. Elle avait emprunté une rue au hasard, elle ne savait pas où elle était ni où elle fuyait ainsi, mais elle ne pouvait pas rester là, à subir cette horreur. A bout de souffle, elle s'arrêta, les jambes tremblantes. Elle avait mal dans la poitrine, partagée entre nausée et colère. Quelle horrible bonne femme ! Quel monstre !

Ha ! non, non, ce n'était pas Éliane qui aurait pu se conduire d'une manière aussi dégoûtante ! Qu'est-ce qu'elle était allée s'imaginer ? Comment avait-elle pu croire deux secondes que cette clocharde lubrique pouvait avoir une quelconque ressemblance avec la femme extraordinaire qu'elle avait connue ?

Elle se fustigea ainsi un bon moment. Elle s'était remise à marcher rageusement. Elle se dit que Nîmes s'enorgueillissait tant de son énorme monument que les arènes devaient être indiquées partout. Hé bien, dans ce quartier-là, précisément, elles ne l'étaient pas. Ou il était trop éloigné du centre. Vers quelle partie paumée de cette ville, loin de son hôtel, loin de tout, cette affreuse femme l'avait-elle entraînée ? Pourquoi s'était-elle laissé perdre ainsi, oubliant ses affaires, l'heure, oubliant même de se nourrir ? C'était ridicule.

Elle ralentit le pas pour reprendre souffle. Un poids lui étreignait la poitrine. Elle étouffait presque. S'arrêtant tout à fait de marcher, elle tenta de prendre une profonde inspiration pour se dégager de cet étau, mais elle n'y parvint pas, aspirant désespérément, bouche ouverte, comme un poisson hors de l'eau. Et tout à coup, un sanglot jaillit, brutal et inattendu comme un hoquet. Puis un autre. Quelque chose se déchirait en elle et Solange ne comprenait pas ce qui lui arrivait. Elle sentait tout son visage convulsé. Elle tenta de résister, mais se retrouva bientôt pleurant comme une môme, éperdument. Elle s'assit sur le trottoir, contre un mur, et la tête entre les genoux elle sanglota sans retenue, longtemps. Quelle énorme douleur enfouie, quel désarroi, quelle déception soulageait-elle ainsi ? Que lui était cette femme, au fond, pour provoquer un tel raz de marée ? Rien ! Mais chaque fois qu'elle évoquait la clocharde, au milieu de sa crise, la souffrance lui nouait le ventre, violente, incompréhensible. Elle avait mal, elle lui en voulait. Elle était déçue, déçue... ! Mais de quoi, bon Dieu ? Elle ne connaissait peut-être même pas cette femme !

Solange se releva enfin, hagarde, encore plus épuisée. Elle essuya son visage, son menton dégoulinant avec le dos de sa main et ne réussit qu'à se tartiner de larmes et de salive. Elle voulut repartir, mais comme elle ne savait pas où elle était ni vers où se diriger, elle se remit à pleurer. Elle en avait assez. Elle était vraiment perdue, au milieu de la nuit, dans une ville inconnue. Mais Solange était une petite personne vaillante et obstinée. Elle résista à la tentation de sonner à n'importe quelle porte pour demander de l'aide à n'importe qui. Pour un peu, elle se serait dit, comme pour son mari : « Ça ne les regarde pas. » Elle s'était fourrée de son plein gré dans cette mésaventure, elle en sortirait toute seule.

Elle erra donc ainsi de rue en rue, au hasard, un temps interminable. Elle ne sentait plus ses pieds, et à chaque carrefour, se voyant de plus en plus perdue, elle subissait une nouvelle montée de larmes, qu'elle laissait couler à présent avec un fatalisme abruti – ça coulait, elle marchait, ça coulait, elle mar...

Tout à coup, elle s'arrêta net, ses yeux gonflés devenus fixement hallucinés, ses larmes taries : au détour de la rue qu'elle venait de parcourir, il y avait un massif d'arbustes, un banc à côté, plus loin deux autres massifs, d'autres bancs, et sur l'un d'eux une forme noire était allongée de tout son long, enfouie sous son châle noir, sans doute profondément endormie. Solange, ébahie, constata que les deux lascars avaient disparu...

Après ce périple épuisant, cette tempête d'émotion, elle était revenue à son point de départ, à ce qu'elle avait fui, à cette femme couchée là devant elle, qu'elle poursuivait elle ne savait pourquoi. Le hasard l'avait ramenée sur cette place, remettait cette clocharde devant son nez, comme un signe péremptoire, un cap obligé. Cette constatation l'apaisa instantanément – tout ça était plus fort qu'elle, elle n'y pouvait rien.

Machinalement, comme une somnambule, elle revint s'asseoir sagement sur son banc. Elle regardait, calme comme on l'est au-delà de la fatigue, la silhouette noire allongée plus loin. Une ultime larme roula sur la joue de Solange, douce, indulgente, presque tendre... Elle était dépassée par ce qui lui arrivait.

Mais, soudain, elle arrêta de penser, elle arrêta de pleurer – un trésor monopolisait toute son attention, focalisait tout son être : un reste de baguette dépassait d'un pochon en plastique, abandonné sous le banc, aux pieds de la clocharde...

Son estomac s'était crispé, sa tête se mit à tourner et sa vue se troubla. Il lui fallait ce pain, tout de suite, sinon elle allait mourir ! D'un élan sauvage elle traversa la place, les mains déjà tendues. Arrivée à proximité du banc, elle fit très attention à ne pas faire de bruit, à éviter de froisser le plastique en s'emparant du sac, qu'elle emporta tout entier vers son banc comme un animal ramène une proie à sa tanière. Elle mordit sans attendre dans le pain – ô merveille ! – puis explora le fond du sac dans lequel il restait – ô délices ! – presque un tiers de saucisson et un morceau de camembert déchiqueté avec les doigts. Elle dévora le tout sans en laisser une miette, avec une volupté qu'aucun repas délicat ne lui avait jamais procurée.

Repu, tout son être s'amollit. Bedon gonflé, bouche ouverte, elle contemplait la silhouette noire couchée là-bas. Elle pensa fugitivement qu'elle venait de dévaliser une clocharde, et un petit fou rire nerveux et muet la saisit. Elle entendait un ruisselet d'eau couler d'une pompe, quelque part. Elle se leva et, guidée par le son de l'eau, elle la trouva derrière le troisième massif. Elle s'y abreuva, puis elle alla faire pipi dans ce même massif, entre deux plantes. Ce faisant, une feuille lui chatouilla le nez, elle sentait l'odeur de la terre, c'était délicieux. Quelques bonds de cabris, ou de gamine en cour de récréation, la ramenèrent à son banc. A constater cette étrange gaieté de son corps, elle eut de nouveau un court fou rire nerveux. En s'allongeant, elle songea qu'elle ne s'était pas lavé les dents pour la première fois de sa vie, ni les pieds ni les fesses, choses primordiales. Elle eut le temps de penser « je m'en fiche » et sombra dans un profond sommeil.

Solange avait de la chance, il était tombé sur la France entière une de ces canicules de mois de mai qui faisaient les nuits tièdes et douceâtres. L'air épais évoquait un ailleurs, des villes de pays chauds. Dans le quartier résidentiel où la poursuite de la clocharde l'avait entraînée, on se levait tard, on ne faisait pas de bruit le matin, et le banc où Solange avait échoué était ombragé par un grand arbre. Elle put ainsi dormir tranquillement alors que le soleil était déjà haut, sans être dérangée par les rayons brûlants.

Néanmoins, elle rêva d'eau fraîche, de baignade. Elle nageait, interminablement, dans une rivière, à contre-courant. Sur la rive, une femme était assise et lui tournait le dos. Solange, soudain prise de colère à voir cette indifférence, sortait de l'eau pour regarder la femme en face. Elle tournait autour d'elle, mais celle-ci, inexplicablement, était toujours de dos. Solange, folle de rage, l'insultait, allait jusqu'à la secouer, et la femme se laissait malmener, molle et toujours dos tourné, quoi qu'elle fasse. Solange allait la frapper, la tuer peut-être tant elle était hors d'elle, quand tout à coup, comme superposé au personnage après lequel elle criait, le visage de sa mère lui apparut, tout proche, de face, extraordinairement présent, et elle la regardait avec désespoir et tendresse. Un visage si doux et désolé que la colère de Solange retomba instantanément, laissant place à un désarroi, une angoisse grandissante...

– T'es du genre collant, hein ?

Une voix rocailleuse avait tiré Solange du malaise où elle s'enlisait avec ce rêve. Réveillée en sursaut, elle s'assit, retenant un cri de douleur, car sa hanche et son épaule étaient meurtries par une couche aussi dure, et elle se retrouva face à la clocharde. Assise sur le tout petit muret qui retenait la terre des massifs, presque accroupie, informe dans ses vêtements noirs, bouffie, elle fixait Solange de ses yeux fauves. Celle-ci rassemblait tant bien que mal ses cheveux avec ses doigts, tirait sur son tee-shirt défraîchi.

– Mon Dieu, quelle heure est-il ?

– On s'en fout.

Il y eut un grand temps sans un mot. On s'accoutumait à la situation. Solange recouvrait ses esprits, se remémorait la nuit, l'ignoble java des compères, sa fuite. La clocharde la regardait toujours, un peu gravement semblait-il, visage d'Indien soucieux.

– C'était toi, le biffeton ?

– Comment ?

Le fric, dans ma boîte.

Solange hésita.

– Oui... Je voulais faire quelque chose pour vous.

– T'as eu raison. Dis donc, quelle nouba ! Des années que j'avais pas fait une fête pareille !

Solange se renfrognait, détournait les yeux. La clocharde sauta soudain sur ses pieds d'un bond, comme un gros crapaud, et vint s'asseoir familièrement à côté d'elle sur le banc.

– Alors, puisque tu es très très très gentille, toi, tu sais ce qui me ferait plaisir ?

Solange la regardait du coin de l'œil, attendant la suite avec méfiance.

– ... C'est que tu me donnes de quoi m'acheter une boutanche de blanc. Y'a rien de tel pour faire passer le rouge.

– Ça, il n'est pas question que je vous redonne des sous ! Pour ce que vous en faites…

– T'as tort. Quand on fait une connerie, faut aller jusqu'au bout. T'es pas une marrante, toi ?

– Non.

Il y eut encore un grand silence. Solange avait les images du sabbat dans la tête, dérangeantes, obsédantes. L'autre, on ne sait pas, elle comptait peut-être les bisons, l'œil dans le vague… Solange, fidèle à son caractère entier, cracha le morceau tout à trac :

– J'étais là, cette nuit, vous savez. J'ai TOUT vu.

– Ha.

Pas plus émue que ça, la clocharde soupira et dit d'une voix profonde, ténébreuse :

– C'est bon quand c'est rare…

Elle soupira encore, lorgna Solange qui hésitait manifestement sur le sens de cette déclaration – à quoi ou à qui l'attribuer ? – et précisa charitablement :

– Les cuites. Et les hommes.

– Tout ça n'est pas digne de vous, Éliane…

L'autre se rejeta en arrière sur le dossier du banc, la main sur le front, s'exclamant :

– Allons bon, ça recommence ! Je l'avais oubliée, celle-là. Tu y tiens, on dirait ?

Le petit profil de Solange, buté.

– Bon. Eh bien, parle-moi d'elle. Qui c'était, cette bonne femme ? Comme ça, au moins, je saurai à quoi elle ressemblait…

Solange ne se fit pas prier bien longtemps. Ça lui faisait du bien de parler d'Éliane. Peut-être de parler tout court… Elle raconta tout : les vacances, la grande maison, les gens, leurs promenades, leurs conversations sur la falaise, leur complicité. Elle dressa un portrait on ne peut plus flatteur d'Éliane, sans omettre les diplômes, les casinos et une légère propension à abuser de l'alcool...

La femme en noir écoutait, paupières mi-closes, le faciès impassible sous son châle. De temps en temps, elle ponctuait d'un grognement les propos de Solange.

Soudain, celle-ci s'arrêta de parler et considéra la femme en noir avec attention.

– On dirait que vous m'écoutez, hein ?

La clocharde, surprise, perdit un moment son attitude de crapaud qui digère.

– Évidemment, j't'écoute ! Peux pas faire autrement, tu jactes à trente centimètres de mon oreille.

– Non mais... ça vous intéresse, je le vois bien. Ça vous plaît que je vous parle de ce que vous étiez AVANT... Parce que vous êtes bien Éliane, n'est-ce pas ?

– C'que t'es lourde, ma pauv'fille... Je t'écoute parce que j'aime bien les histoires ! Surtout quand je suis bourrée, ça dessaoule. Puisque tu ne veux pas me payer un coup de blanc...

Elle prit un air pitoyable, l'œil quémandeur.

– ... Tu ne veux vraiment pas, hein ?

– Vous pouvez toujours courir.

– T'as pas un bon fonds.

Et elle s'affaissa dans son châle, l'œil éteint. Elle cuvait.

Solange, replongée par son récit dans l'ambiance de cet été lointain, revivait la déception causée par le départ d'Éliane. Persuadée de l'avoir à ses côtés, sur ce banc, la blessure d'adolescence se ravivait, jamais vraiment guérie, jamais oubliée. Tout à coup, elle explosa :

– C'est dégueulasse d'être partie en pleine nuit, aussi lâchement ! !

Ce brusque accès de fureur fit sursauter la femme en noir qui s'écrasait dans sa somnolence d'après cuite.

– T'es folle de gueuler comme ça. Préviens. J'ai failli vomir.

Avec dix-sept ans de retard, Solange sortit ce qu'elle avait sur le cœur. Personne ne savait comme elle en avait bavé, combien elle avait été marquée par cette trahison. Sa voix tremblait en évoquant sa douleur quand elle s'était rendue à l'évidence : celle qu'elle admirait tant, qu'elle considérait comme son amie avait quitté les lieux sans un adieu, sans un mot... Longtemps, ensuite, elle avait attendu un signe qui n'était jamais venu.

La clocharde la regardait, écoutait ce réquisitoire, une lueur d'intérêt dans l'œil. Solange, à bout de souffle, très émue, termina en bégayant :

– Il n'y a pas de mots pour qualifier un abandon comme ça, c'est... c'est...

– Immonde, conclut la clocharde sombrement.

Et toutes deux laissèrent l'orage s'éloigner.

Solange se calmait, ravalait deux larmes qui lui étaient venues. Les oiseaux chantaient dans les massifs. Une mère de famille avec un landau traversa la place. La clocharde se taisait, l'air inexpressif. Mais tout à coup, elle articula :

– En pleine nuit, tu dis...

Elle pencha la tête de côté, pesant sa pensée, les yeux réduits à deux fentes, puis elle se lança :

– J'aurais bien une explication. Elle vaut ce qu'elle vaut, mais elle serait plausible. Y'avait pas un jeune homme dans cette maison ?

Solange s'était tournée vers elle, les yeux ronds.

– Parce que, tu vois, une femme comme tu me la décris, ça a de l'appétit et pas beaucoup de moralité.

Elle se pencha vers Solange et lui lâcha dans le nez, en confidence, tout bas, en même temps qu'un ignoble relent de vin rouge :

– Quand on joue, c'est rare qu'on ait de la moralité... Alors vers quarante ans – c'est bien l'âge que tu m'as dit, n'est-ce pas ? – une aventure avec un petit jeune, c'est pas pour déplaire à une femme de ce genre-là.

Solange, éberluée, écoutait la clocharde, en même temps que surgissait dans sa mémoire le visage d'un garçon aux yeux sombres. Elle dit d'une voix incertaine :

– Oui… Oui, en effet, il y avait bien le grand frère de ma copine de classe, mais…

– Il était gai ?

– Sinistre ! On le trouvait très beau, mais rien à en tirer. Il ne nous parlait pas, il ne voulait rien faire avec nous. Ils ne sont pas marrants, les garçons, vers dix-huit ans…

– Ouais, ouais, fit la clocharde d'un air docte.

Puis elle se redressa, rassembla les pans de son châle comme un juge les plis de sa robe et prit un ton sentencieux :

– Alors, je vais t'expliquer. Pour que tu comprennes, je prends une comparaison simple : le vin. Un p'tit cru nouveau, de temps en temps, c'est piquant, c'est frais, ça sent le raisin encore vert, ça te donne une impression, comme ça, de boire un coup de printemps. Et puis à la longue… ça lasse. Quand t'as connu du plus mûr, tu peux pas supporter longtemps la piquette, tu risques l'aigreur, ça tourne vinaigre. Enfin, tu vois ce que je veux dire.

Solange, qui ne buvait jamais une goutte de vin, hochait la tête machinalement, sidérée.

L'autre poursuivait gravement :

– Quand tu veux quitter un homme, un vrai, un de ton âge, tu te coltines avec, tu discutes, tu fais ça normal, dans la journée. Mais un p'tit jeune… C'est terrible, c'est incontrôlable. C'est capable de faire n'importe quelle bêtise, un scandale, des drames. Ils adorent ça. Alors mieux vaut fuir en douce. Tu vois ?

Solange voyait. Elle revoyait surtout le visage romantique, le regard ombrageux du jeune homme. Un regard souvent fixé sur Éliane – mais sans doute l'imaginait-elle, si longtemps après... Par contre, l'aversion de la mère envers « l'aventurière » s'expliquait ainsi d'une manière évidente. Comment supporter de voir son jeune fils épris d'une telle femme ? Tout concordait, oui...

Solange prit le temps de confronter cette histoire à ses souvenirs, aux impressions qu'elle conservait en mémoire, d'en admettre la logique. Puis, doucement, elle dit :

– Je vous remercie, Éliane.

– Hein ?

– Je vous remercie de m'avoir avoué cette aventure. Ça me fait du bien, même si longtemps après, de savoir pourquoi vous m'avez abandonnée si brutalement.

L'autre, la mâchoire pendante, s'était comme dégonflée sous son châle noir, l'air profondément découragé.

– Parce que tu crois que je parle de moi ?! Toi, quand t'as quelque chose dans le crâne, tu l'as pas ailleurs, hein ? J'm'en fous de ton Éliane ! Tu me racontes une histoire, avec des éléments précis, tu te poses des questions, alors j'essaie de trouver une explication, c'est tout ! Y'a un mot qui t'a échappé dans le dictionnaire, c'est HYPOTHÈSE.

Elle se pencha et lui cria dans le nez : « J'ÉMETS UNE HYPOTHÈSE ! » Solange s'en trouva déséquilibrée sur le banc, à demi asphyxiée par une nouvelle bouffée de vinasse mal digérée. Elle se rebiffa tout de même.

– Non. Non, je suis désolée, mais je sens parfaitement que vous n'avez pas inventé cette histoire, et...

– Je « SENS » ! Tu sens pas ! Tu connais rien de rien à la vie ! Tu apprendras que toutes les histoires se ressemblent. Quand une femme quitte une maison en pleine nuit, y'a pas trois solutions, y'en a que deux : soit c'est une voleuse – or ton Éliane était riche, ça colle pas – soit elle fuit un homme. Point. C'est pas compliqué à déduire.

Puis elle se redressa, leva les bras d'une manière théâtrale, et son ton évoqua tout à la fois Raimu et Jouvet quand elle affirma très fort :

– Quand t'auras un peu de jugeote et d'expérience, tu sauras que : HYPOTHÈSE ET DÉDUCTION SONT LES DEUX MAMELLES DE... de...

Un formidable rot conclut la sentence. Après quoi, de nouveau dégonflé, le crapaud noir bredouilla :

– Maintenant, je vais dormir, tu fais chier.

Et elle tomba comme une masse sur le côté, drapée dans son châle. Elle avait remonté ses pieds sur le banc, et Solange s'était réfugiée sur l'extrême bord, la moitié d'une fesse dans le vide.

Puisque c'était comme ça, elle allait faire un tour, tenter de se repérer, peut-être trouver un plan de la ville. Elle se sentait inexplicablement bien, détendue, malgré toutes ces émotions, cette nuit dehors. La tête lui tournait un peu, mais ce n'était pas désagréable. Une curieuse humeur folâtre la rendait légère et presque gaie en traversant la place. Mais elle s'arrêta brusquement – une idée l'avait frappée, un détail qui ne collait pas – et, revenant sur ses pas, elle courut vers ce banc où la clocharde semblait déjà endormie, comme un gros tas noir. Solange se pencha, mains sur les genoux, visage à la hauteur de celui de la femme, et lui cria dans le nez :

– J'ai jamais dit qu'elle avait quarante ans ! Alors comment tu le sais, hein ? Comment tu sais ça ? Tu t'es trahie, Éliane !

La clocharde eut un grand battement de bras pour chasser l'importune, comme une mouche agaçante. Solange évita de justesse un revers meurtrier. Puis, avant de se blottir de nouveau dans ses haillons pour se rendormir, la femme dit d'une voix étrangement douce :

– Va donc nous acheter à bouffer, au lieu de dire des conneries...

Solange se dit que c'était une bonne idée, elle allait faire des courses. Le « nous » que la clocharde avait employé lui faisait tiède au cœur. Toujours aussi bizarrement légère, elle traversa la place dans la direction d'où était revenu le compère barbu la veille au soir. Elle nota mentalement le nom de la place, camp de base de la clocharde, pour être certaine de la retrouver, avant de s'engager dans ce quartier inconnu. Un hasard comme celui de cette nuit ne se produirait peut-être pas deux fois...

Tout en se promenant, elle réfléchissait. Elle s'arrêta même pour tenter de faire le point sur les jours étranges qu'elle était en train de vivre. Qu'est-ce qu'elle faisait là, collée après cette clocharde ? Un moment, elle eut le sentiment d'avoir l'esprit tout à fait clair, et pendant ce temps de calme lucidité elle s'avoua qu'il était fort probable qu'elle n'ait jamais rencontré cette femme auparavant... Pourquoi s'était-elle imaginé une chose pareille ? Il y avait certes une étonnante ressemblance entre elles deux, mais ce n'était pas possible. Peut-on être une femme sublime et devenir un tel déchet seulement dix-sept ans après ? Quand on est une battante, une reine de la vie, on le reste, quoi qu'il arrive ! Elle s'était trompée. Elle avait phantasmé sur ce personnage, elle ne savait pas pourquoi. Ce n'était pas Éliane. Elle n'avait jamais connu cette femme. De toute façon, ça n'avait pas d'importance, cette méprise lui avait permis déjà d'échapper à deux jours d'excursion en groupe, quel soulagement ! Elle reprit son chemin, fataliste comme elle ne l'avait jamais été. Seul le souvenir du visage de sa mère, de ce visage si déchirant apparu en rêve, la laissait sensible et fragile, prête tout à la fois aux larmes et au fou rire. « Que je me sens bizarre... », pensa-t-elle.

Flânant au rythme de ses réflexions, elle tomba un peu plus loin dans une rue commerçante. Il y avait là trois ou quatre magasins de comestibles, une boulangerie. Elle regarda les vitrines, s'arrêta devant un charcutier traiteur. Elle avait si peu mangé depuis deux jours que l'eau lui venait à la bouche. Sans s'en rendre compte, elle fixait les plats d'une manière un peu hallucinée, le cou tendu en avant, la bouche entrouverte. Elle ne se rendait pas compte que, de l'intérieur, on regardait avec une certaine méfiance cette nana aux cheveux ébouriffés, au tee-shirt sale et froissé, aux joues maculées de traces noires – ses larmes de la nuit tartinées avec des mains poussiéreuses – qui lorgnait les plats en salivant, avec des yeux de folle.

Elle songeait à la femme en noir, à son dénuement... Depuis qu'elle avait admis que ce n'était probablement pas Éliane, une sympathie, une tendresse autre lui venaient pour ce pauvre être qu'elle importunait peut-être. Une grande envie lui vint de lui faire plaisir, de la combler, dc la nourrir richement, en partie pour se faire pardonner son insistante présence. Elle décida de lui acheter des provisions pour plusieurs jours. Elle-même défaillait de faim et elle se fit à l'avance une fête de pain craquant, de beurre frais et d'œufs de lump – façon caviar, et, tiens, une grosse boîte chacune ! Elle acheta aussi des fruits, une brioche, du jambon. Son avant-dernier gros billet, bien serré dans son petit porte-monnaie plat, de plus en plus plat au fond de la poche de son pantalon, y passa entièrement. Qu'importe, elle était contente ! Elle pensa que, si les choses avaient suivi leur cours normal, elle aurait acheté des castagnettes et un châle gitan à franges en nylon avec cet argent. Elle pouffa au milieu du trottoir, ses courses au bout des bras.

Le soleil avait beaucoup baissé, elle avait dû traîner longtemps dans les magasins, elle perdait vraiment la notion du temps. Elle pressa un peu le pas – Dieu, qu'elle avait faim ! Quelle hâte elle avait de déballer ses courses comme un trésor... Elle déboucha sur la place au petit trot et ralentit brusquement – les deux acolytes de cette nuit étaient avec la clocharde. Solange eut un instinctif mouvement de recul, contrariée, les images du sabbat surgissant dans sa mémoire. Mais la femme en noir l'avait vue de loin et lui faisait de grands signes.

Solange piétina un temps sur place, encombrée de ses trois énormes sacs en plastique. Ça se bousculait dans sa tête, mais l'envie d'aller de l'avant l'emporta. Que lui importait, après tout, ce que faisait cette femme de ses nuits, que lui importait ce qu'elle faisait de sa vie, puisque ce n'était sans doute pas Éliane ! Courageusement, malgré ses réticences, elle traversa la place sous le regard des trois compères.

– Ha ! Voilà ma p'tite copine !

Solange jugea cette soudaine familiarité excessive pour une présentation aux deux lascars. Mais être nantie de ses pochons lui évitait au moins de tendre la main. La femme en noir poursuivait :

– Je te présente Ribouldingue et Filochard.

On la saluait. Solange répondit d'un signe de tête au petit barbu et se fendit d'un « ... jour, monsieur Filochard » au grand dadais. On la regardait, les yeux ronds. La clocharde balaya l'air d'une main indulgente et dit :

– Faut l'excuser, c'est jeune, ça a pas de culture... Montre voir ce que t'as trouvé !

Solange, qui allait discrètement poser ses sacs derrière le banc, ne voulant pas déballer ses provisions devant les deux intrus, se vit obligée, gênée, de les poser à côté de la clocharde. Celle-ci plongea sans vergogne dans le trésor avec des exclamations enthousiastes, nommant, dans un crescendo émerveillé, tout ce que Solange avait acheté. Les deux lascars se tenaient pudiquement à distance, regardant ailleurs, impeccablement discrets...

La clocharde déballa le troisième sac avec des cris qui frôlaient le contre-ut, et tout étant étalé sur le banc, elle dit gravement à Solange :

– C'est trop. Je t'assure que c'est trop...

Il y eut un petit moment de flottement. Solange, lèvres pincées, attendait une suite qu'elle sentait venir inéluctablement. Et elle vint. La clocharde, l'œil enjôleur, prononça nettement :

– Qu'est-ce que t'en penses, on invite ?

A vrai dire, elle n'attendit pas la réponse, comme si elle allait de soi. Les deux lascars non plus, qui, abandonnant d'un coup leur réserve, se précipitaient déjà pour le pillage. Puis ils s'installèrent par terre, qui avec un fromage, qui avec une boîte d'œufs de lump. La clocharde attaquait le beurre, le pain craquant, pour une large distribution. Elle avisa Solange figée sur place, crispée et au bord des larmes, et ne sembla pas une seconde remarquer son humeur.

– Qu'est-ce que tu fais debout, toi ? Et puis mange donc un peu, t'en as besoin. La nuit a été rude, hein ?

Après un ignoble clin d'œil, elle fit une place sur le banc à côté d'elle pour l'inviter à participer aux ripailles.

Solange, qui avait avalé pas mal de couleuvres ces deux derniers jours, avala celle-ci assez rapidement, aidée par une faim mordante. Elle mangea d'abord du bout des lèvres, puis attaqua franchement le jambon, mordit bientôt à pleines dents dans une demi-baguette et rafla une pêche sous la pogne de Ribouldingue qui allait s'abattre sur le fruit. Elle s'y mettait, elle se détendait.

Et puis elle écoutait la conversation, surprise. Elle ne comprenait pas tout, mais elle entendit des choses pertinentes, plutôt intelligentes, sans vulgarité. Elle se surprit à penser : « Ils ne sont pas mal. Ce sont des gens... Des gens, quoi. »

Ils se mirent à parler d'une tournée des restaurants que les deux hommes devaient faire pour le compte de la clocharde. Il lui fallut un bon moment pour comprendre qu'ils allaient collecter des restes pour qu'elle puisse les distribuer à « ses bêtes » – « Les pauvres, deux jours que je les délaisse... », dit la femme en noir. Solange se rappela soudain la vision du bain de chats sous la statue. Que cette première rencontre avec la clocharde lui semblait lointaine ! Elle s'absorba un moment dans ses pensées, la sensation curieuse d'être hors de sa vie... Mais une phrase sonore du sieur Filochard la tira de ses réflexions :

– Avec ça, il manque un gorgeon, hein ?

– Ah, ça ! Il manque !

On faisait toutes les poches, on comptait les pièces. Pas de quoi. C'était la dèche. Solange, enhardie par ce déjeuner en commun, n'y tint plus et lâcha :

– Si vous avez soif, je vous signale qu'il y a une pompe là-bas, avec de l'eau.

Trois paires d'yeux désolés la regardaient.

– Non, sans blague, vous vous esquintez à boire comme ça...

Courageusement, comme le brave petit soldat qu'elle était souvent, elle se lança dans un grand discours sur les méfaits de l'alcool. Zut alors, elle pouvait bien leur dire, tenter de leur faire prendre conscience du mal qu'ils se faisaient, puisque c'était des « gens ». Elle était bien renseignée sur le sujet, il y avait des détails techniques, des précisions médicales...

On l'écoutait gravement. Une grande tristesse se peignait sur les trois visages. Les peaux se faisaient grises, les cernes plus lourds encore. Le grand type lâcha d'un ton sinistre :

– Elle a raison.

Et l'autre renchérit, sépulcral :

– Ouais. Elle a raison...

Solange s'était tue, sensible à la déprime ambiante. Elle avait gâché la joie du bon repas. Elle tenta de se rattraper, de minimiser :

– Remarquez, je vous comprends. Parfois on a besoin d'oublier... Tenez, moi qui vous parle, à la mort de ma mère j'en étais à deux bières par jour.

Après une seconde de silence, yeux ronds et bouches bées, ce fut un hurlement de rire général. On se tordait, on hoquetait, on s'en tapait sur les cuisses. La clocharde écrasa une larme, Ribouldingue roula à terre en arrière. On tentait de reprendre souffle au milieu de la crise, on essayait de se calmer, mais un regard tombait sur l'innocente et c'était reparti de plus belle. On n'en pouvait plus.

Solange subissait ce déferlement de moqueries avec un petit air stoïque. Elle avait pâli et son menton tremblait un peu... Mais si ça leur faisait plaisir de rire à ses dépens, qu'à cela ne tienne, elle n'était plus à ça près.

Quand Filochard réussit à surmonter son fou rire, il s'exclama :

– Ah, c'est trop beau. Tiens ! J'te paye une bière !

– Mais non, je ne...

– Si, si, si ! On t'offre une bière, on y tient !

Et les deux d'insister de concert, fouillant laborieusement de nouveau dans toutes leurs poches, sortant une pièce par-ci, deux piécettes par-là.

Une grande fatigue avait envahi Solange, une fatigue à la fois douce et un peu douloureuse. Sans hésiter, sans réfléchir, sa main plongea dans la poche de son pantalon, en sortit le porte-monnaie raplapla et, saisissant son dernier gros billet, elle le tendit aux deux hommes.

– Tenez. Achetez ce que vous voulez... Mais rendez-m'en un petit peu parce que je n'ai plus d'argent du tout.

La clocharde avait arrêté de rire et considérait Solange avec attention. Ribouldingue empochait le gros billet prestement.

– Bon, pour nous on verra, puis une bière... Et toi, princesse, tu veux du blanc ?

– Mais une seule bouteille, faut être raisonnable... Vous nous déposez ça et puis vous décanillez, hein ?

Les deux lascars partis, la clocharde continua à regarder Solange, l'œil grave.

– C'est vrai que t'as plus de sous ?

– Plus rien. Fini. Mais je m'en fiche.

– Alors je retire ce que j'ai dit ce matin. T'as un bon fonds.

La lumière s'était faite un peu orangée sur le soir. Un souffle de vent léger faisait frissonner les massifs. Un homme à attaché-case rentrait du travail, se dirigeant vers une belle maison de pierre rousse. Il saluait gaiement une femme qui passait avant de disparaître sous le porche. L'air était toujours tiède et doux. La clocharde avait renversé un moment son visage en arrière et regardait le ciel où des martinets se poursuivaient en piaillant.

– Il fait bon.

– Oui.

Solange était assise jambes serrées, dos rond. Elle regardait devant elle, un peu absente, le souffle court. Elle se sentait très faible. Elle avait joint sur les genoux ses mains qui tremblaient un peu – sans doute parce qu'elle avait tant mangé après un quasi-jeûne de deux jours.

La clocharde regardait de nouveau ce profil de gamine paumée, avec ces cheveux en bataille, ces joues maculées et cette petite bouche douloureusement crispée.

– Et pourquoi t'as pas de sous, tu travailles pas ?

– Je suis guichetière à la SNCF.

– Et tu gagnes pas bien ta vie ?

Solange eut un court ricanement de dérision.

– Ha !... Et s'il n'y avait que ça !

– Tu t'emmerdes ?

– C'est pire. Y'a des jours, je vous jure, où je les tuerais tous, les chefs, les collègues et même les clients, tellement je m'emmerde !

On voyait bien qu'elle se réfrénait, qu'elle n'osait pas dire tout ce qu'elle avait sur le cœur. La clocharde sentait ce paquet de colère en elle, contenu.

– Et t'es toute seule dans la vie ?

– Non, non, je suis mariée.

– Alors tu t'emmerdes pas tout le temps.

Solange eut un vague geste de la main, ouvrit la bouche et la referma sans qu'il en soit sorti un mot.

– Ah ? C'est pas le pied, alors.

– Si, si, c'est pas ça, mais...

Les deux compères avaient surgi, les bras chargés. Filochard déposa aux pieds de la clocharde une bouteille de vin blanc bien frais et toute débouchée, et deux bières sur le banc à côté de Solange. « On te doit bien ça », dit Ribouldingue sans vergogne. Puis il déposa quelques pièces, tout ce qui restait du billet, dans la paume qu'elle avait tendue.

La femme en noir congédia les deux hommes, leur rappelant leur mission nourricière et un rendez-vous pour minuit au plus tard, puis elle but une large rasade de vin blanc.

– Haaa, c'est bon. Ça nettoie... Et qu'est-ce que tu fais là, puisque t'es mariée ?

Solange écarta les mains, prit une grande inspiration, visage tendu, et finit par dire lentement, d'un ton pénétré :

– JE NE SAIS PAS.

– Bois ta bière, elle va chauffer.

– Mais non, je ne...

– T'es folle, on va pas la jeter ! Bois ça.

Et la clocharde lui mit d'autorité une canette dans les mains.

Solange en but une gorgée, puis une deuxième – « Tiens, c'est vrai que c'est pas mauvais, je ne me rappelais plus... ». Après un gros soupir, elle reprit une autre gorgée, suivie d'un petit hoquet. Elle mit sa main devant sa bouche, en môme bien élevée, et l'y laissa comme si elle était prise en faute. Puis d'une drôle de petite voix, elle dit :

– C'est vrai que ça me faisait du bien, ça me détendait, après la mort de ma mère. Ça m'aidait à dormir... Maman est morte au printemps. Elle nous a fait ça début mai. Tout le monde était joyeux, il y avait du soleil, on sortait les robes à fleurs et nous on était en noir et on l'a foutue dans un caveau. C'était horrible. Jamais j'oublierai... Vive le printemps !

Elle but de nouveau une longue gorgée. Il ne lui vint absolument pas à l'idée qu'il pouvait y avoir un quelconque rapport entre la mort de sa mère et sa périodique mauvaise humeur du mois de mai. Elle regardait devant elle, l'esprit agité, tournant nerveusement sa canette entre ses doigts. Les martinets criaient suraigu au-dessus de la place. Ça grondait, au loin, là où ça bougeait, au centre de la ville.

La clocharde avait posé son coude sur le dossier du banc, le menton dans la main, observant cette jeune femme en colère avec une véritable curiosité.

– Mais il te reste de la famille ?

– Ah, ça, plein ! Mon père, des oncles et des tantes. Mais je ne les vois jamais... Et puis j'ai un frère et une sœur, aussi. Eux, c'est très simple, je ne les vois plus du tout, on est fâchés...

– Ah bon ?

– Deux ans qu'on se fait la gueule ! Et puis on est fâchés pour pas grand-chose, presque rien. Tu vas rire... Tous les ans, ils veulent faire un dîner de famille avec mon père – déjà que c'est folichon, un « dîner de famille » ! Tous les ans, ils choisissent une date sans me prévenir et après, quand tout est décidé, on m'affirme qu'on en avait discuté, que j'avais donné mon accord, etc. Eh bien, un jour, j'en ai eu marre qu'on me prenne pour une imbécile ! Zut alors, on ne me dit rien ! Je ne suis jamais au courant de rien ! Je sais si on me dit quelque chose tout de même, je ne suis ni sourde ni idiote ! Alors je les ai envoyés paître et ils l'ont fait entre eux, leur foutu dîner. Depuis, silence radio.

Elle prit une nouvelle gorgée de bière et l'avala avec une petite grimace. Ça avait du mal à passer.

– C'est con, hein ? Remarque, comme ça, je suis bien tranquille...

La clocharde la regardait toujours, menton dans la main, yeux mi-clos. On sentait que ça bouillonnait derrière ce jeune front buté.

– ... Et puis ils m'énervent, de toute manière. Ils m'agacent avec leurs belles maisons, leurs belles voitures, leurs relations. C'est d'un ennui. Ah ! Tu verrais ça ! Les mômes en école privée, tout le tralala, l'hiver au ski, l'été dans les îles, le papier chiotte assorti à la couleur des WC, tout !

– Ils font quoi, eux ?

– Hein ?

– Comme métier.

– Médecin et avocat. Classique, hein ? Et mon père bavant de fierté devant tout ça... Faut dire qu'il n'y est pas pour rien, il y a mis du sien ! Jamais de sortie le soir, quatre heures de travail après les classes tous les jours, pas de copains à la maison. Les études ! Réussir ! Il n'avait que ça à la bouche. C'était d'une folle gaieté à la maison. A l'écouter, j'aurais encore été étudiante à trente ans, sous sa coupe ! Fallait du cran pour prendre la tangente...

Elle avala d'un coup le reste de sa canette et la reposa sèchement sur le banc.

La clocharde changea de position, s'étira sur le dossier, soupira et dit calmement :

– Si je comprends bien, c'est juste pour emmerder ton père que tu te fais chier derrière un guichet à gagner des clopinettes ?

Solange s'était figée. Elle eut un petit recul de la tête comme sous l'effet d'un coup. Elle déglutit. Et puis rien. Silence. Sauf les martinets qui semblaient pris de folie en tourbillonnant juste au-dessus d'elles. Leurs cris vrillaient l'air, ça faisait presque mal à la tête. Un long, long moment, elles restèrent ainsi, sans rien dire, profils parallèles. Le soleil avait disparu derrière les immeubles. Des lumières s'allumaient dans la belle maison du monsieur à l'attaché-case. Les tièdes minutes s'égrenaient. Solange mit la main sur son estomac, plutôt pâlotte.

– J'me sens pas bien.

– C'est p'têt la bière ?

– Non. Je sais pas. J'ai l'impression que je vais tomber…

– C'est pas grave, t'es assise.

Et le soir continua à tomber, inéluctable et tranquille.

La clocharde attrapa sa bouteille, délaissée à ses pieds, en but un bon coup.

– Tu veux goûter ?

– Oh, non ! Mais peut-être que je vais entamer l'autre bière…

– Fais gaffe, t'as pas l'habitude… Dis-moi, excuse-moi de revenir sur le sujet, mais qu'est-ce qu'il a dit, ton père, quand t'as lâché tes études ?

Solange réagit comme si on l'avait piquée.

– Mon père ! Mon père ! Je m'en fiche de ce qu'il pouvait dire, complètement ! Parce que mon père, si ça se trouve…

– Si ça se trouve, quoi ?

– … Si ça se trouve, c'est pas mon vrai père, voilà !

– Ha !… Comment tu le sais ?

Solange s'énervait, un pli au milieu du front, les sourcils

en bataille. Une petite giclée de bière jaillit de la canette alors qu'elle martelait les mots.

– Mais je ne le sais pas, justement ! Enfin, je le sais mais je n'en suis pas sûre.

– Alors, comment...

– Je ne suis pas idiote, hein ? ! Mon frère a dix-huit ans de plus que moi et ma sœur quinze ! Ça leur a pris comme ça, de faire un autre môme, si longtemps après ? D'autant que ma mère n'était pas toute jeune, elle m'a eue à quarante-cinq ans, mais mon père avait dix ans de plus. Tu le vois remettre ça, d'un seul coup, juste avant la retraite ?

C'était parti. Ça sortait. Ce qu'elle n'avait jamais dit à personne, même à son mari. Elle en haletait, les ailes du nez pincées et livides de colère.

– ... Et puis, une petite blonde aux cheveux raides dans une famille de grands bruns bouclés, ça fait pas désordre ? ! Et les allusions, les regards des autres. Je ne suis pas aveugle et j'ai des oreilles, je les ai bien entendus !

– Qui ?

Solange reprit souffle. Sa voix se mit à trembler, fragile et étouffée.

– C'était chez le boucher. J'avais neuf ou dix ans. Deux bonnes femmes, derrière moi, pendant que ma mère achetait les steaks. J'ai compris qu'elles parlaient de moi quand j'ai entendu « la petite blonde ». Y'en a une qui a dit : « Celle-là, elle aura du mal à cacher qu'elle est pas du même père » et l'autre a ajouté : « Si y'en a qui préfèrent être aveugles... » Tu peux pas savoir. Ça m'a serré dans la poitrine, j'aurais tapé les bonnes femmes, ma mère, j'aurais cassé la boutique...

– Eh bé ! Qu'est-ce que t'as sur la patate, toi !

– Ouais. J'en ai !

Solange écrasa une larme qui avait roulé sur sa joue.

– ... Et puis, tu parles, personne ne dit rien, jamais. On fait comme si tout était normal. Famille impeccable ! Et des « ma p'tite sœur » par-ci, et des « ma p'tite fille » par là, et les cadeaux, et les câlins à la jolie poupée à tout le monde. Pourvu, surtout, qu'on se taise ! C'est dégueulasse, les familles...

– Mais t'es pas sûre ?

– Non, je ne suis pas sûre, et... je ne peux pas continuer à vivre comme ça. Il faut que je sache !

– Il n'y a que ta mère qui peut te dire...

– Mais elle est morte, ma mère !!!

– Ha, merde, c'est vrai.

Solange avait explosé en sanglots. Un vrai cri de désespoir. La déroute. Un chagrin sans fond, des années de doute et de souffrances cachés qui jaillissaient en tumulte. Elle parlait saccadé, au rythme des soupirs et des accès de larmes.

– ... Quand elle était vivante, je me disais qu'il faudrait bien que j'en parle un jour, mais je pensais que j'avais le temps, toute la vie devant nous... Et va-t'en dire à ta mère : « Avec qui tu t'es envoyée en l'air pour que je ne ressemble à personne, dans cette famille ? » Autant traiter ta mère de salope ! Elle était tellement belle, ma maman, tellement douce... Comment j'aurais pu lui dire une chose pareille ?

Un long gémissement de petite bête blessée lui vint. La clocharde, émue, lui secoua doucement l'épaule, puis se recula sur le banc pour faire de la place.

– Tiens, allonge-toi un peu. Laisse-toi aller, va.

Solange s'allongea, maladroitement. Elle tremblait. Elle posa sa nuque sur le genou de la femme en noir et, visage au ciel, pleura longtemps, sans retenue. La clocharde caressait une mèche de ses cheveux, étalée sur le manteau.

– Alors, puisque tu ne peux plus rien apprendre du côté de ta mère, reste ton père. Évidemment, il peut ne pas le savoir... Mais il y a des tests, des analyses, le sang, tous ces trucs-là.

Les larmes de Solange s'étaient taries d'un coup.

– T'es folle. Je ne peux pas faire ça.

– Et pourquoi tu ne pourrais pas ? Y'en a d'autres qui le font.

– Mais non, non ! D'abord il est vieux, mon père, ça lui ferait un choc...

– Pas pire que de l'emmerder à petit feu depuis vingt ans.

– Et puis... Il m'adore, je suis sa préférée, ça lui ferait trop de peine.

– Et alors ? Qu'est-ce que ça peut te faire, si c'est pas ton père ?

– Mais ça me fait ! Malgré tout ce que j'ai dit sur lui, tu ne peux pas savoir ce qu'il est gentil. C'est lui qui m'a élevée, qui m'a soignée, il ferait n'importe quoi pour moi, il se ferait tuer s'il le fallait. Alors c'est impossible. Je ne pourrai jamais lui faire ça parce que...

– Parce que ?

– Parce que... je l'aime !

Sa voix se brisa, devint un miaulement plaintif, déchiré. Les larmes coulaient toutes seules, maintenant, comme une bonne pluie de fin d'orage.

La nuit était tout à fait tombée. La belle maison était totalement éclairée. Les massifs d'arbustes se faisaient mystérieux, prenaient des allures de jungle ombreuse. Les martinets s'étaient tus. La nature s'apprêtait au repos et Solange reniflait de plus en plus faiblement.

La femme en noir posa la main sur son front.

– Alors, si c'est comme ça, il faut te faire à l'idée de ne jamais savoir.

Une petite recrudescence de gémissements.

– Je ne peux pas. Je n'y arriverai pas.

– Mais si. Y'a des tas de choses qu'on ne sait pas. C'est ça qu'est beau, dans la vie.

– C'est affreux.

– Non, c'est beau. Tu verras...

La voix de la clocharde résonnait bas, rocailleuse et chaude.

– Ce dont tu peux être sûre et certaine, ça représente quoi dans l'inconnu qui t'entoure ? Un millionième, un milliardième du mystère, de tous les mystères du monde ? Alors quoi ? Tu t'accroches à deux, trois certitudes, tu campes dessus, et tu te fermes à tout ce que tu ne connais pas, à tout ce que tu ne sais pas, qui est tout le reste de la vie. Les certitudes, c'est la mort du rêve, ça te bouche les yeux, le cœur, l'horizon. Faut aimer ce que tu ne sais pas, ce que tu ne sauras jamais. C'est à toi, aussi. Même si c'est moins rassurant. Tant que tu auras des doutes, tu seras vivante... Y'en a qui n'ont pas de père, tu sais ? Toi, t'en as deux. Un qui est sûr, là, que tu aimes. Et peut-être un autre, un inconnu merveilleux, un rêve. T'es riche !

Solange avait tout à fait arrêté de pleurer. Yeux fermés, elle écoutait la femme. Visage détendu et gonflé par les pleurs, elle respirait bouche ouverte, comme un bébé. Elle se tourna sur le côté et installa sa joue plus confortablement sur une cuisse moelleuse sous le manteau noir.

– C'est sûr que jusqu'à présent tu t'es braquée, t'as pas pris le bon chemin. Mais quand on s'est trompé à ce point-là, c'est simple à rattraper : tu fais juste l'inverse.

La clocharde contempla ce profil presque enfantin qu'elle distinguait à peine, dans l'ombre. Elle crut Solange assoupie, épuisée. Mais une petite voix dit soudain :

– Et je saurai, au moins, si tu es bien Éliane ?

– Ah ! Ça, aussi... Est-ce qu'on sait ce qu'elle a pu devenir, celle-là ? Si ça se trouve, elle fait tous les palaces du monde et elle roule en Rolls. Ou elle est morte, va-t'en savoir. Ou alors... On m'a raconté des histoires, comme ça, de gens qui jouent. Parfois ils se mettent à perdre, et pour continuer ils empruntent à n'importe qui, ils font des dettes, des dettes si énormes que plusieurs vies ne suffiraient pas à les rembourser. Reste plus que la taule ou une balle dans la tête. Alors, dans ce cas-là, mieux vaut disparaître, devenir n'importe quoi, un chien...

– Un chien des rues ?

– Si tu veux.

La clocharde se tut, les yeux grands ouverts dans la nuit. Puis elle murmura très bas :

– Tu deviens fine, ma gamine...

Solange ne l'entendit pas. Elle s'était déjà endormie, le nez enfoui dans ce manteau noir qui sentait la pisse de chat et le fenouil des talus, l'amour dans les massifs, la liberté, le saucisson, la crasse des trottoirs et la poussière des routes, tout le sale et le bon de la vie.

C'est le soleil qui éveilla Solange au milieu de la matinée. Il tombait plus tôt sur le banc de la clocharde, de ce côté-ci de la place. Elle ouvrit les yeux et sans bouger regarda les feuilles, le ciel, reprenant doucement ses esprits. Avant même de relever la tête, elle sut que la clocharde n'était plus là et qu'elle ne la reverrait pas.

Elle faillit pousser un cri en se redressant. Elle était moulue, avec l'impression d'avoir mille ans dans les os. Elle frotta son épaule meurtrie, sa hanche. Elle voulut rester assise un moment, mais la nécessité de bouger la leva, impérieuse. Il fallait qu'elle s'en aille, qu'elle quitte cette place.

Elle s'en fut dans les rues, demanda plusieurs fois son chemin et il lui fallut une bonne heure pour rejoindre la place des Arènes. Là, sentant ses jambes faibles et tremblantes, elle racla les pièces au fond de son plat porte-monnaie et acheta un sandwich, qu'elle dévora.

Elle eut un peu de mal pour retrouver son petit hôtel. Elle ne l'avait aperçu, fugitivement, que pour poser son sac.

Et c'était si loin, si confus dans sa mémoire. Elle avait l'impression d'être allée là dans une autre vie... Un homme assez peu gracieux, à l'entrée, lui signala qu'il faudrait quitter la chambre à midi. Il était onze heures trente. Solange hocha la tête, prit sa clé.

Personne n'avait touché à rien. Le lit, inutilisé, était intact ; le sac, posé au milieu de la sinistre petite pièce, exactement là où elle l'avait mis deux jours auparavant. Elle se sentait crasseuse et déplora qu'il n'y ait pas de douche. Elle se passa le visage à l'eau, s'apprêtait à se brosser les cheveux, quand l'idée lumineuse lui vint – ô délice ! ô bonheur suprême ! – qu'une chambre déjà réservée l'attendait à l'hôtel des Arènes, avec une grande baignoire !

Une heure plus tard, dans la chambre numéro 23, qui lui sembla plus que luxueuse, elle fit couler un bain, se lava deux fois des pieds à la tête, et s'étendit dans l'eau très chaude. C'est seulement alors qu'elle commença à penser à ce qu'elle avait vécu. Les choses lui revenaient par bribes, puis un vide, un bout de conversation, encore un moment d'absence, le visage de la clocharde. Elle n'éprouvait aucune émotion. Elle se sentait douce et sans forces, comme en convalescence. Elle s'assoupit un peu, molle et abandonnée dans l'eau, jusqu'à ce que celle-ci soit froide.

Un frisson l'éveilla et elle sortit du bain pour se sécher, s'habiller chaudement. Avait-elle au moins emporté un pull ? Elle ne se rappelait plus...

Elle descendit prendre un thé pour se réchauffer et se dit qu'elle allait rester dans le hall pour attendre ses camarades de groupe. Elle se sentait tout à fait étrangère à elle-même et commençait à s'inquiéter vaguement de ce détachement. Elle se dit qu'elle pourrait appeler son mari et en resta comme paralysée. Rien de ce qui lui était arrivé durant ces deux jours n'était racontable par téléphone – était-ce racontable même de vive voix ? Un trouble s'installait en elle, presque un malaise à constater cette insensibilité, cette impuissance à reprendre pied dans sa vie.

L'arrivée du car et le déferlement dans le hall de ses collègues lui offrirent une bienfaisante diversion. Elle les accueillit avec un mouvement de joie spontané. Tous se mirent à parler en même temps pour lui raconter la magnifique excursion qu'elle avait loupée – quel dommage ! Et, comme à l'arrivée, ils se rendirent en rang serré à la brasserie où les attendait le menu imposé, avec l'inévitable brandade. Quelqu'un en plaisanta. Solange rit.

Tout en mangeant avec appétit, elle écoutait, elle regardait ses collègues. Ils n'étaient pas si bêtes que ça. C'était des « gens », comme elle. Elle arrêta soudain de manger et demanda à brûle-pourpoint :

– Pourquoi la brandade de morue est-elle une spécialité de Nîmes ?

On s'interrogea. Personne ne savait.

– ... Nîmes, c'est loin de la mer, donc y'a pas de morue. Les patates, c'est plutôt en Bretagne. Alors pourquoi la brandade de morue est-elle la spécialité d'un pays où il n'y a ni morue ni patates ?

Les conversations s'étaient interrompues, on avait arrêté de mastiquer, la fourchette en l'air, la tablée entière happée par un questionnement intérieur intense. On voulut demander au garçon – servant de la brandade tous les jours, il avait sans doute la clé du mystère. Mais celui-ci allait de-ci, de-là, les bras chargés, obstinément sourd à leurs appels – les serveurs savent faire ça.

Tout à coup, Solange dit :

– Non, laissez-le, ce n'est pas grave.

Vraiment ? Ne voulait-elle pas une réponse ?

– Non, non. N'insistons pas..

Elle sourit, pour elle-même, dédiant, dans son for intérieur, le mystère intact de la brandade nîmoise à la femme en noir...

Elle fut contente d'avoir de la compagnie pour dormir. Elle se sentait si bizarrement incertaine, fragile. Et contente également d'être chaudement entourée de gens si gais, dans le car, le lendemain. Et d'avoir dix heures de trajet en perspective – dix heures indispensables pour se retrouver, doucement, avant de rentrer chez elle.

Elle se blottit contre une fenêtre, un peu dolente, étourdie. Elle pensa que, dès son arrivée, elle téléphonerait à son frère et à sa sœur – mon Dieu, comme ils lui manquaient ! Quelques larmes lui vinrent, qu'elle cacha comme elle put, le nez contre la vitre. Elle se moucha discrètement. L'émotion passait.

Aux abords de l'Ardèche, elle se dit qu'elle emmènerait son père en week-end à la mer, tous les deux, comme ils avaient projeté de le faire, voilà des années. Et elle se retrouva toute mouillée de larmes, se moucha de nouveau.

La jeune brunette qui était assise juste derrière elle jaillit au-dessus de son dossier, comme un charmant diable d'une boîte.

– Si tu veux des Kleenex, j'en ai plein ! C'est con d'avoir attrapé un rhume en pleine canicule.

– Oui, c'est con..., répondit Solange d'une petite voix qu'elle-même ne reconnut pas.

Elle passa le reste du voyage à regarder défiler les champs, les villages et les forêts. Le paysage ne lui semblait pas du tout le même qu'à l'aller.

LUC

– Caviar pour tout le monde ?

– Non ! Attendez…

Luc, le nez enfoui dans la carte d'un luxueux restaurant pour touristes à Budapest, cherchait désespérément le plat le moins cher. Il s'était fait piéger. Il savait, depuis trois jours qu'il était là, qu'il se ferait piéger tôt ou tard. On ne pouvait pas toujours faire bande à part quand on était accompagnateur-traducteur d'un groupe d'hommes d'affaires en prospection de marchés nouveaux vers l'Est, en l'occurrence la Hongrie. Pour les déjeuners officiels, ça allait, tout était pris en charge, mais il y avait les apéritifs, les soirées de détente, comme celle-ci, où, chacun payant sa part, il aurait dû entamer le défraiement qui lui était alloué pour les repas du soir.

Jusque-là il avait réussi à tout éviter. Il se cachait à l'heure de l'apéritif, prétextait qu'il n'avait pas faim ou pas envie de sortir, et il s'enfermait dans sa chambre pour manger tout ce qu'il avait pu sauver du petit déjeuner, soigneusement caché dans son sac, et même ce qu'il ramassait en douce dans les couloirs, sur les plateaux abandonnés devant les portes voisines, le beurre surtout, les petits pots de confiture et les minces tranches de fromage qu'on servait ici le matin. Hier, en s'aventurant jusqu'à l'étage inférieur, il avait trouvé un œuf coque délaissé – un trésor. Car il l'avait promis à sa femme, il se l'était promis à lui-même, il rentrerait en France avec tout ce qu'il allait gagner ici, salaire et défraiements compris. Il ne dépenserait rien. Ils avaient trop désespérément besoin de cet argent.

Ils avaient compté et recompté ensemble le montant exact de ce qu'il pourrait rapporter. Avec ça, ils régleraient les factures en retard. Le gaz et l'électricité surtout. Parce que l'éclairage à la bougie le soir et le réchaud à pétrole en guise de cuisinière, ça suffisait comme ça ! Il faudrait aussi payer une partie des dettes chez l'épicier, et chez le boucher aussi. Cette preuve de bonne volonté permettrait peut-être de lui soutirer quelques tranches de jambon, de quoi tenir pendant deux ou trois semaines. Cela fait, il ne resterait... rien. Mon Dieu, comment avait-il pu en arriver là, à cette misère ? Il n'y a pas d'autre mot. C'est la misère, quand on vit pendant des jours de pain trempé dans du lait, qu'on use sa dernière paire de chaussures jusqu'à sentir le trottoir à travers la semelle, qu'on n'a plus de lumière, plus de chauffage, plus de moyen de transport, plus de...

Une bouffée d'angoisse saisit Luc, comme chaque fois qu'il essayait de comprendre. Tout se brouillait dans sa tête et il tombait dans un état de sidération qui interdisait toute pensée cohérente, toute analyse. Il ne pouvait que tourner en rond, ressasser, assailli par tous les détails sordides qui faisaient sa pauvre vie depuis... Depuis quand déjà ? Des mois, peut-être. Même ça, il n'arrivait pas à se le rappeler. Quand avait commencé la vraie misère. Et le début de la dégringolade. Quand ? Comment ? Et encore avaient-ils un toit – un toit qui pissait l'eau de partout mais tout de même un toit, une masure gracieusement prêtée par les parents de sa femme en échange de quelques travaux. Sinon ils seraient dehors, comme des chiens.

Il crispa ses mains sur le menu aux immenses pages plastifiées et tenta de se concentrer sur sa lecture. Bon sang, il n'y avait que des choses hors de prix, dans cet endroit !

Des bouteilles de vodka arrivaient sur la table, quelqu'un offrait sans doute une tournée, personne ne semblait pressé de passer commande. Bon, il avait le temps de choisir, d'éplucher les quatre pages de ce putain de menu. Pourquoi donc avait-il fallu qu'il traîne dans le hall de l'hôtel juste à l'heure du dîner ? Il s'était fait embarquer avec le groupe, bien sûr, comment résister, sous quel prétexte ? Pourquoi n'était-il pas resté planqué dans sa chambre, comme d'habitude ? C'est qu'il n'en pouvait plus, qu'il étouffait, à la longue, enfermé dans cette petite pièce avec ses idées noires, ses cauchemars. Il avait voulu prendre l'air et voilà le résultat : il se retrouvait coincé, sans échappée possible, dans un restaurant de luxe situé à l'autre bout de la ville.

Il tenta de résister à l'offre d'un peu de vodka, terrorisé à l'idée qu'on puisse attendre de lui une tournée en retour, mais on posa d'autorité un verre devant son assiette. Tant pis. Il n'y toucherait pas, c'est tout. Renoncer plus énergiquement équivaudrait à se faire remarquer. Être discret, participer le moins possible et ça irait, ça irait. Personne ne s'occupait de lui, relégué en bout de table. Ouf.

« Assiette russe », « L'esturgeon en fête », « Dégustation des mers du Nord »... Au bout de trois lignes, assommé par les prix, il était retombé dans son marasme, dans sa honte. Il faisait face comme il pouvait, en se disant que c'était les revers de la vie, que ça pouvait arriver à tout le monde. La malchance lui était tombée dessus, s'acharnait, mais dedans il était le même, avec sa fierté intacte. Non ! Ce n'était pas la honte ! Et pourtant... Mendier un steak, un peu de crédit parce qu'on crève de faim, c'est la honte. Grelotter en se lavant à l'eau froide et diluer le shampooing pour qu'il dure, jusqu'au jour où il ne mousse plus parce que ce n'est plus que de la flotte, c'est la honte. Ramasser du pain et des restes dans un couloir d'hôtel et les planquer dans ses poches en tremblant d'être surpris, c'est la honte. Et serrer les dents derrière un menu, alors que les autres trinquent, rient, parlent fort, comme si l'univers leur appartenait de plein droit, c'est aussi la honte… Il les voyait parader avec leurs boutons de manchettes en or qui étincelaient dans la lumière quand ils brandissaient leurs verres avec des exclamations de vainqueurs, souriant, exhibant leurs dents de fauves policés. Lui, il ne pouvait pas oublier qu'on lui avait payé ce pauvre costume gris dans lequel il était si mal. Et la chemise, la cravate bon marché, les chaussures neuves, tout ce qu'il portait. Quand il avait dû avouer qu'il n'avait pas de vêtements, rien à se mettre pour faire ce boulot, la directrice de l'agence qui l'avait engagé lui avait dit d'acheter ce qu'il fallait pour avoir une tenue correcte, on lui rembourserait les factures. On ne faisait pas le traducteur pour hommes d'affaires, directeurs d'entreprise et patrons de banque avec un tee-shirt à trous et un jeans élimé pour toute garde-robe. Il avait dû s'entendre avec les magasins pour qu'ils gardent ce qu'il avait choisi et se faire payer les factures avant de prendre les vêtements – comment aurait-il pu avancer l'argent ? Ça, il n'avait pas osé le dire, bien sûr. Il suffisait de s'arranger. Les gens n'étaient pas obligés de savoir… Mais lui, il savait que rien ne lui appartenait. Ce tissu sec qui lui grattait les cuisses était un mensonge, la cravate comme la chemise raide, une tricherie. Tout cela était un déguisement, une façade, sa misère était dessous. Et sa honte, bien présente, compacte, qui l'isolait comme s'il était d'une autre planète.

Quand ce boulot inespéré, ce « contrat à durée déterminée » de quinze jours lui était échu, tout à fait par hasard, il était en train d'assumer de gros et pénibles travaux de rénovation dans la maison prêtée par ses beaux-parents.

Ceux-ci, au plus fort de la mouise où le couple s'enlisait, avaient décrété qu'il était inadmissible qu'ils ne paient aucun loyer. En échange du logement, Luc pourrait au moins assainir la cave, remonter un mur qui s'écroulait, refaire la chape et le pavage de la cuisine. Ils paieraient toutes les fournitures, c'était entendu – puisque leur fille unique avait trouvé le moyen de vivre avec un chômeur – mais qu'il fasse le travail était bien le moins.

La manière de présenter la chose, comme une compensation obligée, avait fortement déplu à Luc. Il aurait fait tout cela de bon cœur, et plus encore, si on le lui avait demandé gentiment, comme un service. C'était dans son caractère de se dépenser sans compter pour faire plaisir aux gens. Mais cette menace à peine voilée de les mettre dehors s'il ne s'exécutait pas l'avait choqué. Il était prêt à refuser, mais sa femme, curieusement, alors qu'elle avait des rapports très conflictuels avec ses parents, avait déclaré que leurs exigences étaient tout à fait normales. Trop longtemps déjà, Luc et elle avaient occupé cette maison gratuitement, alors qu'elle aurait pu être louée. Pourquoi faisait-il des histoires ? Était-il un profiteur ? Elle savait bien qu'il n'aimait pas ses parents – si, si, elle en était sûre, elle le sentait – mais ce n'était pas une raison pour bouffer sur leur dos. On les escroquait d'un loyer, sans vergogne, et on allait leur cracher à la figure en plus ? Fallait-il donc qu'ils se mettent à genoux devant lui, devant un type qui n'était pas capable de rapporter un sou à la maison et qui trouvait le moyen de mépriser les gens qui lui offraient un toit ?

Elle fit une grande scène, qui dura une bonne partie de la nuit. Puis son ton changea, radicalement, d'une minute à l'autre, comme elle savait le faire. Les pleurs suivirent les cris – ils allaient se retrouver à la rue, c'est ça qu'il voulait ? C'est sur les trottoirs qu'il entendait faire vivre sa femme ? Si elle avait su, jamais elle ne lui aurait fait confiance, jamais elle n'aurait mis sa vie entre ses mains. Elle voulait un homme, un homme sur qui elle pourrait s'appuyer, qui soit une sécurité pour elle. Au lieu de cela, elle se retrouvait démunie, obligée de le soutenir, lui, de lui remonter le moral, parce que c'était un faible. Et maintenant, à cause de lui, elle allait dormir dehors, sous la pluie, dans le froid...

Au petit matin, à force d'autosuggestion, elle était arrivée à claquer des dents, les pieds et les mains glacés, au bord de la tétanie. Luc avait dû la réchauffer, la consoler. Puis, comme souvent au terme de ses crises, elle avait vomi. Alors il l'avait amenée, molle et les jambes défaillantes, jusqu'au lit où il l'avait tendrement recouverte de la couverture pliée en deux et d'un manteau, pour qu'elle arrête de grelotter. Elle le regardait avec de grands yeux mouillés. Elle lui parlait d'une petite voix cassée, fragile et déchirante. C'était une petite fille, une enfant qu'il fallait protéger, rassurer. Il ne pouvait pas lui résister quand elle était comme ça. La voir si malheureuse lui serrait le cœur, lui qui ne voulait que son bonheur.

Alors il avait arrêté de prospecter pour retrouver un emploi – de toute manière, comme toutes ses démarches s'avéraient vaines, c'était du temps perdu – et il s'était lancé dans les travaux, courageusement. L'ouverture du chantier fut quasiment gaie. Il ne regretta pas d'avoir cédé et de s'être mis à l'œuvre, rien que pour le plaisir de voir sa femme aller joyeusement de-ci de-là, heureuse, disait-elle, de l'avoir « tout à elle tout le temps à la maison ». Elle l'aida même à casser le vieux carrelage de la cuisine, avec un tel entrain qu'elle cassa aussi la moitié d'un meuble, qu'il fut obligé de réparer. Elle riait comme une folle, roulée dans les gravats, ses grands cheveux noirs pleins de poussière. Elle était déchaînée et elle avait voulu qu'il la prenne, là, tout de suite. Il en était resté tout chose, car depuis des semaines ils ne faisaient plus l'amour. C'était donc ça qu'il lui fallait, qu'il soit « tout le temps là, tout à elle » ?

Et puis il s'était pris au jeu. Il avait toujours été habile de ses mains, et après des mois d'inactivité, pouvoir contempler son œuvre le soir, voir des résultats concrets, solides, un bout de mur, un enduit réussi, calmait son angoisse, le rassurait. Il produisait quelque chose de tangible. De plus, le travail manuel l'empêchait de penser. Petit à petit une sorte de furie le prit. Il était à l'œuvre à six heures du matin et ne s'arrêtait qu'à la nuit, quand il ne voyait plus rien. Le manque d'électricité empêchait bien sûr l'aide de toute machine. Il n'avait que la scie, le marteau, la truelle et sa force pour avancer. Et finalement, se colleter aux matériaux à mains nues, éprouver leur résistance, il aimait cela. Il se sentait actif, vivant.

Au fil des semaines, l'humeur joyeuse de sa femme avait fait place à un silence boudeur, puis à de franches récriminations – il n'y en avait que pour ces foutus travaux, il ne s'occupait plus d'elle. Luc lui rappela la situation et le fait qu'elle-même avait insisté pour qu'il retape la maison. Mais elle se mit à le réveiller la nuit avec des crises d'angoisse, des cauchemars – il se détournait d'elle, il avait l'esprit ailleurs, elle se sentait abandonnée. Il ne répondit plus, pour qu'elle le laisse dormir.

Ce furent alors des colères terribles. Il n'en fut pas très impressionné, il avait l'habitude : elle changeait d'humeur six fois par jour et ça passait tout seul. Jusqu'au matin où elle surgit derrière lui à l'improviste. Hors d'elle, elle envoya balader son matériel, renversa son seau et planta ses griffes dans l'enduit tout frais qu'il avait mis une heure à lisser parfaitement. Il la gifla. Elle hurla. Il la regifla, maîtrisa la crise de nerfs qui s'amorçait et la flanqua à la porte, qu'il referma, avec le verrou. Ainsi barricadé, il répara les dégâts pendant qu'elle tambourinait en vain jusqu'à épuisement.

Cette nuit-là, il eut la femme la plus tendre du monde. Elle fondait dans ses bras, elle ronronnait comme un chaton, c'était un délice. Tandis qu'elle s'endormait, abandonnée contre lui, ses cheveux épandus comme de longues traînées d'encre sur l'oreiller blanc, il se dit encore une fois qu'elle était infernale, mais aussi une merveille de femme. Il se dit aussi vaguement, en la sentant pour une fois apaisée, qu'il devrait peut-être lui taper dessus plus souvent... Mais ce n'était pas dans son caractère. Il était un homme de paix, fait pour l'entente et le bonheur. Malgré les apparences, malgré les crises, il avait un trésor entre les bras avec cette femme changeante, violente, mais si intéressante et si fragile au fond – lui, il le savait. Il n'y avait aucune raison qu'il n'arrive pas à l'équilibrer, à la rendre heureuse. Ça prendrait du temps, c'est tout. Luc était aussi un homme très patient.

Les mois passèrent. Il s'abrutissait de travail. Le froid était venu. Ses doigts étaient crevassés, il arrivait à peine à tenir les outils, et le ciment gelait dans la brouette. La nuit, on mettait sur le lit tout ce qu'on pouvait trouver et on entrait là-dessous comme dans un terrier, pour tenter de dormir au chaud. Ils n'avaient plus un sou, plus de crédit possible nulle part. Un paquet de lentilles durait parfois quatre jours. Mais il tenait bon. Il arriverait à les sortir de là, à offrir une vie décente à cette femme qui se durcissait, maigrissait, prenait un teint hâve. Parfois elle le regardait fixement avec une sorte de haine, ses yeux sombres étincelant dans son visage livide. Il détournait les yeux, elle lui faisait presque peur.

Le redoux s'était enfin annoncé. Le printemps arrivait mais il ne le sentait pas vraiment. En fait, il ne sentait plus grand-chose, affaibli par les privations. Il venait de terminer la chape de ciment qui soutiendrait le nouveau carrelage de la cuisine et il décida de démonter les plinthes et de les remplacer en posant les carreaux dessous, pour terminer bien proprement le long des murs. En décollant la première planche, il avait découvert des nids de punaises, des galeries de souris, et le plâtre avait dégringolé des parois sur une hauteur de cinquante centimètres. Tout était à refaire, là aussi.

Un découragement mortel l'avait saisi. Il s'était assis par terre, les mains tremblantes, sans forces et désespéré. C'était sans fin. Il avait beau dépenser toute son énergie, donner le meilleur de lui-même, la tâche était impossible. Au fur et à mesure qu'il réparait, assainissait, colmatait, il découvrait de nouvelles catastrophes, de nouveaux dangers d'écroulement. De quelque côté qu'il se tourne, c'était pourri de l'intérieur. TOUT était pourri...

Il vécut un moment de douloureuse hébétude. Ce mot tournait et retournait dans sa tête. Pourri. Pourri... Il n'y arriverait pas. Il n'y arriverait jamais.

Quand il s'était relevé, pour reprendre le travail malgré tout, l'outil lui était tombé des mains. Il était incapable de tenir quelque chose, il avait mal partout, il étouffait. Il se dit que, de toute manière, il fallait désinfecter, tuer toute cette vermine, là derrière, avant de refaire le mur. Il devait aller chercher du produit pour cela. Sortir lui permettrait de reprendre des forces.

Il entendait sa femme fourrager à l'étage, traîner des objets en parlant toute seule. Elle parlait souvent toute seule ces derniers temps. Elle n'en finissait pas de préparer la chambre de leur futur bébé, c'était devenu une obsession. Si ça pouvait la calmer, tant mieux. De toute façon, en faisant l'amour une fois tous les trente-six du mois, il ne risquait pas d'arriver grand-chose. Elle chantonnait maintenant...

Il décida de ne pas la déranger et enfila une veste chaude et à peu près propre pour se rendre au magasin où il avait compte ouvert. Pourquoi son foutu beau-père avait-il choisi un entrepôt dans Paris, sur les quais, alors qu'ils habitaient en banlieue ? Sans doute juste pour compliquer les choses, l'obliger à deux heures de trajet aller et retour pour venir chercher la moindre fourniture. Il y avait des gens comme ça, fallait pas faire attention.

Il avait décidé d'économiser l'un de ses derniers tickets de métro, marcher lui ferait du bien. Il emprunta des rues au hasard, mais un excellent sens de l'orientation et quelques années chez les scouts faisaient qu'il arrivait toujours à destination, en forêt comme en ville – en ville, c'était plus compliqué... Depuis combien de temps n'avait-il pas marché dans une forêt, vu des arbres qui n'avaient pas le pied enchâssé dans le bitume, senti de la vraie terre ? Il marchait plutôt vite pour résister à la tentation de s'asseoir dans un coin et de ne plus bouger, de se laisser gagner par la faiblesse. Dormir, ne plus rien sentir, rien éprouver...

Instinctivement, il empruntait des rues commerçantes, où il y avait des gens à côtoyer. Besoin de se sentir parmi ses semblables, de s'arracher à l'atonie solitaire qui le menaçait. Il passa devant une boulangerie, sentit l'odeur du pain frais, en souffrit, et un sursaut de révolte le saisit. Il pensa que ça ne pouvait pas continuer comme ça.

C'est à ce moment-là, exactement à ce moment, qu'une voix cria : « Luc ! » Il se retourna. Un homme lui ouvrait les bras sur le trottoir, content, apparemment, de l'avoir reconnu et de le voir. Luc mit un moment à se souvenir de ce collègue qui travaillait dans l'entreprise de dessin industriel qui l'employait auparavant – « Michel ? C'est bien ça ? » Et Michel trouvait extraordinaire de rencontrer Luc, car si ses souvenirs étaient exacts, il parlait le hongrois, n'est-ce pas ? « Oui, oui », répondit Luc, passablement ahuri, il se débrouillait plutôt bien, car sa mère, d'origine hongroise, lui avait toujours parlé dans sa langue maternelle à la maison. Michel lui expliqua alors qu'il avait eu ce matin même au téléphone une personne de ses amies qui organisait des voyages d'affaires et cherchait désespérément un traducteur pour accompagner un groupe. Était-il très occupé en ce moment ? Pourrait-il se libérer pour partir quinze jours ? Luc avait été littéralement enlevé, embarqué dans une voiture en direction des Champs-Élysées avant, disait Michel, que « tous les Hongrois au chômage de Paris ne fondent sur l'agence ». Il serait la personne idéale pour ce travail, il fallait quelqu'un de fin et d'intelligent. Et cela fit tout drôle à Luc d'apprendre que quelqu'un l'avait trouvé, un jour, fin et intelligent…

Il s'était retrouvé dans un bureau moderne et coloré, avec un sentiment de décalage qui le mettait au bord du malaise, face à une femme en tailleur qui le scrutait d'un œil froid et professionnel. A vrai dire, il l'avait à peine regardée, gêné d'être si sale, les cheveux non lavés depuis au moins dix jours. Il était obnubilé par son pantalon plein de traces de plâtre posé incongrûment sur le fauteuil en velours framboise où on lui avait dit de s'asseoir, ne pensant qu'à dissimuler sous le siège ses chaussures crottées aux semelles à trous et à cacher du mieux qu'il pouvait ses mains crevassées, blessées, tellement brûlées par le ciment qu'il n'arrivait plus à joindre ses doigts enflés.

Il répondait aux questions de cette directrice d'agence comme dans un rêve, machinalement. Une sorte de double de lui-même faisait semblant d'être à peu près à l'aise, cohérent, alors que le pauvre lui, le vrai, celui avec lequel il vivait tous les jours, aurait voulu disparaître. Il entendait sa propre voix et elle lui semblait bizarre, comme la voix de quelqu'un d'autre : Au départ, il était dessinateur industriel, oui, comme son ami Michel, mais il n'avait plus de travail depuis un bout de temps… Il parlait à peu près couramment le hongrois, mais sa mère ne lui avait appris aucun des mots employés dans le monde des affaires, il lui manquerait du vocabulaire… Qu'importe, disait la femme derrière son bureau, elle lui fournirait de la documentation, des revues d'économie, par l'intermédiaire de l'ambassade, c'était facile. Il aurait bien le temps, en huit jours, d'apprendre les termes professionnels nécessaires.

Huit jours ! Partir dans huit jours… La surprise lui avait fait rater tout ce qu'elle avait dit ensuite. Il avait entendu prononcer un chiffre, celui de son salaire, sans doute. Il avait hoché la tête. Elle avait alors sorti deux feuilles de papier, demandé qu'il les remplisse et qu'il appose sa signature en bas.

Là, une sorte de panique l'avait pris et il avait demandé à réfléchir. Il ne pouvait se décider sans en parler à sa femme. La directrice de l'agence avait gardé le silence quelques secondes et lui avait dit qu'elle devait recevoir au moins quatre traducteurs possibles d'ici deux heures. Elle n'était pas sûre d'attendre sa décision car elle voulait être débarrassée de ce problème le plus vite possible.

Le contrat de travail était resté posé devant Luc. Un moment de tension terrible, presque une douleur, puis une petite déchirure dans sa tête et il s'était comme jeté en avant pour saisir le stylo qu'elle lui tendait. S'ensuivit un grand moment de honte : il avait été incapable de refermer ses doigts gourds sur l'instrument qui avait roulé à terre. Ensuite, il s'était vu écrire laborieusement, ses grosses pognes cabossées peinant sur le papier, comme un analphabète traçant ses premiers mots, alors qu'en d'autres temps il pouvait dessiner finement à peu près n'importe quoi tant ses doigts étaient agiles… En remplissant le deuxième feuillet, se voyant incapable d'écrire plus vite, il eut un éclair de pitié envers lui-même. Il pensa :

« Mon Dieu, dans quel état suis-je... » Le sang lui tapait aux oreilles, il avait des mouches devant les yeux. Tandis qu'il s'escrimait sur le papier, il sentait le regard de la directrice, sa stupéfaction. Et soudain, une voix très douce, comme si ce n'était pas la même personne qui parlait : « Mais... Qu'est-ce qui est arrivé à vos mains ? » Relevant la tête, il l'avait regardée bien en face, le premier vrai regard échangé : « Je fais ma maison », avait-il répondu dignement.

Et c'est ainsi qu'il était à Budapest, avec ce menu entre les mains – des mains passées tous les jours à la glycérine avant le départ pour essayer de les rendre présentables. Il avait même vidé un vieux tube de vaseline dans des gants pour les porter toute une nuit. Les estafilades, les crevasses, les traces de coups de marteau restaient visibles, mais au niveau souplesse de la peau c'était mieux.

A l'autre bout de la table, on s'était lancé dans une grande discussion – fallait-il céder tout de suite devant le pouvoir américain et négocier en dollars ou défendre les monnaies nationales, quitte à s'en trouver affaibli sur le marché mondial ? Grand problème. Pas seulement financier. « Question d'éthique », disait l'un d'eux, au visage tellement glabre et comme satiné qu'il devait se raser trois fois par jour. Pas un de ses cheveux taillés court ne dépassait des autres. Tout en lui respirait le sérieux et la mesure. On aurait dit qu'il était né avec une cravate et il était impossible de l'imaginer nu, il aurait manqué l'attaché-case. Toute trace de l'animal, même humain, avait disparu pour laisser place à cet être spécifique, mutation récemment apparue dans le vieil univers : l'homme d'affaires.

Luc le regardait défendre son point de vue avec brio, accaparer l'attention des trois quarts de la tablée. Était-ce un homme dans ce genre-là que son père aurait voulu qu'il devienne ? Voilà beau temps qu'il ne se souciait plus de ce que son père aurait souhaité pour lui et qu'il avait échappé à son emprise, mais c'était possible. Quelqu'un de respectable, en tout cas, qui en impose, qui force les autres à se taire. Avoir pour fils un homme de ce type, oui, il était probable que, finalement, ça l'aurait rendu content de quelque chose...

Seulement voilà, si c'était ce que son père avait voulu, il s'y était pris comme un manche. Il y a des hommes comme ça, mâles jusqu'au bout des ongles, qui n'ont de cesse d'avoir un fils – et tant pis pour les filles nées avant, les « pisseuses » qui se trouvent du coup ravalées au rang d'amuse-gueule pour attendre le plat principal : le garçon tant désiré, le petit double, le semblable, le « couillu ». Ce père n'avait-il pas répondu fièrement, un jour, à quelqu'un qui lui demandait s'il avait des enfants : « Oui, j'ai un fils. » Et après un petit silence, il avait ajouté, d'un ton négligent qui balayait la chose comme si c'était de la crotte : « Et puis j'ai aussi deux filles... » Mais le mâle comblé avait passé son temps, ensuite, dès le berceau, jour après jour, à brimer obstinément ce fils tant attendu, pour bien prouver que c'était lui le chef, le plus fort, et qu'il entendait le rester. Combien de fois Luc n'avait-il pas entendu : « Il ne m'aura pas comme ça, ce petit con... » Pour rien, des broutilles, des ordres stupides, des décisions sans importance. Si l'on n'a pas un tempérament de coq bagarreur, on se tait, on subit. Et, finalement, on se tire. C'est ce que Luc avait fait – un peu tard...

Dans la vie quotidienne, les rapports avec ce père étaient simplement ennuyeux, lassants. Ils obligeaient à une esquive permanente. En ce qui concernait les études, l'avenir professionnel, c'était plus grave. Au début, il y eut les punitions, les « coups de pied au cul qui n'ont jamais fait reculer personne ». Puis les dures pensions pour mater le petit rebelle, forger son caractère, et en ligne de mire le bac avec mention obligée. De ces sortes d'éducation-carcan qui font perdre un temps fou, car toute l'énergie est consacrée à la survie, à la résistance. Une fois sorti du joug, tout est à commencer. On passe dix ans à s'élever soi-même, à découvrir qui on est vraiment.

Après le bac, il y eut une énorme bagarre, une vraie guerre – le fils avait des ambitions artistiques, c'était le pompon. Pour une fois, sa mère défendit Luc avec courage : « Il a de l'or dans les mains, ce petit ! » Seulement le père n'appréciait pas du tout ces ribambelles de petits personnages qui emplissaient depuis le primaire les marges de tous les cahiers de son fils et qui faisaient rire tout le monde, sauf lui et les professeurs. Luc voulait aller vers le dessin ? Soit. Mais il ferait architecture. Ça c'était solide, mathématique. Le reste, c'était pour les jean-foutre, pas pour son fils.

Difficile d'argumenter, il n'y avait pas de section « bande dessinée » aux Beaux-Arts... Alors Luc avait continué à dessiner ses petits bonshommes en marge des planches d'archi, sur les bords de sa table de travail. Puis, au fil des années, les bonshommes avaient peu à peu disparu. Il avait calé juste avant le diplôme d'architecte. Trop de démarchages, de modes, de relations à se faire dans ce métier. Luc avait un caractère trop sauvage pour cela. Mais il faisait les plus beaux plans du monde, des maquettes au quart de millimètre près. Il était capable de reproduire n'importe quel objet en coupe dans n'importe quelle position. Il était devenu dessinateur industriel, il ne s'amusait pas du tout. Mais, au moins, avait-il « un métier dans les mains » – jusqu'à ce qu'il le perde...

Au restaurant, l'homme d'affaires au visage glabre avait déclenché une véritable polémique autour de la table et tous parlaient en même temps. Ils avaient demandé d'autres bouteilles de vodka et ne pensaient apparemment plus du tout à commander, entièrement concentrés sur leurs argumentations, la défense de leurs points de vue. Il y avait même quelques paires de lunettes de travers.

Luc se demandait comment on pouvait s'enflammer à ce point pour des questions d'argent, de marché, des choses pour lui totalement abstraites qui ne méritaient pas un tel intérêt, voire une telle passion. Il révisait du coup sa vision un peu conventionnelle de l'homme d'affaires, du banquier froid et distant. En vérité, ces gens étaient fous ! Lui-même, du temps où il travaillait encore et gagnait assez bien sa vie, aurait été incapable d'une discussion aussi exaltée à propos de ce qu'il faisait – qui n'était guère exaltant, peut-être, mais les mouvements monétaires l'étaient-ils davantage ? Comment être à ce point DANS ce qu'on fait ?

Et Luc, au bout de la table de ce restaurant hongrois, se sentit tout à coup encore plus solitaire et misérable. Non seulement à cause de son état de chômeur, de sa pauvreté cachée tant bien que mal, mais du fait de se sentir si profondément différent des autres. Il les enviait presque de pouvoir lutter ainsi avec des mots, des convictions, les yeux dans les yeux, ardemment. Ils étaient ensemble, ancrés dans le présent, dans le même monde. Quelle tare en lui, quelle étrange infirmité faisait qu'il se sentait toujours à part, étranger, impuissant à s'impliquer dans ce qui intéressait tant les autres – les métiers, les principes, la hausse des salaires, le fric, la politique – tout ce qui, pour lui, n'était pas VRAIMENT la vie ? Il n'arrivait pas à faire semblant. Et pourtant il se savait bouillonnant de forces et plein de passion, mais comment l'exprimer ? Dans quoi ? De quelle manière lui donner une forme compréhensible pour ses congénères, au loin, très loin de lui, tous occupés de ces futilités ?

Il s'interdit d'aller plus avant, car ce genre de pensées, lorsqu'il plongeait dedans, le déprimait profondément.

Une sorte d'ennui, de consternation triste s'emparait de lui. Allez ! Il fallait qu'il se concentre sur ce menu, car ces gens n'allaient pas boire et discuter jusqu'au bout de la nuit. Il faudrait bien se décider à un moment ou à un autre, choisir quoi prendre, en dépensant le moins d'argent possible.

Quelle connerie, vraiment quelle connerie d'être descendu dans le hall de cet hôtel et s'être fait embarquer dans ce traquenard ! Mais de toute manière, ce serait arrivé un jour. Les gens ne supportaient pas qu'on reste à l'écart. C'était suspect. A la longue, on l'aurait pris en grippe. On ne pouvait pas se permettre, quand on était engagé dans un groupe, et même si on faisait correctement son travail, d'être trop différent, trop distant. C'est comme ça, la société. Il ne restait qu'à se débrouiller pour faire semblant d'être avec les autres, au moins un minimum. Et se débrouiller aussi avec sa misère intérieure, ce triste sentiment d'isolement... Non, ça suffisait ! Il était reparti dans sa déprime au lieu de lire, tout simplement, ce qu'il avait sous les yeux.

Pour le caviar, c'était réglé. Les prix étaient exorbitants. Et de quel droit aurait-il pris du caviar dans sa situation ? Il s'amusa à convertir le prix des cinquante grammes en paquets de pâtes, bouteilles de lait, steaks hachés et baguettes... Insensé ! Il y avait là, en un simple chiffre, négligemment jeté en petits caractères, comme une fioriture au bout de la page, de quoi nourrir une famille entière pendant une semaine. Honteux.

Il n'avait toujours pas touché à son verre de vodka. Il hésita et se dit qu'il était ridicule – ce n'était pas pour trois gouttes d'alcool offertes qu'on allait obligatoirement attendre de lui qu'il paye une bouteille entière. Ils devaient bien se douter, ces pontes aux chevalières en or, que leurs revenus n'avaient aucune commune mesure – et encore ne pouvaient-ils deviner toute la vérité ! Quelle dérision... L'alcool lui mordit cruellement l'estomac. On devient sensible quand on a souffert de la faim quelque temps. Rien n'a plus le même goût, après.

Mais cet alcool creusa brusquement son appétit et le ramena à sa lecture. Après quelques plats de cuisine internationale – genre « tournedos Rossini » – venaient des plats du pays, de la cuisine hongroise, le goulasch si cher à sa mère... Dire qu'elle ne savait même pas qu'il était ici, au pays de ses ancêtres – du moins de la moitié de ses ancêtres. Il n'avait pas eu le courage de le lui dire, de reprendre contact après des mois de silence pour lui annoncer cette nouvelle. Ça aurait déclenché un tel ramdam ! Une avalanche d'adresses, de colis à remettre, de visites à faire à de lointains cousins qu'il n'avait jamais vus de sa vie. Non ! Il n'avait pas la force d'affronter ça en ce moment – ni la liberté, occupé du matin au soir par son job occasionnel de traducteur. On exigeait de lui une disponibilité permanente, impossible d'aller faire la bise à telle ou telle cousine en plus. Alors il avait préféré se taire. Il aviserait en rentrant, mais il n'était pas sûr qu'il serait bon de lui faire savoir qu'il avait fait ce voyage, avec les cris et les reproches qui allaient inévitablement s'ensuivre.

La mère de Luc était à demi juive. La partie de sa famille la plus menacée par les pogroms qui sévissaient en Hongrie dès les années 25-30 avait fui le pays pour la France, terre d'accueil et de liberté. L'accueil n'avait pas été si chaleureux que ça, mais au moins on n'y brûlait pas les juifs avec leurs maisons. Ils étaient restés un temps à Paris, se débrouillant tant bien que mal. Au moment où ils avaient enfin réussi à monter un petit commerce, la guerre et le nazisme déferlant les avaient obligés à laisser tout en plan et à chercher refuge dans la France profonde, qu'ils espéraient oubliée des envahisseurs, au fin fond de la Corrèze.

La partie de la famille restée en Hongrie découvrit qu'être à demi juif et ne pas vivre dans le ghetto ne vous mettait pas pour autant à l'abri du danger. Pourtant, ce n'est qu'en mars 1945 qu'ils jugèrent opportun d'envoyer – par prudence et à peu près inutilement car la guerre allait se terminer deux mois après, mais ils ne le savaient pas – leurs deux filles rejoindre les grands-parents en France.

Après un périple insensé, les deux fillettes avaient atterri en Corrèze, ayant couru dix fois plus de risques que si elles étaient restées sur place. La mère de Luc avait douze ans. Il fut question tous les ans de les rapatrier vers leur Hongrie natale mais, on ne sait trop pourquoi, cela ne se fit pas. Elles restèrent là, apprenant le français sans conviction puisqu'elles devaient repartir, et accumulant de ce fait, d'année en année, un retard scolaire irrattrapable.

En ce qui concerne la mère de Luc, ce n'était pas grave, car elle tomba éperdument amoureuse d'un commerçant en gros fort bien nanti – le futur père de Luc – qui n'aurait jamais supporté que sa femme travaille. A vingt-sept ans, elle avait deux filles mais le garçon se faisait attendre. Le mari se mit à plaisanter plutôt grossièrement, disant qu'il allait se résoudre à faire un enfant à une autre femme, puisque la sienne n'était capable de faire que des filles. Quelqu'un, d'aventure, lui apprit qu'il n'avait qu'à s'en prendre à lui-même puisque c'était le sperme de l'homme qui déterminait le sexe du bébé. Il ne le crut jamais. Enfin, le mâle dominant fut comblé, deux ans plus tard naissait le « couillu » tant désiré : Luc. Il l'avait pris en main...

La mère compensait tant bien que mal l'autorité excessive du père. C'étaient des caresses, des sucreries en cachette. Seule avec son mari, elle serait sans doute morte d'ennui et de solitude, mais son atavisme juif et sa situation de déracinée avaient développé en elle le culte des liens familiaux. Elle appelait sa sœur – venue en France avec elle et qui habitait à vingt kilomètres de Paris – au moins trois fois par jour. Tous les dimanches, il fallait les cousins à la maison, et c'étaient des repas et des papotages sans fin, des échanges de confitures, de recettes. Elle se mêlait de tout, elle voulait savoir tous les détails de la vie de ses enfants. Ses filles étaient sans arrêt, mêmes mariées, fourrées dans ses jupes, et le garçon, son unique garçon, Luc, sans cesse mis à contribution pour réparer ci, la conduire là – avec l'excuse majeure de parler encore mal le français, presque cinquante ans après son arrivée – choses qu'elle n'aurait jamais osé demander à son terrible mari et qui lui permettaient de garder son fils toujours à sa portée.

Luc s'était souvent demandé s'il existait des familles plus collantes. On ne pouvait pas bouger le petit doigt sans que tout le monde le sache et en discute indéfiniment. Mais cette mère envahissante était malgré tout adorable : elle aimait tant ses enfants ! Ce qui était fatigant, c'était de sentir qu'elle compensait avec eux la dureté de son mari, et cela rendait son affection pesante, quémandeuse. Fatigant, oui...

C'est pour ne pas la blesser – elle avait tant besoin de sa présence – que Luc était parti si tard de la maison alors qu'il n'en pouvait plus depuis longtemps. Bien après la fin de ses études, travaillant déjà, il avait enfin pris un studio, heureux de s'affranchir grâce à son salaire. Mais cette prise d'indépendance n'avait été qu'apparente et, pour ainsi dire, de principe. Tous les week-ends, et parfois le soir en semaine, il était requis par la famille. Bien souvent, il restait à dormir, retrouvant sa chambre de jeune homme, n'ayant pas le courage de rentrer dans son petit chez-lui, silencieux, solitaire.

Luc avait un problème, il se l'était avoué honnêtement : il ne supportait pas la solitude. Était-ce sa mère, la promiscuité tribale de cette famille qui lui avaient légué cela ?

Sans doute pas vraiment, car il n'avait nul besoin d'une smalah autour de lui pour être heureux. Il lui aurait suffi d'une personne : quelqu'un pour partager sa vie, et aller ensemble le plus loin possible, c'était ça qu'il lui fallait, ça qu'il voulait de toutes ses forces.

Il était beau garçon. Il eut pas mal d'aventures, d'une nuit, de quelques jours. Mais séduire n'arrivait pas à le mettre dans cette humeur jubilante qu'il voyait chez presque tous les hommes – avec cet allant, cet œil allumé qu'ils attrapaient pour une donzelle qui passait et leur faisait oublier n'importe quel serment, n'importe quel mariage heureux, comme des mômes dans une pâtisserie, incapables de résister à la tentation ! Il était content d'avoir des femmes assez facilement car il aimait faire l'amour, mais une seule lui aurait suffi amplement, et sûr que lorsqu'il aurait trouvé sa compagne, sa femme à lui, il ne se conduirait pas comme les autres. Quel besoin aurait-il de papillonner çà et là ? Il voulait une relation plus belle, plus grande que ça. Tous ces mensonges, ces arrangements qu'il voyait pratiquer en amour n'étaient pas pour lui. Luc était un homme de sincérité et d'engagement. De ce fait, pas vraiment amusant pour ses amis, car il subissait leurs confidences et vantardises avec un ennui un peu réprobateur et se retrouvait, une fois de plus, bien seul avec ses aspirations. A qui les confier ?

Deux fois il était tombé sérieusement amoureux, avec des tentatives de vie commune – qu'il avait désirées, lui, plus que ses partenaires. Par deux fois, les jeunes femmes avaient fui, effrayées par ce don total de lui-même qui leur semblait invivable. Il les « empêchait de respirer », disaient-elles, employant exactement les mêmes mots à deux ans d'intervalle. Ça l'avait frappé. Il n'était pourtant pas désagréable à vivre et plutôt d'un caractère doux et arrangeant, mais il voulait tout simplement être AVEC, complètement avec, celle qu'il aimait. Il ne comprenait pas qu'elles revendiquent le droit, pour l'avancée de leur carrière ou la sauvegarde d'une certaine vie intérieure à laquelle il n'avait pas accès, de sortir sans lui ou de partir seules quelques jours. Tout partager, n'avoir plus de secrets l'un pour l'autre, c'était ça un couple, non ? Il les avait regardées s'en aller, désolé, son énorme besoin d'amour sur le cœur, sans parvenir à comprendre où était sa faute. Alors pourquoi, dans ces conditions d'insatisfaction sentimentale, de solitude intérieure, aurait-il résisté aux appels de sa mère et à la smalah familiale ? Il se réchauffait un peu là-bas, en attendant... En attendant quoi ? Que commence sa vraie vie, sans doute.

C'était ce qui lui faisait supporter la présence de son père, pourtant de plus en plus insupportable au fur et à mesure qu'il prenait de l'âge. Les années étaient pourtant censées améliorer nombre de personnes, pourquoi pas lui ? Il fallait donc admettre que certains caractères ne pouvaient aller qu'en empirant. Quelle tristesse et quelle amertume Luc avait ressenties le jour où il avait pensé que la pire chose qu'on pouvait lui dire serait qu'il ressemblait à son père...

Mais pourquoi ressasser tout cela depuis qu'il était là, à Budapest ? Le fait d'être dans le pays de ses grands-parents, peut-être, d'entendre les gens, partout autour de lui, parler une langue qu'il n'avait entendue que dans la bouche de sa mère ?

Impossible de rien voir du pays, bien sûr. Ils passaient d'un quartier à l'autre en voiture. La ville lui avait semblé belle. Une grande disparité entre les immeubles cossus où les hommes d'affaires allaient et certains quartiers traversés, manifestement très pauvres. Un détail l'avait frappé, l'autre jour : des squares abandonnés aux mauvaises herbes. Ces espaces publics voués à la détente retournés au sauvage avec des paquets d'orties au pied des bancs à la peinture écaillée. On a tellement l'habitude, chez nous, de voir des jardins publics soignés, comme si cela allait de soi, qu'on oublie presque que la nature y a aussi ses droits et que, si on ne les entretient pas, ceux-ci redeviennent des friches, beaucoup plus rapidement qu'on ne le pense. Ça l'avait choqué, comme une image symbole – pas le temps, ici, pour le plaisir d'une promenade, l'urgence était ailleurs.

Luc pensa qu'il aimerait revenir dans ce pays, un jour, sans la contrainte de ce job de traducteur. L'idée d'y emmener sa mère le traversa, mais lui rappela immédiatement son amertume, sa misère – avec quoi lui payer le voyage ? Sa pauvre mère qu'il ne voyait plus... Comment ne pas y penser, revivre douloureusement le dernier dimanche passé dans sa famille, en lisant sur ce menu : « Véritable goulasch hongrois » ? Le goulasch de ce dimanche-là, celui qu'avait fait sa mère pour l'anniversaire de sa sœur, il ne l'avait pas terminé...

Elle avait tant insisté pour qu'il vienne qu'il était arrivé tôt, avec l'intention de repartir dès après le gâteau. C'était sa sœur préférée, il pouvait bien faire un effort et oublier les griefs qu'il avait à l'encontre de sa famille. Depuis son mariage, rien n'allait plus entre eux et lui. Il trouvait leur attitude inqualifiable vis-à-vis de sa femme – qui n'était pas une personne facile, certes, mais ne méritait pas un tel rejet, une telle aversion. Et même si elle avait été haïssable, ce qui n'était pas le cas, ils auraient pu au moins respecter son choix. On supportait bien, sans mot dire, l'épaisse connerie de l'un de ses beaux-frères. Alors, pourquoi pas elle, qui avait au moins une personnalité intéressante ? Elle n'avait plus mis les pieds dans cette maison depuis plus d'un an, s'y sentant, disait-elle, tout à fait indésirable. C'était trop douloureux pour elle, ce sentiment d'injustice était insupportable. Elle avait préféré rompre d'elle-même avec cette famille qui la détestait.

Luc la comprenait et pensait qu'elle avait raison. Ils étaient tous de parti pris, ligués contre elle, et lui-même s'en sentait blessé. De quel droit se mêlaient-ils de la juger, de la condamner ? S'il avait décidé de vivre avec cette femme, n'était-il pas, à trente-six ans, assez grand pour savoir ce qu'il faisait ? Leur affection se résumait donc à ceci : avoir mainmise sur lui et régenter son existence comme s'il était encore un gamin ?

Quand il était arrivé chez ses parents, ce matin-là, il était d'assez méchante humeur. Pendant le trajet, il avait pensé, en salivant à l'avance, qu'il était heureux de faire un bon repas. Il n'y avait déjà plus grand-chose à manger chez lui, et sa mère avait toujours été fine cuisinière. Et brusquement, le regret que sa femme n'en profite pas avait gâché d'un coup le plaisir qu'il se promettait.

Dans la cuisine flottaient déjà de délicieuses odeurs d'oignons rissolés et d'aromates. Le goulasch, le délicieux goulasch, était en préparation. Il remarqua tout de suite que sa mère avait les yeux rougis. Il l'interrogea mais elle esquiva, parlant d'autre chose, et sans doute pour faire diversion, sans volonté agressive, elle dit maladroitement : « Ta femme n'est pas venue ? » – ce qui gela net la sollicitude de Luc.

Un peu plus tard, une de ses sœurs lui confia que le père faisait encore des siennes – on lui avait découvert une maîtresse de trente ans de moins que lui. La mère pleurait du matin au soir. Luc pensa qu'il n'y avait guère de quoi s'émouvoir, son père avait toujours eu des maîtresses, ça faisait apparemment partie des attributs normaux des mâles de son style. Ça ne l'empêchait pas d'être là, tranquille et pérorant, tapant dans le dos de son fils comme si c'était un copain de régiment, tâtant la fesse d'une de ses filles en plaisantant sur sa cellulite, et renvoyant sans vergogne la mère à la cuisine chercher les cacahuètes de l'apéro. C'était toujours pareil, tout le monde était scandalisé de son attitude, mais personne ne disait rien, jamais.

Et le repas avait commencé. L'ambiance était lourde, fausse. On plaisantait, on parlait fort, et pendant les silences qui tombaient, abrupts comme des trous d'air, les arrière-pensées couraient autour de la table. Luc essayait de penser à autre chose, mais tout à coup quelqu'un osa faire allusion à un « mariage malheureux », et il s'aperçut que tous les regards étaient fixés sur lui avec insistance. Incrédule, il demanda de qui on parlait. Sa mère, le regardant droit dans les yeux, la mine désolée, lui dit : « Tu le sais bien, tout de même... »

Une froide colère l'envahit et, sans quitter sa mère des yeux, il rétorqua que « ce qu'il vivait ne regardait que lui et qu'il n'était pas masochiste, contrairement à certaines personnes, réellement malheureuses en ménage, qui se taisaient lâchement depuis des années ». Tous les silences légers qui flottaient dans l'atmosphère depuis le début du repas prirent soudain corps et devinrent une gêne compacte, collante. Alors il porta l'estocade. Dans ce grand silence, cette attention générale exacerbée, il dit à sa mère, d'une voix forte et nette, que « ce n'était pas la peine d'avoir fui les nazis pendant la guerre pour supporter ensuite, sa vie durant, une tyrannie pareille ».

Il y eut une sorte de temps suspendu. Puis tout se précipita – le fracas de la chaise du père repoussée violemment, son cri, « Petit salaud ! », alors qu'il bondissait vers son fils, le poing déjà levé, le hurlement strident d'une de ses sœurs, les gémissements immédiats de la mère. Luc esquivait les coups de son père en faisant le tour de la table, et celui-ci frappait dans le vide. La sœur dont c'était l'anniversaire prit au passage une beigne qui ne lui était pas destinée. Les deux beaux-frères étaient restés assis, ne voulant se mêler de rien, et l'un d'eux faisait : « Quoi ? Quoi ? Quoi ? »

Quelques assiettes atterrirent sur le parquet. A son troisième tour de table, toujours poursuivi par le père, Luc dérapa sur le goulasch et s'étala de tout son long pendant que les femmes hurlaient à l'unisson. Il n'y avait que dans certains films italiens qu'on voyait des scènes pareilles. Elle se termina par une débandade effrénée, le père maîtrisé tant bien que mal par ses filles malmenées, pendant que Luc se sauvait, claquant la porte derrière lui.

Dans la rue, il tremblait, tenant à peine sur ses jambes. Le père avait réussi, quand il était tombé, à lui égratigner la lèvre, et il sentait du sang sur son menton. Il respirait court, les dents serrées. Tandis qu'il se calmait, une étrange jubilation s'empara de lui. Il pensa : « Voilà ! C'est fait ! » Tout ce qu'il avait sur le cœur depuis si longtemps, depuis l'enfance peut-être, avait enfin explosé. Une petite phrase et tout avait volé en éclats. Les ponts étaient rompus – enfin ! Plus loin sur le chemin, rentrant chez lui, il eut un brusque fou rire nerveux en se disant qu'il avait tout de même poussé le bouchon très loin...

Sa femme soigna sa lèvre, le dorlota. Il lui avait tout raconté dans le détail et elle avait aussi attrapé un fou rire. Elle n'avait pas ri comme ça depuis longtemps. Elle était fière de lui. Il était grand temps qu'il ait le courage de dire leur fait à ces gens-là. On ne choisit pas sa famille, ni ses parents, bien sûr, mais ceux-ci passaient les bornes de la bêtise et de la méchanceté. Vraiment, on ne devrait pas perdre son temps avec des êtres pareils. Pour sa part, elle se félicitait d'avoir pris la décision, depuis déjà des mois, de les rayer de sa vie. Luc n'avait rien à regretter, ils ne lui faisaient que du mal, ils le tiraient en arrière. Leur unique but était de le séparer d'elle. Ils étaient malfaisants...

Il pensa, en écoutant cette litanie, qu'elle y allait un peu fort. Mais sa femme n'avait aucun sens de la mesure – ça devait avoir déteint sur lui, d'ailleurs, car jamais, avant de la connaître, il n'aurait osé déclencher un tel drame, dire à sa mère des mots aussi durs.

Elle voulut boire pour fêter ça, et dénicha une de leurs dernières bouteilles de vin. Elle la but presque entièrement, avec des relents de fou rire qui la reprenaient en se rappelant certains détails de ce qu'il lui avait raconté. Elle mima la crise de nerfs de la sœur, l'air ahuri du beau-frère répétant : « Quoi ? Quoi ? Quoi ? », comme une poule qui vient de pondre. Elle s'endormit tard, jetée en travers du lit, excitée et saoule. Elle riait encore en dormant.

Luc n'avait aucunement sommeil. Il la contempla longtemps, dans la pénombre, assis sur une chaise à côté du lit. Un cafard noir lui était tombé dessus. Tout lui échappait. Il ne comprenait rien à ce qui se passait dans sa vie.

A la table du restaurant, à Budapest, un soudain brouhaha le ramena à la réalité présente. Vite ! C'était sans doute le moment de commander. Quoi prendre, nom de Dieu ? Rien ne lui faisait vraiment envie, à part le caviar interdit... Ou alors, puisqu'il était obligé de dépenser de l'argent, un plat nourrissant, un peu lourd, qui lui calerait l'estomac et lui permettrait de passer tout le lendemain avec les restes du petit déjeuner. Mais en hommage à sa mère, et à cause du souvenir cuisant qui venait de lui revenir à l'esprit, il se promit de ne pas prendre de goulasch.

Alors quoi ? Parcourant rapidement les lignes suivantes sur le menu, il ne vit que des plats sophistiqués, servis sans doute avec deux rondelles de carotte et une feuille de salade, rien qui tienne au corps. Les gens riches ne savent plus ce que c'est que d'avoir vraiment faim. On dirait qu'ils grappillent des broutilles délicieuses, qu'ils se nourrissent d'amuse-gueules. Une grande assiette arrive devant eux avec des petites choses disséminées au fond, et ils trouvent encore le moyen d'en laisser la moitié. Comme si le fait même d'avoir de l'argent, d'en discuter, les rassasiait.

Luc avait toujours eu un gros appétit. Il aimait les belles platées de pâtes, dont il reprenait plusieurs fois, les patates gorgées de sauce – quoique les pâtes et les patates, il en avait soupé, depuis quelque temps ! Ce qu'il avait tant aimé, avant d'être pauvre, il ne pouvait plus le supporter. Trop, c'est trop. Il en avait marre de se remplir la panse juste pour se nourrir. Lui venait des envies de repas de riches, de plats à savourer... Mais il se raisonna, stoppant net son désir de laisser-aller. Il ne se laisserait pas tenter. On lui reprochait assez souvent, chez lui, de ne pas avoir de caractère, de manquer de volonté. Pour une fois, il prouverait qu'il savait rester fermement sur sa décision, la promesse de rapporter TOUT l'argent qu'il allait gagner ici. Sa pauvre femme, si pâle et si maigre ces derniers temps, en avait besoin autant que lui. Ne serait-ce que pour elle, il respecterait son serment.

Sortant le nez de son menu, il s'aperçut qu'il ne s'agissait pas de prendre la commande, pas encore. Le patron du restaurant baragouinait quelque chose en anglais, avec un sourire commercial orné d'une dent en or et, d'un claquement de doigts, ordonna à deux serveurs d'apporter les zakouskis. Ils disposèrent sur la table une multitude de plats avec de minuscules pâtés, des olives, des tranches de saucisson – sans doute typiquement hongrois...

La femme de l'agence, responsable de l'organisation du voyage, et qui faisait vis-à-vis à Luc au bout de la table, se leva soudain et attrapa le patron du restaurant carrément par la manche. Elle avait l'air très énervée. Luc n'entendait pas ce qu'elle disait à ce type, dont le sourire commercial s'était coincé en une sorte de rictus, mais il voyait, comme elle lui tournait le dos, ses cheveux tressauter au rythme de ses paroles. Elle désignait le groupe d'hommes d'affaires d'un geste large, reprochant sans doute au restaurateur de faire attendre de si bons clients, des gens si importants. Elle parlementa un bon moment avec véhémence. L'homme avait l'air gêné, il écartait les mains avec une mine désolée. Puis, claquant les doigts de nouveau, il ordonna qu'on apporte de nouvelles bouteilles de vodka pour accompagner les zakouskis et faire patienter ces messieurs. Il récupéra sa superbe et son sourire en or pour dire que c'était la tournée de la maison – cadeau.

La femme de l'agence, visage tendu, était venue s'adresser au groupe. Appuyée au dossier de la chaise où était assis l'homme au visage glabre qui pérorait tout à l'heure, elle s'excusait, disant qu'elle n'était pas responsable, que ce restaurant avait très bonne réputation, mais il y avait une autre salle à côté avec un congrès, un mariage ou elle ne savait quoi, et la cuisine était débordée. C'était inadmissible dans un endroit de cette classe, mais voilà... Que voulaient-ils faire ? Acceptaient-ils de patienter encore un peu ou préféraient-ils chercher un autre endroit ? Franchement, elle comprendrait qu'ils en aient envie, mais à cette heure elle avait bien peur que le groupe ne trouve plus que le room-service de l'hôtel.

On se récria – mais non, voyons, qu'elle ne s'inquiète pas. Ils étaient justement ici au cœur de leurs investigations, constatant de visu ce qu'ils pourraient apporter dans ce pays : discipline et compétence dans le travail ! On rit. Seul l'homme au visage glabre, qui s'était apparemment attribué le rôle de leader du groupe, se fit cassant pour dire à l'organisatrice que, contrairement à ce qu'elle affirmait, elle était responsable. Alors qu'elle assume ses responsabilités ! Il était hors de question que cela se reproduise pendant les dix jours qu'ils devaient passer encore en Hongrie, on était bien d'accord, n'est-ce pas ? Et lui tournant le dos, il reprit sa discussion, servant des vodkas à la ronde comme si c'était lui qui offrait ces bouteilles.

Une bouffée de haine monta en Luc. Il détestait ce genre d'hommes. Jamais il ne s'y ferait. Trop de points communs, malgré la différence de milieu, de culture, avec ce père dominant dont il connaissait tous les trucs, les violences comme les séductions grossières – l'impossibilité surtout de sortir de son rôle pour se mettre à la portée de l'autre, l'écouter et le comprendre. La priorité absolue était de « garder le dessus » en toutes circonstances. Parfois, Luc pensait que ce malheureux caractère condamnait son père à une grande solitude. A n'être jamais d'égal à égal avec quiconque, il n'y avait ni amitié ni intimité possibles. Il en arrivait presque à le plaindre. Mais le plus souvent, c'était la colère qui l'emportait – on ne fait pas si facilement abstraction de son regret d'un père tendre et chaleureux.

Longtemps, l'espoir était resté ancré au cœur de Luc – son père avait sans doute des qualités cachées, qu'il découvrirait tôt ou tard. Celui-ci, prenant de l'âge, s'adoucirait, s'ouvrirait aux autres. Quand il avait eu soixante-cinq ans, immuablement égal à lui-même, Luc avait admis que son rêve ne se réaliserait probablement jamais... Depuis, une franche aversion avait remplacé ces sentiments mitigés. Sa femme l'avait beaucoup aidé à voir enfin ce père tel qu'il était. Elle était très psychologue, avec un regard sur les gens souvent impitoyable, mais elle avait raison. Mieux valait « faire une croix » sur ce père que de souffrir ainsi, déchiré entre espoir et rancune. Il était plus tranquille depuis qu'il l'avait moralement rejeté. Il n'attendait plus rien de lui. Et comme il ne voyait plus du tout sa famille, il ne risquait pas de rechuter.

Luc se souviendrait toujours du jour où il leur avait présenté sa future femme, il y avait cinq ans de cela. La mère et les sœurs avaient conservé une prudente réserve, sur la défensive – les beaux-frères sans opinion, comme d'habitude – mais la haine entre elle et son père avait été incroyablement immédiate, presque tangible. Venant d'arriver, elle était encore debout dans l'entrée, son manteau sur le bras, le père à la porte du salon pour l'accueillir. Le contact, au premier regard, sans un mot, avait été foudroyant. Il l'avait jaugée, des pieds à la tête, tandis que ses yeux à elle, comme soudainement rétrécis, noirs et étincelants, restaient braqués sur lui entre les longues mèches qu'elle avait laissées tomber sur sa figure ce jour-là.

Tout d'abord, Luc avait été gêné – la crainte de ce père était encore vivace. Puis il avait souffert du regard de sa mère, désarçonné et apeuré. Il avait pourtant bien insisté pour que sa femme ne mette pas ce corsage transparent, largement échancré, qui lui laissait quasiment les seins à l'air. Les cheveux dégoulinant sur son visage comme de sombres algues et le rouge à lèvres presque noir n'arrangeaient rien.

Ils avaient eu une scène avant de venir – Luc n'était pas d'accord. Pourquoi prendre ce look inquiétant et malsain juste le jour où elle devait faire connaissance avec ses parents ? Pourquoi les choquer ? Elle s'était rebiffée, entêtée – elle était libre ! Elle se sentait bien comme ça, c'était son droit. Ce n'était pas un petit bourgeois timoré qui allait lui dicter sa manière de s'habiller ! Et pour faire bonne mesure, elle avait changé la jupe à peu près classique qu'elle avait mise pour un pantalon ultra-collant qui lui sciait le zizi en deux. Ils hurlèrent l'un et l'autre un bon moment, puis elle l'emporta en lui disant bien en face que, oui bien sûr, elle le faisait exprès : c'était un test. Elle verrait ainsi si ces gens étaient capables d'être au-dessus des préjugés et des apparences pour découvrir qui elle était vraiment…

On s'était assis au salon un peu cérémonieusement. Les femmes tentaient d'être aimables, de dissimuler leur embarras. On disait n'importe quoi. Le père était resté en retrait, appuyé à la cheminée, et ne quittait pas la femme du regard. Celle-ci, pour amadouer la mère et les sœurs, avait pris cette voix douce qu'elle avait de temps en temps dans les moments de grande faiblesse, presque une voix d'enfant – la voix d'avant les larmes, qui se cassait parfois douloureusement dans les aigus et qui faisait craquer Luc, éveillant chez lui un instinct protecteur puissant.

La mère, qui essayait de sourire bravement, avait en contraste de grands yeux effrayés et un front chiffonné d'angoisse. Son expression en était presque drôle. Elle s'échappa un temps à la cuisine et Luc la suivit. Ils eurent un échange rapide, sincère : « Es-tu sûr de ce que tu fais, mon petit ? » – « Sûr. C'est la femme qu'il me faut. » – « Vraiment ? Tu l'aimes ? » – « Oui. » – « Bien, c'est ta vie... », avait-elle conclu, mais son front était resté tout chiffonné.

Il revint au salon juste au moment où sa femme, dressée comme un cobra à l'attaque, disait au père, avec une voix qui n'avait plus rien d'enfantin : « Je peux respirer, oui ? Ça ne vous dérange pas trop que j'existe ? » Luc ne sut jamais ce qui avait déclenché cette soudaine agressivité. Le père, curieusement, n'avait pas réagi, penchant simplement la tête de côté comme pour considérer la femme sous un autre angle. Celle-ci continuait, comme si rien ne s'était passé, le récit de sa vie mouvementée aux sœurs de Luc, qui l'écoutaient bouche bée, comme assommées de stupeur.

Pendant le repas, elle se déploya, prenant de l'assurance, énumérant les dix-neuf métiers différents qu'elle avait exercés et qui faisaient qu'elle avait eu une vie sociale et professionnelle extrêmement variée. Nourrie d'expériences, de rencontres, de milieux très différents, elle s'était extraordinairement enrichie en changeant de métier aussi souvent... Le père avait alors laissé tomber froidement : « C'est ce que disent les gens qui sont incapables d'en exercer un seul correctement. » Et le silence. Le pavé de gêne. Les yeux de la femme rétrécis de nouveau, et ce petit bisou qu'elle avait mimé en direction du père, du bout de ses lèvres noires

– pire qu'une insulte. Ces deux-là auraient pu s'écharper dans la seconde, si les conventions sociales – on ne tue pas sa belle-fille, on ne crève pas les yeux de son futur beau-père à la première rencontre – ne les avaient retenus.

Pendant tout le chemin du retour chez eux, dans l'assez bel appartement que Luc avait avant de la rencontrer et qu'ils habitaient encore, ils étaient restés muets. Luc était pensif, concentré sur l'impression qu'il gardait de cette première visite – assez catastrophique, il faut le dire. Il était mentalement resté sur la faute vestimentaire de sa compagne. Le corsage transparent avait immédiatement bloqué sa famille, il le savait, il l'avait prévenue, mais quelle femme têtue elle était ! En pleine récrimination intérieure, marchant à côté d'elle sans mot dire, il avait été surpris par le brusque écroulement de sa future épouse tombée à genoux par terre, éclatant en sanglots, là, sur le trottoir, à deux pas de leur maison. Elle s'était recroquevillée, ne pouvant contenir ses gémissements – c'était dur, trop dur ! Ce qu'elle venait de vivre était affreux…

Tandis qu'elle était terrassée à ses pieds, Luc se déchargea durement de tous les reproches qu'il avait en tête – c'était de sa faute ! Cet accoutrement qu'elle avait choisi les avait braqués. Elle croyait toujours tout savoir, mais c'était sa famille à lui, il les connaissait mieux qu'elle tout de même !

Les gémissements redoublèrent – oui ! C'était de sa faute. TOUT était toujours de sa faute ! Elle ne savait pas s'y prendre avec les gens. Et pourtant, elle avait tellement besoin qu'on l'aime… Et la voix d'enfant, le chant magique de la faiblesse et du désarroi tua instantanément la colère de Luc.

Il la releva, écarta tendrement les mèches collées sur ses joues par les larmes. Ses lèvres, qui conservaient un peu de noir tout barbouillé, tremblaient. Elle bredouillait, et sa salive faisait parfois des bulles, comme les bébés en font dans leurs crises de chagrin. Il ne pouvait pas savoir comme elle avait été malheureuse chez elle, mal aimée, incomprise, depuis qu'elle était toute petite. Pourquoi son père avait-il été si méchant avec elle, tout de suite, sans même essayer de la connaître, alors qu'elle avait une envie désespérée de s'ouvrir en confiance ? Elle avait tellement besoin d'être adoptée par une vraie famille, d'être rassurée, réchauffée... Il l'aiderait, n'est-ce pas ?

A la visite suivante, que Luc avait prudemment espacée de trois semaines, elle s'était costumée en souris grise. Elle avait l'air d'une sage collégienne avec sa jupe plate et son pull ras du cou à manches longues, le tout d'une discrète couleur taupe. Elle avait même noué ses cheveux en catogan, retenus par une barrette. Elle baissait les yeux, elle ne parlait presque pas. Le changement de personnalité était brutal, même avec un intervalle de trois semaines, et pour le coup, ce sont les femmes qui ne l'avalèrent pas. Les regards en disaient long sur le fait qu'elles n'étaient pas dupes, et Luc entendit l'une de ses sœurs dire à la mère, dans la cuisine, que « ce n'était pas parce qu'une pute se déguisait en sœur de charité qu'elle leur ferait gober n'importe quoi ».

Ayant surpris cette phrase dans l'embrasure de la porte, Luc s'était instinctivement reculé, choqué. Il n'avait pas pu entrer dans la pièce. Son cœur cognait. Le mot « pute » l'avait blessé, comme si c'était lui qui était attaqué. De quel droit une telle insulte, pour un malheureux corsage un peu provocant ? Sa femme avait donc raison, ne comptaient pour sa famille que les apparences et les conventions ? Ils étaient vraiment ligués contre elle, sans place pour l'indulgence, sans chance de rattrapage. En fait, elle aurait sans doute pu s'habiller n'importe comment, la première fois comme ce jour-là, ils auraient eu la même réaction négative.

Il était blessé, oui. Car il avait assisté, depuis plusieurs jours, aux efforts de sa femme pour leur plaire, être acceptée par eux. Elle avait cherché et acheté ces vêtements pour eux. Elle les avait essayés devant Luc, lui demandant humblement son avis. Elle avait insisté pour qu'il lui raconte l'histoire de sa famille, ce qu'il savait du caractère de ses sœurs, de leur jeunesse, leurs goûts, pour pouvoir mieux les connaître et se mettre à leur portée. Avant de partir, elle était fébrile, traqueuse comme une gamine qui va passer un examen, et il l'avait rassurée, l'incitant à la simple confiance. Tout ça pour se faire traiter de « pute » – quelle injustice !

Les visites s'espacèrent donc de plus en plus au fil des mois et rien ne s'arrangeait. Luc commença à entrevoir que ce que lui suggérait sa femme depuis le début était sans doute exact : ils ne toléraient pas qu'il ait une vie privée, une existence hors de sa famille. Ils voulaient le réduire, le phagocyter, et s'il osait prendre quelque indépendance le rejet était immédiat, violent et rédhibitoire. Il avait non seulement la famille la plus collante, mais aussi la plus intolérante qui soit...

Une amertume grandit dans son cœur vis-à-vis d'eux. Elle nourrissait une logique qui lui fournissait l'explication de tous ses malaises – voilà donc pourquoi il se sentait si peu heureux depuis l'enfance, bridé, incapable de réaliser ses rêves, d'employer ses dons. De là lui venait son intense sentiment de solitude, d'être « à part » : les siens, depuis toujours, lui interdisaient d'être lui-même en dehors d'eux, de se construire un territoire personnel. Et sa femme, qui avait lu de nombreux livres de psychologie et de psychanalyse, le lui démontra patiemment, piquant çà et là des formules à l'emporte-pièce très convaincantes.

Alors les visites s'espacèrent encore, jusqu'à devenir trimestrielles. Luc se sentait bien soulagé. Au moins, il s'occupait de lui, de son couple, sans avoir à faire toutes les semaines, comme il le faisait auparavant, le compte rendu de ce qu'il vivait, de ce qu'il ressentait, sous prétexte de bavardage et de sollicitude familiale. Il devait bien s'avouer que, parfois, le sevrage de ce frotti-frotta avec les siens le laissait désemparé – ce lait qui l'avait nourri depuis toujours lui manquait. Mais il luttait, il s'affranchissait. Comme le lui disait sa compagne : il était tout de même temps de devenir un homme.

Il y eut une année entière pendant laquelle les réunions dominicales furent plus faciles – donc plus fréquentes – car le père n'était jamais là. Il s'était mis au golf. La chose était on ne peut plus incongrue. On apprit au bout de quelque temps qu'il allait pratiquer un autre genre de sport avec une femme mariée qui, de son côté, prétextait des visites familiales trop ennuyeuses pour y emmener son mari. Ce père incorrigible avait toujours des amours de vaudeville. Mais son absence était un vrai soulagement et Luc sentait sa femme plus à l'aise. Néanmoins, tout le monde restait sur la défensive. Il n'y avait ni véritable détente ni amitié. On se tolérait.

Et puis, un jour, tout ce qu'on contenait péniblement avait explosé. Luc avait perdu son travail depuis quelque temps déjà, et sa femme l'avait convaincu de ne rien dire à sa famille. En quoi cela les regardait-il ? C'était SA vie, leur vie à eux.

La première fois, il réussit à se taire, comme elle le lui avait enjoint. Mais il rentra chez lui en proie à un grand malaise. La nouvelle lui restait sur le cœur, il avait eu l'impression de les trahir en leur cachant un événement aussi important pour lui… Sa femme se mit en colère. C'était incroyable d'être toujours aussi dépendant, immature ! Fallait-il qu'il raconte encore tous ses bobos à maman, comme lorsqu'il s'écorchait les genoux étant enfant, pour qu'elle souffle dessus ? Il se sentirait mieux après ? Pauvre garçon. Il n'était pas sorti de l'auberge, pas près d'être libre, adulte, ça non !

Quelques semaines plus tard, ayant tenté en vain de récupérer son poste de dessinateur – ils avaient engagé quelqu'un d'autre – il n'y tint plus et lâcha la nouvelle, qui tomba comme une lourde bombe au milieu du déjeuner familial. Le tollé fut immédiat. Les deux sœurs bondirent comme si on les avait piquées – comment était-ce possible ? Luc si qualifié, apprécié par son employeur depuis des années, aurait été mis à la porte du jour au lendemain ? Même les beaux-frères s'en mêlèrent, intarissables dès qu'on parlait entreprise et sécurité de l'emploi – voulait-il leur aide ? Il devait prendre un avocat, saisir les prud'hommes, il ne pouvait pas se laisser faire comme ça !

Seule la mère ne disait rien, toute pâle et la peau comme momifiée, une incommensurable tristesse au fond des yeux. Elle regarda longuement la femme – pour une fois muette et qui subissait tout ce tintouin en poussant parfois un gros soupir d'ennui. Puis son regard revint à Luc et elle saisit l'opportunité d'un silence pour lui dire doucement : « Comme ça, tu as plein de temps libre, n'est-ce pas, mon petit ? » Puis elle posa ses mains de chaque côté de son assiette, se leva et, s'adressant à la femme, lui demanda de bien vouloir débarrasser la table avec elle. Luc eut un mouvement pour se lever également, mais elle l'arrêta fermement : « Non, toi, tu restes là à discuter. » Et bientôt, les mains chargées, sa mère et sa femme disparurent à la cuisine.

Les deux beaux-frères vinrent encadrer Luc, le pressant de questions. Jamais ils n'avaient manifesté autant d'intérêt à son égard. Les sœurs écoutaient, renchérissaient, les sourcils dramatiquement froncés, les yeux pleins de tendresse inquiète. Luc se sentait mal, gêné et froid. Tant d'attention soudaine l'écœurait. Il n'arrivait pas à croire à leur sincérité. Il se sentait très loin d'eux, il voyait leurs mines apitoyées comme des grimaces. Se sentir si distant au sein de sa propre famille le plongeait dans un grand malaise. Se pouvait-il qu'il se soit tant détaché d'eux qu'il les regarde comme des étrangers, sans plus rien éprouver ?

Puis il n'y tint plus, repoussant sa chaise il se leva au moment précis où sa mère ressortait de la cuisine, seule. Elle était moins pâle et elle eut un court regard vers lui, un regard vif, débarrassé de ce voile de chagrin qui l'obscurcissait souvent. Elle entreprit de mettre en pile quelques assiettes de l'autre côté de la table, en les choquant les unes contre les autres. Les beaux-frères continuaient obstinément à discourir, et Luc, pour leur échapper, attrapa un saladier qui traînait et s'en fut le porter à la cuisine.

Dès qu'il y fut entré, la vision de sa femme l'arrêta net. Elle était tout à fait immobile, plaquée contre le mur, livide, le regard fixe, une de ses longues mèches de cheveux bizarrement accrochée à la poignée d'un petit placard, à côté de sa tête. On eût dit qu'on l'avait jetée là et qu'elle y était restée collée, comme tétanisée d'effroi.

Luc la regardait avec stupeur, son saladier dans les mains. Elle ne bougeait pas, deux traînées vertes de chaque côté de la bouche, comme lorsqu'elle était en crise. Mais cette fois, il ne se passait rien : ni larmes, ni cris, ni tremblements convulsifs. « Qu'est-ce qui t'arrive ? » dit-il. Par deux fois, il le répéta. Elle se mit alors à bouger, d'une manière un peu mécanique, l'œil trouble, et sans lui répondre gagna la porte comme une somnambule...

Elle alla s'asseoir dans un coin du salon, à l'écart, toujours pâle et commotionnée. La voyant ainsi prostrée, Luc hâta leur départ. De toute façon, il en avait assez de toutes ces simagrées, de cet apitoiement écœurant à propos de sa situation.

C'est ce jour-là que, juste avant de franchir la porte, sa femme s'était retournée et avait déclaré d'une voix nette, en détachant bien les syllabes : « Je ne remettrai plus jamais les pieds dans cette maison. »

Plus tard, il eut beau la presser de questions sur ce qui s'était passé, elle ne voulut rien lui dire. Toujours pâle et raide, elle ne desserra pas les dents. Le lendemain, il insista encore. Elle lâcha d'une voix blanche, à regret, comme si les mots lui coûtaient, qu'elle avait maintenant la preuve que sa mère était un monstre. Luc s'énerva : « Quoi ? Quoi ? Qu'est-ce qu'elle t'a dit ? » Elle rétorqua qu'elle ne voulait pas se salir la bouche en répétant des horreurs pareilles.

L'expression « se salir la bouche » surprit tant Luc, comme une dissonance bizarre, des mots qu'il n'aurait jamais employés, qui ne lui seraient même jamais venus à l'esprit à propos de quoi que ce soit, qu'il en resta interdit, renonçant à l'interroger davantage – comment pouvoir dire une chose pareille ? Sa femme profita de son inattention pour sortir de la pièce.

C'est le profond silence qui régnait dans la maison qui alerta Luc au bout d'un moment. Il la chercha à l'étage et ne la trouva pas. Il se dit qu'elle avait dû sortir pour se changer les idées, mais n'arriva pas à s'en convaincre. Effectivement, à la nuit tombée elle n'était toujours pas rentrée. Il se donna un répit, une chance de se tromper et attendit onze heures du soir pour partir à sa recherche. Comme leur ligne téléphonique était déjà coupée, il dépensa le reste de sa carte Télécom dans une cabine publique pour appeler les rares amis – pouvaient-ils s'appeler encore des « amis » ? – qu'ils voyaient de loin en loin. Elle n'était nulle part.

Commença alors le périple qu'il avait déjà fait deux ou trois fois lors de précédentes disparitions. Et tout en se raisonnant, il ne pouvait empêcher son angoisse de monter. Cette femme, sa femme, s'était tout de même tailladé les poignets deux fois. Elle lui avait confié qu'étant plus jeune, avant de le connaître, elle avait tenté de se pendre. Il l'avait fait vomir lui-même alors qu'un jour de désespoir elle avait avalé tous les médicaments qu'elle avait pu trouver. Ç'avait été une fameuse bagarre, il avait presque dû l'assommer pour la traîner jusqu'à la salle de bains et lui faire rendre toutes ces saloperies. Chaque fois qu'elle disparaissait, il ne pouvait s'empêcher d'avoir peur qu'elle ne recommence, et qu'elle crève seule dans un coin, comme une pauvre bête, sans qu'il soit là pour la sauver. Pendant qu'il courait dans tous les sens à sa recherche, il se demandait quelle monstruosité pouvait bien avoir dit sa mère, sa si douce et tendre mère, pour mettre cette femme dans un tel état. Car elle était verte quand il l'avait retrouvée dans la cuisine, Luc ne l'avait jamais vue ainsi – et pourtant il en avait vu, depuis qu'il vivait avec elle, et de toutes les couleurs !

Deux jours, ce n'est qu'au bout de deux jours, alors qu'il allait se décider à appeler la police, ayant imaginé tous les scénarios possibles de suicide, qu'il la dénicha chez une ancienne copine, avec laquelle elle était pourtant fâchée depuis plus de deux ans. Pourquoi Luc avait-il pensé à elle ? Il ne savait pas. Une inspiration. Parce que c'est chez cette femme qu'il l'avait rencontrée pour la première fois lors d'une soirée, du temps où celle-ci était encore mariée à un collègue dessinateur… L'amie en question l'avait fait entrer sans un mot, le visage fermé, et l'avait immédiatement conduit à une chambrette au fond de l'appartement. Sa femme était là, recroquevillée dans un coin. Elle agitait la tête de droite et de gauche d'une manière bizarre. Quand elle avait vu Luc, elle avait eu un « haaa… » chantant suivi d'un « hé ben, le voilà ! » léger et presque guilleret. Elle avait immédiatement remis dans son sac ses affaires éparpillées par terre et l'avait suivi. L'amie, toujours muette et le visage hermétique, les avait précédés jusqu'à la porte qu'elle avait claquée derrière eux.

Dans la rue, Luc avait fermement attrapé sa femme par le bras, car elle titubait. Chaque fois qu'il essayait de lui parler, elle se mettait à rire nerveusement. Elle paraissait saoule, ou droguée. Elle essaya de se dégager, mais il la maintint encore plus fermement sous l'aisselle. Il se moquait bien qu'elle ait le bras tout bleu ensuite, il la tenait. Il était empli à la fois de colère et de soulagement. Il l'aurait pilée sur place en même temps qu'embrassée d'être vivante, d'être là, cette infernale, cette sorcière, cette sale môme, cette merveille, cette pauvre fille, cette salope. Il étouffait de sentiments contradictoires, et toute sa force se concentrait dans cette main serrée qui ne la lâchait pas. Il lui fit monter l'escalier, alors qu'elle trébuchait à chaque marche, en la soulevant presque, au risque de lui démettre l'épaule.

Elle alla se cacher sous les draps, au fond de leur lit, et y resta tout le jour. Au soir, il se décida à la faire manger, presque de force. Une cuillerée, puis deux, puis trois... Et ces grands yeux battus qui le regardaient pendant qu'elle avalait sagement sa purée. Il avait retrouvé sa petite fille, sa chérie, sa terrible femme à lui sans laquelle il serait encore plus seul, encore plus perdu.

Luc avait appuyé sa tête en arrière, sur le mur du restaurant de Budapest. Il n'en pouvait plus d'être coincé derrière cette table, d'attendre, de bouillir, de se taire, de mourir de faim, de faire semblant d'être comme tout le monde. Il avait des élancements nerveux dans les jambes à force d'être assis sans bouger, ce menu sous les yeux. Avec quel plaisir il l'aurait jeté au milieu de la table et aurait foutu le camp en disant « merde » à tous ces beaux messieurs ! Une bouffée d'impatience fit trembler ses mains et, posant le menu sur l'assiette désespérément vide qu'il avait devant lui, il les cacha sous la table, crispant ses doigts sur ses cuisses pour maîtriser leur agitation. Il ferma les yeux un moment, pour tenter de se calmer, et il se sentit pâlir, comme si son sang refluait. Sa peau, tirée de l'intérieur, devenait insensible. Tout son corps n'était qu'une défaillance autour d'un estomac vide. Bon Dieu, qu'il avait faim... Mais il ne prendrait pas ce foutu hareng de la

Baltique à peu près abordable, même accompagné d'une salade de patates bien bourrative. Ça non, plutôt crever! Était-il écrit quelque part qu'il devait vivre de pâtes, de pain et de patates alors que les autres allaient se gaver sous son nez de choses délicieuses, sans même y prêter attention, comme si c'était leur dû ? Où était sa faute pour être ainsi exclu du plaisir, de l'abondance ?

Une crampe au ventre le saisit. Il aurait volontiers avalé le menu entier et tous les alcools de la terre tant il avait faim et soif. De tout. Il n'en pouvait plus de privation. Il vit qu'un verre de vodka était de nouveau devant lui, on l'avait sans doute rempli pendant qu'il était plongé dans ses pensées. Sans hésiter, il le saisit et l'avala d'un coup, s'étant néanmoins légèrement tassé sur son siège pour amortir la brûlure qu'il allait ressentir. Son visage se crispa, un frisson courut le long de ses bras. Il respira fort pour que ça passe.

Vers le milieu de la table, loin de lui, beaucoup trop loin pour qu'il tende le bras et s'en saisisse, un petit pâté en croûte était abandonné au milieu d'une assiette. Une flambée d'aigreur lui vint en pensant que les zakouskis n'étaient jamais arrivés jusqu'à lui. Ils sont comme ça, les nantis, les patrons, ils se saisissent de tout avec un royal égoïsme, une férocité naturelle. On ne pense pas aux subalternes relégués en bout de table, tout là-bas, hors champ. On ne les voit même pas. Luc se dit un instant qu'il était ridicule de haïr les gens pour un stupide pâté dont il avait désespérément envie, mais après tout, cela représentait bien ce qu'il vivait dans la société. Il était exclu, devait-il en plus s'interdire la colère ?

Il lui aurait fallu déranger plusieurs personnes pour faire arriver cette pauvre bouchée jusqu'à lui. Il aurait pu, pourquoi pas ? Or cette saloperie de honte l'arrêtait, comme toujours. La fierté, aussi. Car il savait, lui, qu'il avait faim, que son envie était violente, indécente, qu'il n'aurait pu empêcher sa voix, ses yeux, de refléter son avidité en demandant qu'on approche l'assiette, que sa main tremblante n'aurait pu saisir ce petit pâté avec deux doigts négligents, comme il sied de le faire, et qu'elle se serait abattue trop vite, comme un rapace sur sa proie. C'est ça aussi, la misère : on sait qu'on n'arrive plus à donner le change, on se trahit soi-même. On n'ose plus ouvrir la bouche de peur qu'un simple mot devienne cri de désespoir, que la moindre demande se transforme en supplique. Rien n'est plus naturel. On mendie malgré soi, de tout son être.

Il aurait pu faire un signe discret à l'organisatrice du voyage, qui était presque en face de lui de l'autre côté de la table. De là où elle était, en se penchant, elle aurait peut-être pu attirer le plat vers eux. Mais elle baissait la tête, fixant mélancoliquement un point qu'elle grattait sur la nappe avec son ongle. Elle avait l'air doux et triste et paraissait beaucoup plus jeune ainsi perdue dans ses pensées, ses cheveux bouclés retombant sur son front. Luc songea rapidement que ce voyage ne semblait pas une partie de plaisir pour elle. Mais enfin, chacun ses problèmes. Se préoccuper des états d'âme des autres était un luxe qu'il ne pouvait se permettre, il avait assez à faire avec les siens.

Il renonça donc à ce petit pâté, et la frustration provoqua en lui des spasmes d'impatience. Il étouffait, derrière cette table. D'ailleurs il étouffait partout ! Était-ce pire ici ? Il allait bouffer sa salade de patates, son malheureux hareng, et fermer les yeux fort, bien fort, pour ne pas voir la marée de caviar qui allait sans doute déferler sur la table. Ah ! Bon Dieu ! De quoi était-il coupable pour souffrir ainsi ?

Un élancement nerveux lui fit tendre brusquement la jambe gauche et son pied heurta le bout de la chaussure de l'organisatrice. Elle sursauta et le regarda avec de grands yeux surpris. « Oh, pardon », dit-il. Il ramassa ses pieds sous son siège, rebaissa la tête sur son menu et tenta de respirer lentement, pour ne pas craquer. Quelle autre alternative que de prendre sur lui, d'accepter d'être coincé là, ou coincé dans sa chambre, de toute manière enfermé dans son mutisme, enfermé dans sa tête à tourner et retourner sa vie...

Depuis qu'il était ici, c'était infernal. Ce qu'il avait vécu ces dernières années lui revenait en mémoire comme un film incessant, parfois mêlé à des souvenirs d'enfance. Il revivait dix fois un événement, une scène pénible, parfois un détail de la vie quotidienne. Une phrase à laquelle il n'avait pas attaché d'importance au moment où il l'avait entendue prenait une importance obsédante, ou l'expression d'un visage. Il n'y avait pas de repos dans le flux des réminiscences qui l'assaillaient de jour comme de nuit, dès qu'il n'était plus occupé. Il en venait à souhaiter travailler tôt le matin et terminer le plus tard possible. Hors de ces heures employées à traduire le hongrois en français et inversement – avec une difficulté qui exigeait une énorme concentration – il n'y avait ni distraction ni travaux manuels pour le soustraire à ses pensées.

La nuit d'avant-hier, il l'avait entièrement passée à revivre la rencontre avec sa femme chez ce couple d'amis. Mais pourquoi revivre vingt fois l'ouverture de la porte et sa progression dans l'appartement, jusqu'à la découverte de cette femme, tout de noir vêtue, avec ses longs cheveux épars, assise seule dans un coin contre un mur blanc, et qui semblait posée là juste pour lui ? Et revoir en rêve, avec une telle insistance, le premier regard échangé, ces yeux noirs fixés sur lui avec une étrange intensité ? Il n'avait jamais vu une femme aussi fascinante. Il se dégageait d'elle une force hors du commun. Il avait été littéralement happé, absorbé par sa présence. Il n'avait même pas vraiment remarqué qu'elle était belle, c'était plus que cela. Il avait été en proie, instantanément, à une attirance puissante, magique... Il avait fallu, bien sûr, dire bonjour à tous les convives, débiter quelques mondanités de-ci de-là. Il la sentait, même de dos. Ses yeux noirs tissaient un lien invisible, tout à fait perceptible pour lui. Son regard lui brûlait la nuque.

Quand son collègue dessinateur l'avait invité à cette soirée chez lui, Luc avait été surpris. Ils n'étaient pas spécialement amis. Trois ou quatre verres pris en deux ans à la sortie du travail avec d'autres collègues, l'échange s'était limité à cela, courtois sans plus. Et voilà qu'il était convié un vendredi soir à « un buffet informel avec des gens sympa ».

Luc avait accepté. Pourquoi refuser ? D'autant que cette invitation lui fournissait un prétexte pour échapper à l'une de ces soirées familiales organisées par sa mère, en l'honneur d'un cousin reçu à il ne savait quel concours. C'était l'époque où Luc était très agacé par cette mère tentaculaire. Elle employait les ruses les plus grossières, les plus puériles, pour rassembler à tout prix les siens autour d'elle. Cette fois, il avait réussi à lui échapper. Ouf ! Et grâce à cette sortie inopinée, il avait rencontré sa femme…

Au bout d'une demi-heure, pendant laquelle l'un et l'autre avaient louvoyé parmi les invités sans se perdre du regard, ils s'étaient retrouvés seuls dans un coin isolé. Ils avaient commencé à parler et on eût dit qu'elle devinait ses pensées, parfois elle terminait ses phrases avant lui. L'osmose était extraordinaire. Elle le buvait du regard, elle comprenait tout, elle devançait ses idées, ses sentiments. Une telle entente spontanée avait quelque chose de surnaturel. De la seconde où il l'avait vue, Luc avait quitté son monde ordinaire d'ennui et de solitude. Il était soulevé, ailleurs, avec elle, comme si leur couple avait été scellé au premier regard. Il n'était même pas question de choix – cela était.

Ils étaient partis dès le milieu de la soirée, d'un commun accord, sans presque se concerter. Ils avaient eu le temps, déjà, d'échanger mille idées sur la vie, leurs rêves, ce qu'ils attendaient des autres, de l'avenir. Émerveillés d'une telle communion, ils avaient échangé un long regard et s'étaient levés d'un même mouvement. Ils avaient contourné les groupes de convives, gagné la sortie d'un même pas et dévalé l'escalier, déjà hanche contre hanche, au même rythme, accordés comme des danseurs de tango. Tout de suite ils avaient été chez lui, et tout de suite ils avaient été nus l'un contre l'autre.

Cette première nuit d'amour n'avait pas été exceptionnelle sur le plan de la volupté physique. Mais Luc s'en moquait. Ce qui se passait entre eux était au-delà, à un autre niveau. Il était sous le choc, transporté d'avoir enfin rencontré une femme capable de se donner ainsi, d'un coup, sans marchandage, sans tergiversation, sans coquetterie, aussi franchement et librement. Il en avait toujours rêvé et il avait croisé son chemin. C'était un cadeau de la vie, un miracle.

Au matin, il avait été tiré du sommeil par un léger craquement répétitif. Elle s'était déjà levée et elle croquait une pomme, entièrement nue, au milieu de la chambre, entre le lit et la fenêtre, accroupie à la manière des Africaines, les genoux haut levés et écartés à la hauteur des aisselles, en équilibre sur ses pieds bien à plat, le séant presque au sol. « Bonjour », avait-il dit doucement. Elle avait tourné simplement le visage vers lui, fait un grand sourire, et continué de manger sa pomme, méthodiquement, toujours accroupie. Comme elle était face à lui, il voyait ses seins un peu tombants comprimés entre ses cuisses, son sexe offert, et le joli W rond que formaient ses fesses ouvertes dans le contre-jour. Ses longs cheveux tombaient tout autour d'elle, presque jusqu'au sol.

Luc était fasciné. Il n'avait jamais vu une femme dans une telle position, avec cette impudeur tranquille, ce naturel animal. Sans bouger, elle avait terminé sa pomme jusqu'au trognon qu'elle avait jeté dans un cendrier sur la table basse, non loin d'elle. Puis elle s'était levée et elle avait arpenté la pièce, regardé les meubles, les gravures au mur. Elle en avait fait le tour plusieurs fois, avec une lente démarche de panthère. Quand elle était passée une seconde fois devant la baie vitrée, il avait dit : « Attention, il y a les voisins. » Elle s'était arrêtée pile devant la fenêtre et avait eu un rire court et moqueur. Elle l'avait regardé un moment, puis était venue se planter au pied du lit, dans sa nudité d'idole barbare, et avait prononcé d'une voix rauque : « Qu'est-ce qu'on fait ? »

D'abord il l'avait remise au lit et ça avait été mieux que pendant la nuit. Puis ils avaient parlé et reparlé encore, de l'amour cette fois, exaltés de se trouver en accord sur toute chose à ce propos. Elle avait, elle aussi, désespérément attendu l'être capable de se lier à elle pour la vie, indissolublement, de se consacrer à elle, comme elle à lui, sans retenue, sans plus de secrets, sans trahison. L'union devait être totale, sacrée, sinon ce n'était pas la peine. Elle avait été tellement déçue jusqu'à présent ! Personne ne mettait l'amour, l'honneur du don de soi aussi haut qu'elle...

Regardant cette femme transfigurée par sa profession de foi, Luc, soulevé d'émotion, avait osé à son tour confier ses rêves les plus intimes, ses échecs avec les autres femmes, qui jamais, jamais, n'avaient compris ce qu'il attendait du couple, ce qu'il brûlait de donner. Ils rirent et pleurèrent ensemble, et bénirent ces amis qui leur avaient permis de se rencontrer. Et les bénirent aussi d'avoir choisi pour ce faire un vendredi soir, leur offrant ainsi un week-end, deux grands jours libres pour se découvrir.

Au soir du samedi, ils avaient échangé tous les serments. Le dimanche, elle était installée chez lui avec ses affaires – au demeurant peu de chose, ses vêtements et quelques souvenirs. Le reste, elle préférait le laisser derrière elle, débarrassée de ce qui avait encombré son ancienne vie. Elle voulait s'offrir à lui libre et neuve, disait-elle.

Luc n'avait pas du tout compris pourquoi elle avait fermement refusé qu'il l'aide à déménager. Il n'avait même pas su où elle habitait et si même elle vivait seule. Elle était restée évasive et l'avait enjoint de ne se mêler de rien. Un peu troublé, il l'avait vue sortir trois fois, ce dimanche-là, et par trois fois, à quelques heures d'intervalle, revenir avec deux valises, puis un gros sac, et enfin des cartons qu'elle avait transportés il se demandait bien comment.

Mais quand on a rencontré la femme de sa vie, on ne va pas l'assaillir de questions dès le premier jour. On se tait pudiquement. On accepte le mystère de l'autre, de son « avant ». Ce qui arrive est si précieux qu'on se fait discret, léger, pour ne rien forcer, ne pas risquer de briser cet accord naissant et encore fragile. On la laisse faire, dire ce qu'elle veut – ou ne rien dire si elle préfère. C'est le début de la confiance.

Ce ne fut que quelques mois plus tard qu'il sut que sa compagne, depuis un bon moment déjà, vivait chez les uns, chez les autres, traversant une de ces périodes de mouise où elle s'enlisait régulièrement. Elle laissait des affaires un peu partout.

Et ce n'est que deux ans plus tard, après son mariage, que Luc avait appris que leur merveilleuse rencontre avait été organisée par l'épouse du collègue dessinateur pour tenter de caser la copine qui commençait à encombrer sérieusement l'appartement, squattant la chambre du fond depuis des semaines et prenant presque tous ses repas chez eux. Ça suffisait comme ça. Elle avait donc demandé à son époux de dégotter parmi ses collègues un célibataire assez beau garçon qu'on pourrait inviter un soir, mine de rien. La copine, mise dans la confidence de cette future rencontre avec un inconnu – rencontre présentée comme un jeu, une opportunité d'aventure, l'occasion de se laisser aller à quelque folie si l'homme lui plaisait – avait ri, excitée. Les deux femmes avaient choisi ensemble la robe noire et attendu impatiemment l'ouverture de la porte sur l'invité surprise...

Quand Luc avait appris cela, il avait été pétrifié. Ainsi l'apparition magique de cette femme en noir sur le mur blanc avait été mise en scène ? L'émotion qu'il avait ressentie en la voyant, l'éblouissement, puis la complicité, l'osmose miraculeuse résultaient d'un vulgaire arrangement entre copines ? C'est son collègue qui avait vendu la mèche un jour, entre hommes. Il avait lâché la chose comme une bonne blague. Il se rappelait encore l'essayage de la robe avant la soirée, une vraie robe de séductrice qu'elle avait testée sur lui...

Luc était rentré chez lui, raide et glacé, et pour le coup c'est lui qui avait fait une grande scène. Sa femme s'était défendue comme un beau diable, éperdue, les yeux pleins de larmes : Et alors ? Qu'importait cette malheureuse histoire, qu'importaient le prétexte, la duplicité des autres, puisque leur rencontre avait tout de même été merveilleuse, tout de même miraculeuse ! Dès qu'elle l'avait vu, elle n'avait plus joué, elle n'avait pas triché ! Ne se rappelait-il pas comme avait été magnifique ce dimanche où elle était venue vivre avec lui ? Aurait-elle pu se donner aussi complètement à lui sans être sincère ? Pensait-il qu'elle avait profité de lui, de l'occasion, comme une pute racole un client ? Et, renversant les rôles, c'est elle qui s'était affirmée blessée, injustement soupçonnée de bassesse, souillée dans son esprit...

Peu à peu, il s'était laissé convaincre, et réchauffer. Et pourquoi, après tout, une authentique passion, un amour sincère ne pourraient-ils naître du vulgaire ? Éternelle parabole de la fleur s'épanouissant sur le fumier... Un peu de froid était tout de même resté enkysté dans un coin de son âme, et il ne repensait jamais à cette histoire sans un petit frisson intérieur.

Mais ce dimanche-là, le premier, le magnifique dimanche, il ne savait pas tout cela. Une femme lui était tombée dans les bras, elle était là, elle avait l'intention de rester et toute la vie de Luc en était changée. Grisé, il avait de la peine à croire à sa chance.

Le lundi matin, elle était toujours dans son lit, endormie, ses valises et les deux cartons discrètement entassés dans l'entrée. Il était parti travailler avec une petite angoisse – serait-elle là ce soir ? Il avait sobrement remercié son collègue pour la soirée du vendredi, et fui son regard qui appelait une connivence, des confidences que Luc n'avait nulle intention d'offrir – tout commentaire eût été à mille pieds au-dessous de ce qu'il vivait.

Il était rentré le cœur battant et, levant la tête vers ses fenêtres avec appréhension, il avait vu de la lumière là-haut. Elle était donc là. Elle n'avait pas fui. Un feu d'artifice très doux avait explosé dans sa tête et sa poitrine. Négligeant l'ascenseur, il avait volé dans l'escalier, c'était plus rapide. Il avait une femme chez lui, avec lui ! Pendant plusieurs semaines, il s'attendit chaque jour à ce que le rêve s'achève, à trouver l'appartement vide, le lit déserté. Mais non. Elle restait toujours. Et c'était toutes les nuits des serments, des rites inventés, des secrets à eux deux pour sceller leur amour, lier leurs vies. Elle adorait être la prêtresse de leur couple. Il se rassura.

Alors commença la vraie vie ensemble et, peu à peu, il découvrit le caractère de sa femme. Il s'aperçut vite qu'elle était excessive, fantasque, qu'elle avait de curieux abattements, des moments de désespoir suivis d'exaltation. Elle était sans nuance, dans l'enthousiasme comme dans ses jugements. Mais la joie de ne plus être seul, l'extraordinaire soulagement que Luc ressentait à la sentir attachée à lui, l'aurait fait supporter de pires défauts – et était-ce un défaut que d'être exigeante, pour elle comme pour les autres, de ne pas supporter le mensonge, la bêtise, la lâcheté, de dire la vérité, d'affirmer ce qu'elle pensait haut et fort, sans tergiversation ni faux-semblant ? Il y avait tant de mous et d'indécis en ce monde, qui s'arrangeaient pour louvoyer tant bien que mal dans l'existence sans opinions fortes, sans prise de conscience – il se comptait dans le lot – que ça faisait du bien de voir une personne si fière et si courageusement entière. Il l'admirait.

Bien entendu, il fut parfois, et très rapidement après leur rencontre, choqué de sa brutalité. Par deux fois, lors de soirées chez des amis, elle provoqua des esclandres et il fut obligé de s'interposer. Elle était capable d'une agressivité qui le laissait pantois.

Une fois, elle gifla une fille à toute volée, alors qu'elle semblait discuter calmement avec elle dans le coin d'un salon. L'autre se rebiffa, griffes en avant, mais reprit une autre gifle, si rapide et si sèche qu'elle ne put l'éviter. Le salon entier fut aux cent coups pour séparer les deux femmes. Luc constata à cette occasion que sa compagne était d'une violente habileté dans le corps à corps. Il l'avait embarquée presque de force, les yeux encore étincelants et l'invective à la bouche. Dans la rue, il l'avait laissée se calmer, puis il lui avait demandé ce qui s'était passé avec cette fille. « ... Je pensais que vous étiez en train de parler cinéma, toutes les deux. » – « Oui. » – « Alors comment en êtes-vous arrivées là ? » – « Elle disait trop de conneries. » – « Mais enfin... On ne gifle pas quelqu'un parce qu'il dit des conneries sur un film ?! » – « Ah oui ? Pourquoi pas ? » Luc en eut le souffle coupé.

Une autre fois, la violence fut plus insidieuse, sans cris, sans bagarre. A la fin de cette autre soirée, on avait prié sa femme de bien vouloir mettre des verres sales sur l'évier. Elle avait fait mine de s'exécuter et, sans un mot, elle les avait posés les uns après les autres juste à côté du meuble. Ils éclataient tous à ses pieds, sur le carrelage de la cuisine, tandis qu'elle fixait la maîtresse de maison avec un doux sourire. Le silence à couper au couteau. Les regards convergeant vers elle, aigus comme des flèches. Et elle qui n'arrêtait pas de sourire en laissant choir encore un verre, puis un autre…

Luc n'avait auparavant rien remarqué d'anormal dans l'attitude de sa femme, il ignorait pourquoi elle avait fait cela. Il s'était laissé pousser dans l'escalier avec sa compagne, sans réaction. Il devait avoir l'air d'un imbécile à qui on jette son manteau avant de le foutre dehors.

Dans la rue, cette fois-là, il avait été au bord de la nausée. Tellement assommé par ce qui s'était passé qu'il n'avait pas la force d'interroger sa femme. C'est elle qui avait tout à coup craché, d'une voix pleine de haine : « Bourgeois de merde ! » S'en était suivi une diatribe contre cette engeance si méprisable, vautrée dans le mensonge, les faux-semblants, avec pour toute religion le respect des conventions et pour seul Dieu le fric, le fric, cette saloperie de merde de fric ! !

Luc, ayant quelque peu récupéré ses esprits, avait tenté de modérer ses propos. Après tout, ces gens-là avaient été polis, charmants avec eux, ils travaillaient comme tout le monde et ne lui semblaient pas si haïssables. Elle s'était retournée contre lui, révoltée : Comment ? ! Il ne voyait pas la fausseté de leur vie, l'hypocrisie qui suintait de toutes leurs paroles, la bassesse de leurs intérêts ? Il était d'une naïveté incroyable ! Et il eut droit à la description de toutes les horreurs dont ces gens étaient capables, elle en avait vu mille signes tout au long de la soirée. Et lui, rien ? C'était affligeant…

Ils parlèrent – du moins elle – presque toute la nuit. Au matin, épuisé, il admit qu'elle avait peut-être raison. Il n'avait jamais vraiment pensé à ces choses. Elle était plus fine que lui, plus observatrice, plus engagée aussi, plus exigeante. Il avait beaucoup à apprendre de cette femme.

Pendant qu'il travaillait, elle voyait des tas de gens, qu'il ne connaissait pas toujours. Maintenant qu'elle avait un homme avec elle, un homme pour la soutenir, elle allait enfin trouver sa voie, un épanouissement professionnel qu'elle n'avait pu obtenir jusque-là tant elle était malheureuse. Luc était content de la voir revenir, parfois, remplie d'un enthousiasme débordant, lui racontant la rencontre exceptionnelle qu'elle avait faite avec Untel ou Unetelle, des gens remarquables qui allaient l'aider, c'est sûr, lui ouvrir des perspectives très enrichissantes. Elle fit quelques remplacements, des stages... Tout cela restait toujours un peu mystérieux pour lui. Il trouvait qu'elle en faisait beaucoup, pour des résultats qu'il jugeait chimériques, mais après tout sa femme avait un tempérament passionné et il était plutôt tiède – on commençait à le lui reprocher – cela avait toujours été son défaut, il le savait. Mais il sentait qu'elle se lançait dans tous ces projets parce qu'elle était enfin heureuse, enfin accompagnée dans la vie. Il était fier d'être la cause, la base solide du renouveau de cette femme. C'était un beau rôle. Il la soutiendrait de toutes ses forces.

Et puis, au fil des mois, ce ne furent que déceptions, trahisons des gens qu'elle avait trouvés d'une qualité humaine supérieure quelque temps plus tôt. Elle se fâchait régulièrement avec tous ses amis. Ceux qui avaient prétendu vouloir l'aider se révélaient menteurs, lâches. Et elle, si crédule, qui avait misé sur leur bonne foi, donné sa confiance, son temps, son énergie, sans compter ! N'y avait-il donc sur terre que des traîtres et des imbéciles ? Était-elle venue au monde pour prendre des coups dans la gueule sans arrêt ? Fallait-il qu'elle abandonne tout espoir de rencontrer des gens propres, honnêtes ? Elle avait des crises de désespoir, des découragements abyssaux. Luc la consolait de son mieux. Il souffrait pour elle. Se donner tant de peine et voir ses efforts vains, tout tomber à l'eau, toujours, était affreux. Elle n'avait décidément pas de chance. Il la plaignait de tout son cœur, la réconfortait : elle y arriverait, il en était sûr, elle était si courageuse !

Elle passa quelques mois à monter une affaire, une boutique, avec une femme extraordinaire qui allait faire d'elle son associée. Luc fut émerveillé de voir sa femme, en quelques semaines, tout savoir sur les fournisseurs, la manière de s'y prendre avec eux, la TVA, la technique de ciblage d'une clientèle. Elle prit en charge aussi la décoration et passa quelques nuits à arranger l'endroit. Ça serait ça de gagné sur l'investissement – puisqu'elle aurait ses intérêts dans l'affaire elle y gagnerait aussi !

Luc l'écoutait, un peu largué, surpris de découvrir chez elle cet esprit comptable et affairiste alors qu'elle aspirait habituellement à des hauteurs morales, des valeurs plus abstraites. Il ne comprenait pas bien. L'envie qu'elle avait de trouver une place dans la société, son besoin d'une reconnaissance professionnelle étaient tels qu'elle se persuadait, sans doute, que le commerce était sa voie. Qu'importe, si cette affaire pouvait lui mettre le pied à l'étrier, calmer son insécurité, il était content. Elle n'avait pas voulu qu'il vienne là-bas pour lui faire la surprise de la belle boutique avec elle au milieu, dans son rôle de gérante, le jour de l'inauguration...

Un soir qu'il rentra un peu tard, il la trouva dans la baignoire, les poignets maladroitement tailladés, geignant dans l'eau toute rouge de son sang. Il s'entendit hurler, la tira de là en la prenant à bras-le-corps, et les jambes molles de sa femme firent « pfloc » en retombant sur le carrelage. Il appela le SAMU. Elle s'en tira avec un calmant, du Mercurochrome et un bon pansement.

D'une voix mourante, avant de sombrer dans le sommeil, elle dit qu'elle avait été trahie une fois de plus, congédiée, chassée. Le mari de son ex-associée s'en était mêlé, c'est lui qui payait tout, il avait été d'une vulgarité extrême. C'était fini, foutu, elle retombait à zéro, une fois de plus...

Luc, révolté, dit qu'il allait voir ces gens, les mettre devant leur responsabilité, les menacer au besoin. On n'avait pas le droit de faire des choses pareilles, il allait l'aider à se défendre. Mais elle refusa obstinément de lui donner l'adresse, le nom, et lui interdit de faire quoi que ce soit, ça n'arrangerait rien. On ne voulait plus d'elle, on lui avait une fois de plus craché à la figure, elle en avait vu d'autres. Et, s'affaiblissant, elle murmura, déchirante : « Que c'est moche, ma vie... » Elle s'endormit au milieu d'un sanglot, petit cri d'oiseau blessé.

C'est cette nuit-là, veillant sur elle, que Luc résolut de l'épouser. Il ne suffisait pas de la soutenir, d'être à ses côtés avec bienveillance. Elle était trop fragile, perdue, elle avait trop de mal avec le monde. Elle craignait parfois qu'il ne l'abandonne, elle le lui disait dans ses heures de grande dépression – « Je ne suis rien pour toi... » Il fallait la rassurer totalement. Son rôle était plus grand qu'il ne l'avait pensé : il devait sauver cette femme. Qu'elle puisse compter sur lui, indéfectiblement, et le lui prouver en se mariant avec elle. Ça ne lui faisait pas peur, il se sentait tous les courages. Mon Dieu, qu'il aimait donner ! Qu'il aimait aimer ! Il était fait pour cela. Il allait rendre à cette femme battue par la vie le sourire, le sens du bonheur, l'espoir. Elle pourrait s'appuyer sans crainte sur lui, son homme, son mari, sa moitié, puiser dans sa force, il ne la lâcherait pas.

Il eut hâte qu'elle se réveille pour lui annoncer qu'ils allaient bientôt, le plus vite possible, échanger le plus beau des serments – et pour eux deux, ils le savaient, les serments étaient plus que sacrés !

En fait, il n'avait pu revivre en rêve le réveil de sa femme, ce matin-là, car c'était lui, Luc, qui s'était réveillé dans sa chambre d'hôtel de Budapest, au petit jour. Assis sur son lit, le souffle court, les yeux encore mi-clos, il avait regardé un bon moment la fenêtre en face de lui, grise et blafarde. Il regrettait d'être sorti du sommeil à ce moment – pour une fois qu'il aurait pu revivre un souvenir heureux ! C'eût été une petite lueur, une trêve dans son marasme. Les éléments de sa vie qui venaient l'assaillir dans ses songes étaient comme les morceaux épars d'un puzzle. Quoi mettre à côté de quoi pour discerner quelque chose de cohérent, donner un sens à ce qui tournait et retournait dans sa tête, obsédant ? Il avait l'impression d'errer dans un labyrinthe, sans issue, sans l'éclair d'une évidence nulle part. Il était sorti du lit épuisé.

Il avait faim. Il s'était privé de dîner la veille au soir. Il se sentait creux, faible, la tête pleine de la confusion de la nuit. Il avait fort envie d'aller prendre son petit déjeuner en bas, au buffet, où il y avait des œufs, du jambon, des céréales, toutes choses qu'il n'y avait pas sur le plateau « continental », sans supplément, porté en chambre. Le seul inconvénient serait qu'il ne pourrait rien emporter, rien garder pour le soir. Une seule fois il était descendu et avait tenté de glisser un pain au chocolat dans sa poche. Un serveur l'avait regardé fixement et la honte lui était tombée dessus, son sang bruissant dans ses oreilles. Alors il avait préféré les plateaux. Et le ramassage des restes des chambres voisines dans le couloir. Tant pis, aujourd'hui il irait en bas et mangerait pour deux repas au moins, de tout ! Et puis ça le ferait sortir de cette piaule où il était enfermé avec tous ses fantômes, le puzzle obscur de sa chienne de vie…

Il s'empiffra de manière éhontée au buffet. Grand bien lui en prit car sa journée de traducteur s'avéra particulièrement éprouvante. Les hommes d'affaires rencontraient ce jour-là nombre de jeunes entrepreneurs hongrois qui sollicitaient des investissements européens. Luc avait bien du mal à utiliser son vocabulaire fraîchement appris. Les termes « dividendes », « pourcentages » et « plus-values » avaient tendance à se mélanger dans sa tête, à tel point qu'il ne savait pas très bien lequel sortirait quand il ouvrirait la bouche. D'autant que, même en français, il ne comprenait pas grand-chose à ce qui se disait ! Le défilé, sans interruption, eut lieu dans l'un des salons de l'hôtel, où l'on avait aménagé trois espaces de rendez-vous simultanés, séparés de quelques mètres, deux autres traducteurs ayant été engagés sur place en renfort. Le brouhaha des entretiens voisins n'aidait guère Luc à trouver ses mots.

Vers quatorze heures, la directrice de l'agence lui apporta une assiette de petits sandwichs – « Vous êtes tout pâle... Prenez donc cinq minutes pour vous restaurer. C'est terrible aujourd'hui, si on se laisse faire ils vont nous tuer ! » Il avait tout dévoré en trois minutes, sous l'œil impatient du banquier qui attendait son traducteur... Cette journée harassante ne s'était terminée qu'à huit heures du soir. La responsable s'était excusée de ce surcroît de travail. Il avait répondu : « Ce n'est rien, au contraire... », et fui très vite son regard surpris pour regagner sa chambre.

Personne ne pouvait comprendre à quel point il était content de se sentir si fatigué, abruti de concentration, vidé. Il sentait qu'il allait dormir d'un sommeil de plomb, et l'épuisement lui avait même coupé l'appétit – rien que des avantages !

Il avait rôdé un moment dans la pièce et pensé tout à coup qu'il n'avait envoyé qu'une carte postale à sa femme, le premier jour, pour la rassurer sur son arrivée. Il faudrait qu'il lui écrive plus longuement, elle allait si mal en ce moment... Mais un accablement le saisit avant même de dénicher le papier à lettres de l'hôtel. Pas un mot ne lui viendrait après cette journée passée à patauger dans les mots des autres. Rien qu'à l'idée de trouver quoi lui dire, il eut un mal de tête immédiat. Non, il ne pourrait pas. Pas ce soir – que lui raconter, avec tous ces rêves qui le troublaient tant...

Il y renonça, et curieusement il ressentit un calme soudain. Une bulle d'apaisement, une suspension d'angoisse. Haaa ! Que c'était bon... Pendant quelques secondes, il se sentit léger, presque comme avant – avant ce poids, avant la dégringolade, avant la misère...

Il décida de profiter de cette accalmie pour se coucher le plus tranquillement possible. Il s'allongea avec précaution, comme s'il craignait de secouer quelque démon qui se serait assoupi par inadvertance au fond de son être. La tête sur l'oreiller, il soupira profondément. Ça allait. Ça allait bien. Il ne pensait presque plus. L'oubli bienheureux, le repos, enfin.

A peine avait-il glissé dans le sommeil, confiant, que les rêves l'avaient assailli. Un vrai festival. Les pires moments de ces dernières années. Cela avait commencé par le visage de sa femme, tout proche, hurlant après lui, l'accablant de reproches, comme elle l'avait si souvent fait après leur mariage – car le mariage ne l'avait ni apaisée ni rassurée, au contraire. On eût dit que sa position d'épouse légitime exacerbait son droit à l'exigence, et cette exigence extrême s'était détournée du monde, de la société dont elle n'attendait plus rien, pour se concentrer sur lui. Le caractère de Luc était décortiqué, mis en pièces régulièrement. Quoi qu'il fasse, il était dénigré, rabaissé, et si ce n'était pas pour ce qu'il faisait c'était pour ce qu'il ne faisait pas. Rien n'était à son crédit, tout lui était compté en négatif : il n'était pas entreprenant, il n'avait pas d'imagination, pas de courage, pas d'opinions, pas de réflexion, elle n'avait pas épousé un homme mais un être immature...

Souvent il avait failli craquer, remettre en cause son engagement envers elle, c'était trop. Mais avec cet instinct animal, ce sixième sens extraordinaire qu'elle avait, on eût dit qu'elle sentait le point de rupture, le moment où il allait rejeter sa tyrannie et elle redevenait tout à coup faible, démunie, appelant « au secours ». Elle avait alors des crises de désespoir terribles, d'authentiques crises – on ne peut faire semblant d'être glacé de la tête aux pieds, de trembler, de pleurer pendant des heures...

Elle l'appelait six fois par jour à son travail – on commençait à lui faire des réflexions. Parfois elle l'attendait le soir sur le trottoir, parce qu'elle « avait peur toute seule là-haut ». Il tenait bon. A la réchauffer, il se réchauffait lui-même. Le premier sourire qu'elle avait après ces chutes dépressives – sourire qu'il avait fait naître, lui, à force de tendresse et d'attention – effaçait les mauvais jours, lui redonnait espoir. Il rendrait cette femme heureuse. Ça irait mieux. Ça ne POUVAIT PAS FAIRE AUTREMENT que d'aller mieux. Il comptait sans la subjectivité de son esprit sain et positif...

Ensuite, son rêve l'amena à revivre cette période où elle avait été enceinte, environ un an après leur mariage. Il revit des flashs, des bouts de scènes. La soirée de joie délirante qu'ils avaient vécue quand ils avaient fêté la nouvelle – ils allaient enfin vivre la plus merveilleuse, la plus grande aventure du couple ! Puis les angoisses qui avaient saisi sa femme – elle ne saurait pas être mère, elle allait mal soigner son enfant, le tuer peut-être. Elle s'accrochait à lui le matin pour qu'il ne parte pas, l'appelait non plus six mais au moins dix fois par jour à son travail. On commençait à faire grise mine à Luc, là-bas. Le patron lui demanda un jour s'il fallait lui installer un standard personnel...

Il s'adonna alors, avec toute son énergie, à son rôle de sauveur, persuadé qu'après la naissance un cap décisif serait franchi. La maternité allait, à coup sûr, épanouir sa femme, la stabiliser, lui donner une raison d'aimer la vie.

Le plus dur était d'apaiser sa peur avant. Après, ça irait. Il commença à s'absenter de son bureau. Il revenait la voir à l'heure du déjeuner et ne repartait qu'au milieu de l'après-midi. Ou ne repartait pas s'il la sentait trop fragile.

Son rêve le plongea ensuite directement au milieu de la grande crise d'hystérie qu'elle avait faite un jour qu'il s'était risqué à suggérer que, peut-être, pour son bien et celui de l'enfant, elle devrait se faire soigner les nerfs... Puis le sang, le lendemain, dans la salle de bains. L'image d'elle, la bouche grande ouverte, les yeux terrifiés et incrédules, nue, debout jambes écartées au milieu du carrelage, avec ce sang qui lui dégoulinait sur les cuisses, ses mains toutes rouges qu'elle crispait sur son sexe. Fini. Plus d'enfant.

Une semaine plus tard, il avait été obligé de lui faire vomir tous les médicaments qu'elle avait avalés pour se tuer. Il ne pouvait pas la laisser seule dans un état pareil. C'est à partir de là qu'il commença à emporter son travail à la maison... On le somma de revenir faire les plans qu'on lui confiait, comme ses collègues, sur le lieu de son travail. Un jour, à bout de nerfs, il se rebiffa : entre dessiner au bureau ou chez lui, où était la différence ? Ses plans étaient-ils bâclés ? De plus, chez lui, il ne comptait pas ses heures et travaillait une partie de la nuit, alors de quoi se plaignait-on ?

Il obtempéra tout de même, revint, comme tout le monde, à heures fixes, au bureau. Jusqu'au jour où il appela chez lui un matin pour prendre des nouvelles de sa femme. Personne. Il rappela à midi, puis plusieurs fois dans l'après-midi. Toujours personne. Elle avait disparu. Il la chercha deux jours, la retrouva, emporta à nouveau son travail à la maison. Deux mois après, il était licencié.

Le rêve s'accéléra, lui fit revivre des moments de plus en plus rapides, suite d'instants se succédant comme un film fou et épuisant. Cette nuit où ils avaient refait l'amour pour la première fois, quelques semaines après qu'elle eut perdu l'enfant, ce moment où il était près de jouir en elle et où elle lui avait chuchoté à l'oreille : « J'espère que tu vas le réussir, cette fois... » Instantanément, son sexe s'était rétracté et il s'était retiré d'elle, pétrifié. Elle le rendait donc coupable de cela, aussi ? Et ce réveil désagréable qu'il avait eu un matin, avec l'impression d'étouffer, alors qu'une des longues mèches de la chevelure de sa femme s'était enroulée autour de son cou, collée à sa peau. Elle dormait toujours les cheveux épars, il y en avait partout, il en mangeait parfois dans son sommeil... Puis le déménagement dans la sordide maison prêtée par ses beaux-parents, l'isolement – plus d'amis, plus de visite à sa famille – le début de la misère... Puis encore le visage de sa femme, ce visage qu'il lui voyait dernièrement, blême, et cette voix haletante, précipitée, qu'elle avait eue pour lui proposer de se tuer avec elle quand ils n'en pourraient plus – partir avec lui, pour toujours, ce serait si beau...

A la fin de la nuit vint le plus dur, un vrai cauchemar. Sa femme criait encore après lui, mais tout à coup ses traits se transformaient et c'était le père de Luc qui l'invectivait, comme lorsqu'il était enfant. En fait, le père sortait de l'image même de sa femme, les deux visages presque confondus, et cette sorte d'hydre à figures superposées, cet homme et cette femme réunis en un seul personnage s'avançaient en hurlant, de plus en plus près. Les yeux, les rictus étaient terribles, et Luc se sentait de plus en plus impuissant, mou, paralysé. Il rétrécissait, il retombait en enfance car le double personnage lui paraissait de plus en plus grand, le dominant de toute sa taille, l'écrasant, à tel point qu'ayant régressé jusqu'à l'état de larve, une pauvre larve à ras de terre, incapable de se défendre, Luc vit le monstrueux visage se pencher vers lui, grossir, grossir encore, et il fut certain que ces bouches conjointes et tordues allaient l'engloutir.

Il poussa un vrai cri et eut la sensation de se jeter hors du sommeil. Un réveil comme une fuite, un coup de rein salvateur. Il mit les mains sur son visage, encore plein de terreur, et s'assit très vite pour sortir définitivement de cette horreur. La réalité lui apparut d'abord sous la forme d'un lit d'hôtel transformé en champ de bataille : les oreillers étaient par terre, les draps en bouchon, la couverture rejetée loin dans la pièce. Il était trempé de sueur, de cette sueur d'angoisse, collante et aigre, et il se précipita sous la douche.

Il fit couler l'eau sur lui longtemps, la tête sous le pommeau mural, et le picotement des jets d'eau sur son crâne, le ruissellement sur son visage lui faisaient du bien. C'était comme une petite anesthésie – mon Dieu, s'il pouvait laver son cerveau, sentir toutes ces saletés de rêves se diluer, glisser dans la baignoire avant de disparaître dans les égouts, loin, très loin... !

Il se dit, en se séchant, que ça allait mieux. Pourtant, au moment de sortir, alors qu'il était bien éveillé, il s'aperçut que le double visage était là, obsédant, présent dans sa mémoire, il aurait pu croire l'avoir devant les yeux. Les jambes sciées, il se rassit un moment au bord du lit saccagé. D'ordinaire il se débarrassait de ses songes nocturnes avec le jour. Le cauchemar n'allait tout de même pas le poursuivre dans la VRAIE vie ? ! Mais cette image-là était différente, tenace...

Il eut beau se concentrer sur son travail, la chose – il ne savait comment appeler cette vision obstinément rémanente – ne le quitta pas de la journée, il ne parvint pas à s'en défaire. Le soir, en rentrant à l'hôtel, c'était toujours là, collé dans son esprit, superposé en filigrane à tout ce qu'il voyait, pendant tout ce qu'il faisait. Il monta dans sa chambre comme un somnambule, accompagné de ces fantômes gigognes, de ce monstre qui l'habitait.

Il était resté un long moment debout, immobile, à regarder fixement son lit, son champ de douleur. Les traces des combats qu'il y vivait la nuit avaient été effacées par les femmes de ménage. Les draps lisses étaient une plage trompeuse, une calme étendue recelant le danger de tous les enlisements. La nuit tombait. Il sut que dès qu'il toucherait ce lit, le double personnage reviendrait l'assaillir, et peut-être cette fois l'anéantir dans son cauchemar. Il n'en pouvait plus. Sortir d'ici, vite ! Il était descendu dans le hall de l'hôtel. C'est alors qu'il était tombé sur l'organisatrice du voyage, et qu'il s'était laissé embarquer dans ce restaurant. Et à présent il était de nouveau coincé, étouffant derrière cette table, les yeux vissés sur ce menu où s'étalaient des tentations hors de ses moyens, repoussant le sale fantôme...

Au moins, depuis qu'il était là, dans les chaudes lumières, entouré d'autres gens, l'apparition du double visage de son père et de sa femme était devenue plus lointaine, elle avait perdu de son pouvoir émotionnel. L'image devenait une entité abstraite – une énigme. Pourquoi donc ces deux-là, qui se détestaient, avaient-ils fait irruption dans ses rêves sous la forme d'un même personnage, d'une identité jumelle et écrasante pour lui ? Il ne voyait aucun point commun entre eux, on ne pouvait trouver êtres plus différents, plus opposés. Sauf peut-être... que l'un et l'autre lui faisaient peur, le dominaient ?

Il eut juste le temps d'entrevoir que lui, Luc, pliait sous la charge de leurs exigences, juste le temps de se dire vaguement qu'ayant voulu s'évader, effacer l'ancienne tyrannie paternelle, il serait revenu, sans le vouloir, plier l'échine sous un autre joug. Il aurait retrouvé, alors qu'il voulait s'enfuir vers de libres espaces, le chemin étroit où il tournait en rond depuis l'enfance, comme un cheval de manège trop bien dressé revient dans les traces de son vieil assujettissement...

Mais il eut à peine le temps d'effleurer cette idée et de s'en étonner, car un concert d'exclamations à la table le sortit de ses pensées. Le ton avait monté tout à coup, on s'agitait, on remuait des chaises – le patron du restaurant, toutes dents dehors, fonçait vers eux accompagné d'une armée de serveurs, son carnet de commandes à la main. Bon Dieu, le tour de la table serait vite fait, ils prenaient tous la même chose : le meilleur évidemment !

Il ne pouvait pas, non. Il n'avait pas le droit. S'il se laissait aller, il dépenserait la moitié de son défraiement total – car quelques grammes de caviar ne suffiraient pas, bien sûr, il voulait la grosse boîte, il voulait en avoir plein la bouche, se rouler dedans ! Sa faim était immense, physique et morale, une faim de tout son être. Ah ! Comme il voudrait se déployer, arrêter de souffrir, aimer dans la joie, manger, rire, profiter du bon et du beau de la vie sans remords. Pourquoi se sentir si faible alors qu'il regorgeait de forces, si malheureux alors qu'il était fait pour le bonheur ?

Il se crispa sur le menu, loucha douloureusement sur le hareng de la Baltique avec sa sage salade de patate, conforme à ses moyens, à ses promesses… Et voilà que le patron du restaurant s'approchait de lui, fatidique, avec son carnet, son stylo en or assorti à sa dent – vite, vite, choisir !

La femme de l'agence, en face de lui, le regardait…

Elle vit Luc se contracter, son visage pâlir, se durcir. Il ouvrit la bouche comme s'il manquait d'air, ferma les yeux une seconde, puis ses traits soudain se détendirent. Il ferma résolument le menu en claquant l'une contre l'autre les pages plastifiées, laissant échapper tout bas, pour lui-même : « Et merde… » Puis il releva la tête, redressa les épaules et dit d'une voix nette et forte : « Pour moi aussi, CAVIAR ! »

Luc ne rentra jamais chez lui.

CHRISTINE, LUC, SOLANGE.
ET PAUL

Au terme de cette crise étrange, qui avait failli la pousser à vendre sa maison du bas Berry, Christine était restée commotionnée, ébahie qu'on puisse déclencher en soi de telles tornades sans le concours d'aucun événement extérieur. Pourquoi ce jour-là ? Par quel cheminement inconscient tous ses questionnements, ses troubles vagues, ses inquiétudes s'étaient-ils mariés pour organiser un séisme intérieur, dont elle était sortie comme rouée de coups, avec un sentiment d'extrême fragilité ? Fragilité, mais aussi, et elle l'avait senti tout de suite, un regard comme neuf, la perception sensible d'une vérité qui lui échappait jusque-là. La fraîcheur de l'incrédulité, aussi, devant la simplicité de la réponse qu'elle avait récoltée au terme de cette journée de tourmente : la peur de vieillir…

Cinquante ans, était-ce vraiment si affreux, si impossible à digérer sans sombrer dans la dépression ? Car elle se remémora, le plus lucidement possible, ce qu'elle ressentait depuis plus de deux ans – fatigue extrême, manque d'allant, répugnance à sortir, à voir ses amis, perte d'envie de tout, même de ce qu'elle aimait auparavant le plus, comme le jardinage, devenu au-dessus de ses forces – et se reconnut dans un véritable état dépressif. Se pouvait-il que l'angoisse l'ait minée à ce point ? En y réfléchissant, elle en trouva maintes preuves…

Christine se rendit compte, par exemple, avec quel soin désespéré elle mettait en valeur les atouts physiques qui restaient chez elle intacts, aussi parfaits qu'en sa jeunesse : ses jambes et ses cheveux. Elle en était très fière. Mais, pour autant, n'était-ce pas ridicule de s'affubler de jupes si courtes, plus courtes qu'aucune gamine n'en portait plus, et de faire bouffer exagérément ses cheveux bouclés à l'aide d'une juvénile coupe au carré ? Et ces régimes draconiens, ces ennuyeux cours de gymnastique qu'elle s'imposait périodiquement... Elle se jugea, tout à coup, aussi lucidement et impitoyablement qu'une étrangère le ferait, et trouva tous ces efforts puérils et dérisoires. Et tout ça pour quoi, pour qui ? Elle n'avait plus de mari et même plus d'amants depuis plus de deux ans ! Alors à quoi rimait de se débattre ainsi ? Pour les clients de l'agence, simplement, la jupe au ras des fesses, la belle jambe nerveuse ? Par conscience professionnelle l'allure sémillante, le rouge à lèvres, l'allant factice ?

Puis elle alla plus avant dans ses réflexions, écarta les détails de cette résistance, de la sauvegarde des apparences, et songea à son chemin, où elle en était et ce qui lui restait à vivre. Et comment le vivre si elle ne se reconnaissait pas dans cette femme vieillissante, si elle la refusait ? Cinquante ans – elle butait, ça ne passait pas...

Jusque-là elle s'était parfaitement reconnue dans la continuité de sa vie, elle avait vécu des choses tristes ou gaies, franchi des étapes, elle avait acquis de l'expérience, mais elle ne changeait pas, elle ne changerait jamais, elle en était absolument, intimement persuadée. A la limite, elle se disait sans doute parfois que c'était idiot, qu'elle vieillirait comme tout le monde... Mais elle n'y CROYAIT pas. Cela restait une pensée abstraite, son esprit ne pouvait pas entrer dans la réalité de cette évidence. Et voilà que, cachée derrière cette conviction obtuse, la peur s'était insinuée, avait pris possession d'elle à son insu, lui pourrissait la vie.

Elle alla plus avant encore et, pour la première fois, prit conscience de l'horrible grignotage du temps... Elle l'approcha, du moins, l'entrevit comme on se penche au-dessus d'un gouffre, terrorisé, accroché au bord et voulant voir quand même, entrevoir l'inexorable. Elle ne vit pas le fond de l'abîme, la mort, c'était trop loin, trop sombre. Elle vit la vieillesse, et se vit glisser vers elle... « J'ai dépassé la moitié de ma vie, ça y est, je suis sur l'autre versant », se dit-elle péniblement, submergée de tristesse et de révolte mêlées. Au plus fort de cette prise de conscience, qui la secouait tout entière, elle balbutia puérilement entre ses sanglots : « Non ! Pas moi ! Ça ne peut pas m'arriver à moi, je ne veux pas ! » Pour un peu, elle aurait crié : « Pitié ! » Plus tard, lors d'une recrudescence de désarroi, elle hurla, toute seule dans sa maison silencieuse : « Non, ce n'est pas possible, je n'ai pas eu le temps ! » Le temps de quoi, elle ne le savait pas exactement.

Après s'être débattue de longs moments contre l'horrible perspective, elle en sortait avec des accès d'autodérision – fallait-il être bête pour se mettre dans des états pareils, réaliser si tardivement qu'elle partageait le même sort que tous les êtres vivants sur terre ? C'était risible. Mais la révolte, viscérale, idiote, la reprenait – « Pas moi, non ! Ça ne PEUT PAS m'arriver à moi, je ne veux pas ! »

Elle appela son bureau, à l'agence de voyages, pour dire qu'elle ne reprendrait pas son travail avant trois jours. Elle sentait qu'il fallait qu'elle prenne son temps, qu'elle accepte de plonger et replonger dans ce chagrin, si puéril et vain soit-il, pour le fatiguer, l'user en quelque sorte.

Les larmes se tarirent en effet, la révolte se fit peu à peu moins violente, et au terme du troisième jour elle avait enfin accepté de faire sien ce scandale : l'adolescente qu'elle avait été, puis la jeune adulte, était devenue, presque sans qu'elle s'en aperçoive, une femme vieillissante, et deviendrait prochainement une vieille femme.

Elle rentra à Paris humble et coite. Toutes choses lui semblaient un peu différentes. Enfin, pas vraiment, mais vues sous l'angle neuf d'un regard lavé. On lui trouva une mine superbe et fraîche. Une sagesse naissante la préserva de toute réaction de surprise ou de contentement...

Les jours suivants, elle vida entièrement ses placards et entreprit de trier ses affaires. Au départ, elle voulait simplement se débarrasser de ces jupes exagérément courtes, dont elle avait fait le symbole de sa résistance à l'âge. Elle trouva bien d'autres vêtements qu'elle jugea à présent hors de saison, notamment un tee-shirt très collant, orné de paillettes, qui lui arrivait à peine au nombril. Elle eut, toute seule, un petit rire de pitié en pensant qu'elle avait acheté cette fringue de gamine il y avait à peine un an et qu'elle avait tenté de la porter, une seule fois, en rentrant désespérément le ventre tout au long de la journée...

Il ne s'agissait pas de se déguiser en grand-mère ou en dame patronnesse, de devancer l'appel après l'avoir ignoré, non. Elle mettrait des vêtements dans lesquels elle se sentirait à l'aise, des pulls simples, des pantalons, des jupes souples qu'elle assortirait avec les vestes de tailleur qu'elle allait garder – le tailleur, équivalent du complet veston masculin, était en effet indispensable à l'image crédible d'une directrice d'agence.

Dans trois semaines, elle serait en Hongrie. Elle avait bêtement accepté, le jour de sa grande crise, d'accompagner là-bas un groupe d'hommes d'affaires – voyage peu enthousiasmant. Pourtant, elle ne songea pas à se désister et se prépara au départ avec un calme et un fatalisme qui la surprirent elle-même. Elle se disait qu'elle profiterait de ce temps, loin de son pays, de ses habitudes, tranquille dans sa chambre d'hôtel le soir, pour réfléchir à l'ordre nouveau qu'elle voulait dans sa vie, s'entraîner à une sérénité qui devait être sienne désormais.

Dans cette perspective, elle voulut régler à l'avance certains problèmes qu'elle risquait de rencontrer à Budapest – celui du traducteur notamment, qu'elle décida d'emmener, car sa longue expérience passée lui avait appris qu'on pouvait perdre trois jours à trouver quelqu'un de fiable sur place. Elle chargea son assistante de faire des recherches, de collecter des candidatures.

Un soir, en rentrant de l'agence, elle acheta un programme hebdomadaire de spectacles, résolut de voir deux pièces et quelques films, ainsi que de rappeler quelques bons amis qu'elle ne voyait plus depuis longtemps. Le premier spectacle auquel elle assista était bon. Elle en sortit ragaillardie et cela l'encouragea – elle pouvait reprendre contact avec le monde. Elle ne cherchait pas trop à savoir où elle en était moralement. Elle laissait ses états d'âme en repos. N'y pas trop faire attention, d'ici son départ, lui sembla salutaire.

Retournerait-elle à la campagne avant de partir pour la Hongrie ?

Oui, ce serait plus sage d'y aller, car elle n'y reviendrait pas avant un bon mois et demi. Et puis... elle se sentait coupable vis-à-vis de cette maison, qu'elle avait aimée d'amour pendant si longtemps et si brutalement rejetée. Elle l'avait tout à coup trouvée moche, froide, étouffante comme un piège, haïssable au point de vouloir la vendre le plus vite possible, même pour une bouchée de pain ! Elle avait beau se dire qu'une maison n'était pas une personne, elle se sentait coupable, oui... Puis elle pensa que ce sentiment n'était pas si ridicule – ces murs, ce toit avaient été amicaux, salvateurs parfois, cette terre lui avait apporté avec ses floraisons quelques-unes de ses plus fortes joies, or elle avait maltraité, injustement insulté, trahi ce havre. Ce ne serait pas bon de garder cette impression sur le cœur pendant tout le temps de son absence. Il valait mieux, rien que pour cela, retourner voir la maison, faire la paix avec elle en quelque sorte, pour partir en Hongrie l'esprit tranquille. Elle irait le week-end prochain.

Le vendredi qui le précédait avait été choisi pour être le « jour du traducteur ». Son assistante, Martine – Christine se demandait souvent ce qu'elle ferait sans une collaboratrice aussi efficace, intelligente, ponctuelle et d'une disponibilité sans faille malgré ses trois enfants en bas âge ! – avait appelé les ANPE, l'ambassade de Hongrie, diverses associations et opéré un choix de candidats. Elle avait prévu de commencer les entrevues à partir de onze heures du matin, cela convenait-il ?

Christine eût préféré commencer plus tôt mais ne voulut pas bousculer un planning si bien organisé. Elle emporterait son sac à l'agence et partirait directement à la campagne après avoir choisi le traducteur. Ainsi retrouverait-elle sa maison avec un souci en moins.

Dans l'optique de ce départ immédiat, elle se rendit au bureau plus tôt, pour expédier les affaires courantes de cette fin de semaine, ainsi serait-elle tout à fait libre après les rendez-vous. Et voilà que vers dix heures avait déboulé à l'agence son ami Michel, accompagné d'un type dans un état de saleté incroyable et l'air tout à fait idiot...

Tout d'abord, elle crut à une farce. Michel était l'un de ses plus vieux amis, un véritable camarade conservé depuis sa jeunesse, un peu perdu de vue, puis retrouvé ces derniers jours quand elle s'était fendue de quelques coups de fil pour renouer des liens amicaux. L'invitation à dîner avait été immédiate, pour le soir même – « Non ? Alors demain, sans faute ! Ça urge, ma vieille, au moins deux ans que les ponts sont coupés, faut réparer ! »

Michel était une sorte d'éternel ludion, plein d'une énergie et d'une gaieté débordantes. Christine l'avait beaucoup envié pour ce dynamisme bondissant, ce moral d'acier qui semblait ignorer le fléchissement des coups de cafard. Puis ce caractère qu'elle trouvait si magnifiquement charmant l'avait fatiguée. Il mettait en valeur, par contraste, son propre épuisement et ce poids qu'elle avait sur le cœur, ces dernières années. Devenue incapable de partager cet inusable enthousiasme, ce ton léger et un tantinet claironnant, elle sortait de chez lui encore plus déprimée. C'est pénible de voir quelqu'un sauter comme un cabri alors qu'on a soi-même à peine la force de marcher...

Mais elle savait que sous des dehors qui pouvaient paraître superficiels, Michel était un homme d'une grande finesse et que son œil sur ses semblables, derrière le paravent de cette humeur frivole, était juste et profond, son jugement sur eux clairvoyant – Christine l'avait vérifié bien des fois avec une certaine surprise : ce type-là ne se trompait jamais sur les gens, ni sur leurs défauts, ni sur leurs qualités.

Et voilà que ce matin-là, parce qu'elle lui avait parlé la veille de sa recherche d'un traducteur en langue hongroise, il lui amenait, avec la mine réjouie de quelqu'un qui vous pose un trésor devant le nez, un zozo dépenaillé, l'air abruti sous une tignasse en bataille et grise de poussière, et qui traînait sur la belle moquette de l'agence des godillots immondes qui allaient laisser des traces partout. Si Michel voulait fêter leurs retrouvailles avec une bonne blague, la faire rire en lui amenant le plombier du coin, ou n'importe quel SDF ramassé dans la rue, il allait un peu loin dans la plaisanterie...

Michel, volubile, vantait les qualités du zozo comme un maquignon celles de son poulain – c'était un dessinateur magnifique, un ancien collègue qu'il connaissait depuis des années, il parlait couramment le hongrois, c'était le type le plus honnête et le plus sérieux qu'il connaissait, et il se trouvait qu'actuellement il cherchait du travail. Quelle chance pour elle !

Christine l'écoutait en hochant machinalement la tête, laissant échapper de loin en loin un « mmm… » dubitatif, tout en jetant des regards au type resté planté là les mains dans les poches, la tête rentrée dans les épaules, l'air absent, ne semblant pas du tout se rendre compte que c'était de lui que l'ami Michel faisait un portrait si flatteur. Le contraste entre le dithyrambe de l'un et la mine obtuse de l'autre finit par l'amuser, et elle fut quelques minutes vraiment persuadée que c'était un sketch monté de toutes pièces.

Encore quelques minutes et Christine comprit que ce n'était pas un sketch : l'ami Michel la laissait avec le zozo pour qu'elle discute avec lui dates de départ, conditions financières, etc. « Parce que ça, ça ne me regarde pas ! » conclut Michel, guilleret. Mise au pied du mur, elle pria le candidat-surprise de passer dans son bureau, au fond de la pièce – « la porte restée ouverte, au centre, je vous rejoins… » – et raccompagna Michel à la porte de l'agence. L'échange fut rapide et à mi-voix :

– Tu ne te fous pas de ma gueule, ce type parle vraiment le hongrois ?

– Parfaitement.

– Et tu es sûr que… que…

– Il est formidable. C'est absolument l'homme qu'il te faut !

Et il disparut, virevoltant.

L'homme en question était à présent au milieu de son bureau, planté là sans bouger. Christine le pria de s'asseoir et ne put s'empêcher de trembler pour ses fauteuils fraîchement recouverts de velours framboise – une facture de tapissier monstrueuse – en voyant le pantalon plein de plâtre qu'elle n'avait pas bien remarqué jusque-là au-dessus des immondes godillots.

En lui parlant, l'homme parut soudain plus à l'aise, s'exprimant d'une manière précise. Elle en fut surprise. Elle s'étonna aussi qu'il réponde simplement à ses questions, sans chercher à se mettre en valeur. Il ne se « vendait » absolument pas et ne cherchait en aucune manière à séduire son potentiel employeur. Cela plut à Christine.

Elle chercha à évaluer l'impression physique qu'il pouvait donner une fois lavé et habillé correctement. L'état de la bête était tel que c'était dur à imaginer... Mais l'homme était carré, bien proportionné, plutôt agréable de figure et il avait, quand il la regardait, des yeux bleus très clairs. Il s'appelait Luc – « lumière », se dit machinalement Christine, retrouvant l'origine étymologique du nom. Ça allait bien avec ces yeux-là.

Après chacune des réponses aux précisions qu'elle lui demandait, il se refermait comme une huître, mais sans pour autant donner une impression de fuite ou de dissimulation. Il avait dit ce qu'il avait à dire, c'est tout, d'une voix posée. Et ensuite, il était là, calé bien droit sur le fauteuil, hermétique et tranquille. Il attendait la suite. Ou il n'attendait rien, on ne savait pas. Il ne posait aucune question. Il émanait de lui une étrange solidité. Un mystère aussi...

Tout en menant son enquête professionnelle, il apparut tout à coup à Christine que ce type, si renfermé, si opaque, et qui semblait pouvoir rester indéfiniment muet si on ne relançait pas l'échange, allait lui foutre une paix royale. Car si elle voulait profiter de ce temps hors de son univers habituel pour mettre de l'ordre dans ses pensées intimes, amorcer un équilibre nouveau, il ne s'agirait pas de se laisser emmerder par un collaborateur d'humeur envahissante, qui l'assommerait de conversations mondaines ou

– pire – lui raconterait sa vie tous les soirs ! Elle avait assez pratiqué l'accompagnement de ce genre de voyages, au début de sa carrière, pour savoir qu'elle n'aurait rien à craindre sur ce plan des hommes et femmes d'affaires quelle emmenait. Ces gens-là partaient dans un but précis : élargir leurs investissements et ouvrir à leurs entreprises de nouveaux marchés. Ils n'avaient cure de lier des contacts personnels en dehors, ils n'étaient pas là pour ça et ce n'était pas des personnes de caractère folâtre. S'ils se détendaient, ce serait entre eux, discutant gaiement... de leurs intérêts ! Par contre, celui qu'elle risquait fort d'avoir sur le dos, c'était précisément le traducteur, son accompagnant, choisi, emmené par elle, et qui serait tenté de lui coller dessus quand il s'enquiquinerait le soir. Ah, non, non ! Luc était en face d'elle, monolithique. Sa propension au mutisme et au repli sur soi semblait incommensurable... En ce sens, l'ami Michel avait eu raison, c'était tout à fait l'homme qu'il lui fallait. Elle sortit le contrat.

Ce faisant, elle pensa, un peu bassement, qu'en l'engageant immédiatement elle pourrait partir plus tôt à la campagne. Son assistante se débrouillerait bien pour éconduire poliment les autres candidats. Elle ferait ça très bien, comme tout le reste, cette fille avait de l'énergie à revendre – normal, elle était jeune, elle...

Christine se reprocha cette méchante pensée, qui allait si mal avec la sérénité qu'elle désirait affermir. Puis elle s'arrêta de penser tout court, car Luc, après avoir laissé échapper à terre le stylo qu'elle lui avait tendu pour remplir les renseignements d'identité et signer le contrat, commençait péniblement à écrire...

Mon Dieu, ces mains ! Ces mains...

Elle restait médusée devant le spectacle de ces pauvres doigts gonflés, écorchés, à la peau brûlée. L'ongle du majeur de la main droite était à demi arraché, tout bleu. Le pouce présentait de profondes crevasses et les mains entières étaient informes à force de boursouflures. Michel n'avait-il pas dit que ce type était un merveilleux dessinateur ? Comment blesser, abîmer son instrument de travail au point de ne plus pouvoir tracer un simple mot ? ! Cet homme était-il fou pour se mettre dans un état pareil ? Était-ce bien raisonnable de l'engager si vite, sans réfléchir ?

Elle ne pouvait détacher son regard de ces pitoyables mains, des efforts qu'elles faisaient pour écrire, et Christine se sentit soudain désolée, comme devant une mutilation. La question lui vint aux lèvres, spontanément : « Qu'est-ce qui est arrivé à vos mains ? » Il releva la tête, lui répondit, et elle fut touchée par la manière dont il dit le mot « maison » – « Je fais ma MAISON. » Le mot, dans sa bouche, était rond et plein, et le regard que l'homme lui accorda, droit et simple comme celui d'un enfant, la rassura. Non, elle ne regrettait pas de l'engager. Elle serait tout à fait tranquille avec ce gars-là.

Elle n'était arrivée dans le bas Berry qu'en fin d'après-midi. A Paris elle avait loupé un train de justesse et s'était fort ennuyée à attendre le suivant. Tout en trompant son impatience avec quelques magazines, elle se disait que le temps d'aller chercher la vieille bagnole qu'elle laissait à l'année dans un petit garage de la ville d'arrivée, puis de faire l'heure de route nécessaire pour parvenir jusqu'à sa maison paumée, la nuit serait presque tombée.

Agacée, elle se demanda pourquoi elle s'obligeait depuis des années à ce micmac de train + auto qui lui prenait finalement bien plus de temps et lui coûtait plus cher que de faire la route directement en voiture. En vertu de quelle prudence, de quelle frileuse économie de ses forces s'astreignait-elle à ce double trafic depuis des années ? C'était idiot. Complètement idiot. Il faudrait réviser cela, à l'avenir...

De plus, quand elle avait parfois été amenée à faire la route, elle avait adoré le trajet. Elle n'empruntait pas les grands axes, prenait des petites routes qui coupaient à travers champs – raccourcis qui, avec leurs méandres de villages en lieux-dits, ne raccourcissaient rien du tout, mais l'emmenaient, charmants et variés, jusqu'à son bout du bout du monde à elle.

Christine n'avait en effet jamais regretté que cette maison dont elle avait hérité de sa tante – et de ce fait acceptée sans l'avoir choisie – ne soit pas trop près de la capitale. Le fait d'aller vers un pays un peu lointain, isolé, ou rien – mais alors rien de rien ! – ne rappelait Paris et ses Parisiens, un véritable « ailleurs », valait d'avoir quelque patience pour y parvenir, avec, en prime, le sentiment de le mériter. Tout ce temps passé à atteindre son refuge était comme un sas, une parenthèse qui permettait d'évacuer les soucis, de rêver à ce qu'on ferait là-bas, quelle promenade, quel soin au jardin...

Arrivée à destination, elle allait traverser la gare au pas de charge pour prendre sa voiture au plus vite quand une pensée – une pensée désagréable, un mauvais souvenir – ralentit son pas... Quelques personnes attendaient à l'unique guichet, et Christine s'approcha pour voir si n'était pas cachée derrière la file une guichetière aux cheveux blonds, au fin visage pâle et triangulaire... Non. Il y avait effectivement une femme derrière la vitre, qui distribuait les billets, mais elle était plutôt bien en chair et rousse. Rien à voir avec la petite jeune femme nerveuse avec laquelle Christine s'était si méchamment, si honteusement engueulée le jour de la grande crise.

Quand elle y repensait, elle avait du mal à croire qu'elle ait pu être d'une telle grossièreté, jusqu'à gueuler un « connasse ! » qui avait affreusement résonné dans le hall de la gare. Et tous ces regards réprobateurs sur elle, ensuite... Tout ça parce que cette fille ne voulait pas lui donner son billet dans la seconde ! Christine ne se le pardonnait pas. Fallait-il qu'elle ait été dans un état de nerfs monstrueux ce jour-là, un état anormal, pour s'abaisser à agonir ainsi cette pauvre fille. Plus tard, elle avait voulu s'excuser auprès d'elle, mais elle n'était plus derrière son guichet. Et aujourd'hui, elle n'était pas là non plus... Elle décida de s'enquérir de la jeune femme. Elle attendit patiemment que la dernière personne de la file soit servie pour demander à la grosse dame rousse :

– Pardon, n'auriez-vous pas une collègue guichetière blonde ?

– Qui ?

– Je ne sais pas. Une jeune femme blonde, aux cheveux plutôt longs, et qui vend des billets aussi.

– Ah ! Solange...

– C'est possible. Je ne connais pas son nom. Elle ne travaille plus à la gare ?

– Si, si, mais elle est en congé maladie.

– Ah... Pour longtemps ?

– Oh ! Ça ! Avec elle... !

Elle n'insista pas. Le geste balayant l'air qui indiquait que la dame ne voulait se mêler de rien, le ton qui suggérait que la blonde pourrait possiblement être responsable de sa maladie et la faire durer le plus possible déplurent à Christine. Décidément, elle ne savait pas ce qui la prenait contre les guichetières, mais elle aurait bien retourné une claque à celle-ci pour son air revêche et ses sous-entendus...

Tant pis, elle ne reverrait peut-être jamais la jeune femme blonde. Celle-ci garderait le souvenir d'une abominable mégère qui l'avait agressée un après-midi. Ce n'était pas si grave.

La maison accueillit Christine froidement. Et ce n'était pas uniquement une question de chauffage. Dès qu'elle y entra, elle sentit quelque chose de spécial dans l'air – une densité de silence plus profonde, une immobilité des choses encore plus immobile, cette ambiance un peu sépulcrale qu'on trouve dans les maisons abandonnées ou qui n'ont pas été habitées depuis longtemps.

Christine fit un feu, alluma la chaudière, déballa les quelques provisions qu'elle avait apportées pour le soir. Mais il resta dans l'atmosphère de la maison une sorte de « quant-à-soi » ambiant. « Ma parole... Elle me fait la gueule ! » pensa Christine.

Tout en mangeant au bout de la table, près du feu, elle songea qu'elle-même, bien sûr, créait cette impression – tout cela pour une journée de crise, un accès de rejet ! Bien que venant d'elle, le malaise restait flottant, presque palpable. Une distance rendait les choses différentes, ou la perception quelle en avait. Rien n'était plus tout à fait pareil, une forme d'innocence était flétrie... Ainsi en était-il peut-être de nos amours envers les humains, pensa Christine. Un soupçon, une colère, et se creuse la faille, commence à s'effriter l'attachement. Qu'il faut soigner nos amitiés ! Tout est si fragile. On risque de perdre ce qu'on aime à tout moment, pour un faux pas, une mauvaise pensée, peu de chose...

Elle se coucha, frissonnante, entre les draps glacés, empila sur le lit édredon, manteaux, et s'endormit sans être parvenue à se réchauffer.

Elle se réveilla avant l'aube, et ce n'était pas bien gai. La maison gardait cette froideur de la veille. Malgré le chauffage allumé, l'ambiance restait glacée. Elle s'activa, rangea des objets, toucha les meubles, changea le lit et mit une paire de draps à fleurs. Il fallait secouer cette humeur morose, chasser de la maison cette impression de petite mort. Vers dix heures, ce fut mieux, tout s'animait un peu.

Elle sortit au jardin pour faire l'état des lieux – il ne s'était guère amélioré depuis le jour où elle avait fui, en laissant sa bêche inutilisée plantée au milieu de l'herbe. Elle était là, à la place où elle l'avait laissée... Les massifs n'avaient pas été retournés depuis plus d'un an, les mauvaises herbes prenaient partout le pas sur les touffes de vivaces. Dans un ou deux mois, avec la pousse de printemps, ce serait une catastrophe. Il faudrait tout arracher, sauver ce qui serait sauvable et recommencer à planter sur une terre propre. Un travail de titan.

Elle s'assit sous le vieux pommier, découragée. Avait-elle eu raison de venir, pour constater que l'entretien de ce jardin, qu'elle avait créé, était au-dessus de ses forces ? Il lui apparut contre nature qu'un lieu destiné à la détente devienne une telle astreinte – ainsi les choses finissent-elles par vous posséder alors qu'on s'en croit propriétaire... Il faudrait réviser cela, aussi. Ça n'allait pas. Et d'ailleurs, qu'est-ce qui allait bien dans sa vie, à part son métier ? Elle retint ses pensées de glisser sur cette pente dangereuse et, s'arrachant du vieux banc, elle tourna résolument le dos aux massifs. Elle décréterait que ce jardin redeviendrait sauvage, voilà. Si elle réglait ainsi le sort des fleurs – et en deux étés leur sort serait réglé pour de bon ! – ne restait que le problème de l'herbe.

Elle décida de se promener aux alentours, de se concentrer sur le paysage, d'élargir en quelque sorte son horizon pour se détourner du souci trop obsédant de son jardin, de la perspective déprimante de son retour à l'état de friche. Vingt ans de travail, d'efforts vers l'harmonie pour tout lâcher et voir se détruire son œuvre, mangée par le chiendent ! Malgré elle, un parallèle se fit dans son esprit entre sa belle jeunesse, ses espoirs, ses rêves grignotés par le temps et les plantes qu'elle avait cultivées, soignées, promises à l'étouffement et à la disparition, sans laisser de traces. Tout serait anéanti. La marche du temps, la nature étaient impitoyables...

Elle sentit pour le coup le gros cafard remonter en boule à sa gorge. Ça y était, elle allait de nouveau pleurer sur elle-même, sur ses fleurs, sur tout. Elle avait mal à la vie entière.

Pourtant, que la nature était belle en ce début de printemps – pourquoi avait-elle mal au printemps aussi ? – avec les prés où affleurait le vert tendre, les gouttelettes claires des bourgeons prêts à s'ouvrir, ces oiseaux qui piaillaient partout, s'affairaient pour les nichées imminentes ! Il y avait un beau ciel, ce jour-là, une lumière douce, et on sentait le redoux pointer dans l'air frais du matin.

Christine pensa soudain qu'elle avait un appareil photo dans un coin, avec une pellicule entamée. Elle eut envie de photographier le paysage et d'emporter ces photos avec elle en Hongrie. Elle pourrait méditer là-bas sur ces images, sur le charme particulier qui l'avait attachée à ce pays, réfléchir à une nouvelle manière d'être en paix dans cet endroit...

Elle alla prendre l'appareil et ressortit. Un soleil fragile, un peu rasant, presque encore un soleil d'hiver, vint caresser les verts tendres, les bourgeons, le velouté des écorces. C'était beau. Elle se mit à photographier ce qu'elle voyait de la maison, de la barrière de l'entrée. Puis elle alla sur la route. Plus loin, il y avait un vallon qu'elle aimait beaucoup, avec des prés en désordre dégringolant vers un petit ru qui se prélassait en serpentant derrière sa barrière de saules en têtards.

Ce n'était pas facile d'avoir le panorama entier, le creux du val. La haie qui bordait la route n'avait pas été taillée et gênait la vue. Christine repéra une borne sur le talus, elle grimpa dessus. En équilibre sur la pierre, elle hésita sur son cadrage – hauteur ou largeur ? Concentrée sur son appareil, elle ne prêta pas attention au bruit d'un tracteur qui s'approchait sur la route, derrière elle.

– Vous allez vous casser la binette, là-dessus !

La voix la fit sursauter et elle faillit perdre l'équilibre. L'homme riait, sur son tracteur, et l'arrêta à sa hauteur. Christine rit aussi et descendit de sa borne.

– Bonjour, dit-elle.

Il ouvrit la bouche pour lui répondre, mais aucun son n'en sortit. Ou alors elle n'entendit pas, avec le bruit assourdissant du moteur. Il hochait la tête vaguement, l'air un peu essoufflé, puis il resta à sourire en la regardant. Il ne repartait pas.

Christine ne l'avait pas reconnu tout de suite, car elle le voyait rarement. C'était l'un des deux frères, fils du paysan voisin. La ferme était lamentablement sale et sinistre, les gens qui y vivaient mal-aimables, rebutants, répondant d'un signe de tête à peine esquissé au salut qu'elle leur adressait parfois en passant sur la route. Après tout, ils étaient ses seuls voisins, personne d'autre à des kilomètres à la ronde, il fallait bien être poli. Il y avait le père, une espèce de brute sombrement acharnée à l'ouvrage, la mère, sempiternellement affairée elle aussi, avec ses cheveux gras et son tablier sale. Avant, il y avait aussi deux vieux qu'on apercevait rarement, terrés dans la maison. Ils avaient disparu depuis quelques années. Et puis les fils. L'aîné, avec un gros visage rond et aussi ombrageux que celui du père, Christine le voyait assez régulièrement dans la cour, mais celui-là, qui s'était arrêté avec son tracteur – chose extraordinaire ! – elle ne le rencontrait jamais. Il était toujours à vaquer ailleurs. Et voilà qu'il restait à la regarder en souriant, du haut de son engin immobilisé. Deux grosses gouttes de sueur perlaient sur son front, qu'il essuya d'un revers de manche. Il ne fait pourtant pas très chaud, ce matin, pensa Christine...

– Vous êtes bien de la ferme à côté, n'est-ce pas ?

Il acquiesça en hochant la tête. Il semblait toujours étouffer un peu, avec cette bouche ouverte dont aucun son ne sortait.

– ... Pardonnez-moi, je devrais vous connaître, nous sommes voisins. Mais je vous vois si rarement...

Soudainement, il s'enhardit et prononça quelques mots, comme on se jette à l'eau :

– Oh, moi, je suis toujours ailleurs. Je suis mieux. Je suis mieux... là.

Et d'un geste panoramique de la main accompagné d'un mouvement du menton, il désignait les champs, les bois, la campagne entière. Revenant à elle, il la regarda un moment avant de préciser : « Je m'appelle Paul. »

Christine lui dit son nom aussi et ils se sourirent encore. Elle remarqua que l'expression de Paul était d'une douceur étonnante, son sourire fragile. Il y avait un contraste touchant entre ces faisceaux de rides autour des yeux, des rides qui lui donnaient un air gai, et le rictus un peu tremblant des lèvres. Le visage d'une personnalité complexe, sensible.

Christine se dit rapidement qu'il ne ressemblait pas du tout aux autres membres de la famille. S'apercevant qu'elle était en train de le dévisager avec curiosité, elle reprit la conversation, puisqu'il ne partait toujours pas.

– Je suis entrée quelquefois à la ferme. J'ai vu votre mère. Vos grands-parents, aussi, du temps où ils étaient encore là. Je vous achetais des œufs...

Puis elle se tut prudemment, ne voulant pas s'étendre sur le sujet. En effet, il y avait une quinzaine d'années,

Christine avait pensé qu'il était idiot de ne pas profiter d'une ferme voisine pour avoir de bons œufs, ou un poulet authentiquement élevé en plein air. Elle s'était enhardie à en parler à la mère, un jour qu'elle l'avait croisée sur la route. La femme l'avait fixée un moment avec ses petits yeux jaunes et lui avait répondu, d'un ton presque désagréable : « Faut voir avec la vieille. Les œufs, ça me r'garde pas. Z'avez qu'à entrer, ê traîne toujours là. »

Christine avait donc courageusement franchi le seuil de la ferme, bravant les oies qui sifflaient après l'intruse. Elle avait eu la sensation d'entrer dans une cave, tant la pièce était peu éclairée par l'unique fenêtre. – « Il y a quelqu'un ? » Un gémissement, dans un coin, lui avait répondu. Commençant à s'habituer à la pénombre, elle avait vu alors le vieux dans son fauteuil, qui tremblait et bavait, si évidemment gâteux qu'elle avait su tout de suite qu'il était inutile de le questionner.

L'odeur qui régnait dans cette pièce était épouvantable. Ça sentait la pisse, la graisse, la fiente de poule, le rance, et tout ce qu'elle voyait autour d'elle à présent, les murs, la table, suintait la crasse. Elle allait tourner les talons et s'en aller, écœurée, quand la vieille était apparue, sortant d'un recoin sombre en traînant ses savates. Christine lui avait demandé pour les œufs, et la vieille avait fait demi-tour sans un mot, ouvrant une porte qui donnait sur une pièce encore plus sombre, encombrée d'un énorme lit à l'ancienne, avec de hauts panneaux de bois. Dans la faible lumière qui venait de la salle principale, Christine, éberluée, avait vu la vieille se pencher jusqu'à terre et tirer de sous le lit deux paniers remplis d'œufs – des dizaines et des dizaines d'œufs. « Combien z'en voulez ? » – « Heu... Une douzaine. »

Elle s'était obstinée à aller chercher ses œufs à la ferme, jusqu'à ce qu'elle gâche une omelette entière avec un œuf pourri. Puis deux. Pendant quelque temps, elle cassa chaque œuf dans une tasse avant de le mélanger aux autres, par prudence... Puis elle se dit que manger des œufs qui avaient sans doute croupi des mois dans la saleté, sous prétexte d'avoir un produit plus naturel qu'en magasin, était d'une imbécillité toute parisienne !

– C'est-y que vous trouvez le pays beau, pour le prendre en photo ?

Paul s'était accoudé sur le volant de son tracteur et semblait plus à l'aise. Il avait arrêté de transpirer.

– Ho, oui ! Si mon travail ne me retenait pas à Paris, j'y vivrais tout le temps ! Je dois partir en voyage, alors j'emporterai ces photos avec moi pour me consoler. Je vais rater le plus joli du printemps...

– Vous inquiétez pas. Ce sera encore bien beau après. C'est toujours beau...

Alors Paul se mit à parler des saisons, du charme de toutes les saisons, et Christine le vit littéralement s'illuminer. Elle le regardait d'en bas, elle sur l'herbe du bas côté de la route et lui perché sur son tracteur, ses yeux brillant entre les faisceaux de petites rides, la bouche toujours un peu douloureuse. Il émanait une grande tendresse de ce visage buriné. Il parlait pour lui en même temps que pour elle. Un lyrisme le soulevait. Il devenait presque beau. Mais en évoquant l'hiver, son visage s'assombrit soudain.

– L'hiver... Ah, l'hiver. Il le faut. Il est utile pour la nature. Alors je l'aime aussi. Mais c'est long... Vous comprenez, je peux plus être autant dehors. Je suis bien obligé de rentrer, d'être... là-bas.

Le visage de Paul tout à coup éteint, le sourire momifié. Et le moteur tournait toujours, comme il est d'usage de le laisser tourner, à la campagne, quand on a une conversation au bord de la route – si on l'arrête c'est que l'heure est grave. Tant qu'il tourne c'est qu'on échange quelques mots en passant, même si ça dure longtemps. Ça oblige à hurler, mais c'est comme ça.

Christine regardait cet homme se découvrir devant elle. Stupéfaite, elle voyait l'émotion et la beauté qu'il avait en lui, elle entendait le poète. Elle pensa à la sinistre ferme, aux gens avec qui il vivait, et tout en l'écoutant elle se dit : « Comment fait-il, mon Dieu, comment fait-il pour vivre... "là-bas", comme il dit ? »

Cependant, le visage de Paul s'animait de nouveau, car il s'était mis à parler du printemps qui arrivait.

– ... Évidemment, le printemps c'est la fête, y'a pas plus magnifique. Ça transporte. Mais vous partez en voyage pour si longtemps ?

– Au moins un mois, peut-être plus.

– Alors ce sera le temps des lilas, des aubépines, et tous les chênes auront leurs feuilles. Y'en a un si beau, juste derrière chez vous...

– Oui. Et je ne pourrai plus ouvrir ma barrière tellement mon herbe sera haute ! Personne ne l'aura coupée entretemps ! Dites-moi, vous ne connaissez personne qui pourrait me donner un coup de main pour mon jardin ?

Il la regarda, ne dit rien, l'air incertain. On voyait qu'il pensait, qu'il hésitait, peut-être. Christine ne savait pas s'il cherchait le nom de quelqu'un à lui suggérer ou si, simplement, il n'avait pas compris ce qu'elle demandait. Et ce moteur obsédant qui tournait toujours... Elle éleva la voix pour se faire entendre mieux.

– Vous savez, ce ne serait pas un énorme travail, juste tondre l'herbe de temps en temps. Nettoyer un peu, si c'était possible... Mais rien que la pelouse, ça m'ôterait un souci.

– Non, non. Je vois pas, non... Je connais personne, vous savez.

Elle comprit qu'il ne parlait pas seulement de jardiniers mais qu'il avouait ne pas parler à grand monde dans le pays. Il lui disait sa solitude.

Christine savait bien qu'au village on appelait cette famille « les sauvages » et que personne ne les fréquentait. Quand le frère aîné s'était marié à cette femme des îles qu'il avait fait venir par le biais d'une petite annonce, les ragots avaient été bon train chez les commerçants. Christine, en tant que voisine des « sauvages », n'avait pu échapper aux commentaires malveillants. On la prenait à témoin et elle le supportait mal. Elle avait carrément fui un jour qu'une affreuse bonne femme lui avait dit à propos de ce mariage : « Remarquez, pour un sauvage, c'est normal de s'acheter une négresse ! » Dans le meilleur des cas, c'était l'indifférence.

Elle n'insista pas plus sur le sujet de l'entretien de son jardin. Une pudeur de citadine qui s'occupe de la terre pour son plaisir et non pas pour en vivre la retint de lui proposer, à lui, de venir de temps en temps chez elle pour l'aider. Il avait sans doute bien d'autres choses à faire...

Ils se remirent à parler du pays. Paul lui confia que, du côté de son père, on venait du département voisin, la Creuse. Il avait même eu un arrière-grand-oncle, Eugène, qui était monté tous les ans à Paris comme maçon, au siècle dernier, pour y construire les plus beaux monuments. N'avait-elle pas entendu parler des « maçons de la Creuse » ? Christine était vaguement au courant, oui, mais sans connaître vraiment leur histoire...

Alors il raconta : la route vers Paris à pied, les échafaudages immenses, la vie en communauté, l'exil, les compagnons tailleurs de pierre, et comme il était fier d'avoir un tel ancêtre.

– ... D'ailleurs la Creuse, c'est pas loin, on peut la voir d'un endroit que je connais. Il faut que vous alliez par là un jour. Vous savez, je suis jamais sorti d'ici, mais je peux vous jurer que c'est le plus beau paysage de la terre. Et pour y aller, on prend un chemin... Un chemin !

Et Paul rit d'enthousiasme à repenser à ce chemin. Il secouait la tête, ne trouvant pas de mots assez grands pour le décrire. Une larme d'émotion lui échappa, qu'il écrasa du dos de la main.

– ... Tenez, c'est simple. Vous prenez la route par là et vous tournez à droite au prochain lieu-dit. Après, c'est tout droit. Tout droit jusqu'après le grand bois. Pis au bord de la route, vous pouvez pas le manquer, y'a un châtaignier qui fait onze mètres de circonférence au pied ! J'l'ai mesuré un jour, par curiosité. C'est pas d'hier qu'il est là, le vieux frère... Ben, derrière lui y'a un grand champ qui monte. Faut le traverser tout droit. En haut, il est bordé d'un beau mur en pierre sèche comme savaient faire les anciens. A un moment, dans ce beau mur, y'a une trouée, et c'est par là qu'on trouve le chemin. Mais faut chercher, c'est pas facile à trouver, ça s'envahit de méchantes ronces, on peut louper le passage. C'est un chemin secret, il est bien protégé... Vous découragez pas et alors vous verrez, vous verrez ! Le temps ordinaire compte plus quand vous y êtes. N'importe quelle peine qu'on a sur le cœur s'envole. On se sent de toujours. C'est un chemin à réconcilier les vivants et les morts. Vous verrez...

Christine l'écoutait, captivée. Comme cet homme était magnifique ! Dire qu'il était son voisin et qu'elle l'avait ignoré pendant toutes ces années...

Il s'arrêta de parler. Dans son enthousiasme, il s'était étouffé en avalant sa salive de travers et s'excusait d'un geste. Christine rit. C'était un moment charmant. Et le moteur continuait à les envelopper de son « teuf-teuf » d'enfer – on s'habitue au bout d'un moment.

– Ça doit être beau, oui, j'irai. Mais dites, ça doit faire une trotte ?

– Ah, ça, c'est pas une promenade de mauviette !

Puis ils ne surent plus que dire, se regardèrent encore en souriant. Christine tripotait son appareil photo. Paul avait repris son rictus un peu douloureux. Il se décida à partir. Elle agita la main très haut en criant : « Au revoir ! » Il leva un bras en retour, sans se retourner. Elle le vit disparaître dans le virage avec regret.

Christine était rentrée à Paris plus sereine. Pour une raison subtile, qu'elle ne savait définir, la conversation avec Paul lui avait fait du bien. Elle s'était surprise elle-même, alors qu'ils parlaient du pays, à s'écrier spontanément : « J'y vivrais tout le temps ! » Était-ce bien vrai, dans cette grande période de doute qu'elle traversait ? A la réflexion, elle se dit que ce cri du cœur avait été parfaitement sincère et l'avait profondément rassurée – quand tout semble incertain, même ses attachements, qu'on a l'impression que ce qui faisait sa force se dérobe, c'est bon de s'accrocher à une certitude spontanée. On peut s'y appuyer avec soulagement, se dire : « C'est à moi, ce cri du cœur est vraiment à moi ! » On reprend confiance en ce qu'on éprouve. On a moins peur.

Avant de partir de là-bas, elle avait regretté de n'avoir pas insisté davantage pour que Paul accepte de s'occuper de son jardin. Elle l'avait bien vu hésiter, elle en était sûre en y repensant. Mais, malgré tout ce qu'il lui avait confié, il semblait si timide... Ni l'un ni l'autre n'avait osé faire le pas.

Elle avait déjà fermé les compteurs, clos les volets, quand elle pensa que c'était trop bête : il fallait qu'elle lui reparle avant de partir. La veille, elle avait entendu de loin son tracteur travailler en haut de la colline voisine. Le moteur avait vrombi tout l'après-midi, avec de grands intervalles de silence. Elle coupa à travers les prés pour aller plus vite, car la route faisait un grand détour pour arriver là-haut. Elle vit une parcelle de terre à demi défrichée, mais Paul n'était pas là.

Elle rebroussa chemin. Il ne fallait plus qu'elle traîne, maintenant, si elle voulait avoir son train. Elle sauta une clôture et vit sa maison du flanc de la colline; le tracteur était arrêté devant la barrière... Ainsi, lui aussi cherchait à lui parler avant son départ! A cette distance, crier ne servirait de rien, il ne l'entendrait pas. Elle dévala le champ en se tordant les chevilles sur les mottes d'herbe. Mais elle n'avait pas passé la dernière haie, avant la pente qui menait chez elle, qu'elle devina à travers les branches encore nues des noisetiers la silhouette de Paul remonter dans le tracteur et celui-ci s'éloigner sur la route.

Tant pis, ce n'était pas grave. Elle l'avait bien senti, il accepterait de faire son jardin – sinon, pourquoi se serait-il arrêté chez elle pour la voir? Elle n'avait plus le temps, maintenant, de passer à la ferme, mais rien ne pressait. Ils se mettraient d'accord à son retour de Hongrie. Le jardin était dans un tel état, déjà, que quelques semaines d'abandon supplémentaires ne seraient pas une plus grande catastrophe! On remettrait tout ça en ordre après. A deux, ce serait plus facile.

Elle repartit donc plus tranquille qu'elle n'était arrivée, ce qui lui sembla de bon augure pour un apaisement futur.

Dans le train, elle pensait à Paul, et un souvenir très ancien lui revint, si soudain et surprenant qu'une petite exclamation étouffée lui échappa. Elle retint une brusque envie de rire, et une dame, assise en face d'elle, la regarda avec un petit sourire complice.

Elle venait de se rappeler qu'avant que sa tante lui lègue cette maison, sa mère l'y avait emmenée quelquefois en vacances lorsqu'elle était enfant. Elle avait notamment passé là un des plus horribles mois d'été de son adolescence, mourant d'ennui, à treize ans, dans cette campagne perdue. Pour distraire sa rage, elle s'amusait à faire peur aux deux enfants de la ferme voisine, quand elle les rencontrait dans les alentours. Les gamins, qui devaient avoir à peu près sept et quatre ans, épiaient sans doute cette grande fille qui éveillait leur curiosité. Elle les croisait à tout bout de champ dans les chemins, derrière les haies. Elle leur faisait d'affreuses grimaces, et le plus petit fondait en larmes instantanément. Le plus grand se sauvait, abandonnant son frère qui hurlait sur place, terrorisé. Un jour, elle avait fait mine de les poursuivre avec un « wrraouhh ! » sauvage et le petit s'était étalé dans les orties, ses pleurs redoublant. Il avait de surcroît pris une grande claque du grand qui s'était tout de même décidé à revenir le ramasser. Elle avait ri, mais elle avait ri ! Quelle épouvantable gamine elle avait été à cet âge...

C'était Paul ! Ce ne pouvait être que lui ! Cette réminiscence la mit en joie une partie du voyage. La prochaine fois, il faudrait qu'elle lui rappelle cette affreuse adolescente qui le faisait pleurer. Peut-être s'en souvenait-il encore ? Quel gosse sensible il était déjà... Elle ne pouvait s'empêcher d'imaginer la réaction de Paul à l'évocation de cette vieille histoire. Sûr qu'ils en riraient bien ensemble !

Et Paris la reprit. Le voyage en Hongrie s'organisait. Elle avait à cœur de ne rien laisser au hasard. L'hôtel était déjà retenu – le plus grand, le plus beau, bien sûr. Et comme les propriétaires de ce complexe touristique cherchaient des investisseurs européens, elle leur avait dit qu'elle amenait des banquiers et obtenu ainsi des prix défiant toute concurrence. Elle savait faire ça. Elle avait toujours été habile négociatrice, profitant des opportunités, des hasards. Était-ce vraiment exaltant, elle ne le savait pas... Mais si elle remettait en cause l'intérêt de son métier en même temps que celui de sa vie, où allait-elle ?

Il avait fallu payer costume, chemise, chaussures, enfin une tenue complète au traducteur. Un peu plus, il aurait fallu lui fournir aussi les slips. Il n'avait vraiment rien, ce gars-là ! Elle faillit s'agacer et dire à l'ami Michel qu'il lui avait fourgué un type qui allait coûter cher. Mais elle se rendit vite compte, à l'attitude pudique et gênée de Luc, qu'il ne profitait aucunement de la situation pour rafraîchir sa garde-robe. Il n'avait vraiment pas un seul vêtement correct à se mettre, c'était ahurissant... Au moins, il avait l'air de potasser d'arrache-pied son vocabulaire économique en hongrois.

Enfin tout allait bien. Si bien qu'elle se trouva assez disponible pour préparer ses propres affaires, et même faire un peu de shopping. Elle retrouvait quelque plaisir à s'habiller, à prendre soin d'elle – peut-être changer de style l'amusait-il ? Elle se mit à préparer ses valises longtemps à l'avance, chose très inhabituelle, et s'aperçut qu'elle s'apprêtait à emporter la quasi-totalité de sa penderie, sous prétexte qu'à cette saison et dans un pays étranger on ne peut jamais savoir le temps qu'il va faire. Était-ce pour autant nécessaire de prévoir de quoi se changer trois fois par jour ? « Qu'est-ce qui me prend ? » se dit-elle, sans s'attarder sur cet accès de frivolité.

Elle pensait toujours à Paul. Le soir, au calme, surtout. Elle revoyait son visage, le pli particulier au coin de son sourire. Elle pensait à tout ce qu'il lui avait dit – tant de choses, quand elle y réfléchissait ! Comme il était étrange qu'une voix, un regard inconnus semblent si vite familiers. Elle se demanda honnêtement un jour, à le sentir si présent, si elle n'était pas en train de tomber amoureuse de son voisin le paysan...

Elle creusa la question. Non. Vraiment, non. Il ne s'agissait pas de cela. Et pourtant elle avait terriblement hâte et envie de le revoir, mais ce n'était pas de l'amour – du moins dans le sens où on l'entend généralement – c'était d'un autre ordre.

Pour ce qui était du sexe, de toute façon, la chose était réglée pour elle depuis au moins deux ans. Et elle ne pouvait pas dire que le manque la taraudait ! Elle qui avait tant aimé l'amour physique, l'ayant pratiqué avec délice et emportement, était devenue complètement indifférente à ce sujet. Vraiment. Elle en venait à penser que le vœu de chasteté des religieux n'était pas un insurmontable effort, ni un tel sacrifice ! C'était la foi qui lui manquait, à elle, pour compenser, pour justifier peut-être...

En quoi croyait-elle ?

« Je crois... Je crois en la vie, voilà. En la vie, tout simplement. Et que les choses peuvent être belles et bonnes, si on s'applique à les faire naître, et si on y prête attention. C'est tout. » Ces pensées la ramenaient à Paul, qu'elle sentait pareil à elle en ce sens. Elle se souvenait de ses silences, quand il ne trouvait plus de mots pour dire son amour du pays et de la nature, bouche ouverte sur un abîme d'inexprimable, les lèvres tremblantes, plein d'un sentiment qui n'avait pas de nom. Une sorte de foi, peut-être, elle en revenait là.

Cette impression de connaître quelqu'un en une seule rencontre, une seule conversation, était peut-être trompeuse, et pourtant, il lui semblait que rien de Paul ne pourrait vraiment la surprendre, ou la choquer. Il s'était livré avec une sincérité, une sensibilité qu'elle était certaine de reconnaître, quoi qu'il dise ou fasse. Elle était encore émue qu'il ait osé se découvrir ainsi devant cette Parisienne voisine, dont la vie était si différente de la sienne. De quelle liberté d'esprit, de quelle absence de préjugé cet homme avait fait preuve en se jetant ainsi, en confiance, au-delà des conventions ! Et pourtant, il était si évidemment timide...

Elle rêvait. Elle avait trouvé un frère dans son amour pour la nature. Il lui avait manqué d'avoir un véritable ami, là-bas, quelqu'un avec qui partager ces joies simples. Quelqu'un avec qui l'on n'a même plus besoin de parler en regardant ce qui croît et fleurit. Elle se rendait compte à présent – et l'idée ne lui était jamais apparue aussi nettement – à quel point avait été grande sa solitude sur ce plan. Finalement, c'était peut-être cette solitude qui avait failli tuer son attachement pour cet endroit. Le manque désespérant de communion dans une manière d'être, un besoin profond...

Même si Paul ne s'occupait de son jardin que de temps en temps, même s'il n'avait pas le temps d'avoir une autre conversation, elle saurait qu'elle avait un ami en nature, tout proche. Un signe de la main sur la route suffirait. Ils seraient tacitement en accord, même de loin, en voisins. Ça changeait tout.

Mais elle avait bien vu qu'il avait un grand besoin de parler. Ils parleraient, donc, peut-être pendant longtemps, en buvant un bon vin blanc sous le vieux pommier, quand il ferait doux, puisque l'été allait arriver. Ou ils ne diraient rien, en regardant le travail accompli, et ce serait bon aussi. Christine s'y voyait déjà.

Une phrase de Paul l'avait frappée et lui revenait obstinément en mémoire. En parlant du vieux chemin, du chemin « secret » dont il était si difficile de trouver le passage, il avait dit : « ... Le temps ordinaire ne compte plus. » Puis il avait ajouté : « On se sent de toujours... » Depuis, ces mots étaient en elle, ses pensées y revenaient, sans pouvoir vraiment les pénétrer. Elle trouvait admirable qu'un paysan eût pu prononcer des mots pareils. En vérité, elle eût trouvé admirable toute personne qui les aurait prononcés ! Ce sont des mots qui ouvrent le cœur, qui font respirer l'âme...

Mon Dieu, elle qui se débattait dans les problèmes étriqués de ses misérables cinquante ans, que ne donnerait-elle pas pour se sentir « de toujours » et échapper au « temps ordinaire » ! Paul l'y aiderait, peut-être, avec sa sagesse. Elle se dit, sans rire, qu'elle avait rencontré un grand philosophe.

Deux jours avant de partir, elle fut reprise d'une frénésie de shopping et s'acheta deux jupes et trois pulls d'été. Et une valise supplémentaire pour caser tout ce qu'elle comptait emporter. Elle se trouvait idiote. Mais elle n'arrivait pas à résister à une sorte d'excitation, qu'elle soulageait en dépensant de l'argent. Elle se fustigeait intérieurement ensuite – la sérénité qu'elle rêvait d'atteindre était loin !

Heureusement qu'elle allait s'éloigner de Paris, prendre un peu de recul avec ce voyage. Rien d'autre à faire là-bas, à part son travail dans la journée, que de réfléchir le plus calmement possible dans sa chambre d'hôtel le soir. Elle reviendrait apaisée, ayant fait le point sur la manière de vivre le mieux possible sa seconde moitié de vie. Au retour de Hongrie, elle parviendrait bien à attraper cette foutue sérénité par la queue !

C'est dans cette optique qu'elle mit ses quatre valises dans la soute de l'avion qui allait l'emporter à Budapest, et qu'elle grimpa la passerelle d'un pas ferme et néanmoins pondéré.

Cinq jours après son arrivée, elle était à cran. Ce n'était pas du tout, mais alors pas du tout ce qu'elle avait imaginé ! Une exaspération sourde ne la quittait pas, empêchait les paisibles méditations qu'elle s'était promises, et elle tournait et retournait comme un lion en cage dans sa chambre le soir avant de faire de même dans son lit lorsqu'elle se décidait à se coucher. Une horreur.

Il faut dire qu'elle passait des journées épouvantables. Le groupe qu'elle avait emmené était d'un égoïsme effarant, tyrannique, pinailleur, faisant appel à elle sans vergogne pour la moindre broutille qui allait de travers. Tout leur était dû, et aucun respect en retour. Elle avait sous les yeux, sous sa responsabilité – ô combien on le lui faisait sentir – un échantillonnage de personnes qui jouaient un grand rôle dans la société : le dessus du panier, il faut bien le dire. Avec un tel état d'esprit, le monde ne risquait pas de s'arranger !

Elle avait été obligée de poser des bornes, de signifier que son rôle s'arrêtait à telle fonction, à telle heure. Le rapport de force était constant si on ne voulait pas se laisser manger tout cru. C'était décourageant, décourageant... Une telle indigence des rapports humains n'était surtout pas ce qu'il lui fallait en ce moment. Ça lui flanquait le moral par terre, elle avait des accès de tristesse terribles. En proie à cette agitation et à ce désenchantement, aucune pensée constructive n'était possible.

Quant au traducteur, ah lui ! Elle avait souhaité emmener quelqu'un qui ne soit pas envahissant, elle était exaucée au-delà de ses désirs ! Il ne s'agissait pas de se faire des confidences ou de dîner tous les soirs ensemble, mais il y avait des limites à la sauvagerie ! Pas un mot, pas un regard. Complètement refermé sur lui-même. Il semblait se débrouiller plutôt très bien dans son travail, mais bon... Un mot aimable de temps en temps, un regard complice, ça aide. Après tout, ils étaient tous les deux dans la même galère, ils auraient pu se soutenir.

Au milieu de la semaine, après une journée éprouvante, Christine avait senti un grand abattement la saisir. Elle avait vu Luc, de son côté, peiner à traduire des gens qui ne faisaient aucun effort pour parler lentement, avec des rendez-vous qui s'étaient succédé sans arrêt. Elle lui avait porté un plateau à la mi-journée pour qu'il mange quelque chose. Il était très pâle – la fatigue, sans doute… Le soir venu, un moment de détente serait salutaire pour lui comme pour elle. Et puis ça suffisait de se côtoyer sans un mot, ils n'étaient pas des chiens, ni des machines ! Elle l'avait attrapé par le bras, en rentrant dans le hall de l'hôtel, et l'avait entraîné vers le bar.

– Venez, on va prendre un verre.

Elle s'était assise à une table libre dans un coin et Luc, tête baissée, était resté debout devant la chaise qui lui faisait face, bloqué sur place, le visage sombre. Elle l'avait considéré un moment, surprise.

– Eh bien… Asseyez-vous, voyons.

Il avait tourné les talons d'un seul coup, sans un mot, s'éloignant à grandes enjambées vers les ascenseurs du hall. Christine en était restée bouche ouverte un bon moment, à la fois stupéfaite et furieuse. Qu'est-ce qui avait pris à ce gars pour la laisser tomber comme ça, aussi brutalement et impoliment ? On ne lui avait jamais fait un coup pareil. Ma parole, il avait cru qu'elle allait lui sauter dessus ou quoi ? Non seulement il était chiant comme la mort, mais il était con, ce mec ! Dans sa chambre, deux heures plus tard, devant l'« escalope endive braisée » du room service, elle n'avait toujours pas décoléré – en rentrant, l'ami Michel allait l'entendre, pour lui avoir fourré dans les pattes un malotru pareil !

Et voilà qu'en plus les hommes et femmes d'affaires du groupe l'avaient chargée d'organiser une « soirée récréative » de fin de semaine. Ils aimeraient aller dans un bon restaurant et manger surtout du caviar, du caviar, du caviar ! Comme quoi, les riches n'échappaient pas aux classiques symboles du luxe. Elle allait leur en fournir du caviar, et dans l'endroit le plus cher de la ville !

On lui avait demandé de bien vouloir les accompagner. Serait-elle invitée ? Ce n'était pas clairement précisé…

Mais qu'importe, elle irait. Car cette soirée, à la réflexion, lui offrait un projet précis, un but pour tenir jusque-là : elle allait se beurrer la gueule, voilà. Puisque ce séjour était une catastrophe, qu'elle n'arrivait pas à penser calmement, c'était la meilleure chose à faire. Une bonne cuite, comme elle n'en avait pas pris depuis des années, lui ferait un bien fou.

Le samedi, donc, après une journée un peu écourtée en vue de la fiesta du soir, elle avait fouillé dans ses quatre valises à la recherche d'une tenue à la fois chic et décontractée, de couleur gaie pour lutter contre sa morosité. Bain, brushing, maquillage lumineux, jolis bijoux, elle se trouva, dans la glace de la salle de bains, étonnamment bonne mine. Elle se reconnut même une sorte d'excitation sous-jacente et joyeuse. Elle avait le mollet vif, le pied fringant, elle prit l'escalier pour se rendre au rendez-vous dans le hall, sautant légèrement sur chaque marche, pesant à peine dans ses escarpins mordorés. Était-ce la perspective d'une muflée en règle qui suffisait à la mettre dans cet état ? Elle se posa à peine la question, l'heure n'étant surtout pas à l'introspection !

La moitié du groupe était déjà là. Ils semblaient assez gais et détendus, eux aussi. On lui fit quelques amabilités. Ma foi, cette soirée ne s'annonçait pas trop désagréable. Il faudrait au moins six fournées de taxis pour se rendre au restaurant – tout le monde avait-il l'adresse ? Un des hommes d'affaires, galamment, lui proposa de prendre place dans la seconde voiture en partance. Elle se déroba : « Je vais attendre ceux qui ne sont pas encore descendus, c'est mieux. »

Elle s'assit sur l'immense pouf qui occupait le centre de l'entrée de l'hôtel, son pied battant une mesure mystérieuse sur le marbre du dallage grand standing. Quatre, puis six retardataires la rejoignirent. « Il en manque encore deux.

Allez-y, je vous en prie, je les attends. » Un soupir lui échappa dès qu'ils s'en furent vers les taxis. Elle se sentait un peu oppressée. « Je suis trop nerveuse... », pensa-t-elle.

Elle regardait les vitrines illuminées, le bouquet à la réception, les gens qui passaient. Deux femmes en robe longue riaient – samedi soir dans un grand hôtel cosmopolite... Les deux dernières personnes du groupe sortirent de l'ascenseur et elle se dit « Ah, les voilà ! » sans noter une légère déception intérieure. Elle s'attarda à échanger quelques mots avec eux, son regard s'échappant malgré elle tout autour du hall, puis elle se décida à donner le signal du départ. Avant de passer la porte à tambour de l'entrée, elle se retourna une dernière fois... Tiens ! Était-ce bien Luc dont elle apercevait la silhouette grise et discrète passant là-bas, tout au fond ? Elle se haussa sur la pointe de ses escarpins, car un couple le masquait à demi. Mais oui, c'était bien lui !

– Attendez-moi une minute, s'il vous plaît, nous allions oublier quelqu'un.

Elle traversa le hall en courant, vive dans son ample jupe de soie, se dirigeant droit vers Luc, déterminée – cette fois il ne lui referait pas le coup du bar !

Ces jours derniers, intriguée par cette attitude incroyable qu'il avait eue en se sauvant si brutalement, elle l'avait mieux observé. Ce type n'était pas un con. Non. Ni un malotru. Il était plutôt bien élevé, il comprenait tout très vite, avec subtilité. Et son visage aux traits nets, plutôt sensuels, son regard clair et franc contredisaient cet enfermement en soi, cette ténébreuse mise à l'écart. On aurait dit un homme moralement ligoté...

– Allez, vous venez dîner. Ce soir, on se distrait. Après une semaine pareille, c'est indispensable !

Et l'attrapant fermement par le bras, elle lui fit traverser le hall, sans le lâcher, et l'amena d'autorité vers les taxis.

L'une des deux personnes du groupe qui les attendait – une de ces femmes d'affaires au visage et aux épaules carrés, qui portent comme seul emblème de leur féminité un rouge à lèvres agressif, sans autre maquillage pour adoucir cette blessure sanglante au milieu de la figure – objecta que quatre personnes seraient peut-être trop pour un seul taxi. « Nous sommes en Hongrie, madame. Luc peut monter devant », coupa Christine.

Une heure et demie plus tard, n'ayant toujours rien obtenu à manger à part quelques zakouskis, elle grattait avec agacement la nappe de la table du restaurant avec son ongle, furieuse d'être tombée dans un tel piège pour touristes. On les traitait d'une manière honteuse. De plus, l'un des hommes d'affaires les plus importants, un type sec et tiré à quatre épingles qui parlait trop fort, l'avait remise à sa place devant tout le monde d'une manière on ne peut plus blessante. Elle en avait encore le feu aux joues. A moins que ce ne soit la vodka... C'était bien la peine que cet homme lui ait fait des ronds de jambe dans le hall avant de partir – « Quelle élégance, madame, et quel honneur d'avoir à table une aussi jolie femme ! » – pour lui flanquer une telle claque ensuite. Il était dit, décidément, que ce voyage serait épouvantable de bout en bout...

Et voilà qu'elle avait forcé ce pauvre traducteur à les accompagner. Elle le voyait, livide et au bord du malaise, lire et relire les prix sur son menu. Car elle avait compris tout de suite en le voyant pâlir : il cherchait le plat le moins cher. Il ne voulait pas dépenser le quart de son salaire dans ce guet-apens... Elle réparerait ça. S'ils n'étaient pas invités par le groupe – et à la réflexion elle préférait ne pas l'être – c'est elle qui paierait pour Luc. Mais comment le lui faire savoir discrètement, pour qu'il cesse de se torturer, et sans le blesser ? Était-il véritablement dans la misère ? C'était ça, peut-être, la cause de sa dépression. Car cet homme était en dépression, il n'y avait pas de doute. Ça se voyait à cette cendre sur son teint, à ce regard brûlé de l'intérieur...

Enfin, l'interminable attente allait cesser ! Au moins dix serveurs et l'horrible patron du restaurant – parfait exemplaire mafieux sévissant dans ces pays – se précipitaient vers eux pour prendre la commande. Le caviar, ce caviar sacré, allait pleuvoir comme une manne sur la table !

Elle avait jeté un regard inquiet vers Luc et l'avait vu se ramasser, comme dans l'attente d'un coup, ses doigts douloureusement agrippés au menu. Puis soudain, d'une manière totalement inattendue, il s'était déployé, avait relevé haut la tête en s'écriant : « Pour moi aussi, CAVIAR ! » Elle avait ri, surprise et soulagée, et, chose étonnante, il avait ri en retour. Un vrai rire, un peu déchiré, mais qu'il avait conclu avec un soupir profond – un de ces soupirs qui viennent du fond de l'être.

Finalement, le dîner avait été très gai. Ils avaient terriblement bu et repris du caviar deux fois. Même Luc, qui avait retrouvé des couleurs, s'animait. Il parlait avec de grands gestes, une mèche lui tombant sur l'œil. Christine craignit un moment que la décompression et l'alcool mêlés fassent qu'il ne sache plus se tenir... Mais non. Il expliquait comment scier bien droit une planche à son voisin de gauche, sorte d'énarque qui n'avait sans doute jamais planté un clou de sa vie. Et tandis que celui-ci faisait poliment semblant de s'intéresser et hochait la tête, lèvres pincées, Luc donnait moult détails sur le fil du bois – ne jamais visser dans les nœuds ! Il était peut-être ivre, mais il était drôle. Jamais Christine n'aurait pu penser que ce garçon était drôle...

Quant à elle, elle avait beau ingurgiter verre de vodka sur verre de vodka, ça ne lui faisait rien du tout. Comme si elle buvait de l'eau. Aucun effet. C'est bizarre, comme boisson, la vodka... Mais elle avait chaud, elle était bien, elle s'amusait, c'était le principal.

Un goulasch avait suivi, dont elle avait laissé la moitié. Luc, en guise de plat principal, avait repris une troisième fois du caviar. « Eh bien, dites, vous n'y allez pas de main morte ! » s'était exclamée Christine. Il lui avait curieusement répondu : « Non, pas mort, pas mort... »

L'ambiance chauffait, aussi, à l'opposé de la table, et le dîner se termina dans un grand brouhaha, un micmac de considérations économiques et de fous rires. On appelait des taxis. Les deux derniers encore à table étaient Luc et Christine. « Est-on vraiment pressés de rentrer ? » dit-il. « Mais... non », dit-elle. Pourtant ils se levèrent, car on avait commandé des voitures pour tous, et les dernières allaient arriver. Apparemment, le repas était payé. « Bon », dit Christine sobrement.

Elle avait fait deux pas vers la sortie, et c'est là que ça l'avait prise... Le restaurant s'était mis à tourner autour d'elle, d'un seul coup, comme un manège fou. Le sol qui se dérobait, le plafond sens dessus dessous et la sarabande des tables tout autour. « HAAAaa... », avait-elle gémi, en mettant les mains sur ses yeux. Puis, tentant un autre pas, elle avait fait un « haa... aaa » encore plus pitoyable, s'accrochant au dossier d'une chaise, que Luc empêcha de glisser in extremis.

Il proposa à Christine de s'appuyer sur son bras – elle avait trop bu, c'est tout. Elle refusa son aide d'une manière assez péremptoire :

– Non, vous êtes gentil, mais ce n'est pas ça. Je vais simplement m'évanouir... J'ai l'habitude, vous savez, je me suis beaucoup évanouie quand j'étais jeune, alors je sais ce qu'il faut faire. Je vais aller dehors et ça ira mieux ! HAAaaa...

Luc la regarda dériver vers la sortie, craignant, à chacune de ses embardées entre les tables, qu'elle ne s'écroule avant d'atteindre la porte. Elle l'atteint, pourtant, et une fois dehors, il vit Christine se coucher aussi sec sur le trottoir, levant les jambes à l'équerre, les talons appuyés contre la façade du restaurant.

Elle avait perdu un escarpin mordoré dans le mouvement et son ample jupe avait glissé, remontée en paquet jusqu'à son nombril, sans qu'elle semble y prendre garde. La main sur les yeux, elle aspirait de grandes bouffées d'air, tout en essayant d'expliquer le plus clairement possible la raison de cette subite plongée à terre :

– C'est la seule chose à faire... Ça remonte le sang vers le cœur, voyez, et ça... ça stocke, pardon, ça STOPPE l'évanouissement, le malaise vagal, cha s'appelle... Si ça vous arrive, le malaise vagal, essayez. Plouf ! Vous verrez... C'est souverain.

Luc avait ramassé la jolie chaussure de Christine et la contemplait, pensif, en oscillant légèrement sur place.

– Vous z'articulez bien...

– Comment ?

– SOU-VE-RAIN. Moi, dans votre état, je sais pas si je serais arrivé à le dire.

Le dernier taxi se faisait attendre et, comme par hasard, il restait les deux personnes qui étaient parties avec eux de l'hôtel. La femme au rouge à lèvres sanglant, qui semblait elle aussi plus qu'éméchée, vit Christine étalée par terre et s'exclama : « Hooo... Qu'elle a l'air d'être bien, là ! » et se laissa tomber illico les jambes en l'air à côté d'elle. S'ensuivit un gazouillis de femmes qui échangeaient à mi-voix leurs impressions horizontales, mains sur les yeux, tandis que Luc et l'homme à visage d'énarque contemplaient l'étalage femelle au sol, stoïques. Au bout d'un moment, l'énarque, qui se tenait droit comme un horse-guard, pouffa.

– C'est drôle comme les femmes osent faire ce genre de choses... Nous, les hommes, on ne peut pas. On a trop de rigueur. Et le sens du ridicule !

– Tu parles, Charles ! dit Luc simplement, sans autre commentaire.

Sur ces entrefaites, le taxi arriva, un revêche qui refusa tout net que quelqu'un monte à l'avant et les pria de s'entasser à l'arrière. Chacun des hommes prit une femme à bras le corps pour la décoller du trottoir, ce qui n'était pas facile car elles pesaient de tout leur poids « mort », et ils s'engouffrèrent tant bien que mal dans le véhicule, écrasés les uns sur les autres.

C'est bizarre la vie... Il aurait suffi, peut-être, que ces quatre personnes s'écrabouillent dans un ordre différent sur cette banquette arrière, que Luc et Christine soient séparés par les deux autres, et leur vie n'aurait pas changé, qui sait ? Seulement voilà, le sort la pressa contre lui et inversement, leurs mains se joignirent et, tout doucement, leurs deux joues se rencontrèrent. Et le temps s'arrêta. Et il se fit un grand silence intérieur, une suspension de toutes les pensées, des humeurs, des contingences, et même de la griserie, l'être entier à l'écoute de la naissance du miracle – ce miracle rare et précieux auquel nul ne peut résister : deux peaux qui se parlent.

« Haa... », fit Christine imperceptiblement. Et ce n'était pas du tout comme tout à l'heure. C'était un « haaa » de surprise et d'émerveillement. Un « haa... » de petite fille à Noël.

Un peu plus tard, tout bas, Luc fit « Ouiii... » en réponse. Et c'était aussi doux, aussi enfantin. Tous deux avaient les yeux fermés et traversèrent la ville sans s'en apercevoir, à l'écoute, à l'écoute...

Une fois extirpés du taxi, ils ne purent se décoller l'un de l'autre et s'engouffrèrent comme des siamois dans la porte à tambour de l'hôtel. Puis Christine eut un « HAAA ! » beaucoup moins voluptueux, car tout avait recommencé à tourner autour d'elle. « Il ne faut pas rester debout », dit Luc. Ils s'affalèrent, d'un bloc, sur le grand pouf du hall et restèrent ainsi allongés sur le dos de tout leur long.

Christine mit sa tête sur l'épaule de Luc, leurs joues se retrouvèrent et la conversation de peau recommença – c'était ainsi que ça se parlait le mieux, émetteur cérébral contre émetteur cérébral. Il n'y avait rien à faire, qu'à être attentif, écouter ce frémissement indéfinissable qui passait entre eux. Sans doute n'avaient-ils pas éprouvé quelque chose de si sécurisant, d'aussi naturel, depuis le berceau, ou contre le sein de leur mère... Le monde entier se taisait autour d'eux, ils n'entendaient que la petite musique du bonheur naissant. Ils n'avaient pas à bouger, rien à décider, que rester là et laisser le dialogue mystérieux s'échanger, le bien-être se nouer.

Une voix pourtant, désagréable, insistante, perça leur bulle bienheureuse. Quelqu'un les interpellait :

– Madame !... Madame, enfin !

Christine ouvrit les yeux, sans remuer, sans décoller sa joue de celle de Luc d'un quart de millimètre. Entre ses paupières mi-closes elle eut la vision déprimante et incongrue – tiens ? Il était donc encore sur terre, celui-là ? – de l'homme d'affaires tiré à quatre épingles, si soigné qu'il en avait l'air ciré. Le petit chef, le grand ponte qui l'avait rabrouée tout à l'heure au restaurant, continuait ici, avec un œil sévère et grotesque.

– Madame ! S'il vous plaît, un peu de tenue !

Qu'il était loin, loin...

Derrière lui, elle vit les autres membres du groupe, toile de fond aux mines réprobatrices. Comme ces têtes se découpant sur le plafond de l'hôtel étaient tristes et floues...

Luc n'avait même pas ouvert les yeux, juste resserré un peu son étreinte. L'œil du petit chef finit par agacer Christine – il se passait là quelque chose d'infiniment important, quelque chose de sacré, qu'on ne devait pas troubler. Il allait leur foutre la paix, à la fin ! Elle fit l'effort de lever un bras, seulement un bras, le pointa très nettement sur le fâcheux, index tendu, et dit d'un ton accusateur :

– Vous avez la cravate de travers.

L'homme pinça la bouche d'une manière affreuse, se pencha, attrapa le bas de la jupe de Christine qui traînait encore du côté de sa taille et la rabattit sèchement sur ses genoux.

« Ah, c'est donc ça qui l'énerve... », pensa Christine en refermant les yeux, cette jupe si large et si légère qui s'envolait au moindre mouvement et retombait comme un parachute incontrôlable. Les gens font vraiment des histoires pour des détails insignifiants, une culotte à l'air dans le hall d'un hôtel cinq étoiles, une broutille... Et tous deux, oubliant les autres, reprirent le fil de cette conversation silencieuse, revinrent à la source de cette étrange tranquillité qui les envahissait, les paralysait.

Il fallut bien bouger pourtant, à un moment, quand ils furent assez nourris de ce premier échange primordial, peut-être. Assis sur le pouf, revenant au monde ordinaire, ils notèrent les regards tout aussi réprobateurs des employés de l'hôtel, derrière la réception. Ça les fit rire comme des gamins, tête contre tête, et c'était bon.

Luc dit : « Je ne veux pas aller dans ma chambre. » Une ombre grise assombrit son visage, que Christine chassa d'une caresse. « Alors, tu veux bien venir dans la mienne ? » – « Oui », répondit-il simplement.

L'ascenseur, le couloir. Un moment plus grave. Le sentiment conscient d'aller vers un irrémédiable. Et le trac délicieux. Mais l'angoisse aussi. On se lâche un temps pour faire ces pas-là, sans se toucher, chacun pour soi, même ensemble. Pendant que la clé tournait dans la serrure, Christine pensait, tremblante, qu'il fallait qu'elle lui dise qu'elle n'avait pas fait l'amour depuis des années... Luc, de son côté, voulait l'avertir qu'il ne savait même plus comment on faisait un geste doux...

La violence de leur désir les surprit, les emporta sans qu'ils aient eu le temps de prononcer un mot. Ils se retrouvèrent par terre, éperdus, à se dévêtir, à chercher leur sexe, la porte à peine claquée. La conversation de peau, la petite musique sacrée prenait une ampleur, une force de symphonie qui leur coupait le souffle, leur arrachait des cris, les jetait l'un sur ou sous l'autre, mêlés, sans plus savoir vraiment qui était mâle ou femelle, culs par-dessus têtes.

Ils mirent la moitié de la nuit à parvenir jusqu'au lit, car les multiples étreintes auxquelles ils s'adonnèrent à même le sol ralentissaient considérablement leur reptation vers le meuble. Dans les temps de repos, brisés et hagards, ils gisaient sur la moquette bras en croix, comme des étoiles de mer à marée basse. Quelques mots simples leur échappaient – « Qu'est-ce qui nous arrive ? », « Qu'est-ce que c'est que ça ? », « Pourquoi ? » Et Christine soupira un « je ne savais pas... » qui resta sans suite. Puis se rejetant l'un vers l'autre, ils se mangeaient, se buvaient, se reprenaient comme des affamés qu'ils étaient.

Au matin, le sommeil les prit enfin. Avant de sombrer, lovée contre Luc, jambes mêlées aux siennes, Christine bredouilla faiblement : « Quelle chance, demain on ne travaille pas, on n'aurait pas pu... » Luc, déjà dans les limbes, murmura : « Je rencontre toujours mes femmes les veilles de week-end... » Cette phrase échappa à Christine car elle dormait déjà.

Au matin, ils se regardèrent longuement, ébahis et sereins à la fois, se caressèrent, soupirèrent d'abondance. Le sentiment profond de ne pouvoir résister à ce qui les emportait simplifiait grandement les choses. L'évidence remplaçait pour le moment questions et réponses. Ils ne pouvaient faire autrement que de se laisser emmener.

Ils firent l'amour toute la journée, leur faim était insatiable. Leurs corps, inconnus l'un à l'autre il y avait quelques heures encore, se répondaient, s'enroulaient, avec l'impression de retrouver une volupté familière, qu'ils auraient connue en d'autres temps, ou qu'ils auraient rêvée...

Lui et elle poussaient des soupirs terribles, interminables. Luc dit : « C'est curieux, j'ai toujours cru qu'on ne soupirait que dans l'ennui. » – « Il faut croire que non », répondit Christine. Ils eurent envie de se nourrir et dévorèrent tout ce que le room service leur apporta, les assiettes à même le lit. Puis débarrassèrent le tout en vitesse et se reprirent en guise de dessert.

Au soir, leur besoin d'amour devint plus calme, moins éperdu. Les pensées, la réflexion reprenaient droit de cité en eux. Ils découvraient qu'ils avaient pareillement souffert d'un manque terrible, qu'ils avaient voulu ignorer, et avec lequel ils avaient vécu vaille que vaille. Pour les premières questions, ils allèrent tout de suite à l'essentiel, et Christine osa poser la première :

– Où en es-tu, dans ta vie ?

– J'étais en train de me détruire.

Il avait parlé gravement. Une blessure, une souffrance, encore inconnue de Christine, avait percé dans sa voix.

– Et toi ?

Elle hésita une seconde et, le regardant de ses yeux les plus nus, elle répondit :

– Je me préparais à devenir une vieille dame.

Ni l'un ni l'autre ne se rendirent compte qu'ils parlaient déjà au passé.

Sept jours après, ils débarquaient à l'aéroport de Paris, sans avoir rien décidé au sujet de leur devenir. Ayant pris congé de toutes les personnes du groupe, leurs bagages sur les chariots, ils se retrouvèrent tous deux pâles et la gorge sèche, stoppés par l'angoisse devant les portes de la sortie des voyageurs...

Derrière les vitres coulissantes était la « vraie » vie, celle dans laquelle ils se débrouillaient auparavant. Or tout avait changé en eux. Le choc était rude, à priori insurmontable. Ils n'avaient pas eu le temps de s'y préparer. Ou peut-être le fossé était-il si grand entre l'avant et l'après, tellement soudain et inexplicable, au-delà des mots, qu'il n'y aurait eu aucun moyen de l'appréhender en paroles, de tenter de se projeter mentalement vers une décision.

Le présent devenu si dense, si plein dans la fusion, la simple évidence d'être si bien ensemble les avaient emplis tout entiers. Cette semaine en Hongrie avait passé comme l'éclair, en même temps qu'avec une sensation d'éternité. Pendant les journées, parenthèses de travail qu'il fallait bien assumer, ils vivaient dans l'attente de se retrouver, et les heures filaient à toute vitesse pour l'un et pour l'autre, corps et esprit habités des délices de la nuit précédente. Quand enfin ils s'isolaient, le temps alors s'étirait, se démultipliait, et ils se déployaient en lui, le remplissaient à loisir de moments forts, doux, gais ou calmes. Tout était à eux. Ils étaient riches et invulnérables dans ce temps à deux où ils se sentaient naturellement mariés.

Et voilà qu'ils étaient là, toujours pleins de ce sentiment indéfinissable qui avait fait d'eux un couple, mais tremblants devant cette porte vitrée derrière laquelle il y avait les autres, les habitudes, la solitude acceptée depuis des années pour l'une, un terrible mariage pour l'autre – enfin derrière laquelle il y avait ce « temps ordinaire » dont avait parlé Paul à Christine un jour, et qui n'existait plus pour eux. Comment accepter alors de vivre à nouveau dans le déchirement, ou l'indifférence gagnée au prix de mille petits arrangements avec soi-même ? Bloqués sur place, ils reconnurent leur peur, leur refus intime de retomber dans leur solitude, ce chacun pour soi qui était devenu en peu de temps – et ni l'un ni l'autre ne savait comment ce miracle s'était opéré – un ennui, une indigence insupportables.

Mais il le fallait bien pourtant, ils devaient assumer la réalité de ce qui avait fait jusque-là leur vie. Ils s'embrassèrent, pour se donner du courage, se pressèrent fort l'un contre l'autre comme des condamnés avant le chemin du martyre. La porte en verre franchie, ils prirent le même taxi. Christine serait déposée la première et Luc garderait la voiture pour se rendre chez lui.

Leurs deux profils parallèles, à l'arrière du taxi, pareillement graves... Le silence. On évite de se regarder, de parler, on se ramasse pour affronter l'inévitable. Seules deux mains, agrippées l'une à l'autre sur le skaï de la banquette, continuent de dialoguer, refusent de rompre le lien. Quand la voiture ralentit pour se garer devant l'immeuble de Christine, Luc dit, d'une voix blanche et précipitée : « Je ne peux pas. »

Le taxi à peine arrêté, il fouilla avec brusquerie dans ses poches pour régler la course. Ce faisant, il répétait sourdement : « Je ne peux pas. Je reste avec toi... J'irai demain. Tu veux bien ? » – « Oui, bien sûr », murmura Christine égarée. Ils prirent leurs bagages, son unique sac à lui, qu'il avait gardé sur ses genoux faute de place dans le coffre, ses quatre valises à elle, qui nécessitèrent deux allers-retours pour les porter dans le hall, et ils mirent le tout dans l'ascenseur avant de s'y engouffrer, têtes basses, comme gens qui font un mauvais coup.

Luc regarda à peine autour de lui en découvrant l'univers de Christine. Ils laissèrent les bagages en plan dans le living et allèrent immédiatement au lit, décrétant que ce jour où ils avaient pris l'avion pour rentrer était encore un jour de voyage... Ils se mirent dans les bras l'un de l'autre, nus, bien collés de la tête jusqu'aux pieds mêlés, sans faire l'amour, et la peur s'en alla presque tout de suite. La paix revenait, ce sentiment de sécurité, de « chez soi » en l'autre, terre et refuge, cette certitude tranquille, étrange amour – comment l'appeler autrement ? Mais était-ce de l'amour ? – qui ne ressemblait à rien de ce qu'ils avaient connu, à rien de ce qu'ils avaient pu imaginer, dont ils n'avaient même jamais entendu parler. Un cadeau du ciel, inventé juste pour eux.

Le lendemain, Luc se leva à l'aube, et lorsque Christine s'éveilla à son tour il était déjà habillé. Du lit, elle devina dans la lumière encore faible son visage grave et déterminé, creusé d'ombre par la barbe du matin.

– Je vais voir ma femme. Je ne sais pas ce qui va se passer... Je peux t'appeler ou venir te voir, plus tard ? Demain, peut-être...

– Bien sûr. Je suis à l'agence toute la journée, je reviens vers dix-huit heures.

Il évita de l'embrasser. Ils se regardèrent, de loin, et il allait tourner le dos quand elle s'écria :

– Vas-tu... rester avec elle ?

– C'est impossible maintenant, tu sais bien.

Quand il fut parti, elle resta longtemps pensive dans la chaleur du lit. Elle songeait que c'était une chance d'être seule, sans attache, pour vivre pareille rencontre. Elle n'avait jamais pu tromper qui que ce soit, ni mari ni compagnons temporaires ensuite. Elle ne savait pas mentir et elle avait toujours eu le sentiment que faire souffrir quelqu'un l'affectait plus que de souffrir elle-même. Mais elle n'était pas sûre de ces raisons... Ce qu'elle était en train de vivre la faisait humblement douter de toutes ses certitudes

– que savait-elle de cette Christine inconnue, ignorée ou niée, capable de se retrouver la culotte à l'air dans un hall d'hôtel, de faire l'amour comme une sauvage pendant des nuits entières et d'éprouver ce délicieux sentiment d'appartenance à un homme, alors qu'elle se croyait amoureusement comme morte, résignée à sa solitude ? De quoi pouvait-elle être certaine, à présent ? TOUT était possible...

Elle rit toute seule, doucement, en enfouissant son visage dans l'oreiller de Luc, savourant cette jeunesse retrouvée, cette joie d'être, d'oser, de se laisser aller, jetée malgré elle en une aventure merveilleuse, quelles qu'en soient les conséquences. Mais cette pensée la ramena à ce qu'était en train de vivre Luc avec sa femme... Elle savait peu de chose encore, sauf que ce mariage était malheureux. Elle souhaitait tendrement que les retrouvailles soient le moins difficiles possible pour lui. Elle ne se sentait aucunement coupable envers cette femme. Il n'y avait eu ni séduction, ni tromperie préméditée ; ils avaient tous deux été saisis par un phénomène qui les dépassait, auquel il aurait été impossible de résister. En cela ils étaient innocents.

Mais peut-être resterait-il tout de même avec son épouse ? Peut-être ne le reverrait-elle jamais ? La tentative de s'inquiéter avec ces questions resta vaine – quoi qu'il advienne, leur histoire ne pouvait s'arrêter ainsi, c'eût été contre nature, celle qui fait le ventre chaud et la tête légère.

Juste avant de partir pour l'agence, elle vit que Luc avait oublié son sac – à moins qu'il ne l'ait volontairement laissé ? – et elle claqua très joyeusement la porte de son appartement. Au bureau, on lui trouva une mine superbe. Elle le crut.

Quand elle revint, au soir, Luc l'attendait devant son immeuble, la mine chavirée. Elle se précipita vers lui, cœur battant. A la force de leur étreinte ils reconnurent combien ils s'étaient manqués, ne serait-ce que pour quelques heures. Luc avait apporté un autre sac, qui gisait à ses pieds sur le trottoir. Il dit à Christine :

– Je ne peux pas rester là-bas.

– Viens, répondit-elle simplement.

Une fois dans l'appartement, Luc se laissa tomber sur une chaise, l'air épuisé. Comme il passait la main sur son front, Christine vit qu'elle était toute bleuie sur le dessus et qu'il y avait du sang sur son poignet.

– Ce n'est rien. Elle m'a lancé quelque chose au visage et je me suis protégé avec la main… C'est terrible, pour elle.

Christine restait coite, un peu effrayée. Elle qui ne s'était jamais adonnée à aucune violence physique se sentait devant un monde étranger.

– Je lui ai laissé l'argent que j'ai gagné là-bas. Je retournerai la voir demain, et aussi souvent qu'il le faudra pour régler au mieux sa situation. Je veux faire les choses proprement.

– Bien sûr.

– Parce que… nous allons vivre ensemble, n'est-ce pas ?

Quelque chose de très doux frémit dans la poitrine de Christine. Pourtant, elle tenta de résister, car sa raison était en retard sur ce qu'elle éprouvait.

– Mais… ça ne me paraît pas possible.

– Pourquoi ? Tu ne le veux pas ?

– Ce n'est pas ça ! C'est que je suis beaucoup plus vieille que toi.

– Ça ne me gêne pas. Et toi ?

– Moi, oui, un peu… Mais je vais m'y faire !

Et dans les bras l'un de l'autre ils soupirèrent encore abondamment, comme ils le faisaient depuis qu'ils s'étaient trouvés. Toutes sortes de soupirs de qualités différentes – longs, brefs, profonds, légers et presque chantants, vibrants, parfois interminables, ou au bord du sanglot. Ils s'étonnaient d'être capables d'une telle quantité, d'une telle variété de soupirs pour exprimer leur indicible soulagement, les anciennes souffrances cachées, la surprise du bonheur.

– J'ai terriblement faim. Peux-tu me nourrir ? Je n'ai plus rien.

– Il y a quelques conserves, une boîte de sardines, ce sera royal. On va sortir acheter du beurre et du pain.

Pour la première fois, ils firent ensemble des gestes quotidiens, domestiques. Tout allait de soi, sans heurt, et c'était délicieux.

Puis ils rangèrent les affaires de Luc, et Christine découvrit avec étonnement que tous les vêtements qu'elle avait triés et donnés avant de partir avaient laissé libre un demi-placard. Elle avait, comme par hasard, disposé tout ce qui lui restait d'un seul côté. Elle resta un moment pensive devant les étagères vides. Elle avait fait de la place, à l'avance, sans savoir ce qui allait advenir... L'aurait-elle donc souhaité ? Elle accueillit ce mystère intime encore humblement, comme tout ce qu'elle découvrait d'elle-même depuis qu'elle avait rencontré cet homme.

Ainsi démarra la vie à deux, avec une aisance, une facilité qui les déconcertait. Rien n'était un problème, il n'y avait aucune tension, aucune difficulté d'adaptation. L'accord était total, pratiquement sur tout. Et quand une discussion survenait à propos d'un choix, d'une idée différente, c'était rapidement résolu, sans qu'aucune ombre d'arrière-pensée ne continue à planer sournoisement. Le ciel au-dessus de leur couple était d'une clarté qui les émerveillait. Aucun nuage de discorde ne faisait d'ombre, aucun rapport de force ne pointait son nez. Tout était propre, ils étaient en harmonie.

Dans cette entente, non seulement chacun trouvait l'autre charmant, mais ils se découvraient aussi meilleurs qu'ils ne le croyaient. Ils se sentaient valorisés par ce contentement de l'autre et de soi. Les qualités qu'ils pouvaient développer ensemble les innocentaient aussi de leur passé, des erreurs qu'ils avaient cru commettre en d'autres temps et dont ils se sentaient encore coupables.

– Pourquoi m'a-t-on persuadée que j'étais difficile à vivre ! s'exclama un jour Christine.

– Et moi je pensais n'avoir que des défauts, tout était toujours de ma faute ! renchérit Luc.

Et ils soupirèrent de concert, une fois de plus. Jamais ils n'auraient supposé que la vie de couple puisse être aussi légère, bulle magique où ils évoluaient à l'unisson.

Mais, dans le même temps, Luc assumait la dure épreuve de la séparation d'avec sa femme. Il allait tous les jours la voir, pendant que Christine travaillait. Lorsqu'il rentrait, il faisait parfois quelques confidences, mais souvent il se taisait, douloureux et sombre. Par deux fois il se laissa aller à pleurer : « Je n'y arriverai pas. Elle est si difficile... » Il avait terriblement peur qu'elle se tue.

Une autre fois, deux semaines après leur retour, il revint ragaillardi – « elle a accepté l'idée que notre mariage était une catastrophe et que nous devions nous séparer ». Mais le lendemain tout était remis en cause et il revenait effondré.

Christine était à son écoute, mais restait discrète et prudente dans ses commentaires. Ce mariage, les rapports de Luc et de cette femme lui paraissaient effarants, incompréhensibles et elle avait du mal à imaginer que l'homme qui avait vécu et accepté cela soit celui qui était près d'elle, simple et sécurisant, fait pour le bonheur. Mais elle respectait cette part d'inconnu en lui, sa face d'ombre, lui si solaire, cette épreuve qu'il avait traversée et qui l'avait finalement mené à elle. Sans doute avait-il fallu qu'il se l'impose pour quelque obscure raison, avant de s'en libérer.

Il tentait de comprendre, lui aussi, ce qui lui était arrivé. Parfois il se posait dans un coin de l'appartement et pensait, immobile. Christine n'avait jamais vu quelqu'un penser ainsi, assidûment, sans bouger, entièrement concentré sur un travail intérieur intense. De temps en temps, il livrait quelques mots de ses réflexions et ils en discutaient. Christine essayait de l'aider.

– Pourquoi as-tu supporté tout ça ?

– Je crois le savoir maintenant...

– Par amour pour elle ?

– Je ne pense pas, non.

– Alors par pitié, ou générosité ? Un besoin de sauver quelqu'un ?

– Non plus...

Il réfléchit encore un moment et dit finalement :

– Par orgueil. Je croyais être plus fort que la folie.

Et regardant Christine, les yeux clairs et démunis, il ajouta :

– Par lâcheté aussi. J'avais besoin de prendre de la distance avec ma famille, et je n'en avais pas le courage. J'ai trouvé quelqu'un d'assez violent pour me séparer d'eux. Tu vois, le bilan est magnifique : orgueil et lâcheté...

Elle réchauffa cet homme frissonnant d'avoir entrevu les abîmes qui étaient en lui.

La joie revenait malgré tout. Ou plutôt elle était là aussi, quoi qu'ils vivent, obstinément présente et chaude, vivante, elle les accompagnait. Cette joie d'être ensemble faisait qu'ils pouvaient se permettre de pleurer aussi bien que de rire, d'être graves ou légers, et aussi d'explorer la part la plus inquiétante d'eux-mêmes. Rien ne leur était interdit. La joie sauvait, réhabilitait tout. Et ils se disaient, à se sentir si libres et hors de danger, que peut-être, effectivement, c'était de l'amour...

Entre-temps, ils avaient entrepris, discrètement, sur la pointe des pieds, de présenter leur couple au monde, de se faire accepter des autres.

Christine avait appelé son fils, qu'elle voyait rarement puisqu'il vivait encore aux États-Unis. Elle lui avait annoncé la nouvelle avec une légère crainte – crainte qui s'alourdit lorsque, en guise de réponse, il y eut un grand silence au bout du fil.

– Tu ne me réponds rien... Ça te choque ?

– Ah, non ! Excuse-moi, c'est la stupéfaction. Il était temps, dis donc ! J'ai bien cru que tu allais sécher sur place comme un vieux croûton. Ça m'a fait tellement de mal de te voir rester toute seule comme ça, malheureuse...

Elle apprit donc du même coup que son fils avait souffert de sa propre solitude sentimentale et qu'elle avait l'air malheureuse, alors qu'elle ne savait même pas qu'elle l'était. La stupéfaction avait changé de camp et c'est Christine qui avait, à son tour, laissé un grand blanc au téléphone. Il viendrait à Paris bientôt, ils fêteraient ça ensemble, il lui tardait de connaître l'heureux élu.

– Ne sois pas trop surpris, il est juste un peu plus vieux que toi...

– Tu redeviens drôle, en plus !

Elle n'insista pas. Puisque son fils prenait la nouvelle du bon côté, elle profiterait joyeusement de la mine qu'il ferait en découvrant Luc. D'ailleurs, cette différence d'âge était-elle si visible ?

Luc était allé voir sa mère et ses sœurs. Il avait même revu son père avec un certain plaisir, avait-il raconté à Christine en revenant de chez eux – preuve que sa famille lui avait manqué. Puis il corrigea sa pensée :

– Non. Ce n'est pas qu'ils m'ont vraiment manqué. J'étais à saturation, et ne pas les voir un temps était sans doute salutaire. Mais pas comme ça, non. C'était mal...

Il préférait laisser passer quelques semaines avant de leur présenter Christine, pour les retrouver mieux, les rassurer auparavant. Elle n'était pas pressée, n'est-ce pas ?

– Non ! Je me suis passée de belle-famille pendant longtemps, le manque ne me taraude pas ! Ce sera quand tu le sentiras.

Un soir, Luc passa chercher Christine à l'agence. Il n'était pas revenu dans cet endroit depuis qu'elle l'avait engagé comme traducteur. En revoyant le fauteuil de velours framboise, devant son bureau, il se mit à rire.

– Tu te souviens ? Dans quel état j'étais ? ! Quelle honte d'oser s'asseoir sur cette merveille avec un pantalon plein de plâtre ! Il ne s'en est pas trop mal remis, on dirait... Nous non plus ! !

Le fou rire les prit et Christine ferma discrètement la porte de son bureau. A se remémorer les détails du rendez-vous, les larmes leur coulaient sur les joues. Ils avaient déjà une histoire – que c'était délicieux de se la raconter, d'en rire ensemble et de s'en émouvoir. Les « tu te souviens... » se succédaient. Puis ils se calmèrent, attendris, et Luc demanda à Christine :

– Est-ce que je t'avais plu, là, même dans cet état dégoûtant, sur ton fauteuil framboise ? Est-ce qu'ON s'était plu, déjà ?

– Pas du tout.

– Méfions-nous. On a tout de même appris qu'on ne sait pas grand-chose...

Elle présenta rapidement Luc à ses collègues, et précisa à son assistante Martine :

– Vous vous souvenez certainement de Luc, qui est parti avec moi en Hongrie ? Eh bien... nous vivons ensemble. Voilà.

La jeune femme, figée derrière son bureau, les fixait sans réagir.

– Martine, si vous n'arrêtez pas immédiatement d'avoir les yeux comme des soucoupes, et si vous ne nous dites pas un mot gentil, je vais me sentir très mal.

– Oh, pardon. Je vous félicite.

Il n'était besoin que d'un seul regard comme celui-là pour que Christine sache que, contrairement à ce qu'elle espérait, la différence d'âge se remarquait... Peut-être devrait-elle prudemment les éviter, du moins pendant quelque temps. C'était désagréable. « Au contraire, il faut s'y habituer. Nous n'y échapperons pas », rétorqua Luc, employant un « nous » infiniment délicat.

Et puis il y eut l'annonce à l'ami Michel, et ce fut beaucoup plus gai. Ils se décidèrent à l'appeler un soir, peu de temps après leur retour. Christine avait un léger trac en composant son numéro, Luc se mordillait un doigt, assis plus loin. Quand il apprit la chose de la bouche de Christine – « Oui, oui... je t'assure... EN-SEM-BLE ! Pour de bon ! » – Michel poussa un rugissement que Luc entendit à l'autre bout de la pièce. Christine n'arrivait plus à placer un mot et décollait l'écouteur de son oreille, car Michel hurlait :

– Je vous veux là, tout de suite ! Chez moi ! Devant moi ! Et c'est vous qui apportez le champagne, vous me devez bien ça. Grouillez-vous, je vous veux à ma porte dans un quart d'heure !

Ils obtempérèrent. Ils apportèrent une bonne bouteille et des petits gâteaux. Derrière la porte, ils se souriaient, pouffant comme des gamins en entendant les pas précipités de Michel qui accourait pour leur ouvrir avec un nouveau « RRAAaaa ! » sauvage. Dès qu'il les vit, au garde-à-vous sur son paillasson, il ouvrit les bras d'une manière théâtrale en les désignant : « MON ŒUVRE ! »

Ils furent installés sur le canapé – « En face de moi, que je vous contemple... » – choyés, mangés des yeux par

Michel comme si leur couple était un pur trésor. Ça leur faisait chaud. Il fallut tout raconter, depuis le début. Et ils rirent et s'attendrirent encore, déjà si pleinement heureux qu'ils frémissaient à l'idée qu'ils auraient pu se manquer, rester chacun de son côté dans la peine et la solitude. Michel exultait, l'œil humide.

– Et tout ça, grâce à moi. J'ai senti qu'il fallait que cela SOIT ! J'ai été l'envoyé du ciel, le doigt du destin, autant dire : DIEU ! Pour une fois que je suis utile à quelque chose...

Christine remarqua cette note d'amertume. Pour la première fois, avec eux deux, Michel laissait entrevoir une faille, une faiblesse derrière cette apparence de bonne humeur perpétuelle. Donnerait-il le change, moins joyeux qu'il ne le faisait croire ? Christine en fut tout à fait certaine lorsque Michel, se penchant sur la rampe pour un dernier au revoir, leur cria : « Soyez heureux pour moi ! » Émus, Luc et Christine se dirent qu'ils garderaient précieusement cet ami – leur premier ami en commun.

Ils rentrèrent à pied, devisant, après cette délicieuse et tendre soirée, à propos du hasard – ou du destin ? – auquel ils devaient d'être ensemble.

– Michel a joué son rôle, mais c'est grâce à toi que j'ai changé de vie, dit Luc.

Christine réfléchit, et quelques pas plus loin répondit :

– Je ne le crois pas. Ta vie a changé au moment où tu as décidé de prendre du caviar... Tout a basculé pour toi à ce moment. Je l'ai VU. Tu as voulu changer, et moi, je suis la conséquence.

Encore deux rues, pensifs, et Luc dit :

– Non. J'ai eu un sursaut, c'est vrai, mais il n'aurait pas suffi. Tu ne sais pas ce que c'est que de tomber sous l'emprise d'une telle personne... Elle te prend tout, elle monopolise toutes tes pensées. L'inquiétude, la peur, le fait que tu ne saches jamais si elle joue ou si elle est sincère, si elle est vraiment désespérée ou sciemment destructrice, pompe toute ton énergie. Elle t'aspire dans sa folie, c'est ça qui est dangereux.

– Tu aurais pu en mourir ?

Luc pesa l'éventualité un moment.

– C'est possible... Si je m'étais laissé affaiblir encore plus, oui. J'étais au bout de mes forces, et c'est d'ailleurs peut-être pour ça que j'ai eu le sursaut dont tu parles. Éloigné d'elle, j'ai senti le danger, et mon instinct a réagi. Mais je t'assure que cent cinquante grammes de caviar, même un ou deux kilos, n'auraient pas suffi à me tirer de là ! Il faut s'appuyer sur quelque chose de très puissant, de très positif pour avoir la force de s'échapper. Et ça, c'était toi : mon caviar ! Mon caviar magnifique qui m'a rendu à moi-même, et dont je peux manger tous les jours.

Plus tard encore, il dit :

– Tu vois, je m'aperçois que je pense encore beaucoup à elle. J'ai beau être heureux avec toi, elle continue à m'occuper, elle prend trop de place. Je veux qu'elle sorte de ma vie. Il faut que je lutte mieux que ça...

Et un peu avant d'arriver chez eux, il ajouta :

– Il faut que je sorte aussi de sa vie à elle. Pour elle. Non seulement je n'ai pas réussi à la détourner de son chemin d'ombre, mais il est possible que le fait d'avoir quelqu'un sous son pouvoir, quelqu'un qui « marche » dans sa folie, ne l'aidait en rien. Au contraire. J'étais complice malgré moi, et elle s'en servait peut-être pour décupler le pire en elle. Peut-être...

Dès le lendemain, il demanda à Christine de lui prêter de l'argent – « Je te rendrai tout ça, tu le sais » – et il alla acheter le matériel nécessaire pour dessiner. Il ne savait même plus s'il en était capable. Ses mains blessées étaient tout à fait remises, mais il devait s'entraîner, réapprendre, retrouver un savoir-faire qu'il avait abandonné.

Il s'installa un coin de travail dans le living, près de la fenêtre. La raideur, le malhabile de ses premiers essais le laissèrent atterré. Il mesura à quel point il s'était négligé, maltraité... Courageusement, laborieusement, il se remit à la pratique, jour après jour, avec le sentiment de se reconstruire. Tout le temps qu'il employait à progresser, il ne pensait à rien d'autre, et surtout pas à sa femme. Il reprenait des forces.

Christine, en rentrant le soir, regardait son travail et trouvait tout magnifique, elle qui n'avait aucun don pour le dessin.

– Tu n'y entends vraiment rien... Mais tu vas voir ce que tu vas voir, d'ici quelque temps tu vas tomber par terre !

Puis, un soir, il n'était pas là lorsque Christine rentra.

Une heure, deux heures après, toujours pas de Luc, et elle commença à s'inquiéter. Sans doute était-il allé voir sa femme, et Christine redoutait quelque nouveau drame.

Il arriva enfin, avec un beau visage net et ouvert. Il resta debout au milieu du salon et, avant même de retirer sa veste, il dit :

– Voilà, c'est fait, je l'ai remise entre les mains de ses parents. J'ai transporté ses affaires, je l'ai installée chez eux. Ils m'ont promis d'essayer de la faire soigner, et aussi de s'occuper des papiers du divorce.

Il expulsa un de ses plus profonds et plus violents soupirs et ajouta :

– J'ai dit à son père et à sa mère que je n'étais arrivé à rien de bon pour elle... Ils m'ont répondu qu'ils n'étaient pas étonnés, depuis toute petite elle ne faisait que des ennuis. C'est affreux, non ?

– Tu crois qu'ils vont vraiment s'occuper d'elle ?

– Je l'espère. Je prendrai des nouvelles, bien sûr... Mais, maintenant, j'ai à m'occuper de moi. Et de nous.

Christine alla vers lui, puis s'arrêta avant de le prendre dans ses bras, surprise de lever son visage vers lui. Elle dit en riant :

– C'est curieux, j'ai l'impression que tu as grandi !

En Hongrie, déjà, Christine avait parlé à Luc de sa campagne du bas Berry. Elle lui avait montré les photos qu'elle avait emportées – comme par hasard, encore – pour méditer sur le devenir de cette maison. Ces projets de réflexions solitaires ayant, et pour cause, volé en éclats, ils se penchèrent à deux sur ces images, innocemment, sans rien augurer encore de leur propre devenir.

Luc aimait particulièrement les photos du paysage alentour. Elles lui rappelaient son enfance, quand il passait tous les étés en Corrèze, chez la sœur de sa mère restée là-bas pendant plus de trente ans après la guerre. Les mêmes chemins sauvages, les murets de pierre sèche, les vieux châtaigniers.

– J'étais un fou de cabanes dans les arbres. J'arrivais, tout seul, à hisser des vieilles planches, que je coinçais entre les branches, et après je piquais un drap ou une nappe dans l'armoire à linge pour me faire un toit suspendu, attaché avec de la ficelle. J'aurais bien vécu tout le temps là-haut... Mais on m'obligeait à redescendre. Et à démonter mon refuge pour le remettre à terre, lui aussi, des fois que quelqu'un prenne une planche sur la tête en passant sous l'arbre. Les adultes ne comprennent vraiment rien aux enfants qui veulent s'approcher du ciel.

Ainsi il parlait de son enfance, du bonheur qu'il avait connu dans ces paysages intacts à la terre si pauvre et si peu rentable qu'on n'avait pas jugé utile d'arracher les haies et de raser les talus – quelle chance pour les enfants chapardeurs de mûres ! Voilà des années que Luc n'avait plus mis les pieds à la campagne, lui qui aimait tant la nature. Il était même parvenu à n'y jamais penser, à oublier qu'elle existait, pour n'en pas trop souffrir.

– Des années, vraiment ! Mais pourquoi ?

– Ma femme n'en avait pas envie. Et j'avais assez à faire avec elle pour que ce besoin se taise...

Ils avaient eu aussi, tous deux, assez de problèmes à régler, en rentrant de Hongrie, pour que la campagne passe après la vie commune à établir. Mais le mois de juin arrivait et il était temps de faire le chemin vers là-bas.

Ils s'y préparèrent avec émotion. Luc avait une terrible faim de vert, qui remontait en lui avec force maintenant qu'il ne la jugulait plus. Il rêvait qu'il mangeait de l'herbe, qu'il croquait à même la terre ! Christine, de son côté, avait le trac à l'idée de lui présenter son havre.

– Tu sais, j'ai adoré cette maison. Elle a été un lieu extraordinaire, nourricier pour moi, pendant plus de vingt ans... Mais je ne sais plus très bien où j'en suis avec elle. Et puis c'est un endroit que je n'ai pas fait avec toi.

– Et alors ? Je te prends bien avec ton passé, ton âge, tout ce que tu as vécu, pourquoi pas avec un endroit que tu as fait ? Tu sais, je n'ai pas besoin de posséder les choses pour les aimer. Peut-être parce que j'ai trop vu mon père avec ce besoin absolu de propriété, d'imposer sa marque, sa domination sur un territoire... Je ne suis pas comme ça. C'est sans doute pourquoi je n'ai rien à moi.

– Mais si elle ne te plaît pas, tu me le diras, hein ? Et on ira ailleurs.

– D'accord, je te le dirai... Mais, franchement, Christine, pour le moment je m'en fiche de cette maison ! J'ai trop envie de me rouler dans la verdure, quelle qu'elle soit. C'est la nature entière que je veux !

Ils décidèrent de partir un samedi matin tôt, pour découvrir l'endroit de jour. Le vendredi soir eût fait une arrivée précipitée, presque à la sauvette, ce n'était pas bien. Et après le train, ils prendraient leur temps, folâtrant sur les toutes petites routes avec la vieille voiture de Christine, afin que Luc s'imprègne doucement du paysage, reprenne contact avec cette nature dont il était affamé, petit à petit, comme on se nourrit de nouveau avec précaution après une longue abstinence. Ils s'arrêteraient quand ça leur chanterait, pour un joli ruisseau, un vallon doux...

Dans le train, ils étaient assis face à face, impatients, émus et un peu solennels. Peu de temps auparavant, ils ne savaient pas qu'ils aimaient autant, l'un et l'autre, la campagne. Ce goût en commun était un cadeau du sort supplémentaire. Ils allaient vers un nouveau mariage, peut-être le plus beau, après celui des corps et des caractères.

Christine, la gorge un peu nouée, lui racontait la maison, et aussi son isolement dans cet endroit que personne n'avait aimé avec elle, qu'elle avait fait vivre de ses seules forces. Et comment, dernièrement, elle avait baissé les bras, prête à l'abandonner.

– Mon Dieu, mon jardin ! Il va être dans un état affreux, j'en suis malade à l'avance !

Mais Luc s'attendrissait de la voir les joues roses et l'œil inquiet – c'était charmant qu'elle ait ainsi peur qu'il ne trouve pas le lieu à son goût...

– ... J'ai un voisin merveilleux. Il habite la ferme voisine, tout à côté. C'est une famille de paysans très rudes, mais lui, tu vas voir, c'est un homme extraordinaire, un vrai poète. Il s'appelle Paul. Oh ! Que j'ai hâte que tu fasses sa connaissance, vous allez très bien vous entendre ! Figure-toi que nous n'avons parlé qu'une fois mais j'ai l'impression de le connaître depuis toujours. Oui, c'est déjà un ami. Tu l'aimeras aussi, tu verras. On s'est juste loupé avant que je parte, mais il va s'occuper un peu du jardin... Enfin, si la maison te plaît, bien sûr, et si tu as envie qu'on reste ici !

– Bien sûr, bien sûr...

Avant même de sortir du train, Luc avait compris que, quoi qu'elle dise, Christine aimait toujours profondément sa maison, et une petite angoisse le saisit à son tour – allait-elle lui plaire ? Quoi qu'il en soit, il ne tricherait pas, il lui dirait la vérité... Mais voilà que Christine, alors qu'ils traversaient le hall de la gare, s'était soudainement arrêtée, trois pas derrière lui, et regardait quelque chose avec attention, vers les guichets.

– Luc ! Attends ! Attends un peu... Tu vois cette fille blonde qui vend les billets ? Je me suis très mal conduite avec elle un jour. Vraiment mal. J'ai voulu m'excuser, après, mais elle n'était jamais là... Tu peux patienter une minute ?

– Comme tu veux. On a dit qu'on n'était pas pressés.

Christine courut vers le guichet, attendit patiemment, discrètement qu'un homme libère la place, et elle se pencha vers la vitre.

– Bonjour, mademoiselle. Vous vous appelez Solange, n'est-ce pas ? Vous ne me reconnaissez peut-être pas mais... nous nous sommes très méchamment engueulées, un jour.

– Oh ! Oui. Oui, je me souviens...

La jeune femme la regardait, les yeux fragiles et incertains sous ses cheveux blonds toujours en bataille, les joues maigres et pâles. Christine lui sourit.

– Ça fait longtemps que j'ai envie de vous dire que j'étais désolée, vraiment désolée... Je vous demande pardon. Jamais je n'ai été aussi grossière avec quelqu'un. Ça me restait sur le cœur.

Puis Christine sourit de nouveau un peu bêtement, car la jeune femme la fixait toujours sans rien dire. Et, soudain, ses lèvres se mirent à trembler, son visage se crispa et elle fondit en larmes comme une gosse, là, derrière la vitre de son guichet, en bredouillant :

– Aah… Ah ! Ce que vous êtes gentille !

Et elle se mit à sangloter carrément, la tête dans les mains au-dessus de sa caisse. Christine, éberluée, bredouilla à son tour :

– Mais… Non, voyons. C'est normal que je…

– Non, vous ne pouvez pas savoir ! C'est la première fois… depuis longtemps que… que quelqu'un est gentil avec moi. Je m'en voulais aussi, c'est moi qui avais crié la première…

La jeune femme tentait de maîtriser ses hoquets, elle avait le nez qui coulait et frottait ses yeux mouillés, collant les cheveux de sa frange en désordre dans ses larmes. La débâcle. Christine ne savait que dire, stupéfaite, attendrie par ce petit visage chiffonné, ce chagrin déchirant qui avait explosé, elle ne savait pourquoi, sur un simple mot d'elle. Elle ne pouvait pas partir comme ça, en laissant cette pauvre fille dégouliner sur place…

– Vous… vous étiez en congé maladie ?

– Ouiii…

– Et ça va mieux ?

Recrudescence lacrymale de l'autre côté du guichet. Christine se serait battue pour avoir dit, en ces circonstances, quelque chose d'aussi sot.

Une dame avec enfant, qui voulait deux billets, tomba à pic pour faire diversion. Solange se recomposa une attitude professionnelle, un visage à peu près calme, et les larmes tarirent.

Christine, pendant ce temps, faisait des signes à Luc pour lui indiquer qu'il se passait quelque chose de bizarre. Puis, la dame étant partie, elle se pencha de nouveau vers la vitre.

– Avez-vous fini votre travail bientôt ?

– J'ai une pause dans deux minutes…

– Voulez-vous que nous prenions un verre au buffet ? Mon ami et moi avons un peu de temps.

– Ça me ferait plaisir, oui. Vous êtes vraiment gentille...

Et voyant les lèvres de la jeune femme se remettre à trembler, ses yeux se mouiller, Christine s'écria :

– Ah non ! Ne recommencez pas, sinon je fais ma méchante !

Solange rit. Elle viendrait les rejoindre incessamment.

Installés à une table du buffet – lequel avait été redécoré, moderne et flambant neuf, pendant ce printemps – Christine expliquait à Luc ce qui s'était passé, l'origine de cette algarade avec la jeune femme.

– ... C'était en ce jour de terrible cafard, où je voulais vendre ma maison, partir au bout du monde, tout changer. Une vraie crise. Une heure avant, sur un coup de tête, j'avais accepté d'aller en Hongrie.

– Je serai extrêmement attentif à tes accès de déprime, ils ont des conséquences très positives.

Et Solange débarqua, charmante, toute fine dans un jeans trop grand pour elle – à moins que cette presque gamine n'ait brutalement maigri... Elle demanda un Vittel fraise. Malgré son air fragile, elle avait l'air vive et intelligente. Quand elle souriait, son petit visage triangulaire s'épanouissait, on aurait dit une autre personne. Puis elle s'attristait, son regard s'éteignait et elle semblait pâlir, les épaules rétrécies.

– Ils m'ont mise en congé parce que j'ai fait une petite dépression dernièrement. Oh ! Pas grave. D'ailleurs, c'est en train de passer...

– J'ai vu.

Solange sourit. Elle était vraiment jolie quand la personne triste en elle s'effaçait.

– J'avais des raisons, vous comprenez. Je revenais d'un petit voyage, un voyage étrange où j'avais appris des tas de choses, des choses importantes sur moi-même... Enfin, ce serait trop long à vous raconter ! Mais toujours est-il que, lorsque je suis rentrée, mon mari m'a quittée, comme ça, presque tout de suite. Il est parti avec ma meilleure amie. C'était sa maîtresse depuis deux ans, et moi j'avais rien vu, mais alors rien de rien ! Cette fille-là, je l'invitais tout le temps à bouffer, je faisais des gâteaux pour lui faire plaisir... L'imbécile intégrale, quoi ! Et puis, dans la foulée, tous mes amis ont pris le parti de mon mari et m'ont tourné le dos. La totale. En trois semaines ! Franchement, on croit qu'il n'y a que dans les mauvais feuilletons qu'on voit des choses pareilles. Eh bien, non, ça arrive dans la vraie vie !

Elle déglutissait péniblement en buvant sa boisson. Ça faisait « gruph » dans sa gorge quand elle avalait, et on voyait bien que ce n'était pas le Vittel fraise qui lui restait en travers...

– Vous savez ce qui était le plus terrible, ce qui m'a fait le plus mal ? C'est que je me sentais changée en revenant. Vraiment changée, douce, calme. J'avais perdu la colère qui me rendait impossible à vivre. J'allais arrêter d'emmerder mes amis, j'allais enfin rendre mon mari heureux. J'avais une rogne pas possible avant, je vous assure. Agressive, mais agressive !

– J'avais remarqué, oui.

– Oui... Eh bien, tenez ! C'est après ça justement, notre engueulade, que je me suis dit que je ne pouvais pas continuer comme ça. Je vous jure, c'était le déclic ! Il fallait, je ne sais pas, que quelque chose bouge, que je cesse d'être aussi mal dans ma peau, à râler à tout propos, c'était écœurant. Ça m'a décidée à prendre un peu de recul. Je suis partie quelques jours avec mes collègues... Et au retour : patatras ! C'est tout de même épouvantable, on enquiquine les gens pendant des années et au moment où on s'améliore ils vous lâchent ! C'est révoltant, non ?

Christine sourit doucement. Elle était touchée par la sincérité de la jeune femme, son désarroi.

– J'ai connu ça, aussi, quand je me suis séparée de mon mari, il y a longtemps... Peut-être les gens ne supportent-ils pas qu'on change. Ils vous aimaient comme vous étiez AVANT. Même enquiquinante, vous leur conveniez, apparemment ! Ce que vous êtes devenue ne leur convient plus, c'est tout, alors ils vous rejettent.

– Si c'est vrai... C'est affreusement triste.

– Oui. Mais c'est le prix à payer. Quand on change quelque chose d'important en soi, TOUT change. C'est dur à admettre, à vivre... Mais quand vous aurez passé la déception, ça ira mieux, vous verrez. Et vous comprendrez que c'est normal.

Deux grosses larmes, qu'elle n'arrivait plus à refouler, coulaient doucement, presque calmement sur les joues de Solange.

– Eh bah, moi, je trouve pas encore ça normal... J'en ai marre de comprendre des tas de truc, en ce moment, qui foutent ma vie en l'air ! Si j'avais su, je serais restée une vraie emmerdeuse et je serais pas là à chialer toute seule. Ah ! Parce qu'en plus j'avais demandé ma mutation pour suivre mon mari qui est d'ici, mais moi je connais personne dans cette ville. Et ceux que je connaissais, ils ne me parlent plus, alors... Je peux tout de même pas partir comme ça. J'ai déjà tout perdu, je vais pas perdre mon boulot en plus !

Elle se moucha abondamment dans le mouchoir qu'elle sortit de la poche de son jeans – un mouchoir qui semblait avoir servi plusieurs fois depuis le matin...

Luc les regardait l'une et l'autre pendant cet échange. Il se pencha alors vers Solange et dit doucement .

– Ce n'est pas si terrible, vous verrez, de changer de vie. On peut vous parler de la chose... Pourquoi ne viendriez-vous pas nous voir, un jour, puisque vous êtes un peu seule ? Pas ce week-end-ci, mais un autre peut-être, si vous nous appelez pour voir si nous sommes là... Il y a le téléphone là-bas, n'est-ce pas, Christine ?

– Mais... Oui, bien sûr.

Christine était un peu désarçonnée par cette invitation inopinée à venir les voir dans une maison que Luc ne connaissait pas encore et qu'ils n'étaient pas certains de garder. Sans doute voulait-il se montrer un peu chaleureux envers cette fille si triste et sympathique... D'ailleurs, elle était attachante, on le sentait, et Christine elle-même serait ravie de la revoir.

– Tenez, voilà le téléphone et aussi l'adresse de la maison. Mais si vous venez, il faudra que je vous indique bien, parce que c'est paumé, je vous assure !

Avant de prendre congé, Solange dit : « Vous m'avez fait beaucoup de bien. » Elle embrassa Christine spontanément, et Luc aussi. « Bon courage ! » dit-il. « A bientôt ! » fit Christine en écho. Et ils sortirent de la gare, bras dessus bras dessous. La campagne, le « vieux pays », comme disait Christine, les attendait...

Ils firent comme ils avaient dit : ils flânèrent. Du moins sur la première partie du trajet. Ils avaient traversé une rivière, enjambée par un petit pont, et Luc n'avait pu résister. Ils étaient descendus sur la rive. Il y avait des reflets bleus et verts, des éclats d'or partout. Des branches, aux feuilles neuves et lumineuses, ployaient jusque sur l'eau où se poursuivaient des couples de libellules.

Luc avait relevé le bas de son pantalon, enlevé sa chemise et s'éclaboussait avec des cris, claquait l'eau en faisant exploser de grandes gerbes de gouttes qui brillaient dans la lumière. Christine, assise sur l'herbe de la rive, le regardait en riant – « Que tu es beau ! » Puis il vint s'affaler à côté d'elle, le nez dans les odeurs de la terre. « La tête me tourne... », dit-il.

Ils repartirent, s'arrêtèrent encore une fois un court moment, mais quand le paysage se fit plus vallonné, aux abords des contreforts du Massif central, ils devinrent silencieux et de nouveau un peu graves, sentant qu'il n'était plus temps de tergiverser et qu'il fallait courageusement aller droit au but : la maison de Christine.

Arrivés devant la barrière, elle demanda à Luc de rester dans la voiture, de n'en pas descendre sans elle, car elle voulait qu'il découvre le lieu à ses côtés.

– Juste un moment, le temps de rentrer la voiture dans la grange.

– Pour quoi faire ? Elle ne risque rien, ici.

– Non. Mais je n'aime pas voir ce tas de ferraille posé au milieu de la verdure.

Quand elle referma la grande et lourde porte en bois, il resta debout au milieu de la cour, regardant lentement autour de lui. Elle épiait sa réaction première, mais il ne laissait rien paraître. Sans lâcher le sac qu'il avait à la main, il fit le tour de la maison, l'inspectant sous tous les angles, puis il s'aventura dans le jardin, toujours sans rien dire, levant les genoux en marchant dans l'herbe haute, humant l'air ambiant. Christine devint un peu anxieuse et dit d'une drôle de voix :

– Tu vois, je l'avais bien dit, ce jardin est une horreur. Tu ne peux pas savoir comme c'était beau, avant... Enfin, AVANT, quoi.

Une fois qu'il eut bien tout regardé, il resta un temps immobile, son sac au bout du bras, à considérer longuement la façade, toujours sans rien manifester de ses sentiments.

N'y tenant plus, Christine lâcha un « alors ? » angoissé. « Attends... », répondit-il calmement. Et ils entrèrent.

Elle lui présenta toutes les pièces de la maison, qu'il parcourut, semblait-il, avec une sorte d'indifférence. Seule la grande cheminée de la pièce du bas, où l'on pouvait presque se tenir debout, retint son attention. Penché à l'intérieur, la tête en l'air, le cou tordu, il regarda longuement, attentivement, comment était fait le conduit. Cela paraissait être pour lui la chose la plus intéressante de la maison.

Puis Christine le vit ressortir, tourner sur lui-même au milieu du jardin, considérant la direction du soleil, les haies tout autour. Il s'assit enfin sur le vieux banc, sous le pommier. Seulement alors, il sourit et dit à Christine :

– C'est beau. Je crois que ça me plaît.

Elle lâcha une sorte de soupir compulsif, à mi-chemin du rire et de l'exclamation :

– Haa... Ah ça !... Tu m'as presque fait peur !

Elle vint s'asseoir près de lui, soulagée – un doux soulagement dont elle ne soupçonnait pas encore la profondeur – et regarda à son tour autour d'elle. Elle avait l'impression, à ses côtés, de voir cet endroit si familier, si personnel, d'un œil neuf. Il retrouvait une sorte de virginité.

– C'est drôle... Avoir tout laissé à l'abandon me rend cette maison dans son état originel. C'est à peu près comme ça que je l'avais prise, il y a si longtemps...

Elle songea un moment, puis corrigea son propos :

– ... Enfin, non, j'exagère : les ajoncs en moins !

Elle raconta à Luc la lutte infernale contre les ajoncs, la plus piquante des saloperies sur terre, nos cactus à nous, et comment elle avait dû retirer un jour leurs aiguilles de ses paumes avec une pince à épiler...

Ils laissaient passer sans hâte ce moment important. Luc respirait profondément.

– C'est curieux, rien ne me surprend...

– C'est peut-être parce que je t'ai montré des photos avant ?

– Non, je ne crois pas. Je ne connais pas cet endroit et pourtant il ne m'est pas étranger. J'ai le sentiment d'un retour... Il me rappelle mes étés d'enfance, peut-être. Ou c'est autre chose, qu'on ne sait pas.

Une terrible fatigue les saisit en même temps. L'appréhension, toutes ces émotions les avaient épuisés. Ils en seraient tombés sur place. Pour lutter, ils rentrèrent faire du café, y trempèrent des biscottes avec de la confiture, que Christine avait toujours en réserve. Luc fit un petit feu, avec trois bûches qui traînaient là, juste pour le plaisir.

Une émotion soudaine étreignit Christine :

– Alors... on reste ici ? Tu veux bien de ma campagne ?

– Oui.

– Ah... Je crois que j'ai eu très peur.

– Je sais.

Serrée contre Luc, elle laissa couler quelques larmes, de ces larmes qui font tant de bien. Ils s'embrassèrent, encore et encore, et une pure gaieté, une excitation les emplit peu à peu.

Luc refit le tour de la maison. Il voulait tout voir de nouveau, tout détailler, dedans et dehors. Il posait à Christine des tas de questions sur ceci, sur cela, les travaux qu'elle avait faits.

– Pas grand-chose..., disait-elle.

– Je vois. Tout est à faire.

– Quoi ?

– TOUT !

La fin de la journée passa à échafauder des plans. Luc s'emballait, lançait des idées les unes après les autres, comme elles venaient, pratiques ou folles. Il disait qu'il fallait profiter de ce jour de découverte pour laisser libre cours à l'inspiration, parce que, ensuite, on s'habitue à un décor et il devient plus difficile d'avoir un regard libre et inventif.

– Il est possible que rien de tout ça ne soit faisable, mais c'est bon de l'imaginer. Après, il faut vivre la maison et ne pas se presser. Seules les bonnes idées resteront.

Au soir, grisés, ils avaient fait au moins quinze fois le tour de la bâtisse, parcouru le jardin en long et en large, et Christine découvrait, subjuguée, que cette maison qu'elle avait crue immuablement triste et ordinaire pouvait être notablement transformée. Elle la réinventait à travers les yeux de Luc.

Elle n'aurait jamais pensé sans lui, par exemple, que cette exposition de la façade au nord-est, qui la désolait, n'était pas une fatalité irréversible. On y avait de beaux petits déjeuners et ensuite l'ombre pour toute la journée. La maison restait toujours frisquette, même en plein cœur de l'été, car le soleil n'y entrait jamais.

– Luc, tu ne peux tout de même pas changer l'exposition d'une maison.

– Non, je ne suis pas magicien ! Mais tu peux l'ouvrir de l'autre côté, puisque tu as la chance d'avoir du terrain derrière. La façade « sociale » d'une maison, dans l'ancien temps, était sur la route, vers le passage. Derrière, on mettait les poules et le potager. Et on évitait souvent d'ouvrir les maisons à l'ouest, pour se protéger du vent dominant. Mais la vie a changé, on a le chauffage dans toutes les pièces, on veut un jardin d'agrément, et l'intimité, et le soleil à toutes les heures...

Luc attrapa un papier, un crayon et dessina une façade au sud-ouest, avec une porte-fenêtre vitrée, quelques fenêtres, une terrasse. Christine, enthousiaste, s'exclama : « Et je pourrai planter une glycine. Et aussi des arbustes pour encadrer l'espace ! » Mille idées lui venaient pour agrémenter, compléter les plans de Luc. Et quitte à avoir abandonné ses massifs de fleurs, elle pourrait carrément les laisser en l'état et en refaire un ou deux de ce côté-ci. Elle riait : « Dire que je croyais n'avoir plus la force de rien entreprendre ici ! » Pour un peu, elle aurait empoigné sa bêche dans l'heure.

Quant au crépi, d'un gris navrant, c'était comme s'il était déjà par terre. Luc s'en chargerait, ce serait la première chose faite. On aviserait quand les murs seraient à nu. Christine s'effrayait un peu.

– Un maçon qui était venu pour ça m'avait dit que ce n'était pas la peine, la pierre était sans doute très moche...

– Regarde la grange, qui n'est pas crépie. Elle est moche, la pierre ?

– Non. Pas moche du tout.

– Alors pourquoi veux-tu qu'ils aient construit la maison attenante à la grange avec une pierre plus moche ? C'est la même, sans doute. Ce type t'a raconté n'importe quoi pour se débarrasser d'un petit chantier dont il n'avait que faire.

Le soir venant, assis au pied de ce mur encore aveugle de la maison, ils pépiaient comme des oiseaux en train de faire leur nid. Un chaud soleil rasant vint les caresser, apportant une lumineuse évidence à ce projet d'ouverture à l'ouest. Christine ferma les yeux, visage offert.

– Le soleil couchant, que c'est bon... Dès demain j'installe une table ici et nous y dînerons au champagne pour fêter la future terrasse. J'ai dit !

Luc contemplait rêveusement la haie qui bordait ce petit terrain, à l'arrière de la maison, fouillis plutôt austère de ronces et de noisetiers en touffes, à une trentaine de mètres devant eux.

– Qu'est-ce qu'il y a derrière cette haie ?

– Un taillis assez grand. Il appartient à la maison, aussi, mais je n'ai jamais su quoi en faire...

Luc la regardait, bouche ouverte comme sous l'effet d'un choc, tandis que Christine continuait à lui expliquer l'inutilité de ce pauvre hectare.

– ... J'avais bien pensé en tirer un peu de bois pour la cheminée, mais c'était plus cher de faire venir quelqu'un pour le couper que d'acheter un ou deux stères pour l'hiver. En plus, c'est du châtaignier, ça ne vaut rien au feu, ça pète.

La stupéfaction empêchait Luc d'articuler.

– Tu veux dire... que... il y a un bois, là, chez toi, et tu n'en as rien fait ?!

– Qu'est-ce que tu veux en faire ? Il n'y a rien de bon là-dedans, je te dis...

Pour le coup, Luc fut debout instantanément, comme mû par un ressort. Il fallait franchir cette haie, séance tenante, avant la nuit, découvrir ce trésor mésestimé, là-derrière, à portée. Christine le vit courir vers le rempart touffu qui le séparait de ce rêve : une forêt à eux.

– Luc ! Tu n'as pas de bottes, pas de gants, tu vas t'écorcher !

– Qu'est-ce qu'on s'en fiche ! hurla-t-il, survolté, alors qu'il écartait déjà les branches pour dégager un passage.

Elle réussit à le suivre, les ronces s'accrochant à ses vêtements.

– Tu es fou... Il va faire nuit, Luc, tu es fou.

Il divaguait déjà sous le couvert, tournant sur lui-même, ivre de joie, caressant les feuillages – « Quelle merveille... Elle a une forêt et je ne le savais pas. » Sans attendre Christine – attend-on quelqu'un qui possède une forêt et n'en parle même pas ? – il s'enfonçait vers le centre du taillis, commentant sa découverte.

– Effectivement, ce devait être une châtaigneraie qui a été rasée et qui repousse en cépée... Il y a de quoi faire de beaux piquets, bien droits. Des longueurs de trois mètres au moins... Je te ferai une pergola sur notre terrasse avec ça ! C'est un bois qui ne pourrit pas.

– Je le sais. Mais il pète dans la cheminée..., hurla-t-elle derrière lui.

Avec la tombée du jour, elle distinguait à peine la silhouette de Luc à demi masquée par la végétation. Il se frayait si vite un chemin dans le fouillis des branches basses qu'elle avait de la peine à le suivre.

– Luc ! Ne va pas trop loin, il fait presque nuit. On reviendra demain !

– Regarde ! Hooo... Ils en ont laissé un !

Elle devina Luc soudain immobile devant une masse noire, et elle put enfin le rejoindre. Un châtaignier intact se dressait devant eux, avec son tronc énorme, et tendait trois branches tordues et fantasmagoriques vers le ciel, comme un gigantesque chandelier.

– Regarde comme il est beau... Je me demande pourquoi ils l'ont épargné. Il doit être pile au milieu de la parcelle.

– Je ne savais pas qu'il était là. Je vais te dire la vérité... Je crois que je ne me suis jamais aventurée jusqu'ici.

– Incroyable...

Christine ne sut pas si cet « incroyable » répondait à son aveu ou s'il s'adressait à l'arbre majestueux dont Luc flattait l'écorce, tout à fait comme on flatte l'échine d'un animal. Elle rit quand elle le vit tenter d'enlacer le tronc, et elle se colla contre l'arbre de l'autre côté. Leurs doigts se touchaient à peine, à deux ils en faisaient juste le tour.

Puis Luc la prit par la main et repartit vers la maison, s'enflammant de nouveau :

– Tu sais ce qu'on va faire ? On va enlever cette haie, je vais défricher un large chemin et une clairière tout autour de l'arbre, une plage de lumière au milieu du bois. Avec cette trouée dans la forêt, le jardin deviendra plus grand, on n'en verra pas les limites.

– Ce sera beau… Oui. Ce sera très beau.

Christine se sentait les jambes flageolantes d'émotion. Toutes ces perspectives nouvelles lui mettaient l'esprit et le cœur sens dessus dessous.

Ils rentrèrent dans la maison, car la nuit était tout à fait tombée. Ils refirent du feu, mangèrent toutes les biscottes et une boîte de cassoulet. Ils avaient tous deux un tel appétit, une faim fondamentale, qu'ils auraient dévoré un garde-manger entier. Tout à coup, Christine regarda Luc avec des yeux pleins de larmes, chavirée, et lui dit d'une voix tremblante :

– Tu dis que tu n'es pas magicien… Mais j'avais tout à moi et je ne le voyais pas. Je me résignais à l'ombre et tu m'inventes le soleil. Mon jardin qui était si petit devient tout à coup immense. Tu m'apportes la chaleur, tu ouvres mon horizon. Ma vie sans toi serait restée sombre et étriquée… Oh ! Que je t'aime !

Elle fondit sur sa poitrine. Luc respirait profondément, fermant les yeux, les bras solidement refermés sur cette femme qui, de son côté, lui offrait la clé de ses rêves de toujours. « Viens. C'est trop pour un seul jour. Nous sommes fatigués… », dit-il. Il la soutenait en montant vers l'étage et il tint à la prendre dans ses bras pour passer le seuil de la chambre où ils dormiraient pour la première fois ensemble, comme des jeunes mariés.

Ils mirent longtemps à s'endormir. Christine, la tête calée dans l'épaule de Luc, murmura :

– Tous ces projets, c'est énorme…

– … Et on ne compte pas ceux qui vont nous venir au fur et à mesure.

Ils se turent, mais ni l'un ni l'autre ne pouvait s'arrêter de penser, de rêver. Finalement, ils se calmèrent un peu, et Christine chuchota avant de s'endormir :

– Mon Dieu... Quand allons-nous trouver le temps de faire tout ça ?

– On a des années. Toute la vie...

Et le hululement chantant d'une chouette toute proche ponctua leur plongée dans le sommeil.

Au matin, Christine s'éveilla avant lui. Un joli rayon de soleil avait traversé le lit et caressé son visage. Elle s'était levée doucement, avait préparé du café et respiré longuement devant la porte en contemplant avec fatalisme son jardin sauvage, les herbes folles d'où émergeaient quelques rosiers et de courageuses roses trémières. Le reste des fleurs semblait avoir disparu, mais cela ne la tourmentait plus, au contraire. Elle comprenait à présent que cet abandon avait un sens. C'était un état transitoire nécessaire pour que le jardin renaisse, un temps de latence, pour que s'effacent les vieux repères, le dessin habituel de l'espace, l'arbitraire des anciens choix.

Sans doute, oui, avait-elle pressenti qu'il fallait tout laisser en l'état pour ouvrir la possibilité d'un changement, d'un renouveau. Mais impossible, dans son malaise d'alors, d'en percevoir la nécessité et le but. Elle avait seulement obéi à son instinct, avec l'angoisse de sentir ses forces la trahir, le désir la quitter. Il avait fallu endurer cette impression de petite mort, aveugle, sans savoir quelle énergie se ramassait en elle dans l'attente du miracle, d'un printemps inattendu... « Tout est bien ainsi », murmura-t-elle avec un profond sentiment de paix. La vie était la plus forte. Il n'y avait qu'à se laisser porter par elle avec confiance.

A dix heures et demie, Luc dormait toujours. Elle décida d'aller faire les courses au village, car les commerçants ouverts le dimanche matin fermaient à midi pile, sans traîner une minute de plus dans leurs boutiques. Elle laissa un mot sur la table : « Mon beau magicien, je vais chercher quelque nourriture et du champagne pour ce soir. Il fait beau, il fait bon. Quel bien tu me fais ! Je reviens vite. Le café est sur la table. »

Une fois la voiture sortie de la grange, dont elle avait ouvert la lourde porte avec précaution pour faire le moins de bruit possible, elle regarda un moment la fenêtre de la chambre avant de se lancer sur la route, au cas où le moteur aurait réveillé Luc. Non. Il avait apparemment un énorme besoin de récupérer après les émotions de la veille, et elle s'attendrit encore sur le fait que cet homme soit pourvu d'une si grande force en même temps que d'une telle sensibilité – un homme comme elle n'aurait jamais osé espérer en rencontrer.

En passant devant la ferme voisine, elle pensa une seconde s'arrêter pour voir si d'aventure Paul n'était pas là. Mais elle se ravisa avant même de poser le pied sur le frein car il était peu probable qu'il soit dans la maison – « Moi, je suis mieux là... », avait-il dit en désignant la campagne tout entière. Elle le dénicherait bien aux alentours cet après-midi. Elle le chercherait avec Luc. Elle était tellement certaine que les deux hommes s'entendraient ! Elle avait hâte de les présenter l'un à l'autre.

L'épicière l'accueillit avec les quelques mots d'usage, toujours les mêmes : « Vous êtes donc revenue nous voir... Ah ? Juste un week-end... Vous avez de la chance, il fait beau ! Vous auriez été là la semaine dernière, c'était pas pareil... » Christine aimait bien ce papotage convenu et s'y adonnait de bonne grâce, moyennant quoi elle avait la réputation de n'être « pas fière pour une Parisienne ».

Elle remplit son panier et regretta de n'en avoir pas pris un deuxième pour faire de plus amples provisions, puisque

Luc et elle allaient revenir – quelque chose de très doux chanta en elle – qu'ils reviendraient toutes les semaines s'ils voulaient ! Devant les champagnes, elle hésita à peine : une bonne marque, et deux bouteilles, pour en avoir une dans le frigo pour la prochaine fois. Et à cette idée, le joyeux « ti-ta-tam » intérieur chanta de nouveau en elle.

Une bouteille dans une main, l'autre sous le bras, elle traîna son panier débordant à côté de la caisse. Une femme qui s'apprêtait à payer ses propres courses s'écarta pour laisser une place. Christine lui sourit. La femme la regarda une seconde et, attrapant son paquet d'endives resté sur la balance, parla :

– Ma pauvre, dites donc. Ça doit pas être bien gai, par chez vous...

La femme lui jeta un regard en coin, et Christine comprit alors que c'était à elle qu'elle s'adressait.

– Après ce qui s'est passé, moi, j'aimerais pas être à côté de ces gens-là...

Christine la regardait sans réagir, ne voyant pas de quoi elle parlait. La femme laissait le lourd sous-entendu planer, s'épaissir. L'épicière s'absorbait dans ses comptes, tête baissée. La femme, ayant déjà ménagé son effet par ce silence, s'offrit un palier de fausse surprise avant d'assener la nouvelle.

– Comment ! Vous savez pas ?

Christine murmura un « non » machinal, déjà en alerte, immobile, dans l'attente – comment y échapper ? – de ce qui allait suivre. Et l'on sent à l'avance, à un frémissement particulier dans l'espace, au ton de la voix de l'autre, que ce qui va être dit ne va pas vous plaire, va vous faire du mal, mais que faire sinon retenir sa respiration et rester là, à écouter ?

– Vot' voisin, là... Y s'est tué. Et puis d'la sale manière, hein, et y s'est pas loupé ! Un coup de fusil dans la tête, ça fait des dégâts. Paraît qu'y en avait partout sur les murs...

– Mon… voisin ?

– Oui, un des deux frères. Pas celui qui s'est marié, là, l'aut', le plus jeune, le sauvage qu'était resté tout seul… Faut dire qu'on n'a pas grande sympathie pour ces gens-là mais on peut pas faire autrement que les plaindre… Leur faire ça à c't'époque, juste avant les foins !

Le froid de la bouteille de champagne dans la main de Christine et le petit bout de fer du bouchon incrusté dans sa paume, à force de serrer le poing. Et le froid, dedans, qui se propage, qui tue le soleil, qui tue l'été…

– J'vous prends vot' panier, vous avez fini ?

L'épicière se penchait déjà vers les courses de Christine, pendant que la bonne femme, l'affreuse messagère, farfouillait dans son porte-monnaie, mine de rien.

– Non… Attendez, j'ai…

Et Christine s'enfuit dans le fond du magasin comme si elle avait oublié quelque chose. Cachée derrière le rayon des surgelés, elle serrait machinalement la bouteille de champagne contre son ventre, le nez sur les rouleaux de Sopalin – Ne pas pleurer, ne pas craquer devant ces femmes qui ne comprendraient pas, qui se répandraient en commentaires dans le village, stopper le malaise, cette brûlure dans la tête en même temps que ce froid dans le cœur.

Pendant qu'elle peinait à se contrôler, elle entendait des bribes de ce qui continuait à se dire à propos de cette mort. D'autres personnes étaient entrées dans l'épicerie et se mêlaient à la conversation, ajoutaient leurs commentaires – « Se tuer comme ça, c'est pas respectable… C'est surtout pour ceux qui restent que c'est pénible… Y'en a, ça leur prend comme une lubie, on sait pas pourquoi… Remarquez, y'a rien à regretter, on sait même pas c'qu'y pensait, c'gars-là, personne le connaissait. »

« Moi si ! » hurlait Christine intérieurement. Et elle serrait les lèvres sur ce secret – elle savait, elle, comme cet homme était magnifique, sensible et délicat, et elle était apparemment la seule à le connaître. Elle ne put supporter plus longtemps d'entendre ces mots terribles, qui tuaient Paul encore une fois, et de plus sale manière que celle qu'il avait choisie.

Elle prit sur elle, cachant son trouble du mieux qu'elle le pouvait, simulant un air dégagé en posant son panier sur le comptoir. La femme qui avait annoncé la nouvelle était partie, mais ceux qui étaient entrés entre-temps avaient pris le relais, ne lâchant pas le sujet – « On sait pas comment y vont se débrouiller avec deux bras en moins... D'autant que le père a plus bien de forces et qu'y z'ont loué des champs en plus. »

Christine remballait ses courses, apparemment indifférente – comme on sait bien tricher et dissimuler ses sentiments quand c'est nécessaire...

– Vous pouvez marquer ça sur mon compte, comme d'habitude ? Et... c'est arrivé quand, cette histoire ?

– Hoo, bah... Début avril. Y s'est foutu en l'air le dix ou le onze du mois, y'm'semble bien.

Au moment où elle partait pour la Hongrie... « Juste le jour de mon départ, peut-être, alors que je pensais tant à le revoir et à m'en faire un ami », se dit-elle, bouleversée. Et elle s'enfuit.

Elle atteignit sa voiture en hâte, y fourra son panier et s'y engouffra. Vite, sortir du village avant que cette boule dans sa poitrine n'explose ! Elle s'arrêta sur la route, un peu plus loin, espérant éclater en sanglots libérateurs, maintenant qu'il n'y avait plus personne. Mais sa douleur était sèche, son chagrin coincé dans sa gorge, pas une larme ne voulait sortir d'elle, malgré les pensées cruelles qui tournaient dans sa tête – « Paul s'est tué. Je ne le verrai plus jamais. Moi, je le connaissais. Il m'avait choisie pour se confier. Lui aussi me voulait pour amie. Il a cherché à me voir avant mon départ et ne m'a pas trouvée. On s'est ratés. On s'est ratés… »

Son front se crispait, ses mains s'agrippaient au volant, mais tout restait en elle, bloqué. Ce n'était pas un chagrin ordinaire, de ceux qui s'épanchent, s'expriment et se laissent consoler. Celui-là resterait inconsolable, elle pouvait le sentir déjà. Une peine dure, faite de questions à jamais sans réponses, de révolte, de regret aigu, et qui s'aggravait d'une certitude, qui vint à Christine presque tout de suite : il ne se serait pas tué s'il avait pu parler. Et puisqu'il ne parlait à personne, s'il lui avait parlé, à elle, s'ils avaient déjà été amis, si elle avait été là…

L'aiguillon de cette pensée, insupportable, la fit repartir sur la route. Elle ne pouvait rester immobile, accrochée à ce volant, à subir ce tourment. Elle allait vers Luc, vers son homme providentiel, se réchauffer, se mettre à l'abri dans ses bras, lutter contre ce gris et ce froid, cette cendre de mort qui avait assombri le soleil, la nature autour d'elle. Plus rien n'était beau ni gai. Paul s'était tué.

Avant d'arriver chez elle, passant devant la ferme, elle vit la mère sur le pas de la porte, et le fils, le frère de Paul, qui préparait le tracteur à la barrière. Elle devait s'arrêter.

Une fois sortie de voiture, elle eut encore l'impression étrange de se dédoubler, d'entendre sa propre voix, presque normale, de sentir son visage mentir, exprimant une désolation de bon aloi, alors qu'une part d'elle-même, bien cachée, se tordait, pitoyable et douloureuse. Elle dit qu'elle venait seulement d'apprendre ce qui était arrivé, que c'était terrible, qu'elle était de tout cœur avec eux. Elle restait à la barrière, car on ne l'invitait pas à entrer dans la ferme, pas même dans la cour. Elle parlait fort pour que la mère, qui était restée sur place et la fixait avec ses petits yeux de rapace, l'entende présenter ses condoléances de voisine.

Pour toute réponse, la femme émit un « pfft » avec un geste brutal de la main en l'air et, tournant le dos sans plus de cérémonie, rentra dans la maison.

Le frère ne disait rien non plus. Mais Christine, qui était tout près de lui, le voyait regarder à terre, les lèvres pincées, ses grosses pognes pendant au bout de ses bras, et elle interpréta cet embarras, cette immobilité muette, comme une douleur contenue. Elle était avide de savoir, aussi, ce qui s'était passé, s'il y avait une raison, une cause précise à ce geste désespéré. Paul avait-il eu une déception ? Était-il malade ?

Le frère releva la tête : « Rien ! Rien ! Ça l'a pris comme ça. » Un « rien » éructé comme un crachat, rude, sans pitié.

Christine voulait espérer encore un mot de regret, une parole douce pour le mort. Était-il triste ces derniers temps ? Déprimé ?

Le frère secoua la tête pour balayer cette question inutile et dit sombrement : « Y d'vait défricher un champ qu'est resté en plan. Y l'a même pas fini... » La rancœur contre celui qui n'a pas achevé le travail promis, le traître à sa tâche, le lâche qui manque à sa parole et vous laisse tout sur le dos... Il y avait ce mépris-là dans cette figure butée, une fermeture totale à la considération de l'autre, au désespoir de l'autre.

Christine tenta une dernière fois de parler de Paul, de déceler si ce frère avait su qui il était, s'il l'avait aimé, au moins un peu...

Le gros visage hermétique, en réponse, le même geste de la main que celui de la mère, appuyé d'un coup de menton sans équivoque signifiant que ces bêtises, ces subtilités de bonne femme, ça valait pas le coup de se pencher dessus et d'aller y voir. Et en guise d'oraison funèbre, pour toute parole de compassion, le type lâcha : « On s'en tirera ben. »

Christine s'en fut, l'effroi au cœur, avec l'impression de tourner le dos à un monde aride et désolant, pire qu'un désert. A la fin de cette accablante conversation, la femme des îles, que le frère avait épousée il y a un peu plus d'un an, était passée dans la cour, un seau à la main. Elle avait dû se mettre aux travaux de la ferme, vu les circonstances. De sa main libre, Christine vit qu'elle lui faisait un discret « au revoir », mais elle n'en était pas sûre, car c'était juste au moment où elle tournait la tête pour repartir vers sa voiture. Elle était oppressée. Se souvenant de cette conversation si belle avec Paul, elle se rappelait avoir pensé : « Comment fait-il pour supporter de vivre là-bas ? » Maintenant, elle avait la réponse : il n'avait plus supporté.

Luc était dans le jardin, sous le soleil qui n'était pas obscurci pour lui – pas encore. Mais son visage se fit inquiet lorsqu'il vit Christine tituber au milieu des grandes herbes, son panier de courses à la main, le visage livide, serrant incongrûment une bouteille de champagne contre sa poitrine. Il laissa tomber son bol de café pour se précipiter vers elle quand il l'entendit répéter, d'une voix fragile et déchirante : « Paul est mort... Paul est mort... Il s'est tué ! »

Trois jours après, alors qu'ils étaient rentrés à Paris, Christine n'avait toujours pas pleuré sur cette mort. Mais elle restait tourmentée, douloureuse, et se réveillait souvent la nuit. Luc avait beau l'entourer de tendresse, elle pensait sans arrêt à Paul. Quand il la voyait se replier sur sa souffrance, Luc lui disait : « Parle, je t'en prie. Il ne faut pas garder tout ça pour toi, c'est mauvais. »

Alors elle racontait encore et encore la conversation au bord de la route. Elle n'enjolivait rien, mais découvrait, en fouillant dans sa mémoire, des détails touchants, des intonations de Paul auxquelles elle donnait maintenant une résonance qu'elle n'avait pas perçue sur le moment. Elle décrivit longuement à Luc le visage qu'il avait en lui parlant, ses yeux si démunis et confiants à la fois, cette lueur qui tremblait dans son regard quand il évoquait son arrière-grand-oncle Eugène, la beauté de ce chemin où l'on se sent « de toujours ». Et plus touchant encore, ces moments de silence où il semblait étouffer un peu, débordant d'émotion, où il regardait au loin, avec ce pli douloureux au coin des lèvres, puis la manière dont il offrait de nouveau son regard, avalant péniblement sa salive, muet encore car il y avait trop à dire, trop à livrer, et que ça ne sortait pas. Et le bruit du moteur qui tournait toujours, à la fois infernal et d'une régularité rassurante, qui grandissait encore les silences, l'impuissance à tout exprimer...

Mais le plus pénible, ce qui réveillait surtout Christine la nuit, c'était cette vision, au loin, du tracteur arrêté à la barrière de sa maison, de la silhouette de Paul qui était venu la voir, en vain, puisqu'elle-même le cherchait de son côté. Et Paul tournant le dos pour remonter dans son tracteur, qui s'éloignait – oh ! que cette image lui faisait mal ! – et elle qui passait en voiture devant la ferme, sans s'arrêter, pour ne pas rater son train, parce que ce n'était pas grave, qu'ils auraient le temps, tout leur temps plus tard pour se parler encore...

Luc écoutait Christine patiemment, avec attention. Mais quand il la voyait se faire mal à revoir et revoir encore ces images, il intervenait :

– Christine, tous les gens qui ont approché un suicidé avant sa mort ont de ces pensées. Tous se disent : « Ah ! si j'avais téléphoné... Si j'étais passé le voir... Si je n'avais pas ajourné ce rendez-vous... Si j'avais compris quel appel de détresse il y avait dans ses propos... » On se sent coupable, on n'y échappe pas. Mais je t'assure que tu n'es coupable en rien. Son désespoir était peut-être si profond que rien n'aurait pu le retenir, pas même une belle amitié.

Christine l'écoutait, tentait de chasser les souvenirs, le remords. Mais quand elle parvenait à détourner ses pensées de la culpabilité, le regret, un regret déchirant prenait la relève – non seulement le regret de l'ami qu'elle n'avait pas eu, mais un regret pour lui, Paul, pour ce qu'il avait été. Elle souffrait de ce gâchis, de cette beauté d'âme envolée sans avoir trouvé de quoi se nourrir sur terre, sans avoir pu partager les émotions qui l'habitaient, sans amour, et même – cette pensée lui vint – sans famille...

Luc la regardait se débattre, la soutenant de son mieux, mais elle tournait en rond, bien qu'elle tente d'y résister, dans ce regret obsédant.

– Qu'est-ce qui m'arrive, Luc !? Je suis malheureuse comme les pierres pour un type à qui je n'ai parlé qu'une fois, dont je n'ai pas eu le temps de me faire un véritable ami ! Je suis si bien avec toi, et me voilà déchirée pour un presque inconnu... Ce n'est pas normal !

Luc se tut alors et se mit à penser, silencieux et longuement concentré, comme il savait le faire. Enfin, il lui dit :

– Tu as raison, ce n'est pas normal...

Christine le regarda, interrogative, presque inquiète.

– ... Mais je crois que tu sens juste. Il a suffi d'une conversation pour que tu le connaisses. Cet homme était vraiment ton ami. Il voulait l'être. Il l'a été. C'est pour ça que tu le regrettes tant.

Christine était profondément attentive, son regard encore plein d'incompréhension.

– Ce qui n'est pas normal, c'est de se livrer à quelqu'un aussi complètement, de tout donner, comme ça, d'un seul coup. Je pense... Oui, je pense que la mort, la tentation de la mort était déjà en lui, sans qu'il le sache, sans doute. Elle était à l'œuvre sourdement et lui a donné l'urgence de dire ce qu'il avait au fond du cœur au moins une fois avant de mourir. Il ne pouvait pas disparaître sans que personne ne sache qui il était... Mais il fallait quelqu'un capable de l'entendre, de recevoir ce qui était en lui. Il a senti cette possibilité en toi. Tu étais là. C'était sa dernière chance... Mon amour, cet homme t'a fait dépositaire de son esprit. C'est un cadeau merveilleux, mais très lourd.

Christine ne disait rien, émue. Les mots de Luc la pénétraient et, peu à peu, elle sentait une partie de son angoisse se dénouer. Un soulagement fragile, incertain encore...

– Ne regrette pas trop que vous vous soyez ratés, ce jour où tu l'as vu de loin. Ne regrette pas d'être partie. Il était dit, peut-être, que tu devais croiser brièvement son chemin et que tu ne pouvais rien pour lui... Mais c'est moi que tu as rencontré. Et c'est moi que tu as sauvé.

Ce soir-là, Luc voulut qu'ils sortent. Il fallait égayer Christine, secouer ce poids sur ses épaules. Il lui demanda de l'emmener au restaurant – « Je ne peux pas encore t'inviter, mais ça va venir ! »

Ils passèrent une bonne soirée, rirent et burent un bon vin. Christine paraissait plus détendue et se remit à soupirer d'abondance – « Tiens ? Ça me reprend ! » Une fois rentrés, ils firent l'amour tendrement et s'endormirent, paisibles.

Soudain, au beau milieu de la nuit, Christine fut saisie d'une crise de larmes, aussi violente qu'une brusque nausée qui vous arrache au sommeil et vous tord sur le lit. Elle sanglotait comme on vomit, avec des torrents de larmes qui mouillaient les draps. Ce chagrin sec s'épandait enfin, se liquéfiait. Cela dura un bon moment, jusqu'à ce que cela se tarisse tout seul. Luc l'assistait avec une patience d'accoucheur qui laisse s'accomplir le travail de libération.

Christine se calmait enfin, encore un peu hoquetante. Elle avait des plaques rouges sur les joues et le front, et n'arrivait pas bien à reprendre son souffle. Elle regardait Luc avec de pauvres yeux gonflés.

– C'est une vraie crise, hein ? Je suis désolée, je suis désolée... Tu vas être fâché, à la fin, de me voir pleurer sur ce type !

– Non. Je ne suis pas fâché.

– Vraiment ? C'est agaçant, à la longue...

Un hoquet lui vint, une recrudescence d'émotion qu'elle jugula du mieux qu'elle put.

– Je n'arrive pas à arrêter de le regretter !

– Tu peux le regretter, ça ne me gène pas, ça ne me fâche pas. Et pleure tant que tu veux. Tu es la seule à le faire. J'aime une femme qui pleure un homme parce que personne ne le pleure...

Il la prit dans ses bras, la berça comme une enfant, lui parlant tout doucement.

– Tu sais, moi aussi je le regrette. J'aurais aimé cet homme-là, c'est sûr. C'était un type bien. Alors, continuons à parler de lui, gardons son esprit en mémoire. Il survivra en nous et, si tu veux, ce sera NOTRE mort... Il faut toujours un mort qu'on regrette, en terre, pour s'attacher à un pays. On ira ensemble sur sa tombe, si tu veux.

Dès le dimanche suivant, ils allèrent là-bas. Ils cherchèrent sa sépulture dans le petit cimetière – amas de terre nue avec une croix où était marqué son nom. Christine y déposa un bouquet de marguerites ramassées sur les talus. Elle ne pleura pas.

Puis ils continuèrent à se promener, à regarder la beauté des choses, pleins de l'amour de Paul pour la nature, pour ce pays. Une douceur nouvelle était en eux, une gravité qui grandissait ce sentiment de communion qui les unissait. Ils n'étaient pas tristes du tout. Paul les accompagnait.

Ils s'assirent dans l'herbe au bord d'un petit plan d'eau, à l'ombre d'un chêne, et regardèrent longuement le ballet des hirondelles qui venaient baigner leur ventre blanc à la surface, plongeant en plein vol et repartant vers le ciel, ayant à peine effleuré l'eau, rapides et légères. Luc et Christine, têtes levées vers l'azur, les regardaient évoluer si librement, là-haut... Et le temps ordinaire s'arrêta pour eux un moment.

Depuis quelques semaines déjà, Luc avait entrepris de chercher un emploi. Il avait contacté son ancien employeur, qui l'avait accueilli plus chaleureusement qu'il ne le prévoyait. Il s'était entendu dire par cet homme qu'il était « content que Luc s'en soit sorti et qu'il aille mieux ». Luc fut surpris que, sans rien connaître de sa vie intime, certaines personnes aient si clairement senti qu'il était dans une dangereuse impasse – était-ce donc si flagrant, alors que lui-même ne voyait rien ? En tout cas, s'il ne pouvait l'engager pour le moment, ses effectifs étant au complet, il penserait à lui à la première occasion. Ce pouvait être dans deux mois, dans deux ans...

Luc avait aussi contacté les ANPE, et refusé un travail bien au-dessous de ses compétences. Depuis, rien. Les petites annonces étaient désespérantes, et il commençait à s'inquiéter quand, un soir, l'ami Michel – l'ange annonciateur, le messager, le doigt du destin – appela :

– Je passe vous voir tout à l'heure, il faut que je parle à Luc, c'est important. Et je suis désolé, mais... je crois que vous me devrez ENCORE le champagne !

Il arriva tout excité, ne prenant pas même le temps de retirer son imperméable, dont les pans virevoltaient au rythme de ses allées et venues pendant qu'il parlait :

– Mes p'tits enfants, regardez-moi bien : je ne suis pas seulement Dieu, mais aussi le père Noël ! Vous allez tomber à mes genoux... J'ai un copain architecte qui travaille dans une grosse boîte. Sont au moins quinze, là-dedans, à marner comme des bêtes. Très spécialisés bâtiments officiels, budgets municipaux, des vrais requins, ils ratissent large. Seulement voilà, ils ont tellement de projets sur le dos qu'ils n'ont pas le temps de faire de belles maquettes. Or, s'il y a quelque chose que les conseillers municipaux ADOOOORENT, c'est les belles maquettes, autour desquelles on peut boire un mousseux officiel pour persuader tout le monde – et eux en premier – qu'ils vont judicieusement dépenser l'argent des contribuables... Tu me suis ? Seraient prêts à payer très bien quelqu'un de disponible pour leur fabriquer une – d'abord une – très TRÈS belle maquette... Non, tu n'as pas l'air de bien me suivre, mon p'tit lapin ?

– Si, si. Je... Oui.

– Tu faisais de super-maquettes, je ne me trompe pas ? J'ai dit que tu étais génial.

– Pour m'amuser, oui...

– Alors, tu vas te marrer comme une baleine. Tu vas construire une gendarmerie et une salle des fêtes avec miniterrain de jeux pour les enfants. Grisant, non ? Je vois déjà tes petites balançoires en bâtons d'allumettes... Bon. A mon avis, l'esthétique du projet s'apparente plus au jeu de Lego qu'à la belle architecture, mais les petites communes adorent, ça fait « moderne ». Tu vas faire un chef-d'œuvre. Je passe te prendre demain à huit heures et quart, tu m'offres un chocolat-tartine et on a rendez-vous à neuf. Ça va ?

Ça allait. Ça allait très bien. A tel point que Luc rentra dès dix heures trente le lendemain matin avec les plans sous le bras, une avance pour le matériel et une commande ferme pour une maquette à achever dans les trois semaines.

Du coup, l'organisation d'une vie à cheval entre Paris et le bas Berry prit une accélération foudroyante. Car impossible pour Luc de monopoliser le salon de l'appartement avec bois, découpe, colle, peinture, etc. Il fut décidé qu'il travaillerait là-bas, dans la grange transformée en atelier de fortune. Les beaux jours arrivaient, il laisserait la porte grande ouverte pour la lumière, Christine viendrait le rejoindre le week-end.

Ce fut l'occasion, aussi, de vendre la vieille voiture et de prendre un break assez neuf pour permettre l'aller et retour par la route, et assez vaste pour transporter l'œuvre de Luc une fois achevée. Ils invitèrent Michel à venir avec eux le premier week-end, pour présider à l'installation de l'atelier, mais celui-ci eut un véritable cri du cœur :

– Aaah ! Non ! Je suis désolé, mes p'tits loups, mais la campagne, moi, avec tout ce vert, ces trucs qui poussent, ce silence, ça me fout le bourdon... Une bonne bouffe à votre retour, ça je dis pas, ce sera avec plaisir. Et dans un quartier bien remuant, hein ?

La perspective de gagner de nouveau sa vie, s'il décrochait d'autres commandes, de n'avoir plus rien à emprunter à Christine, galvanisait Luc. En une seule journée, il organisa la grange, y installa l'électricité et nivela le sol pour travailler « droit ». Christine, qui avait attaqué le nettoyage d'un coin du jardin, lui faisait des signes et des bisous de loin. De temps en temps, ils se précipitaient l'un vers l'autre pour se rouler dans l'herbe, à mi-chemin de leurs travaux respectifs. Ils reconnurent et se dirent, car il est bon d'en avoir conscience, qu'ils vivaient là une journée de bonheur absolu. Dès le lendemain, Luc attaquait sa maquette.

Il conduisit Christine à la gare le lundi matin tôt, gardant la voiture pour raison d'autonomie dans ce lieu si isolé. Elle reviendrait après sa semaine de travail à l'agence, dès le vendredi après-midi. Cette première séparation depuis leur rencontre les laissa le cœur serré sur le quai de la gare. Ils s'appelleraient le matin, le midi et longuement le soir.

En fait, ils trouvèrent délicieux de se raconter leur journée par le menu, avec la perspective de se jeter dans les bras l'un de l'autre dans peu de temps. Ils se dirent des choses qu'ils ne se seraient peut-être pas dites sans cet éloignement physique.

Christine, aussi, ressentait une grande joie à ce que Luc, qui avait par bonheur aimé sa maison, l'occupe, en prenne possession personnellement et pas seulement à travers elle. Elle était heureuse aussi que cet endroit ne soit plus simplement un lieu de détente, mais devienne un lieu de travail, un lieu utile qui justifiait encore mieux qu'on en prenne soin et qu'on l'embellisse.

La maquette fut achevée dans les temps. Le transport fit l'objet de mille soins de la part de Luc, avec démontage des éléments fragiles, emballés un à un, protégés des chocs éventuels par coton, paille, papier, plastique à bulles. Alors que Christine l'aidait à rentrer le socle, qui prenait tout l'arrière du break, Luc s'écria : « Attention aux arbustes ! ! J'ai trouvé dans notre forêt de minuscules boules de lichen qui imitent merveilleusement les plantations autour du terrain de jeu, mais elles sont très fragiles ! »

De retour à Paris, la maquette accueillie par les architectes avec, semblait-il, une entière satisfaction, Luc décida qu'il était temps de présenter Christine à sa famille. Il se sentait assez solide maintenant, assez affermi dans sa propre reprise en main – et ce premier salaire gagné depuis bientôt deux ans le concrétisait – pour affronter la tribu avec sa nouvelle compagne.

Un week-end en bas Berry fut sacrifié pour cela, car la mère de Luc insista pour qu'ils passent ensemble tout un dimanche, avec la famille au grand complet.

– Mon Dieu, ça recommence ! Si elle invite ma tante et tous les cousins, ça va être l'horreur !

– Ne t'inquiète pas. Moi, je suis tout à fait tranquille.

Mais si peu inquiète qu'elle s'affirme, Christine prit tout de même un soin attentif à sa toilette, et, sur le chemin, elle serra le bras de Luc.

– Ils vont me trouver très vieille pour toi...

– Aucun problème, ils sont prévenus. J'ai dit à ma mère que tu étais plus âgée qu'elle.

– Oh ! la brute...

Ce fut le père de Luc qui ouvrit la porte. Il sembla immédiatement impressionné par Christine. Il la fit entrer, la regarda dire bonjour à tout le monde avec une calme assurance, un charme qui avait l'air de l'estomaquer. Il l'installa dans le meilleur fauteuil – en principe le sien. C'était la première fois que Luc voyait son père muet, presque timide. A l'évidence, que Luc puisse être avec une femme pareille lui coupait la chique ! D'ailleurs, profitant d'un moment où Christine parlait et riait avec les deux sœurs, son père lui dit tout bas : « Mon p'tit vieux, je sais pas comment tu t'y es pris... mais cette femme a une classe, une classe ! Chapeau, hein ! » Et il resta pensif, songeant peut-être qu'il avait légèrement sous-estimé son fils...

La mère de Luc, à la porte de la cuisine, avait longuement observé Christine depuis qu'elle était entrée, les yeux agrandis par l'attention, essuyant interminablement à son torchon des mains qui devaient être sèches depuis longtemps. Puis elle s'approcha de la femme grâce à qui son fils était de nouveau là, près d'elle, et lui sauta quasiment au cou. Deux bises sonores claquèrent sur les joues de Christine comme deux « merci ». Elle dit à Luc :

– J'ai fait le goulasch... Tu as dû en manger, là-bas, dans ma Hongrie ?

– Non. J'attendais le tien. Je n'ai mangé que du caviar...

Il sourit à Christine, et tout le monde se mit à papoter gaiement. Un joyeux soulagement emplissait cette maisonnée, on l'exprimait en parlant fort, les yeux brillants.

Luc sentait cette tendresse, qu'on lui montrait, qu'on lui faisait entendre, et Christine le voyait de temps en temps fermer les paupières, comme sous l'effet d'une douce fatigue.

Alors que tous se levaient pour se mettre à table, Luc s'approcha de Christine et chuchota :

– Alors, ça va ?

– Oh, elle est charmante ! J'adore !

– Qui ?

– Ta mère, bien sûr !

La tante et les cousins firent un saut pour le café et ce fut un peu fatigant, mais tout le monde s'en alla vers la fin de l'après-midi et ils dînèrent le soir, seuls avec les parents de Luc.

Le père était toujours aussi coit. Apparemment, il n'osait trop se risquer à parler, et surtout pas à plaisanter, devant une femme de cette classe. Il alla s'assoupir devant la télé sans attendre le dessert. « Excusez-le », dit la mère, gênée, mais son regard disait qu'elle était contente de rester avec eux, à parler gentiment, à s'apprécier. Ils étaient très bien, tous les trois, à boire une infusion à petites gorgées… Après un silence bienheureux, Luc dit :

– Maman… J'ai très envie de te poser une question. Tu te souviens du jour où ma femme a décidé de ne plus mettre les pieds ici ?

– Je me souviens TRÈS bien…

L'accent hongrois de la maman de Luc, qui roulait si joliment les *r*, appuya longuement sur le « trrrrès », et Luc vit, à la soudaine gravité de son visage, qu'elle n'était pas près d'oublier ce jour.

– … Je me suis toujours demandé ce qui s'était passé entre elle et toi, dans cette cuisine. J'avais retrouvé ma femme collée contre le mur, toute pâle. On aurait dit qu'elle était terrorisée.

– Tu veux vraiment le savoir ?

– Oui.

La mère de Luc réfléchit un moment, regardant son infusion. Elle hésitait peut-être. Puis elle redressa la tête, regarda Luc bien en face et se mit à parler d'une voix douce :

– J'avais fait un gigot ce jour-là, te souviens-tu ? J'avais à la main le grand couteau très pointu... Je m'en suis servie pour faire reculer ta femme contre le mur et je lui ai dit : « Les femelles hystériques de ton espèce, je les connais, je les connais bien, cela fait quarante ans que mon mari en baise... Je sais que c'est ta faute si mon fils a perdu son travail. Je vois que tu es en train de le détruire. Alors, je veux que tu saches que si un jour il lui arrive vraiment malheur, je te retrouverai et je te planterai ce couteau dans le ventre. » Et j'ai appuyé un petit coup pour qu'elle sente la piqûre. Peut-être qu'elle a saigné un peu...

Luc en avait la mâchoire décrochée de stupéfaction.

– Tu... tu lui as dit ça ? !

– Oui. Elle m'a crue. Elle avait raison.

Luc considérait cette mère, cette maman si douce et soumise, qu'il découvrait sous un jour surprenant, qui avait pu dire tout cela, faire peur, et qui serait passée à l'acte peut-être... Il n'en revenait pas. Il rit un peu bêtement et ne trouva à dire qu'une phrase stupide :

– Mais, maman... Je ne savais pas que tu parlais si bien le français ?

– Moi non plus...

Et la mère de Luc, regardant Christine comme pour la prendre à témoin d'une évidence que seules les femmes peuvent comprendre, conclut :

– ... Mais quand il faut, il faut !

Trois, puis quatre nouvelles maquettes furent commandées à Luc pour le courant de l'été, et l'ange Michel fut fêté et re-fêté comme il se doit. Pour les deux premières, Luc héritait des plans d'un gymnase de forme très futuriste et il s'attaquerait en même temps à un ensemble de petites résidences de luxe disséminées dans un parc. « Tu vas te défoncer dans le paysagisme miniature… », lui dit Michel, amicalement goguenard.

Luc, avec ses revenus tout frais, tint à offrir un vrai plancher à la grange, qu'il monterait lui-même avant d'attaquer ses maquettes. Christine, de son côté, pour remplacer la lourde et opaque porte de bois, commanda une baie vitrée qui serait fabriquée et posée – promis, juré, parole d'artisan ! – avant l'automne.

Début juillet, Luc s'installa donc à la campagne de façon permanente, et Christine continuait ses allers et retours avec la perspective de quinze jours de congés dès le 1er août. Elle s'offrirait une autre période libre dans l'année, car l'été était bien sûr une saison chargée en travail pour les agences de voyages.

Le soir, lors de leurs longues conversations téléphoniques, Christine suivait la progression des travaux, que Luc lui racontait par le menu. Il avait trouvé assez de belles planches de vieux chêne pour le plancher entier. Il avait réussi à convaincre le marchand de bois de les livrer dès le lendemain avec les traverses de soutien. Du coup, il avait fait la connaissance de personnes fort sympathiques dans le pays, la bouchère le tutoyait déjà, et il allait tous les soirs prendre un verre au bistrot-boulangerie, histoire de discuter avec les gens du village… Christine riait, un peu effarée tout de même de le voir si rapidement se déployer dans cette vie provinciale et campagnarde. « Je suis comme une plante qui a trouvé la terre qui lui convient. Tu dois comprendre, toi, la jardinière ? » disait-il.

Avant que Christine ne prenne son train le vendredi, Luc lui annonça que le plancher était entièrement posé depuis vingt-quatre heures et qu'une surprise l'attendait en supplément… Elle s'énerva de la lenteur du trajet, tant elle avait hâte d'arriver. Ils se retrouvèrent avec cette joie, ce sentiment de fête qui compensait ces quatre nuits de séparation. Christine arrivait dans une maison vivante, chaude, où l'attendait le feu de bois tout préparé, un frigo garni, les bras infatigables de l'homme « qui avait trouvé son terreau », et c'était délicieux.

Le plancher était superbe, la grange tout à coup incroyablement civilisée. On imaginait sans peine la verrière, l'isolation du toit qui allait immanquablement suivre – « Avant l'hiver, je l'attaque… », avait dit Luc – c'était déjà une vraie pièce à vivre. Ils dînèrent là, sur la grande planche d'atelier de Luc, au-dessus de laquelle une large lampe de travail pendait, suspendue à une poutre, et le plancher fut baptisé par un verre de vin que Christine fit valdinguer par mégarde. Elle mit la main sur sa bouche comme une gamine, craignant d'avoir abîmé le bois neuf et non traité. Luc dit qu'il avait sans doute eu une prémonition en ouvrant une bouteille de « blanc qui ne tache pas ».

Au moment de monter l'escalier vers la chambre, il arrêta Christine.

– Et ta surprise ?

– Oh, pardon, j'ai tout à fait oublié la surprise ! Qu'est-ce que c'est ?

– Viens.

Il l'entraîna dans le jardin, après avoir saisi une lampe-torche qui se trouvait, comme par hasard, posée sur un meuble à côté de la porte. Ils contournèrent la maison. Tenant une Christine éberluée par la main, Luc lui fit traverser le petit champ bordé de la haie qui les séparait du taillis. Elle vit, dans le faisceau de lumière qu'il dirigeait vers cet endroit, une large trouée dans les ronces et les noisetiers en touffes.

– Ah, tu as commencé à défricher la haie ? ! C'est ça que tu voulais me montrer ?

– Non.

Ils pénétrèrent dans le sous-bois, Christine levant haut les pieds pour ne pas s'écorcher sur les ronces sommairement coupées et aplaties.

– Mais, Luc, qu'est-ce que...

– Chut !

Elle se résolut à le suivre sans mot dire, marchant prudemment dans ses pas, jusqu'à ce que la lampe éclaire le somptueux et sombre tronc du vieux châtaignier épargné, au milieu de la parcelle. Luc passa alors son bras sur les épaules de Christine et lui dit :

– Voilà ma surprise. C'est notre nouvelle chambre, mon amour.

Levant alors la lumière vers le haut, il lui fit découvrir une sorte de plate-forme en planches, qui s'appuyait sur les trois branches maîtresses de l'arbre, à cinq ou six mètres du sol. Luc avait entouré la construction des vieilles mangeoires à claire-voie, anciennement destinées aux bêtes, qu'il avait récupérées dans la grange. D'en bas on distinguait vaguement, comme entre les barreaux d'une rambarde, un coin de matelas, un amas de couvertures, une lanterne accrochée à une branche surplombant ce lit au cœur de l'arbre.

Christine, sidérée qu'il ait trouvé le temps et la force de construire cela en plus du plancher, n'arrivait pas à articuler quelque chose de cohérent. Luc vibrait de joie, et sa voix sonnait chaude et profonde à l'oreille de Christine.

– J'ai béni le fait que tu aies équipé la chambre d'ami d'un matelas de mousse plutôt léger... Tu vois, on ne m'a jamais laissé dormir dans les cabanes que je construisais dans les arbres étant enfant. Aujourd'hui, je prends ma revanche. Et c'est avec toi que je dormirai plus près des étoiles. Viens, on monte par là.

Ils contournèrent l'arbre, et sur l'autre côté du tronc était appuyée une échelle rudimentaire en branches de châtaigniers attachées par des fils de fer à deux longs piquets.

Tandis que Luc la poussait aux fesses pour l'aider à grimper – l'écartement des barreaux comptait ses cinquante bons centimètres – Christine songea un instant que, n'ayant pour sa part aucune nostalgie du scoutisme auquel elle avait échappé étant jeune, son lit habituel et sa couette lui auraient parfaitement convenu pour la nuit... Mais, hissée par lui sur la plate-forme, elle découvrit les oreillers, une planche qu'il avait posée en guise de table entre les deux rambardes, au pied du matelas, sur laquelle trônaient une thermos, deux tasses et une boîte ménagère en plastique qu'il désigna en disant : « Les croissants. Ils seront sans doute un peu mous demain... » Elle commença à être séduite, la surprise était charmante. Et quel mal il s'était donné pour la préparer !

Luc alluma la lampe tempête à réserve de pétrole, qui pendait à une branche juste au-dessus d'eux, et la flamme fit la lumière la plus magique qui soit, éclairant ce lit suspendu au milieu des branches et des feuilles, un nid de pur amour, un rêve d'enfant, un perchoir de conte de fées...

Christine, à présent muette d'émerveillement, s'était assise au bord du matelas. Elle voyait sur l'oreiller la laine polaire toute préparée pour qu'elle n'ait pas froid, la bouteille d'eau à ses pieds au cas où elle aurait soif, et son regard revint à Luc, debout, planté sur sa belle surprise, au milieu des feuilles et des étoiles, dont les yeux, dans le halo lumineux un peu tremblant de la flamme qui les éclairait, scintillaient de tendresse et de fierté.

– Merci... Merci..., murmura-t-elle.

Puis elle ajouta :

– Je n'ai jamais dormi dehors, jamais... J'avais trop peur des bêtes rampantes.

– Ici, tu ne crains rien d'elles. Par contre, il est possible que nous ayons la visite de bêtes volantes. Je crois bien que la chouette chevêche a élu domicile dans cet arbre, je l'entends tous les soirs.

Ils se couchèrent au centre de l'arbre, contemplant la cime éclairée par la chaude lumière de la lampe, puis ils l'éteignirent et ils furent dans le silence et la nuit, dans l'air frais et doux, le léger bruissement de soie des feuilles. Ils se taisaient, avec la sensation d'être portés, nourris par la force du châtaignier.

Une bête farfouilla dans le sous-bois, au-dessous d'eux, et ils tentèrent en vain de distinguer sa silhouette dans l'ombre. Luc chuchota tout bas à l'oreille de Christine : « Je ne crois pas que ce soit un sanglier, il n'y a plus de châtaignes sous l'arbre à cette époque, c'est plutôt un chevreuil... » Ils se rallongèrent, bien au chaud l'un contre l'autre sous la lune. Christine s'endormit la première. Elle sombra dans un sommeil si calme et si profond qu'elle n'entendit même pas la chouette hululer en face d'eux quelque temps plus tard.

Mais dans la seconde moitié de la nuit, les nuages s'amoncelèrent dans le ciel et les larges gouttes d'un orage d'été les surprirent en plein sommeil, s'écrasant sur leur front, leur nez, crépitant sur la frondaison au-dessus d'eux. Ils ouvrirent les yeux, d'abord sans bouger, et Luc dit tout bas, à moitié endormi encore : « J'aurais dû m'en douter, il faisait trop doux hier soir, presque lourd... Attendons, ça va peut-être passer, les feuilles nous protègent. »

Dix minutes après, le ciel leur tombait sur la tête, et le repli se fit dans une joyeuse folie – Christine, déjà trempée comme une soupe, les cheveux collés aux joues, avait réussi à descendre sans encombre par l'échelle et attrapait au vol les oreillers, couvertures, vêtements que Luc jetait par-dessus la rambarde. « Le matelas séchera demain au soleil ! ! » hurla-t-il comme un marin au milieu de la tourmente, balançant par-dessus bord ce qui pouvait être sauvé d'un naufrage. Il descendit de l'arbre à son tour et ils coururent vers la maison, sous les trombes d'eau, dans une débandade pleine de fous rires, de vêtements à demi défaits, de couvertures s'accrochant aux ronces, traînant au sol.

Ils riaient encore en s'épongeant mutuellement devant le feu de bois rallumé pour les aider à se sécher. Christine, tout excitée, s'écriait :

– On recommencera ! Oh, on recommencera, c'était trop beau !

– C'est promis. Mais je viens de comprendre pourquoi les hommes préhistoriques ont arrêté d'habiter dans les arbres...

Ils s'en furent terminer leur nuit de civilisés sous leur couette, bien à l'abri derrière les murs et sous le toit protecteur, écoutant l'orage au-dehors. Avant de s'endormir, Luc dit :

– T'as raté la chouette. Elle était à trois mètres de nous.

– Oh, merde, répondit simplement Christine.

Et elle sombra à son tour.

Le lendemain matin, Christine dormait encore et Luc bricolait déjà à l'atelier quand le téléphone sonna. Solange, la petite guichetière blonde, avait gardé leur numéro et appelait, à tout hasard, puisqu'ils l'avaient invitée à passer les voir.

Luc ne se remémora pas immédiatement cette jeune femme brièvement rencontrée au buffet de la gare. Au bout de quelques phrases lui revint l'image du visage chiffonné, tout pâle sous les cheveux en bataille, du regard fragile de môme qui ne se décide pas tout à fait à grandir. Il se rappelait qu'elle paraissait sympathique et qu'elle avait quelques problèmes, mais tant de choses s'étaient passées depuis qu'il l'avait presque oubliée. Il lui indiqua le chemin – « Non, vous ne nous dérangez pas, vous passez quand vous voulez » – et elle dit qu'elle serait là sans doute au début de l'après-midi.

Quand Christine fut éveillée, Luc lui annonça la visite de Solange.

– Qui ?

– Solange, la guichetière de la SNCF avec laquelle tu t'étais engueulée.

– Ah ! Comment va-t-elle ?

– On va le savoir. Elle arrive tout à l'heure.

Vers quinze heures, chacun vaquait à ses occupations dans la paix campagnarde, Christine attaquait un coin du jardin, profitant du fait que la pluie de la nuit ait amolli la terre, et Luc peignait le socle d'une de ses maquettes, quand un vrombissement aigu, le bruit d'une sorte de moustique enragé troubla le silence. C'était lointain encore, mais le son nasillard approchait, lentement, interminablement, parfois plus faible, un peu étouffé par la végétation, suivant les méandres de la route, devenant soudain plus présent dans une recrudescence stridente. Bientôt, ils n'eurent plus de doute, la pollution sonore venait vers eux... A la hauteur de la barrière de la maison, la chose eut un dernier emballement criard, comme un sursaut avant l'agonie, se tut enfin après deux hoquets misérables, et Solange apparut dans le jardin, un ridicule casque rouge sur la tête, poussant une sorte de mobylette hors d'âge. Elle eut un large sourire en voyant Luc et Christine venir à sa rencontre.

– Impeccables, les indications ! Heureusement, parce que vous m'aviez avertie, c'est paumé, hein !

Elle se débarrassait de la coque qui lui enserrait le crâne, mettait son engin sur béquille.

– Je peux laisser ma Titine là ? Elle n'est pas toute jeune mais c'était une bonne occasion. On m'a filé le casque avec, il n'est pas à ma taille, ça c'est embêtant... Bien sûr, ça ne va pas vite, j'ai mis deux heures pour venir, mais ça fait profiter du paysage. Et puis je ne peux pas m'offrir mieux, c'est ça ou rien, alors !

Deux heures après, Solange était comme chez elle. Elle regardait Luc et Christine œuvrer à leurs occupations – « Ne vous arrêtez surtout pas pour moi, j'aime bien vous regarder faire... Vous êtes actifs, tous les deux, hein ? » Mais sa présence était légère. Elle ne réclamait pas d'attention, elle bavardait de temps en temps, ou restait silencieuse. Toutefois, son mutisme ne durait pas longtemps car elle avait un grand besoin de s'épancher, même s'il restait discret.

Les mains derrière le dos, elle regardait Christine labourer avec sa bêche, s'acharner sur les mottes, arracher des touffes d'herbes. Celle-ci pestait contre la dureté du sol.

– Pourtant il est tombé une sacrée saucée cette nuit. Qu'est-ce qu'on a pris ! Mais ça n'a pas suffi. Cet été promet d'être épouvantablement sec... J'ai des vacances dans un mois, je voulais en profiter pour avancer le jardin, mais ça va être un enfer si ça ne tombe pas plus que ça !

– Je ne peux pas vous aider, je n'y connais rien, je n'ai jamais touché à la terre de ma vie... Vous savez, Christine, vous aviez raison à propos de ces amis qui m'ont tourné le dos. Je ne leur convenais plus. Ça m'a fait mal, très mal. Mais, dernièrement, l'un d'eux a tenté de renouer le contact avec moi. En principe, c'était mon meilleur copain, avant... C'est moi qui n'ai pas voulu. Parce que, voyez-vous, je me suis rendu compte que lui aussi ne me convenait plus. Alors, j'ai arrêté de leur en vouloir. Ils ne m'ont pas trahie, c'est moi qui ai changé.

Christine s'était arrêtée de travailler un moment, essuyant avec son bras les quelques gouttes de sueur qui perlaient à son front. Elle regardait les yeux de Solange, sous l'immatérielle frange blonde, son sourire doux, empreint d'une résignation où perçait encore une pointe de tristesse. Elle la trouvait très jolie, touchante.

Solange continuait à se raconter, à livrer des bribes de sa vie. Elle s'était assise dans l'herbe et se déplaçait sur les fesses, suivant Christine dans la progression de son labour.

– ... Moi, comme je n'étais pas encore très en forme, j'ai déjà pris mes congés. J'ai été voir toute ma famille. C'était bien. Il faut que je parte d'ici. Je n'ai plus aucune raison de rester dans ce pays... Peut-être je pourrais me rapprocher de mes frères ou de mon père. Mais ce n'est pas parce qu'on change de vie qu'il faut se précipiter sur sa famille comme sur une bouée de secours, n'est-ce pas ? Alors, je ne sais pas...

– Peut-être faut-il simplement laisser passer un peu de temps ?

– Peut-être, oui. Le temps...

Solange s'allongea dans l'herbe, grignotant pensivement une brindille. Sa voix se fit plus grave.

– En fait, mon père n'est certainement pas mon vrai père. Ça m'a rendue dingue de ne pas savoir, mais maintenant je m'en fous. Je ne sais pas très bien comment ça s'est fait, mais la colère m'a quittée, d'un seul coup. C'est ça qui a changé ma vie. Tout était basé sur cette rogne, ce doute que j'avais... Maintenant, je me dis que si je rêvais d'un père idéal, je n'en voudrais pas d'autre que lui, tellement il est formidable. J'aurais pu me dire ça depuis le début, au lieu d'être enragée comme ça ! Mais non. Faut croire que c'était pas l'heure...

Christine se redressait, la main sur les reins. Elle planta son outil en terre et soupira :

– Hou la... Y'a pas à dire, je n'ai plus vingt ans !

– Moi, c'est chouette, j'ai jamais mal nulle part... Faut dire que je suis assise derrière mon guichet toute la journée et que je ne fais aucun sport, je ne prends pas grand risque.

Elles allèrent préparer du thé, des petits gâteaux, proposèrent à Luc de les rejoindre sous le vieux pommier, mais il déclina l'invitation, en pleine opération délicate d'encollage de plages de sable sur sa planche, pour imiter les zones gravillonnées autour des petites résidences de luxe.

– Pardon, les filles, mais si ça sèche, tout foire. Je vous rejoins après.

Solange, sur le banc, soufflait sur son thé brûlant, assise les genoux serrés, le dos raide, les coudes au corps. On l'aurait dit soudain en visite un peu guindée. Christine sourit en la regardant.

– Vous êtes assise comme une écolière en retenue ! Détendez-vous, voyons.

– Oh, détrompez-vous, je suis détendue. Mais c'est une habitude que j'ai prise de me tenir droite. Parce que je dis que je n'ai mal nulle part... Mais je vous assure que lorsque vous êtes assise du matin au soir, si vous vous laissez avachir sur votre siège, vous terminez en compote !

Puis Solange redevint sérieuse, reprit cet œil sans défense, cette manière de dire les choses si touchante dans son absence de détour.

– Christine, savez-vous pourquoi on a si peur de changer ?

– Non. On ne peut pas s'en empêcher sans doute... Et puis on a de bonnes raisons d'avoir peur ! On perd ses repères, on ne sait pas vers quoi on va, tout bouge.

– Ça oui, alors. Quel tintouin !

Elles burent quelques gorgées de thé, visages parallèles, mêmes regards dans le souvenir de leurs révolutions intérieures personnelles. Solange posa sa tasse sur le banc, sortant de ses pensées.

– Mais tout de même... Pourquoi est-ce que ça vous prend, un jour ? Moi, j'ai passé des années accrochée à mon problème, à résister, à me battre, à me cogner contre. En fait, je refusais de faire le moindre pas. Coincée ! Et puis tout à coup, je ne sais pas pourquoi, c'est devenu insupportable.

– Oui. On abandonne, on accepte, ça tombe comme un fruit mûr : je ne peux pas continuer comme ça.

– Voilà ! Exactement ! « Je ne peux pas continuer comme ça »... Mais pourquoi, comment ?

– On ne sait pas.

– Non, n'est-ce pas ? On ne sait pas.

– Peut-être simplement parce qu'il faut bien avancer...

Elles dissertèrent encore un moment sur ce mystère intime, la naissance de la révolte, le sursaut pour sortir de ces impasses dans lesquelles on s'enferre, parfois une bonne partie de sa vie. Christine fut prise tout à coup d'un énorme coup de pompe et ne s'empêcha pas de bâiller.

Solange fut instantanément sur ses pieds, ramassant les tasses vides.

– Je vous fatigue, là... Si, si, c'est fatigant de penser à ces choses, et vous êtes là pour vous reposer. Tenez, allongez-vous un peu.

Elle alla prestement prendre une des chaises longues qui traînaient dans l'herbe un peu plus loin, l'installa à l'ombre. Christine se laissa faire, vraiment lasse, et accepta même la proposition de Solange d'aller quérir un plaid qu'elle avait repéré dans l'entrée. Celle-ci le lui posa sur les jambes.

– Ça ira, comme ça ? Je vais porter du thé à Luc, il a dû rester collé sur sa planche.

– Ne mettez surtout pas la tasse dessus, vous vous feriez agonir ! L'autre jour, j'y ai posé une assiette, j'ai vu dans son œil que toute tendresse pour moi l'avait quitté pendant au moins trois secondes.

Christine s'assoupit. Elle les entendait vaguement bavarder au loin. Elle avait un peu froid, malgré le plaid, mais aucun courage pour bouger. Elle se dit qu'elle avait fait trop d'efforts, qu'il était ridicule de vouloir travailler la terre en plein été. Un coup de folie qui l'avait prise, après l'orage de cette nuit...

Dans son demi-sommeil, elle entendit des rires provenant de l'atelier, de joyeux éclats de voix. « Qu'est-ce qu'ils peuvent bien se raconter pour s'amuser autant ? » pensa-t-elle. Mais la curiosité, l'envie de partager cette gaieté ne réussirent pas à la sortir de sa torpeur. En souriant vaguement, elle resta allongée, à les écouter rire, un peu frissonnante.

Solange les quitta avant le dîner, qu'elle refusa de partager – « Je vous ai assez encombrés de ma présence ! » Son casque sur la tête, poussant sa Titine hors du jardin, elle s'était retournée vers eux et son œil grave contrastait d'une manière assez comique avec cette bulle rouge qui la coiffait, aussi rouge qu'un nez de clown, lorsqu'elle déclara à Christine et à Luc : « J'ai passé une journée magnifique. Je suis bien avec vous. »

Il fut décidé qu'elle reviendrait samedi prochain, et qu'à défaut de rester dîner, pour repartir avant la nuit, elle viendrait pour le déjeuner. Ils regardèrent sa frêle silhouette perchée sur son engin s'éloigner dans le vrombissement suraigu et décroissant qui accompagnait son départ.

Luc dit : « Elle est marrante. » – « Ah bon ? » fit Christine.

Ainsi Solange devint une habituée de la maison et vint tous les week-ends, restant un peu plus longtemps avec eux à chaque visite, partageant leurs travaux, pleine de maladresse et de bonne volonté.

Avec Christine, elle avait toujours des conversations un peu graves, sensibles, et elle réservait à Luc un tempérament frondeur, un goût de la controverse étonnant. Ces deux-là, qui s'étaient tutoyés presque tout de suite, passaient leur temps à se charrier, à s'agacer. Christine riait avec eux, mais parfois ces fausses bagarres, ces surenchères dans la discussion la lassaient un peu et elle partait se promener. Elle les entendait continuer à jacasser interminablement alors qu'elle s'éloignait. Quand elle revenait, elle les trouvait plus calmes, parlant de manière plus intime.

Un jour, après le départ de Solange, Christine demanda à Luc :

– Qu'est-ce qu'elle te raconte, à toi ?

– Oh, elle me fait des confidences, elle me parle des hommes...

– Des hommes ?!

– Oui, oui. Elle aimerait bien rencontrer quelqu'un, mais la pauvre cocotte, elle n'est pas sortie de l'auberge ! Figure-toi qu'elle a des IDÉES sur les hommes, sur ce que DOIT être un homme. C'est épouvantable... J'essaie de lui retirer ça du crâne, mais elle est têtue comme une bourrique !

Christine trouva curieux que ce ne soit pas à elle, une femme, que Solange parle des hommes, se risque à faire des confidences...

– Mais non. Elle n'ose pas avec toi. Elle t'adore, tu ne peux pas savoir ! Mais elle te respecte trop. Pour elle, tu as une sagesse, une expérience qui l'impressionnent... Moi, tu comprends, avec mes erreurs, mon mariage raté, je suis plus proche, plus à sa portée.

Christine songea qu'elle aussi avait raté un mariage, et même deux, qu'elle aussi avait sa part d'erreurs, mais tout cela, sans doute, leur paraissait antédiluvien. Elle devait leur offrir l'image d'une femme revenue de tous les errements, sereine et posée, et les doutes, les questionnements qu'elle sentait toujours vivaces en elle étaient invisibles pour les autres, cachés derrière le masque de l'âge et de la raison. Christine se sentit un peu blessée, un peu rejetée aussi. Elle ne s'y attarda pas. Mais pour la première fois elle se tut, ne dit pas à Luc ce qu'elle ressentait à ce propos.

Le dernier week-end avant ses vacances, Luc vint la chercher à la gare le vendredi, comme d'habitude, et lui annonça que Solange était déjà là, profitant d'un jour de congé supplémentaire.

– Elle est mignonne, elle veut te préparer un gâteau... Mais l'état de la cuisine, je ne te raconte pas ! Elle veut même se charger de tout le dîner pour que tu n'aies rien à faire.

– Elle va rester dormir alors ?

– Sans doute, oui. On n'en a pas parlé... C'est vrai que je ne la vois pas repartir en pleine nuit sur l'affreuse Titine.

A peine une pointe de contrariété, une déception légère chez Christine. Luc lui avait beaucoup manqué tout au long de la semaine, elle aurait aimé une jolie soirée d'intimité. Mais comme de son côté il n'exprimait pas de regret, parlant de ses maquettes en cours, d'autres choses, elle se tut, encore.

Le week-end fut finalement très agréable, Solange particulièrement charmante et vive. Elle avait apporté quelques bouteilles de bon vin pour les remercier de leur hospitalité, mais comme elles avaient été plutôt malmenées dans l'antique porte-bagages de l'antique Titine, il était judicieux de les laisser reposer pour les boire le lendemain. Solange resta donc le samedi et le dimanche, et finalement sa présence n'ennuya pas Christine, car Luc était tout à fait absorbé par son travail et ne quittait l'atelier que pour les repas.

Le dimanche après-midi, Christine eut envie de faire le grand tour à pied jusqu'au village, d'aller déposer quelques fleurs des champs sur la tombe de Paul, comme elle le faisait parfois, et de revenir par la route du haut de la colline.

Solange déclina son invitation à l'accompagner, elle détestait marcher... – « C'est épatant, pour une caissière ! » plaisanta Christine en s'en allant.

Pendant toute sa promenade, elle pensa beaucoup à Paul, à son ami manqué, et passant au retour devant le champ qu'il n'avait pas achevé de labourer, elle s'arrêta pour le contempler un moment. Il était tout net, propre, et du maïs y poussait en rangs touffus. On s'était bien débrouillé pour terminer le travail sans ses deux bras, et la terre ne faisait pas de différence...

Sur ces pensées mélancoliques, Christine se sentit un peu fatiguée et décida de couper directement à travers champ pour rejoindre la maison. De loin, on voyait l'ensemble du jardin – c'est de là qu'elle avait aperçu Paul pour la dernière fois, alors qu'il était à sa barrière – et elle vit deux silhouettes se découper sur l'herbe. « Tiens, Luc est enfin sorti de son atelier... », pensa-t-elle.

Elle pressa le pas, traversa la dernière haie par un trou dans la verdure qu'elle connaissait, avant le pré pentu qui jouxtait son terrain, mais s'arrêta avant d'entamer la descente – les deux silhouettes s'étaient rapprochées... Christine vit nettement Luc mettre un bras sur les épaules de Solange, puis ils firent quelques pas ensemble, tête contre tête, et avant qu'ils ne disparaissent dans la maison, il la prit un moment dans ses bras.

Christine, pétrifiée, eut un horrible petit « ça y est... » qui lui traversa la tête. Puis tout de suite après : « Non, je me suis trompée. » Elle bougea, refusant de se laisser gagner par la peur, la jalousie, la colère, enfin tous ces sentiments moches qui peuvent naître d'une vision comme celle-ci, en l'interprétant, en lui donnant un sens équivoque. Elle n'avait aucune crainte à avoir, c'était idiot. Pourtant, elle s'aperçut que ses jambes tremblaient, car elle se tordait sans arrêt les chevilles en dévalant la pente.

Avant d'entrer dans le jardin, elle se demanda : « Alors ? Comment je me sens ? » Elle n'eut pas le temps de se donner à elle-même une réponse car Luc déboulait sur elle, suivi de Solange.

– Alors, ma Christine ! T'as vu l'heure ? On commençait à s'inquiéter, tu sais. Ton train part bientôt, il faut se dépêcher si tu veux l'attraper. Tiens, Solange t'a préparé ton sac, ta veste... Allez, ouste !

Elle se laissa houspiller, pousser vers la voiture. Elle nota, en prenant son sac, d'un regard sur l'horloge de la cheminée, que sa promenade avait effectivement duré une heure et demie de plus que ce qu'elle pensait – elle avait sans doute oublié le temps en songeant à Paul.

Elle vit par la vitre, pendant que la voiture démarrait, que Solange partait de son côté avec sa mobylette, en levant le bras en guise d'au revoir. La main de Christine se souleva machinalement pour lui répondre, mais elle suspendit son geste, car la voiture ayant devancé la Titine, celle-ci avait déjà disparu derrière un virage.

Luc conduisait vite, bien, parlant peu pour se concentrer sur la route. Christine respirait calmement, posément. Son sac était resté posé sur ses cuisses, et au lieu de le mettre par terre, comme d'habitude, elle le serrait contre son ventre. Entre deux petites phrases anodines échangées sur le bon week-end, les maquettes qui avançaient, les vacances toutes proches, elle ne pouvait empêcher, encore, ces petites phrases qui lui traversaient l'esprit malgré elle, comme si un double de son cerveau, un peu étranger, les fabriquait – « N'aurais-je pu prendre un train demain matin tôt ? Où était l'urgence ? Je m'en fous de l'heure ! A-t-il donc tellement hâte que je m'en aille ? Il ne me dit que des choses sans importance... » Et cela continua à tourner en elle tandis qu'elle répondait à Luc que, oui, elle serait ravie de manger une entrecôte vendredi soir prochain, à son arrivée pour ces vacances dont elle se faisait une telle joie – enfin ! Une joie sans mélange jusqu'à tout à l'heure, jusqu'à la vision de ces deux silhouettes collées l'une à l'autre au milieu du jardin, plantée comme un sale truc en plein cœur du bonheur...

Elle fut quasi jetée dans le train par son homme, son magicien, et l'embrassa à la porte du wagon, alors que le sifflet du chef de gare vrillait l'air. Christine avait les lèvres sèches. Quand elle regarda une dernière fois par la vitre, alors que le train s'élançait sur la voie, Luc avait déjà disparu.

Elle résista un bon moment, peut-être la moitié du trajet, assise toute raide, la tête incrustée dans le dossier, les jambes serrées, toujours agrippée à son sac, à se raisonner, à faire barrage à la panique, à chasser les mauvaises pensées – ces salopes de petites pensées, rapides, venimeuses, guêpes obsédantes – jusqu'à ce que quelques passagers quittent le train à mi-parcours et qu'elle se retrouve seule dans le compartiment.

Alors elle ne résista plus. La raison, la maîtrise de soi furent pulvérisées. Les sales pensées, les traîtresses, prirent tout le pouvoir sur elle, comme un essaim qui fondrait sur une victime pour la percer de mille dards, la remplir de ce venin : Luc et Solange étaient tombés amoureux l'un de l'autre. Une souffrance horrible s'abattit sur elle. Mais elle ne pouvait se laisser aller à son désespoir, hurler de chagrin, là, dans ce train. A juguler ses larmes, les mains tordues, le front appuyé sur la vitre à s'en faire mal, les mordantes pensées n'en avaient que plus de pouvoir sur elle, la déchiquetaient moralement tandis qu'elle restait immobile, crucifiée sur son siège, se retenant d'exprimer son déchirement – ça devait arriver... Luc était beau, dans la pleine force de son âge adulte, Solange était jeune, elle cherchait à refaire sa vie, ils étaient parfaitement assortis. N'est-ce pas Luc qui l'avait invitée à venir les voir, alors qu'il ne connaissait même pas encore la maison ? Christine avait été surprise de cet élan, presque incongru, vu les circonstances. C'était son instinct qui avait parlé, l'attirance, inconsciente. Qu'est-ce qu'un homme comme Luc faisait avec une femme de son âge, une vieille qui ne pouvait plus avoir d'enfant ? Car Luc aurait envie d'enfant, c'était inévitable. Comment un homme aussi terrien que lui résisterait-il à la nature ? En vertu de quoi choisirait-il de rester sec et stérile alors qu'il était fait pour produire de beaux fruits ? Christine les revoyait tous les deux plaisanter, rire ensemble – Solange ne riait pas avec elle – se chamailler, s'émoustiller, une vraie parade d'amour... Christine avait bien remarqué l'œil de Luc lorsqu'il se posait sur Solange, un œil plus vif, en alerte. Lui-même ignorait peut-être encore à quel point il était attiré par elle, à quel point elle mettait son être, sa mâlitude en éveil. Ou alors, au vu du geste qu'elle avait surpris, ils se voyaient déjà pendant la semaine, quand elle n'était pas là... Pourquoi pas ? Les maquettes étaient un bon alibi. Il était possible qu'ils se soient retrouvés déjà, à cette heure, après avoir fait semblant de partir chacun de son côté. Ils étaient ensemble alors qu'elle étouffait de douleur dans ce train. Ils se demandaient tous deux comment lui annoncer la chose...

Christine se plia presque sur son siège, comme après un coup au ventre. Elle avait cru pouvoir vivre un nouvel amour, à son âge, avec un homme qui n'était pas fait pour elle. Cet assemblage était contre nature. Une ultime révolte, un sursaut avant l'inéluctable l'avait poussée à goûter à ce bonheur neuf, en éprouver les délices avant que la logique du sort les lui retire : « Ça n'est plus pour toi. » Croire que c'était possible de vivre durablement, de construire un avenir avec cet homme si jeune était aussi ridicule que de bêcher son jardin au mois de juillet – « Hors de saison... hors de saison... », se répétait-elle cruellement.

Incapable d'attendre un taxi à la station – immobile au milieu des gens, elle n'aurait pu s'empêcher de craquer – elle erra dans les rues et trouva plus loin une voiture en maraude qui accepta de la prendre. Arrivée chez elle, elle s'engouffra dans l'immeuble, gémissant déjà dans l'escalier, claqua sa porte et éclata en sanglots, poussant des cris sans retenue. Elle tomba à genoux par terre, s'y roula en hurlant sa détresse. Elle pensa un instant que les voisins devaient l'entendre, mais elle n'en avait cure, elle avait trop mal. Elle se traîna dans la chambre. Elle vit les affaires de Luc dans le placard, dont l'une des portes était restée ouverte – les affaires de Luc qui ne seraient bientôt plus là, et lui non plus. Tout serait vide à nouveau... La douleur l'abattit sur le lit, vaincue. C'est alors que le téléphone sonna.

Les pleurs de Christine se suspendirent au milieu d'un hoquet. Les sonneries crevaient le silence, obstinées, pendant qu'elle tentait de reprendre son souffle. Courage. C'était le moment. Tout serait dit bientôt...

– Allô ?... C'est toi ?

Elle ne put tricher, pas même pendant une demi-phrase, et Luc de son côté la questionna immédiatement sur ce qui lui arrivait, ayant à peine reconnu sa voix. Elle se remit à sangloter tout en parlant, et elle entendit des mots sortir d'elle, conventionnels et bêtes, comme elle en avait entendu dans certains films aux mauvais dialogues – « J'ai tout compris, Luc... Elle est jolie, elle est jeune... Il ne faut pas me mentir... Ça devait arriver... »

Luc, à l'autre bout du fil, criait pour se faire entendre, la suppliait de l'écouter, tandis que Christine continuait sa litanie, jusqu'à ce qu'elle hurle : « Je vous ai vus ! JE VOUS AI VUS ! ! » avec une voix éraillée qui se cassait dans les aigus. Et elle raccrocha au nez de Luc, de son bel amour perdu – raccrocher au nez de quelqu'un lui avait toujours semblé une brutalité inouïe et elle ne l'avait jamais fait. Elle en ressentit le choc, comme si elle s'était giflée elle-même.

Alors elle resta là, à se noyer dans sa douleur, une heure, deux heures, jusqu'à ce qu'elle n'ait plus de larmes. Elle gisait, épuisée, et les sales pensées tournoyaient encore, guêpes plus lointaines, comme un essaim aurait pris de la distance pour survoler la pauvre bête qu'il a réduite à un tas de chair empoisonnée. Luc n'avait même pas pris la peine de la rappeler… Elle serait bien morte, là, tout de suite. Elle se roula en boule au milieu du lit et perdit la notion du temps.

Au milieu de la nuit, la porte de l'appartement claqua à toute volée. Un bruit de pas précipités, une bouffée d'air frais parvinrent vaguement à Christine avant que Luc s'abatte sur le lit de tout son poids. Il l'empoignait, la retournait, l'allongeait, et de tristes exclamations lui échappaient – « Ooh… Oh, mon amour… Mon pauvre amour, qu'est-ce que tu t'es fait, mon Dieu… »

Il avait des gestes de secouriste parant au plus urgent pour soulager un blessé. Il lui soutenait la nuque, mit une serviette d'eau froide sur ses yeux tuméfiés qu'elle n'arrivait plus à ouvrir. Il la couvrit chaudement, car elle tremblait de tous ses membres – « Quelle peur tu t'es faite, mon chéri… », murmurait-il, bouleversé.

Puis il s'allongea contre elle, la tenant solidement à bras-le-corps, et versa l'antidote du poison à son oreille, doucement, longuement. Il l'assurait de son amour. Elle s'était trompée. Jamais il n'y avait eu la moindre pensée amoureuse entre lui et Solange – pauvre Solange, qui était restée tout le week-end pour se changer les idées, oublier qu'un petit con, rencontré depuis peu, l'avait quittée, encore. Et lui, oui, il l'avait entourée de ses bras pour essayer de la consoler, comme on console une petite sœur maladroite. Rien d'autre.

– Tu as pensé que ce serait logique que je tombe amoureux d'elle. Seulement voilà, tout n'est pas logique dans la vie, c'est toi que j'aime. Avec ton âge, ce que tu as, ce que tu es.

Et il se passa cette chose merveilleuse : Christine le crut. Tout de suite. Dès le premier mot. Encore frissonnante sous l'amas de couettes, la serviette sur ses yeux gonflés, elle buvait les paroles de Luc, lèvres entrouvertes. Elles avaient un goût de rédemption et de renaissance qui inondait tout son être. C'était comme le premier fruit du printemps, la première gorgée d'eau dans le désert, le premier rayon de soleil quand on a failli mourir de froid. Chacun des mots de Luc chassait les nuages noirs, les sales pensées, dénouait la peur. Tout redevint clair en si peu de temps, avec la confiance et l'espoir renaissants, que ce fut une autre manière de choc, mais si doux, si tendre, que Christine s'endormit, sans avoir la force de prononcer un mot.

Au matin, Luc regarda les yeux de Christine, qu'elle pouvait à peine entrouvrir. « Oh ! là là ! » fit-il simplement. Christine dit que ce devait être gonflé au-dedans aussi car elle avait très mal à la tête. Aspirine, nouvelle compresse d'eau froide... Puis, à l'heure de l'ouverture de l'agence, Luc empoigna le téléphone et, sans demander son avis à Christine, appela son assistante :

– Martine ? C'est Luc. Christine ne pourra pas venir au bureau aujourd'hui. Et sans doute pas demain non plus...

Christine tenta de se soulever, agitant un bras pour protester, mais Luc la rabattit d'une main ferme sur le matelas.

– ... Une gastro. Horrible. Elle ne peut quitter l'appartement, vous voyez ce que je veux dire ?... D'accord. Elle se soigne et elle peut compter sur vous. Merci.

Sous sa compresse, Christine bredouilla :

– Tu exagères, il s'agit de mon travail...

– Il s'agit aussi de MA femme, rétorqua-t-il.

Christine parla de sa peur, cette peur qui avait surgi en elle, énorme, alors qu'elle ne savait même pas qu'elle était là. Luc dit doucement :

– Si nous nous aimons vraiment, nous aurons toujours peur, il faut le savoir.

– Nous ?

– Oui. Je crois que moi aussi j'ai peur... J'ai peur qu'un homme plus brillant, plus à ta mesure, ne t'enlève un jour. J'ai peur de ne plus te suffire, de t'ennuyer, casanier comme je suis, que tu te lasses de ma simplicité un peu rustre. Tu pourrais te dire alors : il est jeune, il m'a plu, bon, mais qu'est-ce que je fais avec ce type-là ?

Ils se serrèrent l'un contre l'autre, se donnèrent de la tendresse toute la journée. Luc décida d'attendre Christine pour partir avec elle à la fin de la semaine. Les maquettes attendraient quelques jours. Ils parlaient beaucoup, exploraient tous les recoins cachés de leurs peurs respectives. Le jour précédant leur départ, Luc dit :

– Tu as raison, il y a le problème de l'enfant...

Christine le regarda, perplexe.

– Je ne sais pas si j'aurai envie d'en avoir un à moi, jusque-là ça ne m'a pas soucié. Mais il y a plein d'enfants, qu'on n'a pas fait, qui ont besoin qu'on s'occupe d'eux. Je dois y réfléchir...

La route vers le bas Berry, après cette crise, fut vécue comme un nouveau départ pour Christine et Luc, le début d'une véritable vie de couple, conscients des difficultés, des dangers possibles. Curieusement, ils partaient en vacances en se disant que la « lune de miel » était terminée, et ce n'était pas triste du tout, au contraire. La vraie vie à deux commençait.

Après une journée passée à flâner ensemble, Luc réintégra l'atelier et, avant de se remettre à ses maquettes, il concocta deux affichettes qu'il montra à Christine. Il y était écrit : « ATELIER CRÉATIF LIBRE ET GRATUIT POUR ENFANTS. Une journée par semaine. Apporter crayons, blouse, bonne humeur, sandwichs. S'inscrire ici. » Il avait dessiné en dessous un petit bonhomme bardé de taches de peinture, crayons et pinceaux entre les dents, désignant d'un doigt dégoulinant l'espace libre pour inscrire son nom.

– Peut-être que pas un seul gamin du coin n'aura envie de dessiner ou de peindre, on verra... Mais ça me plairait bien de voir des enfants ici, de les pousser à faire des choses. Ça serait gai. Tu ne trouves pas ?

Christine trouvait l'affiche très drôle, l'idée bonne, elle acquiesça.

Luc mit les affichettes chez la bouchère – sympathique femme qui se proposa spontanément pour un « bouche à oreille » complémentaire, sans nul doute efficace vu son penchant pour le bavardage – et au bureau de tabac-café-boulangerie.

Ce premier dimanche, Solange vint les voir comme à l'accoutumée, sans se douter le moins du monde d'avoir déclenché un tel tourment chez Christine. Elle n'en sut rien, mais, curieusement, elle chercha moins à discuter en privé avec Luc, à plaisanter avec lui, et resta discrètement dans son coin, à lire. Christine, lui trouvant pâle mine, s'en fut lui parler.

– Solange, vous n'êtes pas d'humeur joueuse, on dirait...

Un long soupir en guise de réponse, un livre posé, deux yeux mélancoliques et battus contemplant l'herbe.

– ... Si vous avez des ennuis, vous pouvez m'en parler. Luc m'a dit que vous n'osiez pas, c'est idiot.

– C'est vrai. Je ne veux pas vous ennuyer avec mes problèmes... J'ai un peu honte devant vous d'être si nulle.

– Nulle ?!

C'était déclenché. Solange se laissait aller, s'énervant contre elle-même.

– Oh, vraiment nulle, oui ! Vis-à-vis des mecs en premier... Vous pouvez être sûre que s'il y en a un qui me plaît, c'est que c'est un imbécile. J'ai un nez infaillible pour ça.

Christine se retenait de rire – pouffer aux premières confidences que Solange lui faisait ne serait pas très encourageant... Pourtant, elle était drôle, avec ses cheveux blonds qui semblaient se hérisser, électrisés par la révolte.

– ... Et puis j'en ai marre d'être là, vous ne pouvez pas savoir. Cette ville, pour moi, c'est l'échec de mon mariage, des années à patauger dans le mensonge, la lâcheté, c'est négatif. Et voilà que je continue à tourner en rond ici, ou plutôt à être coincée derrière mon guichet, épinglée comme un papillon mort. Et quand je sors de là, que j'ai envie de vivre, PAF ! Je me fais un con !! Je vous assure, Christine, j'en peux plus... Un jour, boulot ou pas, je vais me tirer pour aller n'importe où.

Elle souffrait vraiment. En parlant, ses yeux se creusaient, ses lèvres devenaient pâles et pincées. Christine se dit que cette petite Solange était à bout.

– ... Vous êtes la seule bonne chose pour moi, par ici. Heureusement que je vous ai. Mais j'ai tellement peur de vous encombrer, en plus... Oh, je suis nulle ! Tout est nul !

Elle repartit un peu réconfortée par Christine, avec la perspective d'une petite fête le dimanche suivant, un « barbecue-champagne fou ».

– Qu'est-ce que j'apporte ? demanda Solange.

– Des saucisses ! C'est ce qui craint le moins les secousses du porte-bagages.

Le lendemain, ils entendirent vaguement la sirène d'une ambulance passer non loin, et Christine apprit par les gens du village que la vieille de la ferme d'à côté, la mère de Paul, avait fait une attaque et qu'on l'avait emmenée à l'hôpital. On disait qu'ils l'avaient tirée d'affaire, mais qu'elle resterait sans doute impotente. Christine se souvenait des petits yeux jaunes de cette femme, de son regard de fauve, et cette nouvelle ne lui procura aucune émotion particulière.

Trois garçons furent candidats pour « l'atelier libre et gratuit ». Rendez-vous fut pris chez la bouchère, et Luc les emmena à la maison. Ils le regardèrent un moment travailler à ses maquettes, et après une discussion pour faire le point sur leurs envies, ils repartirent avec la perspective de commencer le lendemain leur première « journée créative » – l'un d'eux voulait apprendre à dessiner « pour de bon », un autre voulait faire des collages et apporterait journaux et images à découper, le troisième voulait se fabriquer une coiffure d'Indien pour la fête du village et raclerait les basses-cours du coin pour récolter des plumes. Luc se chargeait du transport, les retardataires seraient laissés sur place.

C'est finalement cinq gamins qui furent là, les premiers ayant rameuté deux copains supplémentaires. Luc dit :

– Et les filles ? Y'a pas de filles, ici, qui ont envie de faire des trucs ?

– Ah ! On peut amener des filles ? ?

Luc vit tout de suite l'œil allumé du petit gars, la dérive possible de son projet, et mit illico les choses au point – on venait pour dessiner, peindre, construire, qu'importe, mais le premier repéré à être là pour déconner ou flirter, ou pour toute autre raison non créative, serait renvoyé de l'atelier sur-le-champ. Le message sembla passer...

Luc avait acheté deux paires de tréteaux, deux grandes planches supplémentaires, une rame de papier et un stock de peintures diverses. Les gosses participèrent à l'installation, ravis, et se mirent tout de suite au travail, car Luc leur avait dit que, quoi qu'ils choisissent de faire, il serait bon qu'ils repartent le soir avec « quelque chose de fini ». Ça motivait.

Quand Christine traversa discrètement l'atelier quelques heures plus tard, histoire de voir comment se passait cette première journée, elle vit toutes les têtes penchées sur leur ouvrage, celle de Luc comprise, et nul ne répondit à sa proposition d'un chocolat dans le jardin. Elle repartit sur la pointe des pieds, amusée.

Au soir, tout le monde semblait content et avait hâte de recommencer, témoin cette question de l'un des gosses : « On peut pas revenir demain ? » Luc, touché, resta néanmoins ferme : c'était un jour par semaine, pas plus.

En revenant de déposer les enfants au village, Luc dit à Christine qu'il avait lui aussi « quelque chose de fini » à lui montrer. Il avait repris son petit personnage de l'affichette et fait avec lui une courte histoire en forme de bande dessinée qui fit beaucoup rire Christine.

– Il faut que je précise le personnage... Je vais profiter de l'atelier des mômes pour travailler ça. En plus, ça les amuse !

Christine passa des vacances douces et pleines, elle en savourait chaque instant avec le sentiment de percevoir plus fortement qu'avant les odeurs, les lumières, la paix d'un moment. Elle ÉPROUVAIT toute chose avec bonheur. Il lui sembla appréhender enfin les mots « sérénité », « plénitude », ces deux mirages, fuyants, inatteignables, pulvérisés par un rien alors qu'on croit les approcher. Christine eut l'impression, à certaines minutes intensément vivantes, de les toucher du doigt...

Elle avait la sensation d'avoir passé presque un mois là-bas, lorsqu'elle repartit pour reprendre son travail. Elle prit le train sans regret avec la perspective de revenir le vendredi suivant, et pendant le trajet elle respirait profondément, souriant sans s'en apercevoir, tant elle se sentait calme et forte.

Malheureusement pour sa paix intérieure, l'attendait à l'agence une fâcheuse nouvelle, une petite bombe qui allait renvoyer brutalement la belle sérénité à un horizon inaccessible : Martine, sa précieuse, son irremplaçable bras droit, faisait son quatrième mouflet et s'arrêtait de travailler pour élever ses enfants. A Noël, elle ne serait plus là car elle était enceinte de plus de trois mois. Christine explosa :

– Vous êtes folle ! Pourquoi ne pas m'avoir prévenue plus tôt ? !

– Je ne voulais pas vous gâcher vos vacances...

– Pour la peine, vous me gâchez drôlement bien ma rentrée !

Martine se risqua à suggérer qu'une des autres filles de l'agence pourrait peut-être la remplacer, mais Christine balaya sa suggestion d'un geste agacé.

– Elles travaillent très bien, mais vous savez pertinemment que je ne peux confier la baraque à aucune d'elles !

Cette première semaine à l'agence fut donc éprouvante, entre la reprise des affaires courantes et la recherche urgente d'une remplaçante pour Martine. Christine vit plusieurs personnes qu'elle jugea trop jeunes, sans expérience, ou chez qui elle ne décelait pas assez d'esprit d'initiative. Elle mit tous ses espoirs dans un dernier rendez-vous avant le week-end, avec une « personne remarquable » chaudement recommandée par un collègue. Le vendredi matin, elle se trouva face à une matrone maquillée comme un travesti, parlant fort et croisant haut les jambes, qui tenait à tout de suite mettre les choses au point : elle avait SES principes et SA méthode de travail – exit l'espoir.

Christine prit son train à cran et passa la moitié du trajet à faire les cent pas dans le couloir, incapable de rester assise à bouillonner de mécontentement. Puis elle se décida à s'asseoir et l'idée, presque immédiatement, dans le mouvement, se posa en elle : Solange.

Christine en resta ébahie. Immobile sur son siège, bouche ouverte, œil fixe, il lui passait par la tête que c'était fou, inenvisageable, ridicule, puisqu'elle cherchait quelqu'un d'expérience. Et pourtant l'évidence restait là, tranquille : je vais engager Solange.

Dès la sortie de la gare, elle fit part de son projet à Luc. Sa réaction franchement négative ne la surprit pas vraiment, puisqu'il eut tous les arguments qu'elle s'était répétés à elle-même pendant le trajet pour tenter de s'ôter cette idée folle de l'esprit.

– Tu cherches une partenaire et tu vas te mettre sur les bras quelqu'un qui ne connaît rien à ce métier. Parce que je t'ai vue travailler, moi, en Hongrie. C'est pas rien ! On l'aime beaucoup, elle est charmante, Solange, mais plutôt immature.

– Quand elle parle avec moi, elle n'est pas si immature. On s'entend bien. Je lui sens du ressort. Et puis elle est déjà dans les transports, elle a touché à l'informatique…

– Moi, j'ai bien peur que tu ne perdes du temps et que tu ne lui fasses, à elle, perdre son boulot par la même occasion.

Cette idée-là refroidit nettement Christine. Ils en discutèrent encore tout au long de la soirée, et elle se coucha persuadée que le risque était trop grand et pour elle et pour Solange. De plus, elle craignait de gâcher leur amitié.

Pourtant, le lendemain, l'idée folle avait repris du poil de la bête et trônait toujours au milieu de ses pensées – l'évidence avait la peau dure… Christine décida alors de suivre son instinct, qui ne l'avait jamais trahie – « Du moins dans mon métier », précisa-t-elle à Luc – mais elle allait être d'une prudence extrême dans sa démarche : Solange demanderait un congé de deux ou trois semaines, et si l'essai s'avérait malheureusement négatif, elle pourrait réintégrer son emploi à la SNCF. Cela devait pouvoir s'arranger, c'était une sage manière d'envisager les choses. Ainsi rassurés, ils attendirent sa visite.

Ce que n'avaient prévu ni Luc ni Christine, c'est que Solange, dès qu'elle eut entrevu ce que Christine lui proposait, changea de couleur au moins trois fois avant de sauter au plafond comme un bouchon de champagne. Ni l'un ni l'autre ne purent tempérer l'enthousiasme débordant qu'elle manifesta, riant, pleurant à la fois, balayant tous conseils de prudence dans un élan incontrôlable.

– Protéger mes arrières ?! Vous plaisantez, Christine ! Vous croyez que je pourrais revenir ? J'allais faire pire, j'allais tout laisser tomber, comme ça, sans rien devant moi... Vous m'offrez la chance de partir, et pour travailler avec vous, en plus ! Vous me faites confiance, vous vous rendez compte ? Alors je pars ! JE PARS !!! Et si je ne conviens pas, ce n'est pas grave, je ferai autre chose. Vous ne serez coupable en rien, car me donner cette occasion c'est déjà un cadeau inestimable !

Luc et Christine abandonnèrent vite toute tentative de la ramener à des résolutions plus raisonnables – Solange était déjà en route vers un ailleurs dont elle voulait tout savoir, tout de suite. Elle pressait Christine de questions, et celle-ci lui racontait de son mieux la vie de l'agence, ce qu'elle devrait apprendre. Solange, assise sur l'extrême bord de sa chaise, presque couchée sur la table, tendue vers Christine qui lui faisait face, ne perdait pas une miette de ce qu'elle lui disait.

Luc, l'observant un peu à l'écart, se dit qu'elle avait l'œil d'un coureur dans les starting-blocks brûlant de se lancer sur la piste. Il y avait soudain un tel appétit de foncer vers un but, une telle détermination dans ce regard, qu'il se dit que Christine avait peut-être raison de se fier à son instinct...

Il fut convenu que, le dimanche suivant, Solange aurait préparé ses bagages – au moins une partie – réglé ses affaires. Luc remonterait à Paris en voiture avec les deux femmes. Christine se serait débrouillée d'ici là pour dénicher une chambrette provisoire à Solange. Vers deux heures du matin, ils durent la pousser vers la chambre d'ami alors qu'elle posait encore question sur question à propos de son futur travail, titubante, ivre de cette perspective qui s'ouvrait devant elle.

Une fois dans leur chambre, Luc et Christine se regardèrent un moment en silence, hochant la tête de concert, et ils eurent un de ces dialogues dont l'indigence prouve que ce que l'on voudrait exprimer est au-delà des mots.

– Ben, dis donc...

– Ça alors...

– Ouais... Ça !

– On peut le dire.

Ils s'endormirent sans s'acharner à formuler un commentaire plus sophistiqué.

Vers quatre heures du matin, un bruit de voix les éveilla. Ils levèrent de l'oreiller des têtes circonspectes. Pas de doute, Solange parlait, nettement, avec des intervalles de silence entre des phrases assez véhémentes. La voix empâtée, Luc dit :

– Elle téléphone ?

– Non, voyons, y'a pas le téléphone dans la chambre d'ami.

– Ah, c'est vrai...

Christine se leva pour aller voir discrètement ce qui se passait de l'autre côté du palier. Elle revint quelques instants plus tard, en chuchotant, amusée :

– Elle dort ! Elle parle en dormant ! Elle s'adresse à une certaine Éliane. Elle lui dit qu'elle avait raison, qu'elles se reverront un jour... Elle t'a parlé d'une Éliane, à toi ?

– Non.

– A moi non plus...

Ils se rendormirent pendant que Solange poursuivait sa conversation imaginaire avec cette mystérieuse Éliane qui habitait ses rêves.

Solange commença à l'agence par deux semaines d'observation du travail de Martine. Elle ne la lâcha pas une seconde, Christine le lui avait recommandé, et aussi de garder la plus grande discrétion sur son manque de références professionnelles – les filles auraient pu s'offusquer, à juste titre, qu'une débutante moins qualifiée qu'elles soit pressentie pour devenir son assistante.

Au bout de deux jours, Martine avait les nerfs en pelote. Solange était littéralement collée à sa chaise, écoutant chaque mot de chaque conversation, épiant ses faits et gestes, farfouillant dans ses dossiers. Le premier jour, elle l'avait même suivie comme son ombre jusqu'aux toilettes – Solange n'avait pas encore bien repéré les lieux, et rien n'étant indiqué sur la porte elle avait cru que Martine se rendait dans un bureau adjacent. Celle-ci lui avait demandé sèchement si elle comptait faire pipi à sa place. Au bout d'une semaine, ayant toujours Solange à ses basques, Martine avait réussi à s'échapper deux minutes pour demander à Christine : « Elle va me filer le train comme ça tout le temps ? » – « Tout le temps ! » avait confirmé Christine, calmement péremptoire.

Solange emportait le soir d'anciens dossiers pour les étudier, ainsi que les réseaux de transports aériens, les horaires et tarifs des différentes compagnies, la liste des principaux hôtels des capitales européennes, etc. Christine, la voyant partir tous les jours avec un énorme paquet de paperasses sous le bras, lui dit qu'elle pourrait apprendre tout cela au fur et à mesure. « C'est mieux si on sait tout de suite », avait répondu Solange.

Cet acharnement porta ses fruits : au bout de trois semaines, elle connaissait à peu près tout du fonctionnement de l'agence et remplaça une des filles au pied levé pendant trois jours. Elle s'acquitta parfaitement de son travail, sans une faute, et négocia même une remise sur un transport aérien. Christine était estomaquée. Restée jusque-là prudemment circonspecte, elle commença à véritablement croire que son instinct ne l'avait pas trompée...

A la fin de la cinquième semaine, elle dit à Solange que Martine souhaitait prendre un petit congé – se sentait-elle prête à la remplacer ? « Je suis prête », répondit Solange assez solennellement.

Ce week-end-là, Luc aurait terminé une de ses maquettes et remonterait à Paris quelques jours. Il était tenu au courant par Christine des progrès de Solange et s'en réjouissait. Celle-ci, absorbée par ses efforts d'adaptation, avait refusé de dîner deux ou trois fois, et refusa aussi de venir se détendre à la campagne. « Merci, Christine, mais il n'est pas encore l'heure de me détendre... », avait-elle gentiment répondu. Christine comprit alors qu'elle gardait volontairement quelque distance avec eux. Luc ne s'en étonna pas.

– Elle est fine. Elle sent qu'il vaut mieux ne pas mélanger les choses. Elle reviendra nous voir quand elle sera rassurée sur ses capacités et certaine de ne pas te décevoir.

Le lundi de sa première prise de fonction officielle en tant qu'assistante de Christine – Solange l'avait pris comme tel, même s'il ne s'agissait que d'un remplacement pendant le congé de Martine – son entrée dans l'agence provoqua une belle surprise... Les filles restèrent les yeux ronds et Christine elle-même en perdit la voix quelques secondes.

Au lieu de la gamine maigrelette avec ses cheveux dans la figure, toujours fagotée comme l'as de pique, flottant dans ses pantalons trop larges et ses pulls au ras du nombril, était entrée une élégante jeune femme en tailleur bleu pâle, chemise de soie prune, foulant délicatement la moquette avec ses talons d'au moins huit centimètres – de la haute voltige pour qui ne porte habituellement que des tennis et des espadrilles. Maquillée juste comme il le fallait pour mettre en valeur son fin visage, les yeux joliment étirés en amande sous une coupe de cheveux très courte, des cheveux soudainement disciplinés, effilés sur le front et les tempes, Solange faisait une apparition vraiment éblouissante. Ravie de son effet, elle s'offrit un tour comme le font les mannequins, un poing sur la hanche, et gouailla : « C'est chouette, hein ? Ça change ? »

Christine, lorsqu'elle eut recouvré sa voix, la prit à part pour lui dire qu'il n'était pas forcément nécessaire de se déguiser ainsi. Solange se récria :

– Je ne me sens pas déguisée, pas du tout ! Vous ne le savez pas, mais j'ai toujours eu envie de m'habiller comme ça ! Pour les talons, je me suis entraînée, une rue, puis deux. Hier, j'ai passé toute la journée avec et le soir je n'avais presque pas mal, je vous assure... J'aurais jamais pu porter une tenue comme ça derrière mon guichet, ç'aurait été ridicule. Mais là ! Regardez, ça va avec l'espace, avec les meubles, avec le boulot, ça marche avec ma tête aussi. Je me sens... adéquate, voilà ! Tout à fait ADÉQUATE !

Christine, fascinée par ce nouveau personnage, répéta pensivement : « Adéquate. Tout à fait. »

Plus tard, elle découvrirait aussi que Solange jouait parfaitement de son charme un peu androgyne, l'utilisant sans vergogne. Un jour qu'il fallait obtenir d'un grand hôtel des prix pour un groupe de visiteurs étrangers, Solange s'écria : « J'y vais ! » Christine objecta qu'on pouvait parfaitement discuter la chose par téléphone, mais Solange insista :

– Non. C'est mieux que j'y aille. Avec mon air d'adolescente attardée, ils se disent qu'ils vont facilement me rouler dans la farine, alors je fais ma maladroite, ils s'attendrissent un peu et CRAC ! Je leur rabiote dix pour cent !

Et de virer sur ses hauts talons, mutine, son classeur sous le bras avec un faux air d'écolière, chaloupant légèrement de ses hanches étroites...

C'est ainsi que Solange changea de vie.

Christine n'eût pu rêver meilleure assistante. Elles formaient à elles deux un vrai tandem, l'humour et la complicité en prime.

Solange sortait à présent de sa réserve. Luc avait eu raison. Rassurée sur ses capacités professionnelles, elle renouait des liens amicaux, dînait de temps à autre avec eux. Son épanouissement était extraordinaire. Elle semblait avoir mûri de plusieurs années en quelques mois.

Elle restait discrète sur sa vie privée. Luc n'avait droit à aucune confidence. Ils lui demandèrent un jour, franchement, si elle était seule – « Aucun amoureux en vue ? Vraiment ? » Solange répondit, apparemment sereine : « On ne peut pas tout faire à la fois. »

Il vint alors à Christine l'idée de présenter l'un à l'autre Michel et Solange. Une humeur de marieuse l'avait saisie, et elle prépara une soirée intime à quatre, soigneusement, comme on prépare un piège. Le soir de LA rencontre, elle tournait autour de la table dressée pour le repas, excitée – « Ils vont s'adorer, je le sens, JE LE SENS ! »

Fiasco total : ces deux-là se prirent en grippe dès le premier regard. Michel s'esquiva assez vite, et Solange, énervée, pianotant du doigt sur la nappe, dit à Luc et Christine : « Pardon, c'est un de vos amis, mais... il est fatiguant, ce type, non ? » De son côté, Michel décréta le lendemain au téléphone que Solange était « pile le genre de nana qui l'horripilait ».

Luc ne se retint pas de moquer une Christine dépitée – « Tu peux te fier à ton instinct, tu as un nez infaillible, mais tu avais raison : uniquement dans le domaine professionnel ». Il lui conseillerait quelquefois, en souvenir de cette histoire et pour le plaisir de la faire enrager, de ne jamais songer à se reconvertir dans l'agence matrimoniale...

C'est seulement trois ans plus tard qu'un grand gars d'origine belge viendrait à l'agence comme client. Il tomberait amoureux fou de Solange et réciproquement. Cette idylle serait conclue par un très classique mariage. Après la cérémonie, Solange, les larmes aux yeux, les cheveux soudain de nouveau en bataille sous son voile blanc – effet de l'émotion, sans doute – dirait à Christine d'une voix redevenue toute fragile en la circonstance :

– Vous vous rendez compte, Christine, si vous ne vous étiez pas laissée aller à cette panique qui vous a jetée à la gare un jour, vous ne vous seriez pas engueulée avec moi, vous ne seriez pas venue me voir ensuite, et rien de tout cela ne me serait arrivé...

– Et elle ne m'aurait pas rencontré ! renchérit Luc.

Solange fondit en larmes.

– Je vous dois... TOUT.

On l'épongerait, on l'embrasserait, on lui souhaiterait tous les bonheurs possibles.

Plus tard, elle aurait deux beaux enfants de cet adorable mari.

Bien plus tard encore, elle fonderait sa propre agence en Belgique et ne verrait plus guère Christine. Ainsi vont les choses de la vie. Mais cela, c'est une autre histoire, l'existence de Solange au-delà de ce livre...

C'était l'automne et Christine se détendait à son tour. Elle sentait Solange tout à fait apte à remplacer définitivement Martine, et son soulagement lui prouvait qu'elle s'était inquiétée plus qu'elle n'avait voulu le croire.

A la campagne, les arbres avaient pris leurs belles couleurs, et Christine se promenait un peu sur la route tandis que Luc attaquait le défrichage d'un coin du taillis. Elle eut une pensée pour Paul, comme chaque fois qu'elle passait devant la ferme voisine, et elle vit Thérèse, la femme du frère, qui marchait aussi sur la route dans le sens opposé, sans doute pour rentrer chez elle.

Arrivée à sa hauteur, la femme lui fit un large sourire et l'apostropha avec son chantant accent antillais :

– Bonjour, voisine.

Christine dit bonjour à son tour, elles se serrèrent la main et Thérèse lui proposa des œufs, si elle en voulait, car elle avait refait un poulailler.

– Volontiers, je vous en prendrais bien quelques-uns. Quand est-ce que...

– Tout de suite, si vous voulez !

Christine lui emboîta le pas sans hésiter, conquise par la spontanéité de la jeune femme. En traversant la cour de la ferme, elle vit son mari à la porte d'une grange, qui leva la main pour la saluer. De loin, elle crut entrevoir l'amorce d'un sourire, un visage moins fermé.

Thérèse avait déjà disparu dans la maison, et quand Christine fut entrée à son tour dans la grande pièce de la ferme, elle eut un choc dont elle se souviendrait longtemps...

Les murs, anciennement recouverts d'une chaux noircie par le temps et les feux de cheminée, avaient été intégralement repeints en turquoise – non pas un de ces turquoises nuancés, tempérés de vert émeraude ou de jaune doux, mais un bleu lagon pétard, qui flashait même dans la pénombre, éclatant, contrastant d'une manière ahurissante avec le sombre plafond de châtaignier, le sol de ciment brut, la cuisinière à bois noiraude avec son tuyau antédiluvien. Au-dessus du vieux frigo tout taché, on avait punaisé un poster représentant des cocotiers sur fond de ciel bleu, un bleu des tropiques qui paraissait tristement lavasse à côté de celui des murs.

Christine en resta clouée sur place à peine le seuil passé, au-delà de la stupéfaction. Elle avait peine à croire à ce qu'elle voyait. Mais Thérèse revenait déjà avec un panier, qu'elle posait sur la table non débarrassée du repas de midi. Elle repoussa en vrac les assiettes pour faire de la place et entreprit de remplir une poche en plastique qu'elle avait apportée en même temps. Elle précisa :

– Le noir sur les œufs, vous inquiétez pas, c'est pas de la saleté, j'ai marqué la date au crayon dessus.

– Ah ? Bien...

Christine pensait aux œufs pourris de la vieille – cela lui paraissait si loin, un autre temps... Et pendant que Thérèse empilait soigneusement les œufs, elle ne pouvait s'empêcher de continuer à boire des yeux le décor qui l'environnait. Ce faisant, elle observait des détails touchants : un napperon multicolore sur un meuble crasseux, une poupée comme on en gagne à la foire trônant au milieu de sa jupe volantée, une petite plante en pot à côté de la cuisinière...

Thérèse lui offrit un verre d'orangeade, elle avait un conseil à lui demander. Christine, un peu étonnée, accepta et s'assit.

– Vous avez un beau jardin... Moi, je ne connais pas les fleurs de par ici. Savez-vous ce que je pourrais planter dans la grande auge en pierre, à côté de la porte, quelque chose de joli et de pas fragile ?

Christine lui suggéra des marguerites, qui fleurissaient longtemps. Elle en avait dans un coin du jardin, elle lui en donnerait quelques pieds.

Elles continuèrent à deviser, agréablement. Christine

raconta ce qu'elle faisait, son travail à Paris. Thérèse dit qu'ils iraient là-haut, elle et son mari, au printemps.

– Je veux voir le Salon de l'agriculture. Pour le moment, mon mari, il veut pas. Il dit que ça coûtera trop d'argent Mais moi, je sais qu'il a peur d'aller dans la grande ville... J'arriverai à l'emmener. On peut pas vivre comme ça, sans savoir ce qui se fait.

Tout en l'écoutant, Christine continuait à regarder autour d'elle, et peu à peu, ce bleu des mers du Sud associé à ce décor rustique la séduisait. Le mélange dégageait un charme surprenant, puissant. Il effaçait, dans le souvenir qu'elle gardait de cette pièce, cette impression de cave mortifère, d'étouffoir...

Thérèse parlait du petit qu'ils mettraient peut-être en route l'année prochaine, si tout allait bien – « ... Parce qu'une maison sans enfants, c'est trop triste. »

Christine se disait que la vie était extraordinaire... C'est par une femme née à l'autre bout du monde, une femme presque achetée, venue ici poussée par la misère, que la joie et l'espoir entraient enfin dans cette maison. Elle allait planter des fleurs, visiter le Salon de l'agriculture, faire gaiement un enfant, tout allait se déployer sous ses doigts de métisse, effaçant la tentation du désespoir comme elle avait effacé le noir des murs. Et grâce à elle, un homme apprenait à sourire.

Christine songeait à lui aussi, au courage qu'il lui avait fallu, enfermé dans cette famille sinistre, pour décider, tout seul, de répondre à une annonce, poster la lettre, envoyer le billet d'avion, qui représentait sans doute toutes ses économies, avec le risque de tout perdre, de ne jamais voir la femme arriver. Et le faire quand même, comme on joue son va-tout, comme un sursaut pour conjurer le malheur, un appel à la vie. Son frère Paul n'en avait sans doute pas eu la force...

Christine se leva pour chasser cette pensée, prit congé en s'excusant de ne pas avoir d'argent sur elle pour payer les œufs. Thérèse dit que ces œufs-là, c'était pour les marguerites – « Et revenez donc avec votre homme, on boira un canon tous les quatre ! »

Ce n'est qu'en quittant la pièce que Christine aperçut, reléguée dans un coin sombre, près de la cheminée, la mère assise dans le fauteuil du vieux, terrassée par son attaque, muette et paralysée, à jamais inoffensive, ses petits yeux terribles luisant comme deux braises dans la pénombre.

L'atelier créatif de Luc accueillait à présent sept ou huit mômes qui venaient plus ou moins régulièrement. Il avait rencontré les parents, certains au village, d'autres à l'atelier, venus voir ce que faisaient les enfants. Pour le remercier de s'occuper d'eux gratuitement, on offrait de temps en temps à Luc une volaille, quelques légumes. Fin octobre, il se trouva d'un seul coup avec deux poulets, un lapin, et annonça à Christine : « Chérie, je suis de mieux en mieux rémunéré, il faut acheter un congélateur ! »

Luc lui-même n'était pas infailliblement assidu à l'atelier. Ayant rendu ses maquettes, il passait plus de temps avec Christine et restait quelquefois à Paris le week-end. Il prévenait ses élèves : « La semaine prochaine, je ne suis pas là. Quartier libre ! On mettra les bouchées doubles à mon retour. » Il avait réinstallé un coin travail dans l'appartement et mettait à profit cet intervalle dans les commandes des architectes pour travailler ses bandes dessinées – il avait inventé deux personnages supplémentaires qui plaisaient beaucoup à Christine.

Un seul des enfants du village était réellement motivé

pour apprendre à dessiner. Celui-là, qui allait sur ses quatorze ans, montrait souvent à Luc des dessins qu'il avait faits dans la semaine. Un jour, il arriva plus tard que les autres, amenant avec lui un garçon plus petit. Ils étaient venus tous deux à bicyclette. Le garçon dit :

– C'est mon voisin. J'y ai raconté ce qu'on faisait, il a voulu venir. Ses parents ont dit oui, mais y faut qu'y rentre à cinq heures, c'est pour ça qu'on a pris les vélos.

L'enfant paraissait un peu effrayé. Il restait planté au milieu de l'atelier, ses poings fermés accrochés au bas de son pull, les joues pâles. Il avait une petite bouche crispée, de grands yeux qui regardaient partout autour de lui – un regard pas tranquille. Il avait douze ou treize ans, pas plus.

Luc lui demanda son nom. Pas de réponse. Il l'invita à s'asseoir, lui demandant ce qu'il voulait faire – peinture ? Dessin ? La bouche de l'enfant s'entrouvrit, mais nul son n'en sortit. Il n'avait pas bougé non plus. Voyant Luc désarçonné, le garçon qui l'avait amené précisa : « Y parle pas souvent. Faut pas s'en faire, il est comme ça. Y va r'garder... »

Le petit regarda, effectivement, tout ce que faisaient les autres. Il s'était un peu approché de la table et observait ce qui se passait, sans desserrer les lèvres. A midi, il partagea le sandwich de son copain. Il continua ensuite à regarder, avec une attention qui sembla à Luc plus intense. A quatre heures et demie, il n'avait toujours pas dit un mot et se sauva précipitamment.

Luc, qui travaillait de son côté, en était resté le crayon en l'air et demanda au garçon qui avait amené cette étrange recrue pour l'atelier :

– Il est bizarre ton copain... Pourquoi faut qu'il rentre si tôt ?

– J'sais pas. Mais il a intérêt, ça cogne dur chez lui.

Luc resta pensif, songeant aux grands yeux graves et effrayés de l'enfant, à ses petites lèvres pincées. Il se dit qu'il ne le reverrait sans doute pas.

Pourtant, la semaine suivante, le petit était là, et cette fois il était venu seul à vélo. La semaine d'après, il était encore là, mais il n'y avait apparemment rien à tirer de lui. Luc, plus que perplexe, le laissait faire – ou plutôt ne rien faire. Comment le forcer ? Pourquoi venait-il ? Mystère.

La quatrième fois, Luc en eut assez de sa présence immobile, de son mutisme, de cette attention farouche et fermée qui les troublait tous. C'était pesant. Il attrapa péremptoirement le gamin par le bras, ignora que le môme avait sursauté et rentré la tête dans les épaules, l'assit d'autorité sur une chaise. Il déploya devant lui une grande feuille de papier, posa des pinceaux, divers pots de peinture – de ces gros pots de gouache liquide parfaite pour les ateliers d'enfants – et dit :

– Écoute, mon bonhomme, tu peux pas rester comme ça. C'est pas normal et tu nous gênes. On est là pour faire des choses, alors toi aussi. Ce que tu veux, mais quelque chose. Allez, ouste, vas-y !

Une heure passa. L'enfant fixait le papier... Tout à coup, il plongea la main dans le pot de peinture rouge et écrasa d'un geste une large traînée sanglante en travers du papier. Il resta un moment sans rien faire d'autre, la respiration courte, comme s'il avait accompli un énorme effort, et plongeant la main dans un autre pot, il se mit à tracer des signes, sortes d'hiéroglyphes disséminés sur la feuille.

Luc, ainsi que les autres enfants, étaient restés bouche bée. Deux gamins pouffèrent et il les fit taire d'un geste impérieux. Il observa le petit, qui continuait, avec une concentration extrême, à tracer ses figures cabalistiques avec ses doigts. Luc lui dit doucement qu'il ferait mieux d'utiliser un pinceau. Au moment où il allait se déplacer pour lui en tendre un, le gosse fronça les sourcils, visage contracté comme sous l'effet d'une grande douleur intérieure, et plongeant sa main dans le pot de peinture noire il en tartina entièrement le papier, violemment, salissant la table alentour dans l'emportement de son geste. Puis, sans prendre la peine de s'essuyer la main, il se sauva.

Luc était très impressionné. Après que les autres enfants furent partis, il regarda longtemps la feuille maladroitement noircie – sous le noir il y avait les signes mystérieux que le petit avait tracés, et leur sens, connu de lui seul...

Reviendrait-il ? Luc sentait que oui. Il se passait avec cet enfant quelque chose qu'il ne comprenait pas, mais il reviendrait. Il décida de lui acheter du papier plus grand, de lui installer un coin à part – un coin où il serait tranquille, ni trop près ni trop loin du groupe, pour qu'il puisse se laisser aller à jeter ce qu'il voulait sur le papier, et même en déborder à loisir.

Ce qu'il raconta à Christine éveilla sa curiosité, et elle dit qu'elle passerait discrètement à l'atelier le samedi suivant. Elle resta elle aussi pensive devant le papier barbouillé de noir.

Luc avait eu raison de prévoir un espace libre pour l'enfant, il s'y déploya avec une telle force que la peinture gicla jusque sur les murs – il faudrait donc les protéger aussi... Et, toujours, cela commençait par une immobilité totale. Le gosse fixait l'espace blanc du papier, avec un air abruti et obstiné à la fois, comme s'il cherchait à discerner quelque chose dans ce vide, puis il se jetait dans son œuvre avec une énergie proche de la lutte.

Luc remarqua, fasciné, que le gosse employait de plus en plus de couleurs différentes, qu'il tentait parfois de les mélanger. Après les avoir jetées avec force sur la feuille, il avait de longs moments de concentration minutieuse, pendant lesquels il peignait, à l'aide des pinceaux qu'il utilisait à présent parfois, un coin de tableau féerique, avec des animaux étranges, des constellations, des éclairs lumineux, quelquefois une myriade de points colorés qui évoquaient une prairie en fleurs, et Luc, émerveillé, trouvait dans ce délire la grâce d'un Chagall, ou des peintures paysagères de Klimt. Mais la séance se terminait invariablement par le barbouillage du tout, et Luc se retenait de toutes ses forces pour ne pas saisir les mains de l'enfant et l'empêcher de recouvrir de noir, comme une malédiction qui devait s'abattre sur eux, les paradis qu'il venait de créer.

Un jour que le garçon avait miraculeusement épargné une partie du tableau, Luc lui demanda s'il ne voulait pas l'emporter chez lui pour montrer à ses parents ce qu'il faisait à l'atelier. « NON ! ! » hurla le gosse. Un vrai cri, comme s'il avait été brûlé. Luc n'insista pas, devant une telle réaction, mais décida d'aller voir sa famille, de découvrir qui étaient les gens qui avaient un tel enfant.

Deux jours après, il passa, en fin de journée, à la maison qu'on lui avait indiquée. Une maison normale, des gens normaux. Un père, une mère, des frères et sœurs beaucoup plus âgés. Luc en déduisit que ce gosse était un enfant tardif – non désiré ? Bâtard ? Luc se posait ces questions en sentant une méfiance, un quant-à-soi, un malaise indéfinissable derrière l'amabilité presque obséquieuse de ces gens envers lui – on en faisait trop, tout en restant totalement hermétique. Et ces mots terribles du père, dès son arrivée : « Si y gêne, le gosse, faut l'dire, il ira plus vous embêter ! »

Luc avait dû en faire des tonnes à son tour, dire et répéter avec insistance qu'au contraire il était très, TRÈS content de lui, pour que surtout ils ne se méprennent pas, que le gosse ne prenne pas une raclée par sa faute – peut-être la prendrait-il quand même, parce que le môme devait bien avoir embêté Luc d'une manière ou d'une autre pour qu'il se dérange et vienne jusqu'à eux…

Avant de partir, Luc échangea un long regard avec le petit, tout pâle, tapi dans un coin, un regard qui s'excusait, qui voulait lui dire : « Ne t'inquiète pas, je ne reviendrai pas. J'ai compris. Ce que tu fais chez moi ne regarde que toi, que nous. Tu ne seras pas trahi... »

Christine suivait tout cela de loin, sans trop s'en mêler, mais pourtant discrètement attentive. Luc avait installé dans l'atelier un coin personnel encore plus grand au gamin, avec un drap qui protégeait le mur, pour qu'il se laisse aller sans contrainte. Après son départ, Christine venait regarder ce que l'enfant avait fait, tentant elle aussi de deviner ce qu'il avait exprimé et le pourquoi de ce barbouillage final.

Plus tard, alors que l'hiver était déjà arrivé, Luc trouva Christine un dimanche matin dans l'atelier, à genoux devant la grande peinture que le garçon avait laissée la veille à terre. Il s'agenouilla à ses côtés et la contempla aussi. Pour la première fois, le gamin n'avait recouvert de noir que les bords. Une grande plage colorée était épargnée au centre, ceinte d'un halo lumineux – peut-être volontairement isolée. On y voyait beaucoup de vert et de bleu, ces myriades de petits points dont on ne savait s'ils représentaient des fleurs ou des étoiles, et au milieu, on distinguait très nettement la silhouette d'un oiseau prenant son envol, avec une sorte d'œil ouvert, unique, peint sur son dos.

Luc, désignant l'étonnante peinture, dit :

– Tu as vu ? Ça s'éclaircit.

C'est alors qu'il vit une larme rouler doucement sur la joue de Christine.

– Tu penses à Paul ?

– Bien sûr. J'y pense depuis le début.

– Moi aussi.

– Il a de la chance, lui, d'avoir trouvé quelqu'un comme toi...

Elle essuya sa larme. Ils restèrent un moment silencieux, regardant l'espace de liberté que le gosse avait épargné, l'oiseau qui s'envolait, et Luc murmura :

– Quoi qu'il arrive, qu'il continue de peindre ou non, je ne le lâcherai pas, ce petit...

Le printemps revint. Luc et Christine avaient vécu déjà un an ensemble. Quatre saisons étaient passées depuis leur rencontre, et, comme tous les couples, ils s'émurent de cette première date anniversaire. Ils étaient bien, merveilleusement bien tous les deux. Leur entente était de plus en plus profonde, leur affection toujours aussi intense, et chacun se déployait dans le couple, et hors de lui, sans entrave. C'était un amour générateur de liberté.

Christine, à l'agence, pouvait à présent se reposer sur Solange, qui la secondait avec efficacité. Luc avait juste ce qu'il fallait de commandes comme maquettiste pour assumer sa part financière dans la vie commune, tout en continuant à travailler ses petits personnages. Un journal du Centre de la France accepta sa proposition d'une histoire en cinq ou six dessins, une fois par semaine, qui occuperait le bas de la dernière page. Luc débordait de joie – ses dessins enfin imprimés ! Il serait encore plus heureux, trois ans plus tard, lorsque son premier véritable album de bandes dessinées serait publié. Mais chut ! Il ne le sait pas encore...

Ils décidèrent de partir quelques jours dans leur campagne pour fêter cette première année à deux. Luc était joyeux, tout à fait tranquille quant à leur avenir. A part accident, qu'est-ce qui les empêcherait de vivre quatre nouvelles saisons, puis quatre autres, et ainsi de suite, dans ce sentiment de plénitude qui, il le sentait déjà, irait s'épanouissant ?

Christine, sans se l'avouer vraiment, était un peu moins sereine. De petites peurs renaissaient à l'occasion, presque insensibles, fugaces, et tempéraient sa gaieté, ombraient d'un léger voile de mélancolie leur ciel clair. Elle disait en riant : « Ne t'inquiète pas. Je n'ai jamais été très à l'aise avec les anniversaires. »

Ils se demandèrent tout de même comment fêter cela. Un petit voyage serait ridicule, puisqu'ils étaient si bien chez eux ; un dîner dans une auberge, du plus grand commun... C'est Luc qui pensa tout à coup au chemin merveilleux dont Paul avait parlé à Christine. Pourquoi n'iraient-ils pas le découvrir ? Christine fut enthousiaste. Elle s'étonna, rétrospectivement, qu'ils n'aient pas pensé plus tôt à le chercher. Il est vrai qu'ils avaient eu tant de choses à vivre !

Elle fit un effort de mémoire pour retrouver l'itinéraire que Paul lui avait assez précisément indiqué – « Il avait dit : la route tout droit, on ne peut pas se tromper, tourner au lieu-dit... Traverser le grand bois... Trouver le gros châtaignier... »

Le lendemain matin tôt, ils se préparèrent à l'émouvante expédition et, par chance, il y avait un beau soleil : premier cadeau de ce jour. Ils se lancèrent sur la route. Luc portait un sac à dos léger avec un pique-nique. Il avait son couteau dans la poche – un homme qui part dans la nature prend toujours son couteau – un bâton pour la marche. Christine se moqua un peu de cet équipement de scout, partit mains libres et légère sur ses talons plats, un pull noué par les manches autour de la taille, « au cas où ».

Il y avait des papillons blancs partout, elle ne pouvait s'empêcher de folâtrer dans les fossés, humant les premières fleurs. Luc la pressait de ne pas perdre trop de temps en route.

– Paul avait bien dit que ce n'était pas une promenade de feignant, c'est ça ?

– De mauviette. Une promenade de mauviette.

– Alors, ne traîne pas, sinon on y sera à la nuit !

Deux heures après, ils traversaient seulement le grand bois, et Christine commençait à clopiner. Luc grommela, pour lui-même :

– Pas une promenade de mauviette, ça, on peut le dire...

– Hein ? cria Christine quelques pas en arrière, traînant la patte.

Deux kilomètres plus loin, ayant observé attentivement chaque arbre au bord de la route, ils s'arrêtèrent, perplexes – nul châtaignier en vue. Luc se demanda s'ils ne s'étaient pas trompés de route.

– Mais non, voyons, ça ne peut être que celle-là ! Et jusqu'à présent tout correspond à ce qu'il m'a dit.

– Alors il faut continuer, dit-il.

Il repartit sur la route assez allégrement, tandis que Christine se relevait avec peine du talus où elle s'était laissée choir pour souffler. Mais elle ne voulait pas être en reste de la belle énergie de Luc, et se remit en route avec courage. Encore un kilomètre, et l'espoir apparut sous la forme d'une ramure qu'on devinait, culminant au-dessus des haies, trois ou quatre virages plus loin. Arrivés sur place, l'espoir s'effondra : l'arbre était superbe, mais c'était un chêne...

Luc, voyant Christine épuisée, lui proposa de se reposer un moment pendant qu'il irait en éclaireur plus avant sur la route. Elle accepta, elle n'avait plus de forces, ses pieds la faisaient souffrir. Regardant Luc s'éloigner à belles enjambées, apparemment toujours dispos, elle se demanda si une telle escapade était bien de son âge...

Elle voulut oublier sa fatigue en prenant plaisir à regarder la nature, le renouveau du printemps, mais il y avait moins de fleurs, de papillons par ici. Ce coin de terre était plus aride et la végétation plus austère.

Quelque temps plus tard, elle vit Luc apparaître dans le virage, criant :

– Christine, viens ! Je crois que je l'ai trouvé !

Elle s'arracha de l'herbe où elle s'était à demi allongée, et un petit cri involontaire lui échappa à son premier pas – sa chaussure, pourtant confortable, lui avait écorché l'arrière du talon. Luc, décidément toujours alerte, vint à sa rencontre et la prit par le bras pour la soutenir. Ils s'embrassèrent, se dirent leur tendresse et repartirent avec un entrain neuf, puisqu'ils touchaient au but.

Christine voulut ignorer qu'elle avait à présent mal aux hanches et se força à marcher droite, le plus souplement possible, comme si elle ne sentait rien. Elle inspirait de temps en temps avec force. Elle avait la sensation de manquer d'oxygène alors qu'elle respirait un des airs les plus purs qui se puisse trouver dans nos contrées.

Luc tout à coup s'arrêta, elle ne comprit pas pourquoi. Il la regarda, tout content, et dit :

– Voilà !

– Voilà quoi ?

Il désigna un arbre en bord de route. Un châtaignier – beau, certes, mais comme il y en a des milliers dans ce pays. Christine, catastrophée, perdit tout humour.

– Mais... enfin, Luc, ça ne peut pas être cet arbre ! Paul avait dit onze mètres de circonférence au pied, tu te rends compte ? Celui-là en fait trois, quatre à tout casser !

Elle s'agaçait. Il l'avait fait exprès ou quoi ? Juste pour la forcer à faire un kilomètre de plus ?

– ... Et puis il avait dit que le champ derrière grimpait, qu'il fallait monter. Regarde, c'est tout plat !

Elle décida de ne plus bouger, de rester là, sur le bord de la route, à attendre une voiture qui passerait, n'importe quoi, mais elle ne ferait plus un pas.

Luc lui dit que c'était idiot. Combien de voitures avaient-ils vues depuis les trois ou quatre heures qu'ils étaient partis ? Peut-être deux, c'est tout. Il essaya de la convaincre de continuer un peu. Elle résista. Il eut enfin gain de cause en lui disant qu'il fallait juste atteindre la prochaine habitation. Dès qu'ils verraient une maison, ils s'y rendraient, demanderaient à téléphoner pour appeler un taxi au prochain village – à moins qu'ils ne tombent sur des gens assez gentils pour les ramener ?

Ils repartirent. Luc, le visage grave, marchait lentement pour qu'elle puisse le suivre. Ils se taisaient l'un et l'autre, toute joie retombée. Ce n'était plus drôle du tout. En guise de fête, ils s'étaient offert un calvaire…

Luc n'en put plus de la voir souffrir en silence. Il lui proposa de l'attendre sur le talus. Il irait, lui, chercher de l'aide à la première ferme en vue. Elle s'entêta à continuer – pourquoi devrait-elle croupir comme un pauvre tas dans le fossé et lui gambader jusqu'au bout de la terre ? Elle n'était pas infirme, tout de même ! Il se tut. Ils continuèrent à marcher en silence, de plus en plus lentement. Un virage, puis deux. Aucune maison au loin…

– Haa… !

Christine s'était arrêtée. Luc se dit une seconde qu'elle allait enfin accepter sa proposition, mais elle tendait le bras vers le côté de la route.

– Regarde… Luc, regarde !

Le châtaignier était là, monstrueux. Un pied incroyable qui occupait tout le coin d'un champ – un champ qui montait de manière assez raide derrière lui. La base gigantesque de l'arbre était à demi morte, sans doute, brisée en son milieu par la foudre, et il ne devait sa si longue survie qu'aux nombreux rejets qui avaient jailli de la souche, eux-mêmes d'une taille impressionnante.

Une bouffée d'émotion les saisit en regardant le vénérable mastodonte. Christine en tremblait.

– Dis donc, dis donc... On a failli passer devant sans le voir.

Du coup, il ne fut plus question de chercher de l'aide. Ils se lancèrent à l'assaut du champ, courageusement, car la pente était raide. Christine retira ses chaussures, et tant pis si elle se piquait aux orties ou à quelque chardon caché dans l'herbe. Hors d'haleine, ils atteignirent le haut du champ, s'aperçurent qu'il y en avait encore un autre à grimper, au sommet duquel on distinguait comme une paroi, certainement le mur en pierre sèche dont Paul avait parlé. Christine termina le trajet quasiment à quatre pattes, s'agrippant aux touffes. Qu'importe, là-bas était le chemin merveilleux, le paradis de Paul.

Par deux fois ils longèrent le haut de ce champ. Le mur était envahi de ronces, presque totalement caché par l'épaisse végétation. On ne devinait aucune trouée, aucun passage derrière cette barrière piquante et infranchissable, tout à fait opaque par endroits. Sur le point de refaire encore une fois un aller et retour, Christine cria soudain :

– Arrête ! Arrête ! Tu vois bien que c'est bouché partout. Il n'y a pas d'issue ! PAS D'ISSUE !

Il la prit dans ses bras, lui parla fermement, stoppant cette espèce de crise de nerfs qui l'avait saisie. Il la porta presque, sur le bord du champ, sous un arbre, ignorant ses résistances. Elle s'énervait encore, pour un rien, parce qu'elle avait posé le pied par mégarde sur une primevère qui était là, perdue dans l'herbe – « J'écrase les fleurs, en plus... » Pour un peu, elle aurait fondu en larmes. Il l'assit, mit son pull sur ses épaules.

– Tu restes là. Tu ne fais plus rien. Tu te reposes. Je vais voir encore une fois et puis on renonce. Calme-toi.

Elle resta hébétée. Luc avait disparu derrière le roncier. Christine fixait la pauvre fleur qu'elle avait écrasée, misérablement aplatie au milieu de sa rosette de feuilles. Elle se sentait mal. Fatiguée, si fatiguée... Alors, tout au fond d'elle-même, elle reconnut la peur – cette saloperie de peur, sournoise, venimeuse, qui prenait les formes déguisées de la lassitude, de la colère, de l'épuisement, de l'envie de tout laisser tomber, de fuir, qui sapait tous les courages et le cœur du bonheur. Cette peur qui serait foutue de vous faire maudire le plus bel amour. Elle la débusquait, encore une fois. Mais comment faire pour résister ? Quelle force découvrir en soi, quelle ruse trouver pour lui échapper, l'empêcher de renaître, maléfique ? Il faudrait avoir la candeur de cette fleur offerte sans défense au soleil et aux étoiles, à la pluie bienfaisante comme aux orages, même aux pieds maladroits d'une promeneuse, et qui relevait sa corolle vers le ciel avec une humble vaillance.

Tandis qu'elle songeait à cela, un mot naquit dans l'esprit de Christine : J'ACCEPTE... Le mot se déploya en elle, doucement. Oui, j'accepte ce bonheur neuf qui m'a été offert. J'accepte cet amour, ce printemps tardif et inespéré. Mais j'accepte aussi de le perdre, si cela doit advenir. J'accepte de vivre avec cet homme jusqu'à la fin de ma vie, et j'accepte aussi qu'il s'en aille un jour, s'il en a le désir. J'accepte le beau, le bon, et aussi le pire. Je ferai de mon mieux avec ce que m'apportera le sort...

Christine ferma alors les yeux, pacifiée, et se coucha lentement dans l'herbe à côté de la petite fleur.

Luc, de son côté, avait taillé le bâton avec son couteau. Il en avait aplati le profil, aiguisé les côtés, et s'en servait pour abattre les paquets de ronces qui masquaient le vieux mur. Cette machette rudimentaire cassait les lianes sans les couper et celles-ci se rabattaient souvent sur lui, écorchant ses bras et son torse. Une rage l'avait saisi, une obstination aveugle. Il écrasa ainsi plusieurs mètres de fourré. Et tout à coup, à travers les tiges emmêlées, un espace qu'on devinait libre, une lueur...

Il redoubla d'efforts, sabrant les ronces à coups redoublés. Le passage était là, il l'avait trouvé. Il en aurait presque pleuré de joie et il s'acharna de plus belle pour le dégager tout à fait.

Haletant, il laissa alors retomber ses bras ensanglantés, le temps ordinaire suspendu un moment pendant qu'il faisait quelques pas sur le chemin secret. Tout était là, devant lui. Les pierres debout, antiques et moussues, dressées par les anciens sur les côtés, avec leurs bouquets de fougères neuves, la fraîcheur douce, le clair-obscur des branches en voûte, le sol moelleux comme un velours, tapissé de générations de feuilles mortes.

« Le chemin des hommes de bonne volonté », pensa-t-il. Il tenta de se moquer de ce nom, un tantinet pompier, qui lui était spontanément venu en tête. Mais cette tentative d'autodérision tourna court. C'était un beau nom pour un tel chemin. Il allait chercher Christine. Il allait la soutenir, la porter s'il le fallait, mais il le parcourrait avec cette femme, jusqu'au bout, jusqu'à la lumière qu'il entrevoyait, tout là-bas...

Il revint vers elle, couchée dans l'herbe, pâle et douce. Elle ouvrit les yeux, vit son amour qui se découpait sur le ciel. Alors, Luc tendit les bras vers Christine et dit : « Allons voir plus loin, veux-tu ? »

normandie
roto
impression
s.a.s.
groupe maury-imprimeur

61250 Lonrai

Reproduit et achevé d'imprimer en décembre 2004
N° d'édition 04122 / N° d'impression : 04-3306
Dépôt légal : septembre 2004
Imprimé en France

ISBN : 2-7382-1825-3